KB086021

RAINBOW CITY

Rainbow city

{ 레인보우 시티 }

RAINBOW CITY

채팔이
장편소설

1

안녕하세요, 채팔이입니다.

해피북스투유에서 종이책으로 출간된 《레인보우 시티》로 인사를 드리게 되어 감개무량합니다.

《레인보우 시티》는 2019년부터 연재를 시작해 3년이 지난 2022년 첫 달에 종이책으로 선보일 수 있게 되었습니다. 《레인보우 시티》를 쓴 지가 불과 엊그제 같은데, 시간이 참 빠르게 흘러간다는 사실을 깨닫는 요즘입니다.

《레인보우 시티》는 제가 잠시 제주도에서 지내던 시기에 구상한 글입니다.

휴가를 떠났던 때였는데 일주일이 넘도록 태풍이 기승을 부려 숙소 밖으로 나가지도 못했죠. 이곳저곳을 돌아다니고자 계획을 세웠는데 전부 수포가 되었고요.

그때 '아, 갇힌 삶을 사는 이들의 이야기를 써보고 싶다'라는 생각을 했습니다.

아마도 소중한 제 휴가가 날아가버린 터라 포스트 아포칼립 스물이 저절로 그려진 듯합니다. 물론 전부터 좀비물은 꼭 도전해보고 싶은 장르이기도 했고요. 그러면서 하나둘 살을 붙여나가 만든 글이 《레인보우 시티》입니다.

보통 글을 쓸 때 제목부터 정하는 경우가 대부분이지만, 《레인보우 시티》는 캐릭터와 플롯이 완성되었을 때에서야 제목을 정할 수 있었습니다.

무슨 제목으로 할까 고민하는 와중에 카페에서 본 컵에 무지개 그림이 그려져 있더군요. 구역을 무지개색으로 나눠놨으니 제목도 그에 맞춰서 가자, 라는 생각을 하게 되었어요.

캐릭터를 짤 때는 석화와 곽수환이 거의 동시에 떠올랐어요.

석화의 신체 능력은 평범한 사람들보다도 훨씬 뒤떨어지지만, 강단 있는 캐릭터로 그려보고 싶었고요. 타인의 돌봄을 받아야 할 이가, 타인을 보호할 수 있는 삶으로 나아가는 과정을 글에 녹여내고자 했습니다.

곽수환은 완벽에 가깝게 진화된 인류지만, 누군가를 지키지 못하고 잃기만 해 큰 목적 없이 사는 이였죠. 겉과 달리 속은 곯아 있는 곽수환이 석화를 만나 새살을 채워나갔고요.

부족한 이들이 만나 서로를 구원하는 이야기를 쓰고 싶었습니다. 제 생각대로 잘 썼는지는 모르겠지만, 부디 《레인보우 시티》를 읽으시는 동안 행복하셨으면 하고 바라봅니다.

Thanks to.

《레인보우 시티》를 멋진 종이책으로 작업해주신 해피북스투
유의 노고에 감사드립니다.

《레인보우 시티》를 아껴주신 독자님들 덕분에 저 또한 좋은
기회로 찾아볼 수 있게 되었습니다.

다시 한번 감사의 인사를 올립니다.

이 글을 보신 분들 모두가 언제나 행복하기를 기원합니다.

2021년 겨울

채팔이

{ 레인보우 시티 }

FOOL'S PARADISE

Fool's ParaDise

#1

같은 날, 제주도 세화리 오후 5시.

"빨리 좀 와!"

장 중령이 발을 동동 굴렸다.

얼굴을 가로지르는 긴 자상은 인상을 찡그리자 좀 더 도드라졌다. 장 중령의 뒤에서 느긋하게 걸어가던 남자는 걷는 중간중간 군화 끈을 다시 묶기도 하고, 팔을 교차시켜 찌뿌둥한 몸을 풀었다.

"이 새끼가 진짜! 빨리 안 와?! 돌 박사가 기다리고 있다고."

박사는 박사인데 돌 박사란다. 돌대가리가 박사가 됐나.

남자는 실없는 웃음을 흘리고는 앞선 장 중령을 따라갔다.

군화에 으스러지는 자갈 소리가 느릿하게 들렸고, 등 뒤로는 파도 소리가 다가왔다가 멀어졌다. 약 300미터 전방에는 낡은 초가가 보였다. 갈대처럼 생긴 것을 수북이 얹고 그물로 얽어맨 지붕은 마치 퍼석퍼석한 더벅머리 같았다.

지금 같은 시대에 저렇듯 열악한 집에서 무사히 살 수 있는 것도, 이곳 제주도만큼은 아직 청정구역이기 때문이었다.

"돌 박사인지 뭔지 팔자 좋고."

"뭐?"

"아, 맞다."

초가를 불과 100미터 앞두고서 남자는 중요한 일을 떠올린 사람처럼 우뚝 멈춰 섰다.

"왜, 또 뭐!"

장 중령이 오만상을 쓰고는 남자를 돌아봤다.

곽수환

가슴팍에 달린 명찰 석 자에는 말라붙은 핏물이 번져 있어 자세히 들여다보지 않으면 무슨 글자인지 판별하기조차 어려웠다.

"화장실."

곽수환이 묵직한 아랫도리를 손으로 쥐어 보이고는 씩 웃었다. 안 그래도 팽팽하게 불거져서는 조만간 억제제 주사를 맞아야 할 것도 같았다.

"저 또라이 새끼. 넌 상부 명령만 아니었으면 내가 진작 그 새끼들 밥으로 던져버렸어."

"우리 장 중령님이야말로 한입 거리일 것 같은데."

곽수환은 합, 입을 벌렸다가 닫는 시늉을 하고는 왔던 길을 돌아가기 시작했다.

"야, 이 새끼야! 여기 갈대숲 아무 데나 싸지르면 되지, 화장실을 왜 찾아! 돌아와, 새끼야!"

다시금 멈춰 선 곽수환이 눈썹을 슬쩍 긁었다. 그는 귀찮은 기색을 풀풀 풍기면서 장 중령을 돌아보았다.

"난 그런 거 안 합니다. 군인이 경호는 무슨 경호입니까? 다른 놈 시켜요."

"그럼 다시 영창 갈래? 엉?"

장 중령은 윽박을 지르면서도 곽수환의 눈치를 살폈다.

군대만큼 상사와 부하의 규율이 엄격한 곳은 없었다. 그런 계급사회에서 중령이 소령의 눈치를 본다는 건 있을 수가 없는 일인데도 장 중령은 불과 일주일 전, 아니 곽수환이 여태 보여준 병신 같은 짓거리들이 재차 떠올라 이번에는 달래는 쪽을 선택했다.

"야, 그래도 현장 나가는 것보다는 박사님 경호하는 게 더 낫잖냐? 피 뒤집어쓰고 구린내 나는 현장보다는 따뜻하고 밥 제때 나오는 연구소에서 지내는 게 낫다고. 막말로 나한테 부탁했으면 난 뒤도 안 보고 수락했어. 이봐, 곽 소령이, 내가 너 아끼는 건 알지? 그러니까 일주일 전에 술 처마시겠다고 금지구역 뛰쳐들어가서 조용한 분위기 망가뜨려놓은 널 내가 이렇게 빼준 거 아니냐, 응?"

협박에 능한 장 중령이 유하게 나오는 이상 곽수환도 더는 빼져나가기는 틀렸다 싶었다.

"한 달."

"뭐?"

"영창 가 있어야 할 기간이 한 달이었으니까 한 달만 한다고요."

장 중령은 그래도 이게 어디냐 싶어 다시 이리로 오라면서 손짓했다.

곽수환은 좀 전과는 다르게 시원시원한 걸음걸이로 장 중령의 뒤를 따르기 시작했다. 처음부터 이걸 노렸던 게 틀림없다. 힘만 무식하게 센 놈인 줄 알았더니 잔꾀도 제법 돌아갔다.

"그래서 새끼야, 오줌은 안 싸냐?"

"바지에 지리죠, 뭐."

"그리고 부탁이 하나 더 있는데."

"뭡니까."

"할 일이 경호가 전부는 아니야. 여기서 박사님을 데리고 서울로 올라가야 해. 그걸 설득하는 것도 네 몫이고."

"돌 박사인지 뭔지가 서울로 안 간대요?"

"듣기로는 그렇다는 것 같지 뭐야."

"그럼 기절시켜서 실어 가죠."

장 중령은 앞코가 딱딱한 군화로 곽수환의 정강이를 차려고 했으나, 그가 한쪽 다리를 뒤로 휙 빼서 피한 게 더 빨랐다.

"그랬다가는 영창에서 10년은 썩을 줄 알아, 응?"

장 중령이 이를 악물고 말했다. 이제 초가까지 전방 10미터,

장 중령이 목소리를 키웠다.

"박사님, 모시러 왔습니다."

곽수환은 어디 얼마나 꼰대 같은 영감이 나올지 자못 기대하면서 팔짱을 꼈다. 속으로 10초를 셀 동안에도 훤히 보이는 대청마루로 모습을 드러내는 이는 없었다. 버릇처럼 주변을 둘러보는데 주변에 있는 신발은 싸구려 슬리퍼 단 한 켤레였다.

박사님을 애타게 외치던 장 중령이 하는 수 없이 군화를 벗고 안채의 문을 열었다. 그러고는 곽수환을 보더니 고개를 저었다. 턱짓을 해 바깥채에 가보라는 신호에 곽수환은 곧장 바깥채로 올랐다.

"야야! 신발 안 벗어!?"

"닦으면 될 거 아니에요."

"넌 새끼야, 내가 너희 집에 핏물 잔뜩 굳은 신발 신고 쳐들어가면 좋냐?"

짜증 섞인 얼굴을 숨기지도 않은 곽수환은 군화를 대충 벗고는 다시 마루에 올라섰다.

"내가 못살지. 새끼야, 넌 양말은 또 어쨌어. 안 그래도 군수물자 지급품도 달려 죽겠는데, 술집에다가 벗어 두고 온 건 아니지?"

부모님을 떠올리기 싫어하는 곽수환이건만, 장 중령의 잔소리에 어쩔 수 없이 옛 기억을 떠올려야 했다. 고작 양말 가지고 계속 투덜거리는 장 중령을 무시하고는 바깥채를 수색했다.

책이 잔뜩 쌓여 있는 책상 외에 생활감은 전혀 없다시피 했다. 그뿐이랴, 사람 머리통만 한 돌부터 시작해서 손톱만 한 돌까지 기다란 테이블 위에 가지런히 놓여 있었다. 이래서 돌 박사인가 싶을 뿐, 구경할 맛도 나지 않았다. 게다가 맨발에 닿는 온돌바닥은 얼어버린 강을 건너는 기분을 맛보게 했다.

문을 열고 나온 곽수환은 기지개를 켜며 하품을 더했다.

"돌 박사인지 뭔지 도망갔나 본데요. 우리도 그냥 철수하죠."

그때 자갈이 밟히는 소리가 희미하게 들려왔다. 장 중령과 곽수환이 그 소리를 따라 고개를 돌리니 비척비척 걸어오는 한 남자가 보였다.

"저기 찾았네."

곽수환의 목소리에 장 중령은 그래, 저기 오시네, 하면서 화색을 띠었다.

"내 양말."

남자는 기다랗게 늘어진 뭔가를 양쪽으로 들고 있었다. 아니나 다를까, 뭔가를 가득 넣어서 늘어진 군용 양말이었다.

같은 날, 세 시간 전. 제주도 세화해변 오후 2시.

곽수환은 태어나 제주도를 찾아와 본 것이 처음이었다.

석다 풍다 여다, 돌 많고 바람 많고 여자 많아 삼다도라 했다던데 그것도 옛말이었다. 현재 제주도는 현 국가에서 인정한 안전지대였다. 돈 좀 있으시고, 직급 좀 높으시고, 국가 차원에서 보호를 받아야 할 인간과 동물들이 모여 있는 곳이 바로 제주도란 말씀이렷다.

고운 모래가 깔려 있는 해변을 걷던 곽수환은 거추장스러운 군복 케이프를 벗어서는 팔에 걸쳤다. 파도 소리만 잔잔하게 들려왔고, 한때 바닷가 주변으로 성행하던 카페와 밥집들은 운영을 멈춘 지 오래였다.

다만, 한적한 해변에 서서 수평선을 보는 곽수환을 또 한 사람이 바라보고 있을 뿐이었다.

무표정한 얼굴에는 아무런 감정이 드러나지 않았지만, 심기는 어느 정도 불편해 보였다. 군 제복을 입은 남자가 이 해변에 있는 게 썩 달갑지 않기 때문이었다.

제 땅이 아니기 때문에 따질 수도 없는 노릇이라 모래 사이사이에 파묻혀 있는 보석들을 찾아내는 데에만 집중했다. 쭈그리고 앉아서 나뭇가지로 모래를 뒤적거리는데 정수리부터 발끝까지 검은 그림자가 졌다.

"뭐 하냐."

시큰둥한 말투에도 눈만 끔뻑거리면서 나뭇가지로 모래를 쓱쓱 헤쳤다.

"이 한겨울에 슬리퍼 달랑 하나 신고, 너 그러다 발가락 동상 걸려서 잘린다? 내가 그런 새끼들 몇 봤는데 제대로 걷지도 못해요."

오리걸음으로 옆으로 이동해서는 다른 부분의 모래를 팠다.

"이 새끼가 좀 모자란가. 뭐 하냐고."

군인에게 좋은 기억 따위는 없었다. 그들이 어떤 위험에 노출되어 있고 얼마나 힘든 일을 하는지는 알지만, 저렇게 핏물이 말라붙어 있는 군 제복도 싫었다.

말없이 모래 사이에서 돌만 찾아내 손에 쥐고 있는 모지리를 보던 곽수환이 쯧쯧 혀를 찼다. 어디 높으신 분의 자제인 것 같은데 이런 놈을 해변에 혼자 내보내다니.

곽수환은 주머니를 뒤적거리다가 차에 장갑을 두고 온 것을 생각했다. 아쉬운 대로 군화를 벗고는 제 양말도 벗었다. 오전에 새로 지급받은 양말이기 때문에 나름대로 깨끗한 편이었다. 아직 빳빳한 감이 있는 양말을 내밀자 고개를 든 모지리가 의아해했다.

"신으라고."

받을 생각이 없어 보여서 모지리 옆에 툭 놓고만 말았다. 그런데도 여전히 별다른 반응이 없었다. 곽수환은 상대할 가치도 없겠다 싶어 모래를 발로 휘저으며 해변을 나가기 시작했다. 그러다 문득, 얇은 셔츠에 그만큼 얇은 바지를 입고 있는 모지리가 눈에 밟혀 뒤를 한번 돌았다.

"저 병신 새끼."

모지리는 제가 준 양말에 모아둔 돌을 담고 있는 중이었다.

저런 새끼도 보호를 받는 판국에 저 육지에서는 진짜 보호받아야 할 사람들이 위험에 노출되어 있었다. 도로 가서 양말을 뺏어올까도 생각했지만, 모자란 게 또 무슨 죄인가 싶어 장 중령에게 걸려오는 전화만 받았다.

동시에 돌을 줍던 남자도 일어났다. 여기서 보니 꼭 검지손가락만 해진 군인을 빤히 바라보며 입을 열었다.

"왜 반말이야."

쯧, 그는 양말에 돌을 차곡차곡 담았다.

◆ ◆ ◆

202X년 늦은 봄, 유럽의 작은 지방도시에서 전염병이 발생.

같은 해 여름, 유럽 전역과 북남미, 아시아, 아프리카 등 모든 대륙에 급속도로 전염병이 창궐.

같은 해 늦여름, 백신이 개발되었으나 바이러스가 변이함.

기계적인 키보드 자판 소리와 함께 스크린에 자막이 떠올랐다. 이어 아나운서의 매끄러운 목소리가 들려오기 시작했다.

[백신 개발과 바이러스 변이의 반복으로 202X년, 전염병 발생 2년 만에 세계 인구의 3분의 1이 감소. 1년 뒤 그 인구의 3분의 1이 다시 감소했고, 각 정부의 기능을 상실한 국가들이 속출했습니다. 치안과 법이 모두 무너지고 아비규환의 사태가 벌어져 전 세계에 비상사태가 선포됐으며, 인류를 보존해야 한다는 사명 아래 국가 통합이 이루어졌습니다. 약 200여 개의 나라로 분리되어 있던 세계는, 이제 단 세 개의 국가만이 존재합니다. 인류의 보존, 인류의 새로운 번영, 그것이 우리의 사명입니다.]

"아무렴 세상이 세 개로 통합됐다지만, 오히려 좀 더 국수주의적으로 변했지."

하루에도 몇 번이고 TV와 스피커에서 나오는 방송을 듣던 장 중령이 푸념을 토해냈다. 제주도 초가에서 제주시 세이프센터로 이동하는 동안 박사는 생각보다 순순하게 따라와 주었다.

"박사님, 아시겠지만 저희는 박사님이 필요합니다."

순순하기만 했을 뿐 박사가 한마디도 꺼내지 않는 건 여전했다.

"우리한테 필요한 게 돌 박사는 아니지 않나? 아니면 돌로 놈들 찍어 죽이는 기술 가르칠 건가."

장 중령이 후, 길게 심호흡을 하더니 곽수환의 팔을 잡아서 문 쪽으로 끌고 갔다. 그러고는 조용히 윽박질렀다.

"네가 알아서 모시고 서울로 올라와. 난 지금 수원에 비상 터져서 바로 올라가야 하니까, 알아들어?"

거칠게 팔을 놓은 장 중령이 박사를 향해 꾸벅 인사를 하고는 방에서 빠져나갔다.

제주시 세이프센터는 특1급 호텔을 개조해 안전가옥으로 탈바꿈한 형태였다. 카펫은 호텔에서 사용하던 것으로 아직도 융단의 부드러움이 느껴졌다.

박사는 여전히 맨발이었고 돌이 가득 담긴 양말은 테이블에 놓여 있었다. 테이블 의자에 앉은 박사가 양말에 있는 돌을 꺼내서 다시 걸러내고 있었다.

곽수환도 맞은편 의자를 끌어내 털썩 앉았다.

"당신 박사라며. 진짜야?"

"……."

"돌에 빠삭해서 돌 박사냐고. 뭐, 그 새끼들 없애는 방법이 돌에 있나?"

반짝거리는 결정이 박혀 있는 돌을 발견한 박사는 그것을 들어서 형광등에 비춰 봤다. 특이하게도 돌 안에 유리가 박혀 있었다.

휙, 곽수환이 그 돌을 낚아채서는 방 한쪽으로 던졌다.

"돌만도 못한 취급 받는 거 썩 유쾌하지 않거든. 너를 서울로 데리고 올라가야 내가 영창 생활을 피할 수 있다니까 협조 좀 해봐."

곽수환이 던진 돌을 주우러 간 박사는 돌을 줍고는 그대로 문을 열고 나가려고 했다. 곽수환이 성큼성큼 걸어서는 손으로 문을 꾹 눌러 막았다.

"어딜 가시려고."

힘을 쓰기는 싫었는지 나직하게 한숨을 쉰 박사가 다시 자리로 돌아왔다. 나머지 돌은 놔두고 주워온 돌만 주머니에 넣은 박사는 미동 없이 가만히 앉아 있었다.

숨은 쉬고 있는 건지, 눈을 1분에 몇 번이나 깜빡이는지, 곽수환은 박사를 빤히 들여다봤다. 발갛게 얼어붙은 맨발과 달리 얼굴은 허여멀겋다. 반사적으로 아래가 묵직해지는 감각이 찾아와 서울로 올라가기만 하면 바로 주사부터 맞아야겠다는 생각만 들었다.

"당신 머리 좋아?"

"그쪽보다는요."

순간 곽수환은 인상을 찡그렸다가 곧 어처구니없다는 듯이 웃었다. 머리만 좋은 '반푼이'인 줄 알았는데 말투도 아주 멀쩡했다.

"육군사관학교 수석졸업생이지만 관료제와는 성향이 맞지 않아 몇 차례나 사건 사고를 일으켜 징계를 받고 영창을 가기를 반복…… . 절 서울로 데려가야 하는 이유는 영창을 가지 않기 위해서라고."

이어 나온 말은 여섯 살짜리가 유창한 언어를 구사하면 이런 기분일까 싶을 정도로 신선했다.

"그리고 나 돌 박사 아닙니다. 변이 바이러스와 돌연변이 연구자지.”

짝짝짝, 곽수환이 박수를 쳤다.

“잘됐네, 연구자님. 난 당신이 뭘 연구하는지는 관심 없고, 서울이나 갑시다.”

눈을 가느다랗게 뜬 박사가 가슴팍의 피 묻은 명찰을 읽어 냈다.

“곽⋯⋯수환 씨?”

“편히 곽 소령이라고 불러도 되고.”

박사는 돌을 다 뺀 양말을 곱게 접어서 곽수환에게 내밀었다.

“양말 고마웠습니다. 서울은 가겠습니다. 곽수환 소령이 제 인도자가 아니면 말입니다.”

그 말은 곧 영창으로 돌아가라는 소리였다.

곽수환은 다리를 한쪽으로 꼬고는 테이블에 턱을 괬다. 진짜 기절이라도 시킬까 했는데 저렇게 주둥이가 살아 있는 걸 보면 깨어났을 때 더 골치 아플 게 분명했다.

“왜?”

“저를 보호하러 오셨을 텐데, 그 일에는 별로 관심이 없어 보이시거든요.”

“맞아, 난 그 빌어먹을 영창만 안 가면 그만이야. 박사님은 영창이 어떤 데인지 모르지? 사람 밤잠도 못 자게 새끼들이 하루 종일 괴성을 질러대고, 구더기가 박사님 얼굴보다도 더 크게 뭉쳐 있거든. 그거 터뜨리는 재미도 처음뿐이지. 군인한테는 인권도 법도 없나? 아리스토텔레스 왈, 만인이 법 앞에 평등한 국가만이 안정된 국가라고 했지. 근데 박사님한테는 이게 국가일지 모르겠지만 우리한테는 아니야, 알아?"

박사는 눈앞에서 나불대는 곽수환을 마찬가지로 빤히 쳐다봤다.

흐트러진 군복 안에 각 잡힌 체격은 두뇌보다는 육체파라는 것을 표출하고 있으나 인권을 운운하면서 고대 명언까지 끌어내는 걸 보니, 두뇌 쪽으로 열등감이 있는 사람인가 싶었다.

백신이 개발되면서 바이러스도 살아남기 위해 변이를 했고, 인류도 마찬가지였다. 인류 또한 엄청난 인구 감소 속에서 살아남기 위한 진화 과정 속에 있었다.

아직 극소수에 불과하지만 인간 이상의 능력치를 가진 돌연변이가 태어났으며, 그들은 신체 혹은 두뇌가 특화되었다. 다만 완벽히 진화에 성공하지 못했기 때문인지 몰라도 어느 한쪽이 뛰어나면 반대로 어느 한쪽이 평범한 사람들보다 모자라고는 했다. 박사 자신만 해도 두뇌를 얻은 대신 체력이 바닥이었다. 또한 돌연변이들은 각자 뭔가에 강한 집착 증세를 보이고는 했다.

제주도에서 나고 자랐지만 육지로 나가려고 시도해보지 않은 것은 아니었다. 단 한번 육지로 나간 건 스무 살 때였고, 그때 딱 죽지 않을 만큼 멀미와 두통에 시달려야 했다. 이후 제주도로 다시 돌아오는 일은 곧 공포였다. 그래서 어머니가 돌아가셨던 스물 후반 무렵에나 제주도로 돌아올 수 있었고, 여태 육지로 나갈 엄두조차 내지 못한 것이다.

"인권을 운운하시는 분이 왜 군인이 됐습니까?"

"실컷 밥 처먹게 해준다고 해서. 내가 육사에 지원했을 때 동기가 한 100명 됐거든? 뭐, 옛날에는 엘리트 집단이었다네? 그런데 지금 육사 출신 새끼들은 사실 다 총알받이거든. 밥 실컷 먹는 대신에 동료 놈들이 하나둘씩 사라지더라고. 100명이 넘던 그 인원이 다 뒈지고, 동기는 나를 포함해 이제 딱 네 명 남았어."

손가락 네 개를 펼쳐 보이던 곽수환이 앞에 있는 박사의 얼굴을 쓱 훑어 내렸다. 불쾌한 행동에도 박사는 눈을 한번 깜빡이고만 말았다.

"그러니까 말 듣자, 박사님? 나 같은 인재를 영창에 가두는 것 자체가 국가적 손실이니까. 나랑 같이 서울로 가는 거다?"

곽수환이 입꼬리를 올려 웃었지만 눈에 웃음기는 보이지 않았다. 그의 말대로 그가 수많은 군인 중에 살아남은 네 명이라면, 영창으로 보내버리는 것은 군의 전력 손실이나 마찬가지였다. 박사는 곽수환이 달갑지는 않았지만 더 고집을 부릴 필요도 느끼지 못했다.

"좋습니다. 대신에 서울까지 올라가는 길에는 수면마취를 해야 할 것 같습니다."

핫, 곽수환이 헛웃음을 내뱉었다.

"값비싼 의약품들이 박사님 편히 주무시라고 있는 게 아니지. 제주도에서 돌이나 주우러 다니고 VIP 대접만 받다 보니 현실

파악이 안 돼?"

"압니다. 그런데 가다가 죽을지도 모르니까 부탁드리는 겁니다."

"비행기 탈 때 잠이라도 안 자면 죽나 보지? 그럼 굳이 수면마취까지 갈 필요가 있겠어?"

곽수환이 손을 위로 향해 까딱까딱했다. 일어나라는 신호에 박사는 순순히 일어났다.

박사의 팔뚝을 잡아 벽으로 끌고 간 곽수환이 벽에 바짝 붙여 세웠다. 박사의 가슴팍을 커다란 손으로 꾸욱 누르고는 고개를 숙였다. 금방이라도 입술을 내릴 것만 같은 자세에 박사는 불쾌한 시선을 담고 그를 올려다봤다.

"숨 참아봐."

"······숨이요?"

"응, 크게 들이켰다가."

안심하라는 듯 가볍게 대꾸한 곽수환을 보면서 숨을 들이켰다가 참았다. 동시에 가슴에 닿은 손에 엄청난 힘이 실렸고, 숨이 끊길 듯한 압박감을 느끼자마자 박사는 정신을 잃었다.

같은 날, 오후 10시 여의도 쉘터 63빌딩.

"이 병신 새끼야! 내가 미쳐. 내가 너 때문에 명줄이 바짝바짝 타들어 간다고!"

"누군 알았습니까. 저렇게 약할 줄 알았냐고."

"너희는 몸뚱이만 강철이고 대가리는 똥멍청이지! 대신에 박사님 대가리는, 아니 대갈통도 아니고 그 뭐냐, 두뇌는 천재적인 대신에 몸뚱이가 유리라고!"

"너희들이라니요? 나는 저 똘수환 새끼랑은 달라요, 중령님. 저는 빼줘요."

검은 군복에 검은 케이프를 두른 군인 셋은, 침대에 누워 두 눈을 감고 있는 박사를 둘러싸고 있었다.

장 중령이 분기탱천할 때마다 케이프의 붉은 안감이 흘끗흘끗 보였다. 군복은 동일하나 어깨의 견장이 계급을 대신 알려주었다. 녹색 견장은 중령이었고, 은색은 소령들이었다.

"채윤아, 제발 부탁인데 오늘은 곽 소령이랑 시비 붙지 말자, 응?"

장 중령이 그녀에게 부탁 아닌 부탁을 했다.

"내가 언제 시비 붙었어요. 항상 쟤가 붙었지."

"주둥이 시끄럽다."

곽수환이 박사를 내려다본 채로 지껄였다.

"저 봐요, 저 새끼 항상 지가 먼저 시비 건다니까요!"

이채윤이 삿대질을 하자 곽수환이 머리를 거칠게 쓸어내렸다가 났다.

"일단 좀 기다려봐요. 심박수도 문제없다니까."

곽수환은 미간을 찌푸리고 팔짱을 낀 채로 박사를 내려다봤다. 이렇게 오래 기절해 있을 줄은 그도 예상하지 못한 바였다. 대충 한 시간이면 일어나겠지 했는데 군용 비행기에서 내려서 헬기로 이동하는 와중에도 정신을 차리지 못했다.

"박사님이 일어나서 네놈 짓거리를 기억 못 하기를 바라는 수밖에 없어, 알아?"

"머리 좋다면서요, 다 기억하겠지."

이채윤이 싱글싱글 웃으면서 곽수환을 향해 목을 찍 긋는 시늉을 했다.

"그러게 내가 데리러 간다니까 저 새끼 뭐가 예쁘다고 영창에서 꺼내줘요."

"나가라."

"왜, 내가 못 할 말 했냐?"

"제대로 말했는데, 나가라고. 박사가 일어나자마자 네 면상 보면 또 기절할라."

"뒈진다?!"

이채윤이 접이식 의자를 들어서 날리려는 것을 장 중령이 간신히 말렸다. 장 중령이 온 힘을 다해 막아내려 했지만 이채윤의 힘을 이기는 건 역부족이었다. 날아오는 의자를 곽수환이 손으로 잡고는 마찬가지로 날려버렸다. 야구놀이도 아니고 박사의 침대 위로 의자가 공 대신 날아다녔다. 골을 꾹 누르던 장 중령이 그만! 우렁차게 소리쳤다.

"그만하라고! 야, 이 소령! 자식아, 너도 그만해!"

"아씨! 나 이소룡 아니라고!"

이채윤이 이번에는 벽을 향해 의자를 내동댕이쳤다. 곽수환이 갑자기 낄낄대고 웃기 시작했다.

63빌딩 박물관에는 과거 한 시대를 풍미하던 배우들의 영상 자료도 있었는데, 거기에 마침 이소룡에 관한 내용도 있었다. 그날로 이채윤의 별명은 이소룡이 됐고, 이제는 이 소령이라고 부르기만 해도 저렇게 흥분을 해댔다.

"새끼야, 내가 언제 너보고 이소룡이라고 했어?! 이 소령이라고 했지! 그리고 넌 내가 누누이 말했지. 내 앞에서는 괜찮지만 다른 상사 앞에서는 안 된다고. 지금부터라도 조심해. 가뜩이나 쌍심지 켜고 보는 놈들도 많은데."

화는 장 중령이 냈지만, 이채윤은 씩씩대면서 곽수환을 노려봤다. 장 중령은 둘 사이를 가로막고 서서는 입을 다시 열었다.

"됐고, 채윤이 너는 양 소령한테 지원 요청 들어온 데나 가보고, 곽 소령 넌 여기서 꼼짝 말고 박사님 깨어나실 때까지 지키고 있어. 손이 발이 되게 빌든지 하라고."

"내가 여기 있으면 안 돼요? 박사님 얼굴 너무 잘생겼어. 구경할래."

이채윤이 박사의 얼굴 가까이 자신의 얼굴을 가져다 댔다.

"채윤아…… 제발."

장 중령은 자신의 이마를 가리켰다. 주름이 셀 수 없이 늘고 있다는 신호였다.

"농담이에요. 저 지원 나가볼게요. 그리고 저 새끼는 박사님 깨어나면 영창 보내버리라고 해요."

"그건 박사님이 알아서 할 문제고 우린 나가자고. 야, 곽 소령이. 잘해, 엉?"

곽수환이 가볍게 고개만 끄덕했다. 둘이 나가자마자 곧 빌딩 안의 의무실은 고요해졌고 이따금 방향제 분사 소리만 들려왔다. 곽수환은 천장을 향해 누운 박사를 물끄러미 내려다봤다.

그러고 보니 이름을 안 물어봤다. 변이 바이러스와 돌연변이 연구자라고는 하는데, 정말 두뇌가 특화되어 있는지 끽해봐야 스물 초중반이나 됐을까 싶건만 박사란다.

박사의 입술 안에서 달싹거리는 소리가 들렸다. 목이 마르는지 타액이 음습하게 엉겨 붙어 있는 듯했다. 곽수환이 이번에는 자신의 하반신으로 눈을 돌렸다. 억제제 주사를 맞아야 하는데 지금 여기에 의무실장도 없으니 이걸 어쩌나.

뭘 어째, 풀어야지.

"신세 좀 집시다."

곽수환이 바지의 지퍼를 내리더니 한쪽 다리를 침대 상단에 올렸다. 팽팽한 성기를 손으로 죽죽 훑으니 좀 더 커다랗게 팽창했다. 쿠퍼액까지 새어나와 번들거리는 귀두를 박사의 달싹거리는 입에 가져 대려는 때였다.

"악! 중령님! 중령님!"

날카로운 이채윤의 목소리가 들리는 바람에 곽수환이 좆을 쥔 채로 열린 문을 바라봤다.

"저, 저 새끼! 똘수환 새끼가 지금 자기 거시기를 박사님 입에 문지르려고 해요!"

쯧, 곽수환이 다리를 내리더니 얼른 지퍼를 채워 올렸다. 뒤늦게 달려 들어온 장 중령이 설마 싶다는 눈을 하고 곽수환을 쳐다봤다.

"너 이 새끼! 진짜야! 미쳤어?!"

"이 소령, 너 적당히 해코지해라. 내가 무슨 박사 입에 좆을 문질러."

문지르려고 했는데 불발됐지.

"야! 내가 봤거든? 제대로 봤거든."

"시끄러. 근데 왜 다시 왔어요?"

장 중령이 눈을 가느다랗게 뜨고 곽수환의 하반신을 바라봤다. 기다란 케이프에 반쯤 가려져 있어서 발기를 했는지 어쨌는지 제대로 보이지도 않았다.

"곽 소령이, 너 성욕 억제제 주사 맞은 지 얼마나 됐어."

"억제제 안 맞아도 박사 입에 안 물린다니까."

"내가 네 좆 봤는데! 존나 코브라보다 더 징그러운 거 봤는데!

내 눈 어쩔 거야!"

다음에 현장에 나가면 이채윤의 성대를 조준해버릴까 싶을 정도로 시끄러웠다.

장 중령은 아무리 정신 나간 놈이라도 설마 박사, 그것도 남자에게 그걸 들이댈까 싶어서 이채윤에게 핀잔을 주려는 때였다.

"채윤아, 너 아무리 곽 소령이가 싫어도 그렇지."

"여기…… 서울이에요?"

어디선가 들려온 목소리에 장 중령과 이채윤이 눈을 커다랗게 떴다.

천장을 향해 누워 있던 박사의 고개가 어느새 세 명의 군인을 향해 있었다. 그는 두 손을 가슴에 얌전히 포갠 채 다시 말을 했다.

"……그것보다 내 돌 어디 있어요? 그리고 물도 좀……."

또 이어 한숨이 길게 새어나왔다.

"입술에서…… 비린내가 나요."

◆ ◆ ◆

곽수환은 차분히 물을 마시는 박사를 보면서 다리를 반대로 꽜다. 설마 입에 신세지려고 했을 때부터 깨어 있던 건 아니겠지? 입술에 닿지도 않았는데 비린내가 난다니.

"나 하루에 두 번은 씻거든."

박사는 곽수환의 말뜻을 헤아리지 못하고 그냥 네, 하고 대답만 했다.

"그리고. 그, 저기, 뭐냐."

입이 잘 떨어지지 않는지 곽수환은 입술을 닫았다가 떼기를 반복했다.

"그, 미안하게 되었습니다. 난 그쪽이 그렇게 한참 기절해 있을 줄은 생각지도 못해서."

존댓말이 어색하게 느껴지는 건 사과가 익숙하지 않아서일 수도 있었다. 박사는 고개를 한 번 끄덕이고는 다시금 물을 마셨다. 주변에 얼음물을 벌컥벌컥 들이켜는 놈들만 있는지라 저렇게 물을 마시는 것도 어째 특이하게 느껴졌다. 곽수환으로서는 솔직히 답답하기도 했다.

"꽉꽉 좀 마시지. 무슨 물을 토끼 새끼처럼 오물거려."

"체할 수도 있어서요."

"물 마시고 체한다는 소리는 또 처음 들어보네."

"자주 듣게 될 겁니다. 제가 자주 말하거든요."

곽수환이 이번에는 반대로 다리를 꽜다.

박사의 겉모습만 보자면 비리비리한 느낌은 딱히 없었다. 전체적으로 하얗기는 한데 마냥 작고 여린 느낌은 아니었고, 무표정한 얼굴을 하고 있어도 또 그게 냉해 보이지도 않았다. 오히려 멍해 보였지.

박사는 곽수환의 시선을 느끼고 컵을 손에 쥐었다. 마찬가지로 그를 빤히 바라봤다. 각 잡힌 제복이 답답한지 넥타이가 느슨했다. 말본새나 직업치고 거칠어 보이는 인상은 아니었다. 어쩌면 군복보다는 슈트가 더 잘 어울리지 않을까 하는 별거없는 생각만 하고 말았다.

"곽수환 소령님, 그렇게 계속 보시면……."

"보면 뭐."

곽수환은 박사를 계속해서 바라봤다.

"체하겠습니다."

"어떤 민물 가재 놈은 사람이 쳐다만 봐도 죽는다던데, 박사님이 그 수준은 아니겠고."

"그 수준일지도 모르죠."

박사가 자조적으로 중얼거렸다. 그래도 이렇게 마냥 침대에 있을 수만은 없었다. 박사는 일어나서 두 다리를 침대 밖으로 내렸다. 주변을 천천히 둘러보다가 커다란 창으로 걸어갔다. 서울이라고 했을 때 장소는 대충 예상하고 있었다.

여의도의 쉘터라 불리는 63빌딩이었다. 그리고 자신이 제주도에 내려가기 전까지 몸담고 있던 연구소 사무실이기도 했고.

고층 건물에서 내려다보니 한때는 열차가 쉴 새 없이 사람을 싣고 지나다니던 한강철교가 보였다. 열차는 어느 한 곳에서 멈추어 있었고, 앞의 철길은 폭파로 끊겨 있었다. 열차가 얼마나 오랜 시간 방치되어 있었는지는 철교를 둘러싼 덩굴만 봐도 짐작할 수 있었다.

처음, 바이러스가 창궐해 온 육지로 퍼져나갔을 때는 장벽을 세우자는 의견들도 있었다. 그것도 여유가 있을 때의 이야기였다. 바이러스는 걷잡을 수 없이 빠른 속도로 퍼져나갔기에 장벽을 세울 만한 인력도 남지 않았다. 그래서 생각한 것이 서울에 있는 모든 다리와 철도를 폭파하는 일이었다. 무식한 방법이었으나 시간을 벌기에는 효과적이기도 했다.

물론 이 모든 이야기들은, 박사 또한 각종 영상매체와 서적을 통해 쌓은 지식일 뿐이었다.

"서서 죽은 건 아니지?"

곽수환이 옆으로 불쑥 다가왔다.

"연구실은 아직 34층에 있습니까?"

"아마?"

"이동하겠습니다."

"식사는 안 해?"

"연구실부터 들렀다가요."

"마음대로 해. 그리고 이 방은 오늘부터 박사가 쓰면 돼."

그 또한 예상하고 있던 바였다. 제주도에 두고 온 돌들이 생각났지만 그것보다 더 먼저 해야 할 일을 알았다. 어차피 이 건물에도 제가 모아두었던 돌들이 있으니 우선 연구소로 내려가야 했다.

보호 역할이라고는 하지만 곽수환은 마치 감시를 하듯 반발 자국 뒤에서 박사를 따라갔다.

용도가 쉘터로 변경되면서 빌딩 내부는 기존의 모습에서 몇 번이고 탈바꿈을 했다. 엘리베이터만 해도 등록된 지문이 아니면 탑승이 불가능했다.

곽수환이 엘리베이터의 지문 인식 시스템에 손을 가져다 대니, 그의 이름과 함께 무표정한 얼굴이 화면에 떠올랐다.

[개방합니다.]

기계적인 목소리가 들린 뒤, 엘리베이터 문이 열렸다.

"중령한테 듣기로는 쉽게 제주도에서 나오지 않을 거라던데, 생각보다 순순히 따라왔네."

잘 따라가겠다는 사람을 기절시킨 게 누군데.

그럼에도 딱히 틀린 말은 아니라 박사는 고개를 끄덕했다.

"변이 바이러스 연구자로서의 사명 같은 건 없나? 제주도에서 희희낙락 사니까 좋아서? 백장 왈, 일을 하지 않는 자, 먹지도 말라고 했는데 너무 편하게 지낸 거 아닌가."

박사는 줄어드는 숫자를 보면서 34층에 도착하기를 기다렸다. 어서 문이 열려서 이 좁은 박스에서 빠져나가기를 기다렸다.

덜컹! 갑자기 뻗어 나온 손이 버튼 하나를 누르니 좁은 박스가 한 차례 울렸다. 급정지를 하는 바람에 멀미가 이는 듯했고, 엘리베이터 내부는 붉은 조명으로 점멸했다.

[Emergency, Emergency, 긴급 비상 멈춤을 알립니다. 지문 인식자인 곽수환 소령님께서 3초 이상 버튼을 누를 시 정상 가동되고, 짧게 한 번 누를 시 강제 개방됩니다.]

박사는 곽수환의 갑작스러운 돌발 행동에 그를 돌아봤다. 팔짱을 끼고 있는 것을 봐서는 버튼을 누르지 않겠다는 분위기가 농후했다.

"돌 박사, 우리가 왜 제주도에 있던 돌 박사를 여기에 데려온 줄 알아?"

그건 박사도 의아했다. 여의도 연구소에는 이미 자신의 자리를 대신할 수석연구원이 있었으니까.

"설마 오 박사님한테 무슨 일이 생겼습니까?"

"맞아, 그 노인네가 죽었거든."

나이 지긋한 사람이었기에 노화로 사망했어도 이상할 건 없었다.

"정확히는 살해당했고."

"살해……요?"

"위험한 건 저기 저 밖에 있는 것들뿐만은 아니야."

"오 박사님께서 사람에게 죽임을 당했다는 겁니까?"

"그래서 그 건은 군사재판에 회부됐지. 정확한 건 헌병대가 조사 중이지만."

원래는 영창행이었던 곽수환도 자신을 경호하는 인원으로 차출되어 간신히 빠져나왔다고 했다.

설마 그 살인사건에 곽수환이 연루되어 있는 건 아닌가 싶었다. 아니, 그랬다면 저자를 자신의 경호원으로 배정했을 리가 없지 않나. 그러니까 지금 저 군인은 쓸데없는 기 싸움을 벌이고 있는 것이다.

"그러니까 박사님도 조심하라고."

씩 웃은 곽수환이 비상 버튼을 지그시 눌렀다. 정확히 3초가 지나고 나서야 엘리베이터가 정상 가동됐고, 34층에서 문이 열렸다.

"그래도 그쪽이 민물 가재보다는 낫네. 놀랐다고 갑자기 죽지는 않잖아?"

"안 놀랐으니까요."

박사 말대로 얼굴은 동요 없이 무표정했다. 엘리베이터의 문을 붙든 곽수환은 박사가 내리기를 기다렸다.

[엘리베이터의 문을 강제로 잡고 있으면 위험합니다. 곽수환 소령님, 엘리베이터 사용 예절을 지켜주세요.]

"기계 주제에 말은."

곽수환은 느릿하게 걷기 시작한 박사의 뒤를 다시금 따라갔다.

"어딘지 알고나 가는 거야? 여기서 일한 지 오래돼서 기억이나 하겠어?"

"곽수환 소령님, 이 건물은 안전하다고 알고 있습니다. 제가 외출할 일이 있을지는 모르겠지만, 건물 구역을 벗어나는 일이 있을 때만 제 경호를 맡아주셨으면 합니다."

박사는 천천히, 그러나 강경하게 곽수환을 향해 말했다.

"싫은데."

그랬다가는 장 중령한테 무슨 잔소리를 들으라고. 곽수환은 어서 걸으라면서 앞을 턱짓했다.

박사는 직감적으로 이 남자가 피곤한 타입일 거라고 확신했다. 게다가 어쩌면 게이일지도 모르겠다고도 덧붙여 생각했다. 분명 자신의 입에 성기를 가져다 대려고 하지 않았나. 그것도 아니면 그냥 발정 난 짐승에 가까울 수도 있겠지. 물론 아무래도 상관없었다.

쉘터는 꽤나 높은 보안 수준을 자랑했고, 특히 연구동은 더 철저하게 유지되고 있었다. 위험한 바이러스와 세균, 백신들이 수두룩하게 보존되어 있었기 때문이다.

박사는 엘리베이터에서 약 50미터를 지나 코너를 돌면 일전에 사용하던 연구실이 나오는 것을 기억했다. 걸음은 느리지만 막힘없이 연구실을 향해 걷던 도중 투명한 유리문 앞에서 멈춰 섰다. 그리고 몸을 돌려 곽수환을 봤다. 그는 거추장스럽다는 듯 케이프를 팔에 걸치고 있었다.

"동행은 여기까지면 충분합니다."

곽수환도 지루한 연구실에 들어가 있는 것보다 문 앞을 지키는 편이 더 낫다고 생각했다. 박사가 지문을 인식하자 투명한 유리문에 신원이 떠올랐다.

[아담 바이러스 연구원 석화(34세) 인식 완료, 개방.]

"그럼."

석화는 고개를 까딱하고 투명한 연구실 안으로 들어갔다. 이름 한번 제 표정처럼 딱딱했다.

　　　　　◆◆◆

　세상이 이 모양 이 꼴이 나고도 변하지 않은 게 꽤 있는데, 그 중 하나는 쉘터가 여전히 금연 건물이라는 것이다.

　안에만 있는 게 답답해진 곽수환은, 순찰을 한다는 명분으로 지프를 타고 이동했다. 순찰은 2인 1조가 규칙이었으니 이채윤도 함께였다.

　원효대교 남단 근처에 차를 세운 곽수환은 이채윤이 태우는 담배 연기를 한껏 맡았다.

　"똘수환, 나랑 바꾸자. 응?"

　"뭘."

　"너 현장 좋아하잖아. 네가 현장 나가고 내가 박사님 보필할게, 어때?"

　비상이 들어온 의정부를 다녀온 이채윤이 단번에 담뱃대 절반을 빨아들였다.

　"응? 좀 바꾸자고."

　"영창 가는 대신에 맡은 임무인 거 몰라?"

　"우리 둘 다 원한다고 하면 바꿔줄걸?"

　이채윤의 말도 일리는 있었다. 자신도 연구실 앞에 죽치고 있는 것보다 날뛸 수 있는 현장이 더 나았으니까.

　"어때? 콜?"

　곽수환은 뭉게뭉게 피어나는 연기를 눈으로 무심히 좇다가 말했다.

"받고 거기다 담배 한 보루면 콜."

"꺼져. 안 해."

군사재판에 회부되던 날 곽수환은 가지고 있던 술과 담배를 전부 압수당했다. 강제 금주에 금연까지 하고 있기에 간접흡연이라도 해보고자 이채윤을 동행시킨 참이었다.

"박사님 성격은 좀 어때? 알아보니까 나이도 꽤 많더라? 미혼이고 사귀었던 사람도 몇 명 없었다는 것 같던데?"

곽수환이 고개를 갸웃했다. 석 박사에게 사귀었던 사람이 있었다는 말에 묘한 이질감이 들었다.

"서울 떠나 있은 지 몇 년이나 된 사람인데, 그런 소식은 대체 어디서 들어."

"구내식당 아저씨가 그러던데? 먹는 것도 쥐 오줌만큼 먹는대. 몸이 약해서 어떤 날은 밥 먹다가 그대로 국에 코 박고 쓰러진 적도 있었다더라?"

"그런 양반인데 내 좆 물렸으면 그 자리서 질식사했겠네."

곽수환이 헛웃음을 내뱉었다.

"똘수환! 너, 이씨! 네 징그러운 좆 꺼내서 물리려던 거 맞네! 너 딱 걸렸어! 장 중령님이 내가 너 해코지했다고 막 뭐라고 하잖아!"

"시끄럽고, 저거 철조망 넘어오려고 한다."

손가락으로 귀를 막았다가 떼어낸 곽수환이 그 손으로 대교

끝을 가리켰다. 빌딩 반경 2킬로미터는 제주처럼 나름 청정구역이었다. 다만 가끔 저렇게 운 좋게 넘어오려는 것들이 있었다.

곽수환은 지프 안에 놓인 저격총을 꺼내 보닛 위에 올렸다. 그러고는 스코프를 4배율로 맞춰 저격 대상을 찾아냈다. 대교의 경계인 철조망에서 흐느적거리는 꼴을 보니 바이러스에 감염된 지 족히 석 달은 된 것 같았다. 사람들은 이 정체불명의 바이러스를 아담이라고 불렀다.

인류의 시초인 아담이 인류를 말살하고자 온 바이러스 이름이 되다니, 아이러니가 아닌가.

"뭐 해, 저 새끼 대가리 안 쏘고."

이채윤이 이번에는 담배 두 대를 입에 물었다.

"이 소령, 내기할까?"

"내기? 무슨 내기?"

사행이라면 사족을 못 쓰는 이채윤이 눈을 반짝였다.

"내가 여기서 저 새끼 머리통 돌로 맞히는 거 성공하면 담배한 갑. 콜?"

불도 붙이지 않은 담배 두 개비를 물고 있던 이채윤이 보닛에 담배를 내려놓고는 깔깔 웃었다. 그러더니 언제 그랬냐는 듯이 웃음을 뚝 멈추더니 바닥에 있던 돌멩이 하나를 주워 들었다.

여기서 200미터쯤 되려나? 한쪽 눈을 감고 거리를 가늠하던 그녀가 야구선수처럼 한쪽 다리를 올렸다가 전신의 힘을 어깨에 실어 돌을 날렸다. 이소룡이라는 별명이 붙은 것도 다 저 때문이었다. 육체가 진화한 이채윤의 괴력은 놈들의 얼굴뼈를 맨손으로 깨부수고도 남았다.

"야! 봤냐?! 무슨 내기도 말이 되는 걸 해야지, 이 쉬운 걸 하냐."

곽수환은 의기양양해하는 이채윤의 어깨를 툭툭 치고는 다시 보라는 듯이 턱짓했다. 제대로 빗겨나갔는지 놈은 여전히 철조망을 빠져나오려고 용을 쓰는 중이었다.

"어때, 콜?"

"안 해."

이채윤이 다시금 돌을 들어서 던지려는 것을 곽수환이 먼저 저격했다. 탄환이 정수리를 관통하니 픽 하고 뒤로 넘어갔다.

"총알 아깝게."

"슬슬 돌아가자. 석 박사 국에 얼굴 박을 시간이다."

"뭐?"

"저녁시간이라고."

◆ ◆ ◆

쉘터의 구내식당 식단은 나름 호화로웠다. 제주도가 귀빈들이 사는 곳이라고는 하지만, 육지에서 소비되는 먹을거리들은 제주도에서 나는 작물인 경우가 많았다. 또한 제주도처럼 완벽하게 통제되는 곳이 더러 있었는데 섬이라 불리는 곳들이었다.

물론 이 건물에서 유전자 변형 작물을 개발하는 일도 하고 있으니 서로 상부상조하는 셈이었다.

저녁시간을 알리는 방송이 나오고 나서도 한참 뒤에야 석화는 연구실을 나섰다. 그는 그 앞을 떡하니 지키고 서 있는 곽수환을 쳐다봤다. 밖을 나갔다 왔는지 찬 기운이 제복에 머물러 있는 듯한 착각이 들었다.

"식사 안 하셨어요?"

"박사님이 나오길 기다렸으니까. 나 같은 일개 군인은 연구실에 들어갈 수 있는 방법이 없어서."

"가시죠."

시비조의 말에 발끈할 만한데도 석화는 별다른 반응을 보이지 않았다.

곽수환은 박사만 보면 저도 모르게 말이 뾰족하게 나간다고 생각했다. 저 무표정한 얼굴이 어떻게 하면 깜짝 놀랄까, 또 뭘 하면 극적인 변화를 보여줄까 흥미가 생긴 탓도 있었다.

"우리 돌 박사 이름이 석화던데, 돌 주우러 다녀서 돌 박사가 아니고 사실은 성이 돌 석 자인 거 아니야?"

"저를 돌 박사라고 부르는 사람은 곽수환 소령이 처음인데요."

"뭘, 앞에서만 안 부르지 다들 돌 박사라 부르더만."

"그렇군요."

이번에는 석화가 엘리베이터를 작동시켰다.

"할머니가 제주도에서 물질을 하셨다더라고요."

석화는 엘리베이터에 타고 나서야 말을 이었다.

"물질?"

"해녀요."

"누가 뜻을 몰라서 물은 줄 알아?"

엘리베이터는 구내식당 층에서 문이 열렸다.

"그래서 할머니가 해녀인 게 뭔 상관인데?"

먼저 나가려는 석화에게 곽수환이 말을 끝까지 하라는 듯 굴었다.

"석화는 돌이 아니라 굴을 뜻합니다. 전 돌 박사도 아니고요."

곽수환은 구내식당을 향해 느릿느릿 걷는 석화를 보면서 곽인상을 썼다.

"돌이나 굴이나, 씨발."

느릿하게 걷는 듯하지만 어느새 거리가 벌어지기 시작했다. 여기 어딘가에 장 중령의 고자질 개들이 있을지도 모르기에 성큼성큼 석화에게 다가갔다.

"굴 박사, 같이 가지?"

구내식당은 이미 한 차례 군인들이 쓸고 지나간 터라 평소보다는 한적한 편이었다. 석화도 그것을 기억했기 때문에 느긋하게 나온 참이었다.

석화가 식판을 들고는 천천히 배식을 받기 시작했다. 그 뒤로는 곽수환이 있었다. 쥐 오줌만큼 먹는다던데 배식을 하는 직원들은 아직 석화를 파악하지 못했는지 밥과 반찬을 수북이 담아주었다. 석화는 식판을 물끄러미 내려다보더니 작게 한숨만 쉬었다. 곧 빈자리를 찾았고, 그 맞은편에는 곽수환이 앉았다.

석화가 수저를 들고 국을 후룩 떠먹었다. 곽수환도 식사를 하면서 저 박사가 언제 국에 얼굴을 처박는지 속으로 초를 세고 있었다. 그러나 몇 분이 지나도록 식사만 할 뿐이었다. 어찌나 느리게 먹는지 소처럼 안에 넣은 걸 되새김질하는 게 아닌가 싶었다.

"석 박사, 아담 바이러스 말이야."

곽수환의 입에서 바이러스 이야기가 나올 줄은 몰랐던 석화였다. 그 바람에 고개를 쓱 들었다.

"그거 다시 변이된 게 맞아? 일전에 개발된 백신이 또 안 듣는다고."

"……그렇다고는 들었습니다. 저도 상황 파악부터 하고 있어요."

"감염된 것들이 진짜 생각이라고는 없는 게 맞아?"

"본능으로만 움직이죠."

"생존본능?"

석화는 간이 심심한 어묵을 먹다가 눈을 깜빡거렸다.

"그렇죠. 바이러스도 죽기 싫어하니까 변이를 하겠죠. 곽수환 소령님과 저처럼요."

진화의 중간에 선 자들이었다.

"그것들 옛날에는 그렇게 불렀다던데, 좀비라고."

"서아프리카 부두교 신의 이름이 좀비였죠. 그리고 부두교 주술사가 소생시킨 시체를 뜻하기도 하고요. 편하게 좀비라고 칭하기는 하는데, 디테일은 다릅니다."

밥이 들어가서 좀 살 만한지 막힘없이 말을 뱉어냈다.

"저딴 걸 아담이라고 부르는 것보다는 낫잖아."

"뭐로 부르든 어떻습니까."

"생각이 없다고 하는데 의외로 생각이 있는지도 몰라. 그놈들 자기들끼리는 공격하지 않잖아?"

곽수환이 오독오독한 소시지를 입에 넣고 씹었다.

"그럼 동족이라고 인식하기 때문이 아니겠어?"

"이미 감염된 이들은 바이러스 보균자이기 때문에 퍼뜨릴 이유가 없어 공격하지 않는 겁니다."

"그럼 놈들이 인간보다 낫네. 인간은 동족도 스스럼없이 죽이잖아? 얼마 전에 그 연구실에 있던 살해당한 노인네처럼."

석화는 연구소에 있을 때부터 수많은 군인을 겪어왔다.

쉘터에 배치된 군인들은 군에서도 엘리트라 불리는 이들이었고, 육체가 극적으로 진화한 군인일수록 두뇌 회전은 느린 편이었다. 물론 그렇다고 해서 심각하게 모자란 건 아니었다. 초등학생 같은 말투를 구사하거나 공감능력이 떨어질 뿐, 상부에서 시키는 일은 곧잘 해냈다. 그들은 어떤 부조리한 일이라도 의심 갖지 않았다. 그렇기에 저에게 질문을 한 군인은 몇 명 겪어보지 못했다.

"곽수환 소령님은…… 생각보다 감성적이시네요."

"어, 내가 좀 그래. 그래서 말인데 석 박사. 내가 석 박사 재미나게 해줄 테니까 부탁 하나만 하자."

곽수환이 매력적으로 미소 지었다.

"내가 지금 술이랑 담배가 다 끊겼거든. 근데 박사는 원하면 둘 다 쉽게 구할 수가 있잖아? 우리 석 박사 이름으로 술이랑 담배 몇 보루만 부탁하자고. 대신에 석 박사 돌 좋아하지? 제주도에서 급하게 올라오느라 돌도 못 챙겨왔잖아? 그건 내가 공수해줄게."

은밀한 이야기를 대놓고도 해댔다.

딴죽을 걸어야 할 부분이 한두 군데가 아니었지만, 석화는 식사를 마저 하기 위해 그런 건 다 무시했다.

"저는 술 담배를 하지 않습니다. 영창도 다른 연구원들께 듣자 하니…… 술을 구하러 위험구역에 들어갔던 거라더군요. 그것도 레드구역으로요."

쯧, 연구원 새끼들 입도 싸요. 곽수환은 됐다면서 밥이나 마저 먹으라고 손짓했다.

"술버릇이 안 좋다고도 들었습니다."

덤덤하게 말하는 석화와 다르게 곽수환은 미묘하게 인상을 썼다.

"박사가 직접 봤어?"

황당하다는 듯 물어왔다. 석화는 대답 없이 미지근한 물로 입만 축였다.

"그럼 오늘 밤에 직접 보는 게 어때? 술은 박사가 가져오고."

"곽수환 소령님, 에탄올의 분자구조가 어떻게 생겼는지 아십니까?"

"살면서 현미경 한번 쳐다본 적 없는데 내가 어떻게 알아. 아무리 내가 눈이 좋아도 분자까지는 못 봐요. 석 박사는 얼른 밥이나 드시죠."

평소보다 많이 먹어서 그런지 밥이 식도까지 차오른 기분이었지만, 석화는 꾹 참았다.

"에탄올 분자구조가 딱 개처럼 생겼거든요."

그래서 술을 마시면 개가 되는 거라고, 석화가 무표정하게도 지껄였다. 곽수환은 기가 차다는 듯 웃고는 불쑥 석화의 앞까지 얼굴을 가져다 댔다.

"왈!"

곽수환이 개 짖는 소리를 흉내 냄과 동시였다. 푹, 석화가 국에 얼굴을 박았다. 깜짝 놀란 곽수환이 석화의 뒷머리채를 잡아들었다. 눈을 회까닥 뒤집고 있을 줄 알았는데, 잠긴 눈을 힘겹게 들어올리고만 있었다.

"잠깐 현기증이 일어난 거라······."

둥근 이마를 타고 콧등으로 무국이 흘러내렸다. 그걸 닦을 힘도 없는지 천천히 그리고 느릿하게 숨만 쉬었다. 그제야 곽수환도 머리채를 놓으려고 했다.

"잠시만…… 더 잡고 계실래요?"

"뭐?"

또 박을 것 같아서.

아니나 다를까, 고개가 푹 아래로 내려가는 바람에 얼른 손에 힘을 주었다. 졸지에 자신이 석화 머리채를 쥐고 흔든 꼴이 되어버렸다. 저기서 눈을 커다랗게 뜬 군인 하나가 곽수환의 얼굴을 확인하더니 역시 저놈이구나, 하는 표정을 했다.

그는 석화의 머리채를 쥔 채로 어떻게 말이 와전될까 싶어서 혀만 찼다. 그래 봐야 장 중령에게 변명을 해야 할 일이 하나 더 늘었을 뿐이었다.

◆ ◆ ◆

[……인류의 보존, 인류의 새로운 번영, 그것이 우리의 사명입니다. 그 최전방에 선 레인보우 시티, 그린구역에 오신 것을 환영합니다.]

정오가 되면 어김없이 나오는 방송이었다.

현재 이 반도의 공식적인 명칭은 레인보우 시티였다. 총 일곱 개의 구역으로 나뉘어 있으며, 그린구역이라 불리는 곳이 가장 안전한 지대였다. 예상대로 레드구역, 통칭 R구역은 가장 위험한 곳이기도 했다.

술을 구한답시고 쉘터 하나 없는 레드구역으로 쳐들어간 곽수환의 행동이 석화로서는 이해가 되지 않았다. 목숨 귀한 줄 모르는 술꾼, 딱 그 정도가 감상의 전부였다.

　[오양석 72세, 34층 아담 바이러스 백신연구센터에서 변사체로 발견. 사망 직전 중앙 기둥을 등진 채로 서 있던 상태로 추정됨. 베레타 M92F 구경 9mm 탄환이 심장을 관통, 그 자리에서 사망함.]

　석화는 선 채로 바닥을 내려다봤다. 지금 이 자리가 오양석 수석연구원이 변사체로 발견된 지점이었다. 탄환이 날아온 방향은 바로 저 유리문 앞이었다.

　방탄유리로 제작된 연구실 입구는 연구원 외에 지정된 군인들만 출입이 가능했다. 무슨 일인지 몰라도 사건이 있던 날 34층 CCTV 영상은 전부 꺼져 있었다.

　그날 출입자 명단도 연구원들뿐이었기에 연구실에 있는 박사들이 용의선상에 올랐지만, 베레타 M92F 종류를 소지할 수 있는 건 군인, 그것도 고위층뿐이었다. 게다가 사망시간은 약 새벽 5시경. 그 시간에 어째서 오양석이 이 연구실에 와 있었는지는 석화도 알 수 없었다.

　좋은 사람이었고, 인류를 구원하고자 하는 사명감도 뛰어났던 박사였다. 석화는 잠시 오양석 박사를 향해 묵념을 하다가 아차 싶어 뒤로 한 걸음 물러났다. 시체가 발견된 자리를 밟고 서서 묵념을 하는 건 아니다 싶었다.

　"항체가 생성이 되지를 않네요."

저기서 김 박사의 목소리가 들려왔다. 오양석의 제자나 마찬가지이던 김 박사는 석화가 있는 방향으로 의자를 튼 상태였다.

"그런가요."

중앙에 서 있던 석화는 자신의 책상이 있는 곳까지 걸어갔다.

아담 바이러스는 그야말로 공격적인 항원이었다. 현재 아담 바이러스는 7차까지 변이가 이루어졌고, 6차 백신은 아무짝에도 쓸모가 없어졌다. 그들은 7차 아담 바이러스 배양액을 기반으로 백신을 만들려고 노력했지만, 항체는 좀체 생성되지 않았다.

"백신이 뿅 하면 뿅 하고 나오는 것도 아닌데, 저 위에선 맨날 우리만 쪼고 말이에요."

상부에서 왜 빨리 백신을 내놓지 않느냐며 닦달하는 게 하루 이틀은 아니었다.

"석화 박사님?"

"……예?"

"아니, 제 말 듣고 계신가 해서요."

"듣고 있습니다. 그러고 보니 1차 때 면역반응을 보였던 사람은 전부 제주도 분들이었죠?"

"아, 제주도 사람이라고 해서 전부 면역반응을 보인 건 아닌데, 면역반응이 나타난 사람들은 빠짐없이 제주도 사람이거나 제주도를 방문했던 사람이기는 했어요."

"변이된 2차부터는 그것도 소용없어졌고요."

"그렇죠."

이 또한 이들이 태어나기 이전의 일이기에 예전 연구원들이 남긴 자료로만 확인할 수 있었다.

"근데 석화 박사님."

"예."

석화가 대답을 하면서 자신의 컴퓨터 책상에 앉았다. 항체를 만들어내는 건 시간 싸움과도 같았다. 수백 혹은 수천 번의 실험을 반복해도 항체가 생성되지 않는 경우가 훨씬 많았다. 그럼에도 연구원들은 가설이 성공할 때까지 부지런히 몸을 놀려야 했다.

"그…… 곽 소령님 말이에요."

석화는 오양석이 남긴 7차 아담 바이러스 백신 연구서를 훑어보다가 고개를 들었다.

"곽수환 소령님 말입니까?"

"예에."

김 박사는 쉽사리 말을 꺼내기가 어려운지 조금 주저하는 기색을 보였다. 석화는 이어서 말을 할 생각이 없다면 더 캐물을 이유도 없어서 다시 연구서로 시선을 돌렸다.

석 박사가 모친의 부고로 서울을 떠나기 전까지 함께 일했던 사이였지만, 김 박사는 그때나 지금이나 여전히 석화에게 친근감이 떨어진다고 생각했다. 그래도 전보다 체력은 좋아졌는지 키보드에 얼굴을 처박는 일은 없었다. 그래 봐야 아직 이틀째지만.

"그게 말이죠, 곽 소령님이 지금 석화 박사님 경호를 맡고 있기는 한데……. 조심하시라고요."

김 박사가 다가와 좀 더 은밀하게 속삭였다.

"오양석 박사님을 총으로 쏜 사람이, 곽수환 소령일지도 몰라요."

◆ ◆ ◆

"그 무식한 팔에 힘 좀 풀지?"

의사는 곽수환의 드러난 팔뚝을 툭툭 내리쳤다.

"힘은 무슨. 난 지금 아주 편안한 상태거든."

흘끔 모니터로 시선을 돌려 차트를 확인한 의사가 고개를 갸웃했다.

"뭐야, 너 억제제 맞은 지 석 달도 안 됐는데 벌써 맞아?"

"알아, 그래도 맞아야 돼."

억제제의 약효는 약 6개월간 지속됐다. 곽수환은 성욕이 남보다 뛰어난 만큼 약효의 지속 기간도 짧았다.

"아침 발기가 점차 우렁차지디?"

"낮밤 다 우렁차."

"이소룡이가 그러던데, 똘수환 새끼가 석 박사 입에 자지 물리려고 했다고."

의사는 설마 아니지? 하는 얼굴로 빤히 보았다. 하여간 말 흘리고 다니는 건 알아줘야 했다.

"얼른 놓기나 해. 석 박사한테 가봐야 돼."

"뒷머리채까지 잡아서 국에 처박았다며?"

"전자는 맞는데 후자는 아니야."

소독솜으로 팔뚝을 문지른 의사가 이번에야말로 억제제 주사를 성공적으로 놓았다. 화학적 거세까지는 아니고 발기에는 문제가 없으나 성충동만 감퇴시킬 뿐이었다. 육사 출신 군인이라면 누구나 맞아야 하는 필수 주사이기도 했다.

"내가 이 주사만 맞으면 기분이 아주 더럽다는 말이야."

그럴 리 없겠지만 체내로 이동하는 약물이 느껴지는 것만 같았다. 제복의 상의 단추를 풀어 한쪽 팔만 내놓았던 곽수환이 어깨를 한 번 돌리고는 옷을 다시 입었다.

"그나마 다행인 줄 알아."

"뭐가."

"이 억제제 말이야. 주기적으로 맞으면 발기부전이 지속되는 부작용이 있었거든. 그 부작용 없앤 게 석 박사인데 넌 새끼야, 그런 감사한 박사님 상대로 네 거시기나 물리려고 하고 말이야."

곽수환은 조금 놀랍다는 듯 눈을 키웠다가 곧 씩 웃었다.

"석 박사 덕분에 주사 맞고도 이렇게 내 아랫도리 튼실하다고 감사인사나 한 거지, 뭐."

"면상 하나는 하여간. 세상만 멀쩡했으면 넌 얼굴로 밥 벌어 먹고 살았을 거다, 새끼야."

"글쎄다, 멀쩡한 세상에 살아본 적이 없어서. 간다."

곽수환이 웬일로 케이프를 제대로 걸치고는 의무실을 빠져나왔다. 군화 소리가 규칙적으로 복도를 울렸다. 부작용을 없앤 게 석 박사라는 말이지. 주사가 들어간 부분부터 화끈거리며 열이 퍼지는 것만 같았다. 곽수환은 제복에 가려져 있는 팔뚝을 내려다봤다.

그런데 정작 석 박사는 그렇게 약한데 밤일이나 제대로 하겠어?

연인이 있었다는 게 신기할 따름이었다. 여태 연인하고 헤어진 이유가 혹시 밤일이 부족해서가 아닐까 싶었다. 남의 자지는 구원해주면서 자기 성생활은 비루할 테니 그건 그것대로 아이러니였다.

34층의 연구실에 도착한 곽수환은 연구실 안을 물끄러미 들여다봤다. 중앙 기둥을 기점으로 왼쪽에는 연구원들 책상이, 오른쪽에는 백신과 바이러스를 관리하는 곳이 있었다. 물론 밖에서 보이는 건 마치 연구실의 로비로 사용되는 듯한 중앙 기둥이 있는 장소뿐이었다.

팔짱을 낀 채 벽에 등을 기댄 곽수환은 석화가 나오기만을 기다렸다. 손목을 들어 금이 간 손목시계를 보니 곧 저녁을 먹을 시간이었다. 쥐 오줌만큼 먹는다지만 나름 끼니는 거르지 않고 잘 챙겨 먹는 석화였다.

[개방합니다.]

석화와 함께 나오던 김 박사가 곽수환을 보고 움찔했다. 어색한 얼굴로 웃어 보이더니 이내 저 앞으로 후다닥 걸어 나갔다.

"석 박사, 지금 밥 먹을 거야?"

곽수환이 수저를 드는 시늉을 했다.

"아뇨. 잠깐 나갔다 와야 할 것 같아요."

"어디를?"

서울로 데려온 지 며칠 안 됐지만 석화가 직접 나가겠다는 의사를 내비친 건 지금이 처음이었다. 게다가 이제 보니 코트 안쪽에 권총 홀스터를 메고 있었다. 박사들에게 지급되는 글록 18C 자동권총이었다. 그뿐만 아니라 등에 배낭까지 메고 있었다.

"총은 왜? 설마 그린구역을 나가려고?"

"예, 그래야 할 것 같습니다."

"현장은 우리 몫이야. 시킬 게 있으면 말이나 해."

"제가 직접 봐야 할 것 같아서요. 같이 가시죠."

석화가 먼저 앞장서서 걷기 시작했다.

박사님이 까라면 까야지 뭐. 곽수환도 결국 석화를 뒤따라 걸었다. 엘리베이터를 타고 주차장으로 향하는 동안 석화는 낯이 익은 몇몇 사람들과도 가벼운 인사를 나눴다.

"이쪽."

곽수환은 석화의 팔뚝을 잡고는 자신의 지프로 이끌었다.

"성욕 억제제 주사, 석 박사가 부작용 없앤 거라며?"

우악스럽게 잡아 쥔 탓에 석화가 미묘하게 인상을 썼다.

"부탁을 받아서 부작용을 없애는 연구를 했을 뿐입니다."

조수석에 올라탄 석화가 숨을 길게 내쉬었다. 벨트를 끌어와 단정하게 매는 꼴을 보고는 곽수환도 운전대를 쥐었다.

"그래서 어디로 모실까요?"

"곽수환 소령님이 술 훔치러, 아니 술 가지러 갔던 레드구역이요."

"······뭐?"

"거기가 오양석 박사님 본가가 있던 곳이거든요."

석화는 허벅지 위에 올려놓은 배낭에서 무덤덤하게 모포를 꺼냈다. 그러더니 제 몸을 감싸고는 눈을 감았다.

"도착하면 깨워주세요."

13레드구역으로 쳐들어가자고 하고는 깨워달라는 건 무슨 소리야. 곽수환이 시동을 걸기도 전에 핸들을 툭툭 쳤다.

"이봐, 굴 박사."

석화는 가만히 눈만 감고 있었다.

"레드가 왜 레드인지 몰라? 가장 위험한 구역이라고. 내 한 몸 건사하는 건 어렵지 않은데, 비리비리 약해빠진 굴 박사 데리고 가려면 얼마나 힘든지 몰라서 그래?"

석화가 눈을 쓱 뜨고는 곽수환을 봤다.

"내려."

곽수환도 무표정한 얼굴로 대꾸했다.

"······."

"내리라고. 필요한 거 말해놓으면 나 혼자 다녀올 테니까."

"봐도 모를 거라서 안 돼요."

곽수환이 입술을 뒤틀었나.

"왜, 내 머리가 돌대가리 같아 보여서?"

"곽수환 소령님. 저 소령님과 입씨름할 기운 없습니다."

"그러니까 내리라고."

석화가 배낭에서 또 주섬주섬 생수병을 꺼내더니 천천히 물을 마셨다.

"오양석 박사님 연구일지를 보니까 당시에 뭔가 문제가 있었던 것 같아요. 일지 중에 중요한 부분이 떨어져 나가 있는데 제가 그분을 좀 압니다. 그분은 은밀한 자료들을 자기 본가에 가져다 놓고는 했어요. 그 레드구역도 원래는 그린구역이었는데, 이번에 위험지역으로 바뀐 거라고 들었습니다."

"아~ 이제는 박사님께서 헌병대 노릇까지 하시겠다?"

석화가 피곤한 듯 손등으로 눈을 비볐다.

"알겠습니다. 다른 분과 함께 가죠."

벨트를 풀려는 석화의 손을 콱 쥐었다.

"다른 놈하고 동행하면 난 영창 가라고?"

"그럼 가든가요. 아쉬운 사람은 제가 아닙니다."

석화가 한 자 한 자 힘을 주어 말했다. 곽수환이 하, 헛바람을 내뱉으며 웃었다.

"협박 한번 무섭네. 가기는 하겠는데 석 박사 몸 어디 한쪽이 날아가는 건 책임 못 져."

석화는 권총이 꽂혀 있는 홀스터를 손으로 꼭 쥐었다.

"가요. 레드구역에 도착하면 깨워줘요."

그래놓고는 무신경하게도 바로 뻗어버렸다.

◆ ◆ ◆

여의도에서 오양석 박사의 본가가 있는 레드구역까지는 30분이면 충분했다.

레드구역을 지키고 있는 건 군인들이었고, 제아무리 아담이 날뛴다고 해도 그 경계선을 넘지는 못했다. 애초에 아담의 7차 변이가 시작된 곳도 이곳이었다. 그랬기에 그린에서 순식간에 레드로 바뀌어버린 것이다.

구역에 들어서기 전, 검문소 초소에 다다른 곽수환이 지프를 세웠다. 창을 내려 신분증을 내보이는데 보초 하나가 곽수환을 곧장 알아봤다.

"곽 소령님, 설마 또 술집 털러 오신 건 아니죠?"

군인은 다짜고짜 사정하는 얼굴부터 했다.

"제발 좀 봐주십쇼. 저희도 그날 곽 소령님 레드구역 들어가는 거 발견 못 했다고 엄청 깨졌습니다. 저희 좀 살려주십쇼."

곽수환이 신분증을 제복 안쪽에 꽂아 넣었다.

"내가 또 털려고 왔으면 몰래 들어가지 신분증부터 내놔? 시끄럽고 철조망이나 치워."

"그런데 그 옆에 분은……?"

설마 싶다는 표정이었다. 대체 저를 어떻게 보고 있는 건지 누구를 죽여서 유기한다고 생각하는 눈빛이었다.

"안 죽었거든?"

"그래도 곽 소령님, 레드구역은 동행자 신분도 확인해야 합니다."

입을 작게 벌린 채 자고 있는 석화를 흘끔 봤다. 잘도 주무시지. 레드구역에 오자고 해놓고는 벌써부터 기력이 쇠해서 내내 저러고 있는 꼴을 보자니 기가 찼다.

"내 애인."

쓱, 가죽장갑을 낀 손으로 석화의 뺨을 문질렀다. 영 눈을 뜨지 않기에 뺨을 톡톡 건드렸다.

"자기야, 자기야, 일어나. 레드구역으로 데이트 오자며."

톡톡톡, 자꾸 건드리는 바람에 석화가 눈을 슬며시 떴다. 창에 기댔던 이마가 지끈거리는지 손으로 그 부분을 문지르기까지 했다.

"도착……했어요?"

이어 배낭 안에서 칼로리가 높은 초코바 하나를 꺼내 오물오물 먹기 시작했다.

"석 박사. 오양석 집이 어딘지 주소나 내놓고 여기 군인 아저씨들하고 기다리고 있어."

생수로 입을 헹군 석화가 새까맣고 어둡기만 한 저 앞을 물끄러미 쳐다봤다.

국가 재난 상태가 철회되지 않은 만큼 전력을 아껴야 하기에 밤낮으로 불이 들어오는 곳은 그린, 블루 그리고 인디고구역뿐이었다. 마침 손톱달이 떴기 때문일까, 손전등이 없으면 다니지도 못할 만큼 어두웠다. 석화는 이내 입술을 열었다.

"……그럴게요."

곽수환이 뭐 이딴 박사가 다 있냐는 듯 기가 차 했다. 벨트를 풀고 내리려는 석화를 손으로 막고는 액셀을 밟았다.

"뭐 하는……!"

갑작스러운 속도에 지프 타이어가 헛바퀴를 돌았다.

"철조망 안 치우고 뭐 해!"

그가 외치자 과열된 엔진 소리를 내던 지프가 앞을 향해 내달리기 시작했다. 아슬아슬하게 열리기 시작한 철조망 사이로 차가 빠져나가고, 차체에서는 경고음이 쏟아지기 시작했다.

[삐- 삐- Emergency, Emergency, 13레드구역에 진입하셨습니다. 차를 돌려주세요. Emergency, Emergency, Emergency.]

"누가 몰라."

곽수환이 내비게이션에 달린 비상 알림을 꺼버리고는 한 번 더 액셀을 세게 밟았다. 옆을 보니 석화가 벨트를 두 손으로 꽉 쥐고 있었다.

"걱정 마."

"……네."

한마디쯤 할 줄 알았는데 그냥 네, 란다. 곽수환이 소리 내서 웃었다.

"내가 술 가지러 들어왔던 날, 여기 있던 아담들 거의 전멸했거든."

그 말대로 아직 남은 아담이 있을지도 모르기에 레드구역으로 지정한 것뿐이었다.

"그러니까 석 박사 운 좋은 줄 알아. 지금 레인보우 시티에 나 정도 되는 놈은 나 하나라고."

"오양석 박사님, 곽수환 소령님이 죽인 거 아니죠?"

석화는 담담하게 물었다.

"누가 그래? 또 어떤 개가 헛소문을 흘리고 다녀? 하긴 그 영감 술친구가 나밖에 없었으니 이상한 소문이 날만도 한데, 그거 말고 헛소문이 하나 더 있거든? 내가 석 박사 뒤통수 잡아서 국에다가 처박았다는 거. 그것도 헛소문인 건 알지?"

"네, 압니다. 나머지 소문 하나는 진짜인 것도요."

"뭐?"

"제 입에 곽수환 소령님 발기한 생식 기관 가져다 댄 거요."

반사적으로 브레이크에 가려던 발을 막고 액셀을 더 세게 밟았다.

"말은 바로 하자고. 닿지도 않고 떼어냈거든."

"왜 내 입에 가져다 댔어요?"

어두운 도로를 밝히는 불은 헤드라이트뿐이었다. 곽수환은 의아한 얼굴로 석화를 돌아보았다. 석화는 모포를 차곡차곡 접어서 배낭에 넣고만 있었다. 차 내부가 어둡지만 무표정하다는 건 쉽게 알 수 있었다.

통통해진 배낭의 지퍼를 채운 석화는 곽수환이 꺼버린 내비게이션을 다시 작동시켰다. 그리고는 오양석 박사의 본가 주소로 길 안내를 시작했다. 200미터 전방에서 우회전을 하라는 지시가 나오니 곽수환은 핸들을 그쪽으로 틀었다.

"꼭 대답을 듣고 싶은 건 아닌가 본데."

"네."

그의 말대로 석화는 별로 궁금하지 않았다. 무슨 이유에서인지 발기했을 테고 손으로 처리하기는 싫었겠거니 생각할 뿐이었다.

"석 박사, 발기는 잘 돼?"

"……됩니다."

"돌처럼 무미건조해서 밤일은 제대로 할까 싶어서."

"돌은 무미건조하지 않은데요? 수분도 있고요."

"아~ 그래서 그 소중한 돌을 모아서 남의 양말에 담으셨나."

"양말은 왜 줬어요?"

위험지역을 달리면서 나눌 만한 대화는 아닌 것 같지만, 또 못 하라는 법은 없었다.

"어떤 머저리가 추워 죽겠는데 맨발로 모래를 파고 있기에 동정심이 일어서?"

불현듯 시선을 내려보니 운동화를 신고 있긴 했는데, 여전히 양말은 보이지 않았다.

"양말에 원한이라도 졌어?"

"발에 열이 많아요."

발에 열이 오르면 머리가 금세 아파지기에 추워도 양말을 거의 신지 않고는 했다.

[근처에 목적지가 있습니다.]

내비게이션 안내음에 곽수환은 상향등을 켜서 주변을 더 넓고 밝게 비췄다. 천천히 차를 몰면서 다닥다닥 붙어 있는 집들을 둘러봤다.

"정확히 어느 집인지 알아?"

"몇 번 방문한 적이 있어요."

오양석 박사는 석화를 나름대로 예뻐했다. 제주도로 내려가기 전에는 이따금 집으로 초대해 저녁을 대접하기도 했다. 부인은 상냥했으며 그들의 아들인 오청운은 석화의 직속 선배였다.

"저기, 정원이 있는 집이에요."

석화가 검지를 들어 대각선 방향에 있는 집을 가리켰다. 종아리께 오는 낮은 펜스가 둘린 집이었는데, 의아한 건 창문과 문에는 쇠창살이 달려 있다는 점이었다. 레드구역으로 지정된 지얼마 되지 않았으니 안전지대일 때부터 장치를 해뒀다는 거다. 물론 미리미리 대비하는 집들도 있는 편이라 크게 이상할 건 없었다.

석화가 벨트를 풀고 배낭을 메니, 조수석에 앉은 몸이 더 앞으로 튀어나왔다.

"일단 차에 있을까요?"

"왜. 아담이 달려들면 석 박사가 나한테 민폐라도 끼칠까 봐?"

"아뇨, 죽기 싫어서요."

덤덤하게 말하니 곽수환은 또 한번 웃고 말았다.

"그럼 나랑 같이 내리는 게 나아. 어차피 차로 헤집고 돌아다녔는데도 아담 새끼들이 안 나오는 걸 보면 정말 전멸된 것 같기도 하고."

제복의 케이프를 떼어내 뒷좌석으로 던진 곽수환이 조수석으로 걸어갔다. 그가 문을 열자 석화가 바닥으로 풀썩 내려왔다.

기괴한 아담의 울부짖음이 들려오는 것도 아니건만 막상 두 다리를 내려놓으니 어깨가 딱딱하게 굳었다. 빈 도시를 감싸고 있는 적막감은 기이한 고독감을 느끼게 했다. 그리고 석화는 알고 있다. 그나마 생기가 돌던 때의 이 도시를.

오양석 박사의 초대를 받아 그의 집 식탁에 앉아 있노라면, 박사가 키우던 덩치 커다란 개와 고양이가 다가와 애교를 부렸고, 놀이터에서는 아이들의 웃음소리가 곧잘 들려왔다. 아담이 나타나기 전의 세상은 늘 그랬을 것이다. 어느 날 침공해온 외계인도 아닌, 단지 인간이 만들어낸 산물이자 괴물이 그 평화를 깨부쉈다.

곽수환은 바람에 날아온 쓰레기를 발로 걷어차고 현관 부근에 섰다. 군용품인 검지손가락 길이의 휴대용 손전등으로 주변을 휙휙 비춰봤다. 마지막으로 비춘 곳은 현관문이었으나 단단하게 잠겨 있었다.

"총 줘봐."

석화는 총을 주는 대신 손을 뻗어 도어락의 덮개를 열었다. 배터리가 다 닳았는지 푸른빛이 경련하듯 점멸하고 곧 사그라졌다.

"비밀번호 알아?"

"알았는데, 소용이 없겠네요. 총 드릴 테니 총기 사용 보고서는 곽수환 소령님께서 직접 작성해주세요."

콰직-! 말이 끝나기도 전이었다. 한 걸음 뒤로 물러났던 곽수환이 문고리를 발로 걷어차 버렸다.

"힘쓰기는 싫었는데 보고서 쓰기는 더 싫거든."

이 소령이나 곽수환 소령, 그리고 그 외에 살아남은 몇몇 군인이 맨손으로 아담을 상대할 수 있는 건 평범한 육체를 탈피해 진화에 성공했기 때문이다. 그 옛날 인류가 이 땅에 나온 때부터 지금까지 이루어진 진화는 신비롭고 경이로웠다.

석화는 잠시 자신의 다리를 내려다봤다. 그런데 자신은 진화를 한 게 맞는 건가? 남들은 제 머리가 뛰어나다고 하지만 저 자신은 하나도 모르겠다. 그저 입력된 매크로처럼 연구를 반복할 뿐이었다.

석화는 숨을 작게 들이켰다가 내쉬면서 곽수환의 뒤를 따라

들어갔다. 행여나 어지럼증이 일어날까 봐 정신을 바짝 다잡았고, 그나마 차에서 잤던 게 도움이 됐는지 다리가 무겁지는 않았다.

"2층 서재로 가야 할 것 같아요. 오양석 박사님 서재에 중요한 연구 자료들이 많거든요."

"그 영감 죽고 나서 이미 헌병대가 한 차례 쓸고 갔을 텐데."

"아마 제가 아는 곳까지는 발견하지 못했을 거예요."

삐걱, 삐걱, 나무 계단을 타고 올라가는 동안 석화는 곽수환의 뒤에 바짝 붙었다. 빙글 몸을 돌려 그의 등에 자신의 등을 맞댔다. 총을 꺼내 양손에 쥐고 그가 올라가는 속도에 맞춰 뒷걸음질로 계단을 탔다.

"석 박사, 지금 대체 뭐 해?"

갑자기 우뚝 멈춰 선 곽수환이 도통 모르겠다는 말투로 내뱉었다.

"엄호하는 건데요."

이번에는 석화가 의아해했다.

"꼴에 어디서 본 건 있어가지고. 뒤로 올라오다가 나자빠지지 말고, 그냥 바짝 붙어서 제대로 따라오기나 해. 그리고 그건 집어넣고. 괜히 나 쏠라."

석화는 자신이 쥐고 있던 총을 보더니 얌전히 홀스터에 꽂았다. 다시금 삐걱대는 나무 마찰음만 들려올 뿐, 아담 특유의 목을 긁는 짐승 울음소리는 들리지 않았다. 문이 이렇게 굳게 잠겨 있었으니 누군가가 침입할 수는 없었겠지.

조금 더 빨리 걸을 수 있었으나 곽수환은 행여 약골 박사가 휘청댈까 걸음을 맞췄다.

"여기서 왼쪽이요."

계단을 올라와 왼쪽 첫 번째 방이 오양석 박사의 서재였다. 다행히 문은 잠겨 있지 않았기에, 곽수환이 먼저 들어가 주변을 손전등으로 확인했다.

클리어. 가볍게 말을 하더니 손전등 끄트머리에 돌돌 말려 있던 끈을 풀어서 조명등이 있던 자리에 매달았다. 형광등만큼은 아니지만 나름 주변이 환하게 변했다.

석화는 오양석 박사의 책장으로 걸어가 손으로 죽 훑으며 뭔가를 찾기 시작했다. 곽수환은 책상에 걸터앉아 삐딱하게 세워 둔 액자를 들었다.

밝게 웃고 있는 노인과 그 옆에는 부인으로 보이는 여자, 그리고 그들의 앞에는 고교생쯤 되어 보이는 남자가 있었다. 찍은 지 꽤나 오래된 사진 같아 보였다.

곧 흥미를 잃고는 석화에게로 시선을 던졌다. 대체로 느릿하던 석화가 웬일로 빠릿빠릿해 보였다. 얇은 책 몇 권과 연구 자료로 보이는 것들을 제 배낭에다가 쑤셔 담고 있었다. 안이 꽉 차 잘 들어가지 않는지 모포를 꺼내 어깨에 두르고는 마저 자료들을 담아나갔다.

"곽수환 소령님."

배낭을 메고 일어나는 석화의 모습이 힘겨워 보였다. 툭 건드리면 배낭 무게에 뒤로 나자빠지지는 않을까 싶었다.

"끝났어?"

"거기서 일어나세요."

석화가 다가오더니 커다란 책상을 밀기 시작했다. 그 꼴을 보다 못한 곽수환이 대신 책상을 획 밀었다.

"하, 영감이 지 집에다가 땅굴을 파났나."

책상에 가려져 있던 바닥에는 손잡이가 달려 있었다. 석화는 그걸 또 힘겹게 들어올리려다 팔짱을 끼고 있는 곽수환을 돌아봤다.

"감사합니다."

"뭐?"

열어달라는 듯 그 자리에서 물러난 석화가 배낭끈을 두 손으로 꼭 잡았다.

"하지도 않았는데 인사부터 받는 건 또 무슨 상황이야."

끼긱, 손잡이를 잡고 바닥의 문을 들어 올린 그때였다.

타다다다닥-!!!

무언가가 계단을 달려 올라오기 시작했다. 곽수환이 재빨리 석화의 멱살을 잡아서 뒤로 밀어버리고, 덤벼드는 것의 목덜미를 잡아 들어올렸다. 아담 특유의 괴성을 질러대는 놈이 곽수환의 손에서 벗어나고자 발버둥을 쳤다.

"……선배?"

바닥에 나자빠졌던 석화가 멍하니 중얼거렸다. 미친 듯이 경련하던 몸이 마치 정지한 것처럼 멈췄다. 천천히 눈을 끔뻑거리던 놈은 곽수환의 손목을 제 두 손으로 쥐었다.

"……서, ……화……?"

놈의 입에서 불분명한 발음이 새어나왔지만 곽수환도 분명 들었다. 석화는 놈을 선배라고 불렀고, 놈은 석 박사의 이름을 불렀다.

"서, 선배?"

석화가 바닥을 짚고 간신히 일어섰다. 저도 아담이 공격을 해 온 것인 줄로만 알았다. 그런데 달려든 이는 다름 아닌 오양석의 아들이자 자신의 선배인 오청운이었다.

"……화야……."

선배가 손을 뻗으면서 애타게 불러왔다.

"……그어……. 숨…… 막……힌다. 서……ㄱ……화야."

놔주라고 말을 해야 하나? 정말 선배가 맞는 건가? 석화는 삽 시간에 혼란에 사로잡혔다.

"석 박사, 손전등 가져와 봐."

그의 선명한 목소리에 석화는 전등에 매달려 있던 손전등을 그에게 넘겼다. 목덜미를 제압한 채로 비춰보니 눈의 실핏줄은 다 터져 있었고, 입술 또한 굳은 피로 엉망이었다.

"지금부터 내가 하는 말에 제대로 대답해야 돼."

"네."

석화는 한 걸음 물러난 상태로 다시 권총을 꺼내 쥐었다.

"아니, 그 총은 좀 집어넣고. 지금 이 거리에서 나랑 이 자식 잘 가늠해서 쏠 수 있겠어?"

그래도 안 들고 있는 것보다는 나을 것 같아서 이번에는 다시 집어넣지 않았다.

"지금 이놈 상태 보면 아담이 맞는 것 같지?"

"겉으로 보기는요."

"근데 아담이 우리처럼 말을 할 수 있었어? 그런 연구 결과가 나온 적이 있었느냐고."

"……제가, 제주도로 가기 전까지는 없었어요. 그리고 아직 다른 연구원들에게 그런 말은 못 들었고요."

목이 잡혀 있던 오청운이 그어어, 하는 알 수 없는 짐승의 소리만 내더니, 곧 숨이 막힌다는 말을 반복했다. 삐쩍 마르다 못해 미라 같은 몰골이었다. 그러나 처음보다 발음이 점차 정확해지고 있었다. 뭔가 이상함을 느낀 곽수환은 제복 안쪽의 무전기를 꺼내 입에 가져다댔다.

"코드 넘버 3121 곽수환 소령이다. 13레드구역, 오양석 박사의 자택에서 아담으로 예상되는 놈을 발견했다. 변이 중인지 뭔지는 몰라도 대화가 가능한 듯하다. 아담 회수 지원팀 지금 당장 오기를 요청한다."

'카피 댓.'

무전 건너편에서 곧장 확답이 돌아왔다.

"계속 그렇게 목을 조르고 있으면 죽을지도 모르는데……."

여전히 석화는 혼란스러워했다. 사람인가? 아담인가? 혹시 오양석 박사가 죽고 난 뒤 선배가 슬픔에 미쳐버린 건가?

크으어어어! 크르윽……. 흐으…… 크아악!

곽수환은 다시금 발광하며 공격하려는 놈을 그대로 벽으로 몰아붙였다. 피로 젖은 이를 딱딱거리며 사람을 물어뜯으려 하는 이것은 이미 사람이라고 부를 수 없다. 자신도 모자라 뒤에 있는 석화를 향해 눈을 번들거리는 아담일 뿐이었다. 곽수환이 일말의 고민도 없이 뒷주머니의 칼을 꺼내 아담의 안구에 찔러 넣으려는 때였다. 그는 잠시 멈칫하더니 나이프를 손안에서 한 바퀴 돌렸다. 그러고는 잠시 석화를 돌아봤다.

"아는 사람이라고 했지?"

석화는 고개를 천천히 끄덕거렸다.

"이거 아담 맞지?"

상황판단이 1초라도 늦는다면 아담이 되는 건 자신들이었다.

'아담으로 의심되는 것에는 일말의 자비도 베풀지 마라. 즉각 사살해라. 그것이 네 부모일지라도 그들은 더는 사람이 아니다.'

교육센터에서 수없이 배웠다. 그러나 감정이 앞서 그 쉬운 판단을 쉽게 내리지 못해 인류는 전멸할 뻔했다.

"석 박사."

자신은 없으나 한 번 더 고개를 끄덕했다. 날뛰는 아담을 앞두고 이렇게 이야기를 할 수 있는 일 자체도 당혹스러웠다. 통제가 되지 않는 곽 소령을 왜 군부에서도 쉬이 놓지 못하는지, 장 중령이 그를 심하다 싶을 정도로 감싸고도는 이유도 충분히 알 것 같았다. 그는 순식간에 달려드는 아담에게서 타인을 보호했을 뿐더러 또 단번에 제압했다. 만일 그가 아니었다면 진작 선배에게 목숨을 잃었을지도.

"석 박사, 나 원망하지 마. 원래 이놈들은 다 누구의 아는 사람들이고 이웃이고 가족이었어."

푹, 곽수환이 아담의 숨통을 끊었다. 정확히는 신체의 움직임을 정지시켰다.

◆ ◆ ◆

아담 7차 변이 보고서: 아담에게 지능이 생긴 것도 같다.

여의도 쉘터로 돌아가는 길이었다.

석화는 오양석 박사가 개인적으로 작성해둔 연구서를 확인했다. 그러다가 배낭에서 초코바 하나를 더 꺼내서 먹고는, 알약도 하나 씹어 먹었다. 한 통 가득 담아온 생수가 이제 바닥을 보이고 있었다.

"쉬 안 마려워?"

"안 마렵습니다."

"난 마렵거든."

그린구역으로 들어섰을 때였다. 곽수환이 차를 세우더니 밖으로 나가버렸다. 석화는 다시 보고서로 시선을 돌렸다.

드디어 아담이 언어를 구사하기 시작한 것 같다. 내 ……이 말을 하기 시작했다.

차마 이름을 적어 넣을 수 없었던 것일까?

석화는 말을 하기 시작한 아담이 누구인지 쉽게 유추했다. 오양석 박사의 아들, 그리고 자신의 선배였을 것이다.

에덴동산 놀라운 사실. 상부는 원하지 않는다.

대체 이게 무슨 말인지는 알 수가 없었다. 뒷장으로 넘겼지만 더는 그에 대한 언급이 나오지 않았다.

차 문을 열고 올라탄 곽수환은 물티슈로 제 손을 닦는 중이었다. 대체로 무표정한 석화이건만 이번만큼은 눈을 두세 번 빠르게 깜빡거렸다.

아무 데나 볼일을 보는 사람이 볼일을 보고 손을 닦는다니…….

멍하니 바라보고 있는데 반대편 차선으로 아담 회수팀 차량이 지나가는 게 보였다. 그들이 밝혀대는 헤드라이트 불빛에 곽수환의 매끈한 얼굴로 음영이 졌다.

"아무래도 석 박사가 연구한 그 주사에 부작용이 있는 것 같아."

연구원들은 하나같이 그가 성격은 개차반이지만 잘생겼다는 말을 해대고는 했다. 석화도 문득 왜 그러는지 알겠다는 생각이 들었다. 핸들을 가볍게 쥔 곽수환이 석화를 향해 말을 이었다.

"자꾸 발기하잖아."

석화는 곧 방전된 것처럼 어깨를 축 늘어뜨렸다. 아무래도 오늘은 여기까지인 것 같았다.

"곽수환 소령님."

눈을 감고는 애써 목소리를 짜냈다.

"내 입에…… 가져다 대지 말아요."

배낭에 두 손을 올려두고는 입을 벌린 채 또 금세 잠이 들었다. 핸들에 팔을 올리고 석화를 보던 곽수환이 짧게 웃었다.

자동차에는 다양한 연비가 존재한다. 겉모습은 그럴싸하지만 연비가 안 좋은 경우도 왕왕 있고, 생긴 건 폼이 나지 않아도 기름값이 절약되는 차종도 수많았다. 곽수환이 타고 다니는 지프는 군용으로 지급된 것으로 연비가 상당히 좋았다. 기름과 전력 등을 극도로 아끼는 시대였지만 큰 불편함은 없었다. 적어도 그린구역에서 사는 이들은 그렇다는 거다.

"그런 면에서 석 박사는 연비 한번 똥이지."

기름은 왕창 잡아먹지만 생긴 건 눈 돌아가게 예쁜 차 말이다.

곽수환은 쉘터 주차장에 도착해서도 시동을 끄지 않은 채였다. 핸들에 팔을 기대고 얌전히 눈을 감고 있는 석화를 감상했다. 지프에 기름이 소모되는 에어컨 기능은 없지만 히터는 문제없이 잘 나왔다. 지하주차장의 차가운 온도와 차 내부의 열기, 그리고 두 사람이 내뱉는 숨으로 창은 점차 뿌옇게 변해갔다.

점차 아래로 내린 시선이 곧 석화의 허벅지에 다다랐다. 돌만 좋아하는 줄 알았는데 그만큼이나 소중하게 보고서를 꼭 끌어안고 있었다. 저건 오양석의 서재에서 가지고 나온 연구 보고서가 아니라 아담이 튀어나온 지하에 있던 서류였다.

◆ ◆ ◆

"내려가 볼 거야?"

곽수환은 아담의 신체가 완전히 정지했는지를 다시 한번 확인했다. 다른 쪽 눈에도 칼을 찔러 넣었고, 한 바퀴 돌린 뒤에 빼낸 칼을 휙 털어냈다. 석화의 얼굴이 눈에 띄게 창백해지는 게 느껴졌지만, 원래 현장이란 다 이 모양이었다.

"석 박사?"

금방이라도 쓰러질 것 같이 벽에 붙어 있던 석화가 그 벽을 타고 곽수환에게로 다가왔다. 아담에게서 멀리 떨어져 있고 싶은지 널브러져 있는 몸에는 시선도 주지 않았다.

"내려……가 봐야겠어요."

손전등을 다시 켠 곽수환은 아담이 튀어 올라온 지하 계단을 비췄다. 또 다른 놈들이 있다면 이미 달려들었을 테지만, 안전을 확인하기 위해 곽수환이 먼저 계단을 내려가기 시작했다. 시체 썩는 퀴퀴한 냄새가 지하에 가득 고여 있었기에 뒤따라 내려가는 석화도 입으로만 숨을 쉬었다.

손전등으로 비춰본 지하 바닥은 여기저기에 변색된 피가 흩뿌려져 있었고, 저 끝에는 끊어진 쇠사슬도 보였다. 스탠드가 꺼진 책상은 마치 방금까지도 사람이 있었던 듯 펜과 종이가 놓여 있었다. 그러나 뚜껑을 열어놓은 펜은 이미 저 바닥의 피처럼 말라붙은 지 오래였다.

석화는 책상으로 다가가 연구 자료를 다시 배낭에 넣기 시작했다. 행동이 재빨라진 이유는 빨리 이곳을 벗어나고 싶었기 때문이다.

아담인가, 정말 아담이었나? 박사님이 죽고 나서 지하에 갇힌 선배가 굶주림에 미쳐 아담처럼 보인 게 아닐까? 분명 말을 했잖아?

어쩌면…… 사람이었던 선배를 죽인 걸지도 몰라.

곽수환 소령이 아담이냐고 물었을 때 고개를 끄덕였으니 그와 공범인 셈이었다. 머리가 지끈거리는 통에 배낭의 끈을 더욱 꽉 쥐었다.

"이제 올라가요."

이번에도 곽수환이 먼저 앞장섰고 석화도 그의 뒤를 따랐다. 머릿속에서는 인간인가 아담인가 하는 물음이 수없이 교차됐다. 석화는 같은 자리에 쓰러져 있는 선배에게 다가가 그의 혈액을 채취하려 했다.

"그런 소문이 있었어."

석화의 팔을 곽수환이 붙잡았다.

"소문이요?"

"노인네 아들이 아담이 되었다는 소문 말이야. 아들놈이 바이올렛구역에 다녀온 뒤로는 연구실에 모습을 드러낸 적이 없었거든. 다들 노인네한테 아들이 어디 있느냐고 물었단 말이지? 그때마다 아프다는 핑계를 대더라고. 이 꼴을 보니 왜 그랬는지 알 것도 같네. 박사라는 작자가 제 아들이 아담으로 변이했다고 죽이지도 못하고 가둬놨나 본데."

"아담이…… 아닐 수도 있어요."

"그래? 그럼 난 이제 술 도둑에서 살인자가 되는 거고?"

곽수환이 대수롭지 않다는 듯 말했기에 그만큼은 선배를 아담이라 확신한다고 느꼈다. 그 덕분에 석화는 불안한 마음이 한결 가라앉는 것도 같았다.

"아담 회수팀이 온다고 했으니 내가 살인마인지 아닌지는 그때 알게 되겠지."

"만일 선배가……."

"석 박사."

곽수환이 말을 잘라냈다.

"석 박사가 죽이지 말라고 해도 죽였을 테니까 결과는 같았을 거고, 이게 범죄라면 내 단독범행이야."

그가 배낭끈을 위로 휙 들자 발끝으로 걷는 모양새가 되었다. 그 상태로 지프까지 내려갔고, 돌아가는 길에는 오양석 박사가 지하에 남긴 자료들을 보고 확신했다. 아마도 곽수환의 말이 맞는 것 같다고.

그러다 방전이 된 몸을 하고 까무룩 잠이 들었을 때, 오랜만에 오양석 박사의 꿈을 꿨다.

꿈속에서 오양석은 무언가를 급히 서류가방에 담고 있었다. 불안하게 연구실 주변을 두리번거린 오양석이 재빠르게 기둥을 돌아서 밖으로 나가려는 때였다.

타앙! 단 한 발의 총성이 들리더니 박사가 풀썩 바닥으로 쓰러졌다. 그 주변으로 검붉은 피가 면적을 점차 넓혀 나갔다. 검은 옷에 검은 구두를 신은 남자가 오양석의 시체로 다가가 박사가 안고 있던 서류가방을 쓱 빼냈다. 가방에 묻은 피를 닦아낸 남자는 그제야 검은 마스크를 끌어내렸다.

바로 곽수환 소령이었다.

"헉!"

퍼뜩 눈을 뜨자 자신이 손에 쥐고 있던 서류를 빼내려는 다른 손이 보였다. 그 손에 검붉은 피가 묻어 있는 듯한 착각이 들었지만, 검은색 가죽장갑일 뿐이었다.

"……뭐 하는 겁니까?"

꿈속에서 오양석 박사의 서류가방을 가져가던 그와, 지금 곽수환의 모습이 겹쳐 보이는 바람에 경계심이 솟았다.

"이게 뭔지 나도 한번 볼까 싶어서?"

눈을 느릿하게 감았다가 뜨며 석화는 잠기운을 물리쳐나갔다. 곽수환이 봐도 상관은 없지만 꿈 때문에 괜스레 찜찜했다. 하긴 그래 봐야 꿈일 뿐이지 않나? 굳이 고집을 피울 필요도 없어서 그에게 연구 자료를 내밀었다.

그는 반대로 내민 자료는 보지도 않고 시동을 껐다. 시간을 보니 자정이 거의 다 되어가고 있었다. 차가 밀릴 일은 없으니 도착하고 나서도 한참이나 저를 깨우지 않은 것이다. 석화는 먼저 내린 곽수환의 뒤를 따라가며 입을 열었다.

"곽수환 소령님."

곽수환은 왜 부르냐며 뒤를 돌아봤다. 조금 주저하는 기색을 보니 고맙다 또는 고생했다는 뭐 그런 변변찮은 말을 하려는 것 같았다.

"……저도 공범이 되겠습니다."

저건 또 무슨 개소리인가.

"석 박사, 그쪽이 입을 헤 벌리고 주무시는 동안에 아담 회수 팀한테서 무전이 왔거든요. 헌병대가 날 가만히 놔둔 걸 보면 답이 나오지 않아?"

"아담이 확실하대요?"

"그것보다 우리 둘 머리가 정상이냐던데? 아담이 어떻게 말을 하냐고."

맞다. 자신도 누군가가 아담이 말을 했다고 하면 믿지 못했을 테니까.

엘리베이터에 타기 전 신분을 확인받은 뒤, 곽수환은 저희들의 방이 있는 층을 눌렀다. 그런데 석화가 연구동이 있는 층을 추가로 눌렀다. 나직하게 한숨을 쉰 곽수환은 제가 누른 층을 취소했다.

"실컷 재워놨더니 연구실로 가겠다고."

[18층, 개방합니다.]

곽수환의 말과 동시였다. 엘리베이터가 18층에 서더니 문이 열렸다.

"어?"

제복을 입은 소령이 안으로 발을 딛다 말고 놀란 눈을 했다. 이내 하하 하고 웃자 술 냄새가 거나하게 풍겨왔다. 오늘부터 내일까지 비번인 곽수환의 동료이자 육군 소령인 양상훈이었다.

"이게 누구야, 곽 소령이 아니신가."

양상훈은 27층을 누른 뒤에 후우, 곽수환의 얼굴에다 대고 입김을 불었다.

"술 냄새 죽이지?"

마시고 싶지? 낄낄대면서 술주정을 부렸다. 입에 주먹을 처박아주고 싶은 욕구가 물씬 차올랐으나 이 좁은 박스 안에서 싸움을 벌였다가는 석화가 놀라 죽을 수도 있었다. 민물 가재는 아니라지만 행여 어디라도 잘못 맞는다고 생각하면, 장 중령의 잔

소리도 끔찍하다.

"석 박사, 여태 모은 돌 중에 비석으로 쓸 만한 거 있어?"

"그렇게 큰 건 없는데요."

석화는 고개만 한 번 저었다.

"그럼 저 새끼 묘비석은 조약돌로 해야겠네. 좆만이 양상훈, 술 마시고 곽수환한테 시비 털다가 이곳에서 뒈지다. 거시기도 조약돌만 해서 그 정도면 충분하겠어."

"뭐? 새끼야! 내 거시기가 얼마나 큰지 까봐? 어?"

그러면서 바지 지퍼를 내리고는 아랫도리를 휙 내밀었다. 곽수환이 서둘러 더러운 것을 발로 짓밟아 주려고 군화를 들어올렸다.

"조약돌보다는 크네요."

무표정하게 대꾸하는 석화에게 양상훈은 꼬리를 흔들듯 자신의 것을 흔들어 보였다.

"그치? 내 거는 바윗돌이거든? 어? 근데 내 사이즈를 인정한 당신은? 아니! 우리 쉘터에 이런 얼굴이!"

양상훈이 얼굴을 들이대자 곽수환이 앞을 막고 섰고, 동시에 엘리베이터의 문도 열렸다.

"바윗돌 깨지면 모래알이었지?"

곽수환은 군홧발로 꾸욱 양상훈의 하반신을 밀어서 엘리베이터 밖으로 보내버렸다.

"아아악! 씨발! 야! 아악!"

짓밟힌 아랫도리를 붙들고 버둥거리던 양상훈이 이를 악물고 달려들려는데 때마침 문도 닫혔다. 얼마나 마셔댄 건지 아직도 엘리베이터 안에 술 냄새가 진동했다.

"석 박사, 술 마시면 저런 게 개지. 내가 아니라."

"곽수환 소령님."

34층에 도착하자마자 석화가 그를 불렀다.

"먼저 자라는 말 같은 건 집어치우시고. 나 어차피 석 박사 방으로 갈 때까지 지켜야 되니까."

"바윗돌 깨지면 돌덩이예요. 돌덩이 깨지면 돌멩이고요."

레드구역에서는 제 뒤에 바짝 숨어 있던 석화가 연구동에 와서는 먼저 앞장서 걷기 시작했다.

"씨발, 누가 돌 박사 아니랄까 봐 돌 타령은."

◆ ◆ ◆

엘리베이터 안에서 한 차례 가벼운 소란이 있었지만 석화는 아직도 마음이 좋지 못했다.

아담 회수팀으로 다시 한번 확인을 요청했고, 그 답이 오기를 기다리는 중이었다. 자리에 있던 약통 중 두 번째 자리에 있는 알약을 꺼내 먹었다.

체력 보강용 임상 2

체력 보강을 위한 임상시험 알약은 석화의 자리에 총 여섯 통이 있었다. 그럼에도 좀체 군인들처럼 체력이 좋아지는 일은 없었다.

오양석 박사가 남긴 연구서.

정확히는 7차 아담 변이 일지는 군데군데 피가 묻어 알아보기 힘든 부분이 있었다. 누구의 피인지 알지 못했으나 아마 선배의 것이 아닐까 추측할 뿐이었다. 아담의 피라면 꺼림칙하지만, 말라붙은 이 피로 전염이 되는 일은 없었다.

아담 바이러스는 살아 있는 생명체, 즉 신체의 기능이 정지하지 않은 상태에서만 활발하게 전염되는 항원이었다. 아담의 피를 먹었다고 해서 감염이 되는 것도 아니었으며, 바이러스가 혈액에 침투했을 때만 해당됐다. 게다가 오양석 박사는 분명 저와 함께 돌연변이 연구도 같이 진행해왔었다. 특이점을 가진 군인들을 상대로 연구를 해왔는데, 의아하게도 곽수환의 자료는 없었다.

석화는 저녁을 먹지 못한 대신 콩을 갈아 만든 샌드위치를 먹다가 전화기를 봤다. 깜빡거리는 불이 들어오며 전화벨이 울리고 있었다.

"네, 연구동 석화입니다."

'아, 석화 박사님? 다름이 아니고 13레드구역에서 회수한 시신 말입니다. 정말 아담이냐고 물어오셨다고요?'

"그렇습니다. 정말 아담이 확실합니까?"

'확실합니다. 혈액 응고 반응만 봐도 아담의 혈액이고요. 그런데 곽수환 소령님도 똑같은 질문을 하셨는데, 정말 아담이 말을 했습니까?'

"……그랬던 것 같습니다."

'그랬던 것 같다고요?'

아담 회수팀 측에서 미심쩍어하는 목소리가 들려왔다.

"아담이 맞다면 이만 끊겠습니다."

'잠시만요!'

다급하게 외치는 바람에 석화는 전화를 끊으려다가 그냥 귀에 붙이고 말았다.

'아씨, 끊었나 본데요? 곽 소령은 그렇다 쳐도 박사는 얘기가 또 다르다고 하셨잖아요.'

그러나 상대방은 끊었다고 생각했는지 아무 말이나 뱉어냈다.

곽 소령은 그렇다 쳐도 박사는 얘기가 다르다는 말은 뭐지? 석화는 좀 더 수화기를 귀에 꽉 가져다 댔지만 뚝, 상대가 수화기를 내려놓는 소리만 들렸다. 떼어낸 수화기를 물끄러미 보던 석화도 원래의 자리에 돌려놓았다.

석화는 책상에 있던 진주처럼 동그랗고 오묘한 색을 가진 돌을 손에서 굴렸다. 뒤죽박죽으로 섞여 있는 일지들을 순서대로 놓는 게 먼저라고 생각했기에 수없이 많은 종이를 하나둘씩 읽어 나가려고 했다.

체력은 남들보다 뒤지는 대신 다행히 한번 본 것은 마치 사진처럼 뇌에 저장되고는 했다. 오양석 박사의 일지는 순차적이지 않고 내용도 듬성듬성 비어 있었기에 시간이 좀 걸리리라 예상했다.

곰곰이 생각해도 아담이 말을 한 건, 곽수환의 말대로 우리 둘 다 미쳤다고밖에 볼 수 없었다. 그러나 자신의 이름을 부르던 선배의 목소리는 쉽게 지워지지 않았다.

찌르릉, 찌르르릉-

일지를 내려다보던 석화가 고개를 들었다. 연구실 밖에서 누군가가 연거푸 벨을 눌러대고 있었다. 석화는 자리에서 일어나 중앙 기둥이 있는 곳까지 걸어 나왔다. 여기서 투명한 유리창을 물끄러미 내다보니, 제복 차림의 곽수환이 서 있는 게 보였다. 석화는 반사적으로 그의 손으로 시선을 내렸다. 혹시나 총이 들려 있지는 않을까 싶었는데, 아직 남은 꿈의 잔해 때문이었다.

정작 곽수환은 한 손에는 위스키 병을, 나머지 손에는 잔 하나를 쥐고 있었다. 대체 뭐냐는 듯이 쳐다보자 씩 웃으며 턱짓으로 문을 열라는 시늉을 했다.

석화는 문을 열어주는 대신 월패드 스피커에 대고 운을 떼었다.

"무슨 일입니까?"

'석 박사 위로주 가지고 왔는데.'

그는 유리문 너머로 위스키 병을 흔들어 보였다.

"저는 술 안 마시는데요."

'나 이거 양 소령한테 힘들게 얻어온 건데, 같이 좀 하지?'

석화는 잠시 시선을 내리깔았다.

"곽수환 소령님 신원 인식부터 해주세요."

그가 자신의 손가락 다섯 개를 유리문에 가져다 댔다.

[레인보우 시티 소속 32세 곽수환 소령]

'출입을 허가하겠습니까?'라는 알림도 월패드에 같이 떴다. 석화가 허가하자 이중 유리문이 순차적으로 열렸다.

"석 박사 생각보다 정 없네. 그냥 열어주면 되지, 뭘 신원 확인까지 해?"

느슨하게 걸어오는 것 같았으나 군화 소리는 또박또박 들려왔다.

"여기서 오양석 박사님도 돌아가셨으니까요."

"뭐, 조심하는 건 나쁘지 않지."

"근데 왜 들어오려고 한 겁니까?"

"진짜 위로주 주려고 온 거라니까."

석화는 흘끔 연구실을 돌아봤다가 다시 밖을 가리켰다.

"그럼 연구실이 아니라 다른 곳으로 이동하죠."

"일하려던 거 아니었어?"

"맞습니다."

곽수환은 그사이를 참지 못하고 위스키 뚜껑을 열었다. 잔을 채워서 석화에게 내밀고 저는 병째로 몇 모금 들이켰다.

"일해. 난 석 박사 안주 삼아서 술 마실 테니까."

위로주는 무슨. 저를 방패 삼아 술을 실컷 마시겠다는 심보 같았다. 다시 내쫓을까 하다가 열어준 건 저이니 자리로 돌아가려고 몸을 돌렸다. 그 순간 철컥, 총이 장전되는 소리가 들렸다. 반자동권총인지 그 한 번의 소리로 끝이었지만, 석화는 제 권총을 어디다가 두었는지 생각해내고는 낭패한 기분을 맛봤다. 돌아오고 나서 서랍에 고이 넣어두었던 것이다.

어째서 곽수환이 권총을 장전했는지는 모른다. 그건 살해당한 오양석 박사도 마찬가지였겠지. 오양석 박사와 다른 점이 있다면 곽수환이 이곳에 들어왔다는 열람 기록이 남았다는 거다. CCTV는 그렇다 쳐도 출입을 관여하는 메인 서버인 마더Mother가 꺼지는 일은 없었다. 쉘터의 핵심 시스템이니까.

그렇기에 오양석 박사가 살해당한 날도 출입 기록은 문제없이 남아 있었다.

석화는 숨을 한 번 들이켜고는 뒤를 돌았다. 행여 총구가 자신에게 향해 있지는 않을까 염려했으나 곽수환의 손에 들려 있는 건 여전히 술병과 빈잔 하나뿐이었다.

"곽수환 소령님."

"왜?"

곽수환이 위스키로 젖은 입술을 혀로 한 번 축였다.

"방금 왜 총을 장전한 겁니까?"

석화는 늘 그랬듯이 직설적으로 물었다.

"총?"

"예, 총을 장전하는 소리가 들렸거든요."

곽수환이 눈썹을 슬쩍 찌푸렸다가 다시 술을 들이켰다.

"내 이것도 총이 맞기는 한데."

자신의 하반신을 가리켰는데 정확히는 풀어진 벨트였다. 제복의 벨트를 푸는 소리를 총을 장전한 것으로 착각했던 거다. 조금 민망해진 석화는 다른 변명은 하지 않고 저의 책상으로 걸었다. 뒤에서 느릿하게 따라오는 곽수환이 어이없다는 듯 목을 울렸다.

"알고 보니 석 박사님이 피해망상도 가지고 계셨네."

"꿈을 꿨거든요. 곽수환 소령님이 오양석 박사님을 죽이는 꿈을요."

"개꿈이네."

"그런 것 같아요."

석화가 깔끔하게 인정하면서 위스키잔을 책상에 내려두었다. 한 모금도 마시지 않은 술을 물끄러미 쳐다봤다.

정말 위로주라면, 생각 이상으로 곽수환은 다정한 면도 있는 사람이 아닐까 싶었다. 그는 제주도로 내려가기 전에 봤던 쉘터의 여타 군인들과는 다른 듯도 했다.

군인은 인간이 아니라고 하지만 한때 인간이었던 자들을 거침없이 죽여야 했다. 그 때문에 PTSD(외상 후 스트레스 장애)에 시달리거나, 견디지 못하고 제대한 군인들도 있었다. 제대라는 건 다른 말로 그린구역에서의 퇴출이나 다름없기에 울며 겨자 먹기로 군대에 몸담고 있는 이들도 수두룩했다.

석화는 오양석 박사의 일지를 확인하는 대신 잔을 들었다. 혀를 뾰족하게 내밀어서 맛을 봤는데 여전히 익숙해질 수 없는 이상한 맛이었다.

"누가 누구보고 개래."

다가온 곽수환이 혀로 술을 할짝거리는 석화를 가리켰다.

"곽수환 소령님이 다 드세요. 저는 이 정도면 됐습니다."

석화가 잔을 내밀었지만 곽수환은 제 병에 있는 술만 마셨다. 그는 석화의 책상에 걸터앉아 늘어놓은 일지를 눈으로 내려다봤다.

"제가 출입을 허가해드리기는 했는데……."

말을 하다 말고 그사이 연료가 소모됐는지 먹다 남은 콩샌드위치를 꼭꼭 씹어 삼켰다.

"제가 허가한다고 해도 중앙 제어 시스템에서 허가가 떨어지지 않으면…… 들어올 수가 없거든요."

쉘터에 소속된 군인이라도 중요한 자료가 있는 연구실을 함부로 드나들 수는 없었다. 그런데 곽수환은 출입이 허가된 군인 중 하나였다.

"소령 따위가 꼴에 상급자 취급받는다고 돌려 말하는 거야?"

저렇게 마시면 금세 취할 텐데……. 벌써 위스키의 절반이 사라져 있었다.

"그런 적은 없습니다. 단지 신기해서요."

"그만큼 내가 엄청난 인재라는 거니, 그 더럽게 맛없는 단백질 샌드위치나 마저 드시죠."

"조금 전에 아담 회수팀하고 통화를 했는데요, 정말 아담이 맞았다고……."

"우리 둘 다 이거 취급당하겠던데."

곽수환이 검지를 들어서 관자놀이에 대고 빙빙 돌렸다.

석화는 그리고 한 가지 이상한 소리를 들었는데, 하고 운을 떼려다 말았다. 자신이 헛것을 들었을 리는 없겠지만, 내용의 맥락을 완벽히 파악하지 못했으니 말을 꺼내봤자였다.

"오양석 아들이 아담인 건 확실했지만 그 와중에 말을 했지. 그래서 석 박사가 마음에 담아뒀고, 지금도 찜찜해하고 있고."

맞지? 하면서 눈웃음을 지었다.

"잘 알던 사람이야?"

"박사님과 함께 몇 번 식사를 같이 한 사이였을 뿐, 친하지는 않았습니다."

"하긴 석 박사는 사람보다 돌을 더 좋아하지."

"아닌데요?"

그렇다고 대답이 돌아올 줄 알았는데 돌보다는 사람이 좋단다.

곽수환은 두서없이 늘어놓은 오양석의 일지를 보다가 눈을 떼어냈다. 아담이라 확신했기에 죽이기는 했는데 저도 찜찜한 감은 있었던 탓이다. 여태 이 손으로 죽인 아담은 과장을 더해 시체만 쌓아놔도 쉘터를 가득 채우고도 남았지만, 사람의 말을 구사한 놈은 없었다. 뭐, 그조차도 아담 바이러스가 재변이한 거라면 앞으로는 아주 당황스러운 일이 벌어질 것이다. 사람과 아담을 구별하기가 힘들어질 테니까.

"알던 사람이 눈앞에서 죽고 그러면 원래 기분이 싱숭생숭해. 그러니까 그거 한 잔 쭉 들이켜고 잊어."

예상치도 못했던 위로에 석화는 그저 잔만 두 손으로 꼭 감싸쥐었다. 잔잔했던 날 제주도 바다처럼 동그란 잔에 담긴 액체가 출렁거렸다. 그제야 손의 떨림이 찾아오기 시작한 것이다.

겁을 먹었었나? 먹었다. 선배가 그렇게 죽는 모습을 눈앞에서 보니 슬펐나? 슬펐다. 다만 무표정한 얼굴에는 감정이 크게 떠오르지 않을 뿐이었다.

"소령님."

"응?"

"저 쓰러질 수도 있는데요."

입가로 흐른 술을 손등으로 훔친 곽수환이 고개를 삐딱하게 기울였다.

"제 간이 알코올을 잘 해독하지 못합니다."

그래서 술을 마시지 않는 거라고 말을 덧붙이지는 않았지만, 석화의 의중은 이해했다.

"석 박사, 인생 참 재미없겠어."

석화는 호박색 술이 담긴 잔을 다시 지그시 내려다봤다. 곽수환과 이야기를 나누다 보니 손 떨림은 어느새 멈춰 있었다.

"그러게요. 제 인생 별로 재미없습니다."

석화가 안에 담긴 술을 벌컥벌컥 들이켰다. 숨도 쉬지 않고 마셨더니 알싸한 기운만 입술과 혀에 남았다. 마지막으로 술을 마셨던 때는 어머니가 돌아가셨을 때였다. 그래도 막상 이렇게 마시니 생각보다 나쁘지는 않았다.

"괜찮아?"

곽수환은 놀란 눈으로 석화를 쳐다봤다.

"생각보다는요."

목구멍이 지글지글 타들어 가는 느낌만 빼면 나름 괜찮았다. 곽수환이 얼굴을 가까이 가져와 석화의 상태를 살폈다. 설마 죽지는 않겠지? 그런 시선 같았다.

"곽 소령님."

"왜? 토할 것 같아?"

"아뇨."

고개를 한 번 흔드니 골이 좀 어지러운 듯도 했다. 석화는 숨을 깊게 쉬었다가 뜨거운 숨을 길게 뱉어냈다.

"다행이네요. 세 번째 임상시험약이 나름 효과가 있었나 봐요. 소령님, 엉겅퀴라고 들어보셨어요? 거기에 대단한 약효 성분이 있거든요. 저도 술 한 잔 정도는 해보고 싶어서 엉겅퀴 씨앗에서 실리마린을 추출해서 간세포를 재생시키는 약을 만들어봤거든요. 위스키를 이렇게나 많이 마시고도 멀쩡한 걸 보면 성공적인 것 같아요."

석화는 평소의 1.5배속이나 되는 말을 쏟아내고 있었다. 그러나 말과는 다르게 얼굴도 점차 상기되고, 눈도 나른하게 풀려가는 중이었다. 엉겅퀴고 나발이고 무슨 말인지 모르겠지만, 석화가 만든 약이 별 소용이 없다는 건 자명했다. 의자에 앉아 있는 몸도 점차 녹은 젤리처럼 늘어지는 중이었으니까.

"석 박사, 진짜 괜찮아?"

석화가 간신히 몸을 일으켜 책상으로 의자를 끌고 가더니 펜을 쥐었다. 그리고 한 손에는 '간 보강용 임상 3'이라고 적힌 통을 들더니 뭔가를 끄적거리기 시작했다.

대체 뭘 하는 건가 싶어서 지켜보는데, 글을 적다 말고 펜이 찍- 저 위로 올라갔다. 석화는 그대로 책상에 널브러져버린 뒤였다.

위스키 약 150ml, 약 5분을 버티…….

마치 다잉메시지 같았다.

◆ ◆ ◆

정말 죽은 건 아닌가 싶어 검지를 길게 빼어 연방 석화의 코에 가져다 댔고, 찬 수건으로 열이 들끓는 이마와 얼굴을 닦았다. 그럼에도 열은 좀체 내리지 않아 결국 석화의 와이셔츠 단추를 툭툭 풀어나갔다.

그렇게 땡볕에 돌 찾으러 돌아다니는 주제에 살은 하나도 안 탔네.

손끝에 닿는 피부의 감촉이 지나치게 매끄러웠다. 스윽 손을 내려서 움푹 파인 배꼽까지 내려가다가 확 주먹을 쥐었다.

세화해변에서 봤을 때는 제 취향이라고 생각했지만, 모지리였기에 양말만 주고 말았었다. 그런데 수석연구원의 자리를 대신할 천재라니……. 손을 댔다가는 골치 아픈 일만 더해지겠지.

욕실로 가 수건을 찬물에 적시고 나와 셔츠를 마저 벗겼다. 팔을 들어 겨드랑이에 수건을 끼우려는데 헛웃음이 나와버렸다. 맨들거리는 부분을 톡 손으로 건드리고는 수건을 끼워 넣었다. 갑작스러운 한기에 석화가 인상을 쓰면서 수건을 빼내려 했다. 곽수환은 석화의 팔을 교차시켜 잡고는 꼼짝도 못하게 막았다. 그대로 열이 내리기를 기다리는데 석화가 그제야 슬며시 눈을 떴다.

"정신이 좀 들어? 물 줄까?"

팔을 놔주고 물을 뜨러 가는데 등 뒤로 뭔가가 날아와 부딪혔다. 석화의 겨드랑이에 끼워놓았던 젖은 수건이었다.

"지금 열이 심해서,"

곽수환은 말을 하다 말고 눈썹을 난감하게 긁었다. 천장을 보고 누워 있던 석화가 꿈틀거리면서 탈피를 시작한 것이다.

와이셔츠를 벗고, 바지와 함께 브리프도 끌어내렸다. 벗는 과

정도 어찌나 느린지 허물을 벗는 동물 한 마리를 실시간으로 감상하는 기분이었다. 곧 전라가 된 석화는 팔다리를 대자로 벌렸다. 열이 많은 석화의 잠버릇 중 하나라는 걸 곽수환이 알 리는 없었다.

곽수환은 이마를 손으로 꾹 누르고는 뒤를 돌았다. 석화의 방으로 갈 수는 없으니 제 방으로 데려오긴 했는데 말이다.

"이거 봐. 진짜 개가 누군데."

그렇다고 저 석화를 두고 나가기에는 내일 아침에 돌아왔을 때 변사체가 되어 있을 것만 같아서 무시하기도 힘들었다. 석화는 분명 자신보다 연상인데도 뭔가 불안해 보였다. 체력이 너무 바닥이라 그런가. 아니면 오청운을 죽일 때 무표정했지만 허옇게 뜬 얼굴이 눈에 남아서 그런가.

곽수환은 수건 두 장에 다시 찬물을 묻혀 석화에게 다가갔다. 수건을 펼쳐서 상체와 하체를 덮어주고는 의자를 끌어와 앉았다.

갑자기 절실히 담배가 당겼다. 수중에 한 개비도 없었으니 남은 위스키만 연거푸 들이켤 뿐이었다. 불현듯 무드등이 깜빡거리면서 전력 공급에 이상이 있음을 알렸다. 가장 안전하고 부유한 쉘터라고 하지만, 전기가 나갔다 들어오는 일은 하루 이틀이 아니었다.

"나도 인생 별로 재미없어, 석 박사."

수건은 금세 석화의 열로 달아올랐다.

FOOL'S PARADISE

Fool's Parad **#2**

석화의 집안은 제주도 토박이였다. 증조부모 전부 제주도 사람이었다고 했고, 할머니 역시 제주도 출신의 할아버지와 결혼을 했다.

'그날은 정말 끔찍했지. 저 육지에 있던 뱃사람들이 제 배를 끌고 제주도항으로 몰려드는데, 군대가 돌아가라고 경고사격을 했지. 그런데 그 사람들도 살려고 왔는데 돌아가겠어? 아비규환이 되려는 때에 군대가 그 사람들을 다 총으로 쏴 죽인 거야. 아담이 되어서 죽은 사람만큼이나 멀쩡한 사람도 수없이 죽었지. 푸르기만 했던 바다가 시뻘겋게 변했어.'

국가 1급 재난 상황이 선포된 건 아담이 나타난 해였고, 제주도와 울릉도 등 섬의 모든 선박과 해상은 군의 통제 하에 일시 마비 상태에 들어갔다.

바이러스가 퍼지지 않은 지역을 지키기 위한 필사적인 노력이었으나, 그만큼이나 필사적으로 살기 위해 섬으로 향한 이들도 수없이 희생됐다. 조모는 자신들은 운이 좋아서 살았을 뿐이라는 말을 종종했다.

석화의 모친은 조부모가 느지막이 본 소중한 딸이었다. 조산하는 바람에 인큐베이터에 들어가야 했지만, 병원은 예전의 기능을 상실한 지 오래였다. 조부모가 헌신적인 노력을 기울여 죽어가는 아이를 살려냈으나 그 때문인지 몰라도 모친은 죽을 때까지도 늘 병약했다. 모두가 그녀에게 석화를 낳은 게 기적이라고 할 정도였다.

'……지켜봐온 결과, 석화 학생은 감정이 없어 보여요. 언제부터인지 모르겠지만 특별한 사람들이 태어나기 시작했잖아요? 평범한 사람들과 조금 다른 사람들……이요. 석화 학생이 특출한 성적을 보였기에 연구센터가 운영하는 S클래스로 보냈던 건데, 거기서도 저와 마찬가지인 사견들이 많더라고요. 석화 학생은 혹시 감정이 결여된 게 아닌가 싶은데…….'

'무례한 말씀이시네요. 석화도 다른 사람들과 같이 생각을 하고, 감정을 갖고 움직여요. 본인이 약하기에 사람들과 깊이 관계를 쌓지 않으려는 것뿐이에요. 깊은 관계가 되면 타인에게 폐를 끼치게 되니까요. 말씀은 감사하지만, 이만 돌아가주세요.'

'어머니, 석화 학생은 S클래스 수업을 이수한 후에는 레인보우 시티 연구센터로 이동하게 될 거예요. 현재 상황으로 봤을 때 길어야 석 달이면 충분히 마스터할 수 있고요. 우리에게 필요한 건 다른 무엇도 아닌 인재입니다. 아시잖아요, 어머니. 석화 학생도 제주도에서 나가야 합니다. 지금이야 어머니가 계시니 몸이 약한 석화 학생도 무리 없이 살고 있지만, 서울…… 아니 레인보우 시티 연구센터로 이동하면 석화 학생도 사람들과 유대관계를 쌓아야 해요. 자신을 도와줄 사람들이요.'

'제가 있어서 석화가 무리 없이 살고 있다고요? 잘못 알고 계시네요, 박사님. 사실은 그 반대거든요.'

머리가 들끓었다. 할머니의 목소리에 이어 제주도 교육센터를 책임지던 박사와 어머니의 목소리가 뒤죽박죽으로 섞여 들어왔다. 새카만 바다에 잠긴 것처럼 목소리만 웅웅거렸다. 그러다 서걱, 서걱, 머리카락을 누군가가 잘라주는 감촉이 느껴졌다.

'서울은 많이 위험할 거야. 그린구역을 벗어나서는 안 돼. 알았지?'

어머니가 머리를 단정하게 이발해주고는 어깨를 토닥였다.

'널 희생해서 다른 사람을 살리는 일 같은 것도 해서는 안 돼. 네 안전이 최우선이야.'

'……안 그래요.'

'서울로 올라가면 연구센터에 있는 사람들 중에 널 도와줄 사람을 꼭 만들어놔야 해. 얼마 전에도 갑자기 쓰러지는 바람에 뇌진탕도 왔었잖니. 그래도 전보다는 많이 나아졌다지만…….'

'그럴게요.'

어머니는 석화를 걱정했지만 석화는 반대로 어머니를 걱정했다.

갑작스레 멀미가 몰려왔다. 배를 타고 제주도를 빠져나오던 날처럼 바닥이 요동치는 것만 같았다. 몸을 뒤척거리자 차가운 무언가가 이마와 몸에 얹혔고 기분은 한결 나아졌다.

석화는 천천히 숨을 고르면서 이마에 손을 가져다 댔다. 축축한 수건이었다. 눈을 떠 동공을 굴려 있는 곳을 확인했다.

푸른색 천장 그리고 창문이 없는 방, 현관 근처에 욕실이 있는 익숙한 형태의 숙소였다. 그러나 책상과 테이블이 있는 위치는 제 방과 달랐다. 책이 몇 권 쌓아 올려져 있는 테이블을 보다가 침대 옆으로 시선을 돌렸다. 그곳에는 곽수환이 있었다.

곽수환은 의자에 앉은 채 책을 내려다보고 있었다. 아니, 페이지를 넘기는 것을 보니 정확히는 읽고 있는 중이었다. 한 장, 두 장 책장을 넘기는 소리가 듣기 좋았다. 열 장쯤 넘겼을까, 곽수환이 고개를 들었다. 석화와 눈을 마주치자마자 그는 조금 커다랗게 눈을 떴다. 수건을 갈아줄까 하던 참이었다.

"깼어? 기분은?"

"……괜찮아요."

석화는 쉽사리 일어나지는 못하고 누운 채로 대답했다.

"책…… 보세요?"

탁 하고 책을 덮은 곽수환이 한 손으로 책을 쥐었다.

"무식한 놈이 활자 읽는 게 이상해 보여? 편견은 좀 버리지 그래."

테이블에 책을 내려둔 곽수환이 수건을 가져가서 다시 찬물로 헹구어 왔다. 좀 전까지만 해도 곧게 펼쳐서 몸에 덮어주던 곽수환이 이번에는 툭 던지고만 말았다. 석화는 고맙다는 말을 하고 제 몸에 그 차가운 수건을 올려두었다.

"석 박사 경호 노릇하라고 내가 옆에 있는 건 맞는데, 아무래도 이건 시중 같지?"

석화는 침대 헤드에 등을 기대고 간신히 앉았다. 제 몸이 전라 상태인 것을 그제야 알았다. 그래도 수건으로 상체와 하체가 전부 가려져 있어서 창피할 건 없었다.

이번에는 그가 미지근한 물을 건네줬다. 석화는 유리잔에 반쯤 담긴 물을 아주 천천히 나눠서 마셨다. 곽수환은 군용으로 지급된 검정색의 민무늬 티셔츠에 편해 보이는 바지 차림이었는데, 평소에는 보이지 않던 군번줄이 목에 걸려 있었다.

물을 마시는 동안 그걸 물끄러미 쳐다봤더니 그가 군번줄에 달린 인식표를 잡아 올렸다. 앞에는 레인보우 시티의 마크인 참매가, 뒤에는 신원 정보가 파여 있었다.

육군 CODE MAJOR - 3121 곽수환

전사자의 신원을 확인할 때 사용되는 인식표이기도 했다.

"좀 전에…… 뭐 보고 계셨어요?"

"석 박사는 자존심도 없어?"

석화가 한숨을 내쉬더니 컵을 옆에 내려두었다.

"있는데요."

"내가 그쪽보다 연하인 건 알지? 그런데 나는 반말을 하고 박사는 나한테 꼬박꼬박 존댓말을 하네?"

"제가 존대하라고 말하면 할 겁니까?"

"안 하지. 제주도에서 봤을 때부터 나보다 꼬맹이인 줄 알았으니까."

그럼 이제라도 존대를 하라는 말을 하려는데 기력이 달려 한숨만 내뱉었다. 벽 쪽으로 이동한 석화는 다시 몸을 뻗고 누웠다.

"저 때문에 못 주무셨을 텐데, 옆에서 주무세요."

더블침대지만 둘이 눕기에는 상당히 비좁았다.

"방으로 돌아갈 생각은 없고?"

"……네."

"업어다 줘?"

석화가 더는 대답하지 않고 벽을 향해 몸을 돌렸다. 전라의 몸으로 등을 보이니 엉덩이가 한눈에 들어왔다. 가릴 생각도 없는 게 그냥 모든 것이 다 귀찮은 듯했다. 안 그래도 잠이 부족한 터였다. 곽수환은 팔을 교차해 셔츠를 벗고 침대에 누웠다. 살이 맞닿지는 않을 만큼의 아주 작은 여유 공간이 생겼고, 석화는 수건을 펼쳐 길게 덮고 있었다. 석화가 누워 있던 자리라서 그런지 축축한 열기가 머물렀다.

곽수환은 팔짱을 끼고 제게 등을 돌린 석화를 쳐다봤다. 정확히는 엉덩이에 시선이 닿았는데 탱글탱글해 보여서인지 히죽 한번 웃고 말았다.

"아무래도 석 박사가 연구한 억제제 말이야, 문제가 좀 있는 것 같지?"

아무 대답도 하기 싫어하던 석화가 관심을 보이며 몸을 빙글 돌렸다. 그 바람에 곽수환의 발기한 성기가 석화의 맨 허벅지를 스쳤다.

"……억제제 언제 맞으셨어요?"

"날짜상으로는 어제?"

석화가 천천히 눈을 깜빡이더니 손바닥으로 침대를 누르고 상체만 일으켰다. 발기한 부분을 빤히 보기에 곽수환도 장난기가 솟아서 손으로 쓱 문질렀다.

"부작용이 있다니까."

무표정하지만 생각에 잠긴 까만 눈동자가 깊었다. 진짜로 억제제에 무슨 문제라도 있는 건가 싶은 듯 한참 생각에 잠겨 있더니 불쑥 말을 내뱉었다.

"어디 보죠."

"뭐?"

놀린 건 곽수환이었고 놀란 것도 곽수환이었다.

석화는 진지한 눈을 하고는 침대 밖으로 기어나가다시피 했다. 손짓을 해서 누워 있던 곽수환을 앉게 만들고, 저는 바닥에 앉았다.

"석 박사."

얼떨결에 침대에 걸터앉은 곽수환이 당황한 목소리를 자아냈지만, 석화가 손을 내밀어 바지 지퍼를 내리는 게 더 빨랐다.

"그쪽이 비뇨기과 의사도 아니고 내 좆을 본다고,"

툭! 말을 하는 동안에도 막힘없이 손을 놀리던 석화가 브리프를 끌어내렸던 때였다. 그 손길에 점차 기세 좋게 발기했던 좆이 해방감에 휙 고개를 쳐들었다. 석화는 턱을 느릿하게 문질렀다.

"곽수환 소령님 성기가…… 방금 제 턱을 쳤어요."

"누가 몰라."

미치겠네. 곽수환이 머리를 뒤로 휙 쓸었다.

"사정은 가능하세요?"

석화는 연방 진지한 말투였다. 술 먹고 기절했다가 일어나서 남의 고추를 꺼내는 변이 바이러스 연구자라니……. 어쨌거나 꺼낸 건 너야. 그리고 억제제가 영 쓸모없는 것도 문제가 있는 게 맞지. 멀쩡한 듯 보이지만, 아직 석 박사에게 술기운이 남아 있는 게 틀림없었다.

"모르겠는데."

알았다는 듯이 고개를 끄덕거린 석화는 브리프를 다시 올려주려고 했다. 그때 곽수환이 손목을 꽉 쥐었다.

"일단 한번 빨아볼래?"

깜빡, 깜빡, 다시금 무드등의 불이 꺼졌다가 들어왔다. 석화의 얼굴이 보였다가 안 보이기를 반복했고, 곧이어 입술이 천천히 벌어졌다.

"……더러워서 싫어요."

이윽고 무드등의 불이 완전히 꺼져버렸다.

더럽다니? 그 말 한마디에 팽팽하게 불거졌던 좆이 한 꺼풀 수그러들었다. 그대로 머리채를 잡아서 입에 쑤셔 넣고 맛이 어떠냐고 하려다가 됐다 싶었다. 곽수환은 지퍼를 열어둔 채로 침대에 드러누웠다. 팽팽하게 섰던 것도 점차 안정을 찾아가고 있는데, 석화가 누워 있는 몸을 짓누르며 원래 자리로 기어갔다. 곽수환은 기막힘에 혀를 찼다.

사람을 돌 취급하는 것도 아니고 제 몸을 도움닫기 해서 넘어가는 건 또 뭐란 말인가. 기운 없이 늘어진 꼴을 보니, 침대를 돌아서 올라가기도 버거웠던 모양이다. 전기가 완전히 나가버려서 망정이지 아니었다면 드러난 엉덩이를 손으로 콱 쥐고도 남았을 것이다.

"그 더러운 건 석 박사한테도 있을 텐데."

"배설기관은 누구에게나 있죠."

"더럽다고 생각하면 섹스도 못하겠네."

무슨 말이라도 나오지 않을까 싶었는데 한참 뒤에야 목소리가 흘러들어 왔다.

"해파리랑 말미잘은 입과 항문이 같아요. 생각해보니까 안 더러울 수도 있겠네요."

대체 무슨 생각을 했기에 그런 결론이 나오는지는 알 수 없었다.

기어코 불이 들어오고 말았고, 전라로 등을 돌린 석화의 뒤태가 음영이 지고 번들거렸다. 숨소리조차 들려오지 않았지만 석화가 그새 잠이 들었다는 건 알 수 있었다. 모른 척 엉덩이를 손으로 훑었는데도 미동이 없었기 때문이었다. 곽수환은 그제야 무드등도 꺼버렸다. 두 손을 깍지 껴서 뒷머리에 대고 천장을 향했다.

애들 때는 이것보다 더 좁은 침대에서 부모와 같이 잔 적도 있었다. 아마 큰 불편함이 느껴지지 않는 건 그때의 익숙함이 떠올라서겠지. 괜히 쓸쓸해진 곽수환은 쓸데없는 생각 말자며 눈을 감았다. 옆에 누가 있는 잠자리는 참으로 오랜만이었다.

◆ ◆ ◆

여의도 쉘터가 처음부터 안전했던 것은 아니었다. 이곳도 아담에게 몇 번이나 밀려난 전적이 있던 곳이었다.

일곱 개의 색으로 구역을 지정하는 레인보우 시티는, 같은 지역일지라도 위험도에 따라 색이 달라지고는 했다. 그렇기에 현재 그린구역인 여의도도 한때는 레드로 지정되었던 때가 있었다.

"의정부가 오늘 9시를 기점으로 레드에서 바이올렛으로 위험 단계가 낮아졌습니다."

국가 통합에 따라 각 시도별로 나뉘어 있던 한국도 레인보우 시티라 불리는 도시가 되어버렸고, 아예 사람이 살지 않는 구역으로 지정된 곳도 수많았다. 그러나 정확한 인구가 파악되지 않았다 뿐이지 산세가 험한 지역으로 숨어들어 사는 민간인도 많았다. 다만 그들은 레인보우 시티의 시민으로 인정받지 못했다.

"수원은 옐로 단계로 들어섰습니다. 그런데 이번 아담에게서 한 가지 이상 징후가 발견됐습니다."

현장에 투입되는 소령들과 쉘터에서 지시를 내리는 영관장교들이 53층 군회의실에 모여 있었다. 장군인 박 소장도 함께였다.

술에 취해 하반신을 드러내보였던 양상훈이 멀쩡한 낯짝을 하고는 브리핑을 계속 진행했다. 아침마다 열리는 정기보고인 셈인데 오늘은 곽수환이 속한 불패소대 차례였다.

"이상 징후?"

박 소장이 시가를 깊이 빨아들였다가 연기를 내뿜었다. 금연건물이지만 까마득하게 높은 장군에게 딴죽을 걸 사람은 없었다.

"공격을 받고 불리한 상황이 되면…… 놈들이 후퇴를 합니다."

"……뭐?"

박 소장이 들고 있던 시가를 재떨이에 푹푹 찍어 눌렀다.

"그놈들이 군인도 아닌데 무슨 후퇴를 해?"

"그 징후는 현재 10레드구역에서 3회, 3바이올렛구역에서 2회 발견됐습니다."

"그거 정확한 거야?"

"더 정확한 징후는 좀 더 파악한 후에 다시 보고하겠습니다."

양상훈이 절도 있는 자세로 반듯이 경례를 하고는 단상에서 자리로 돌아갔다.

"야, 곽 소령이."

테이블 밑으로 다리를 꼬고 앉아 있던 곽수환이 박 소장의 부름에 몸을 쓱 일으켰다.

"새끼야, 군인이 빠져가지고는 자세가 그게 뭐야? 양 소령이 좀 본받아 봐, 엉? 기강은 다 어디 갔어?"

장 중령만큼이나 잔소리가 많은 영감이었다. 그래 봐야 40대 후반이었지만.

"아담 회수팀이 그러던데, 네가 13레드구역에서 수거한 아담이 말을 했다고. 그거 진짜야?"

앉아 있던 자세는 불량했다고 쳐도 웬일로 군제복을 말끔하게 갖춰 입고 있었다. 곽수환은 단상으로 가지 않고 자리에 서서 말을 시작했다.

"말을 하기는 했습니다. 마치 아담으로 변이하기 직전의 사람으로 보였는데, 어쩌면 오청운의 아담 변이가 다른 이들보다 좀 많이 늦었을 수도 있겠고요. 보통 아담에게 감염되면 5분, 길게는 10분 안에 아담으로 변하니까 그것도 좀 이상하기는 합니다. 지하에 오청운을 제외하고 다른 아담은 없었으니까요. 자연발화도 아니고 자연아담이 되는 경우는 없지 않습니까?"

"새끼야, 유추 좀 하지 마. 정확한 팩트만 전달해. 군인 새끼가 지 사견을 넣고 말이야."

말은 저렇게 해도 박 소장은 장 중령만큼이나 곽수환을 아끼는 편이었다.

"그보다 석화 박사는 어디 갔어? 오늘 브리핑은 데려오라고 했잖아."

"자빠져 자던데요."

탱글탱글한 엉덩이 다 드러내놓고.

"곽 소령! 어디 감히 소장님 앞에서!"

가만히 듣고만 있던 장 중령이 버럭 언성을 높였다.

"됐어, 됐어. 저놈 저러는 거 하루 이틀도 아니고."

손을 내저은 박 소장이 불이 꺼진 시가를 들고는 자리에서 일어났다. 회의실에 있던 모든 군인들이 동시에 일어나 박 소장을 향해 섰다. 제복이 마찰하는 소리 또한 한결같았다.

"오늘 회의는 이만하고, 곽수환이 너는 조만간 현장 들어가자고. 상부에서도 그러기를 바라고 있으니까."

영창을 가지 않는 대신 석화의 경호 노릇을 한 게 그래 봐야 며칠이다. 애초에 상부는 곽수환을 영창에 보낼 생각 따위는 없었다. 박 소장이 회의실을 나가고 이어 장 중령이 곽수환에게 다가가려는 때였다. 장 중령이 울리는 무전을 받았다.

'중령님, 석화 박사님께서 방에 계시지를 않습니다. 오늘 연구실에 출입 기록도 없습니다.'

"뭐?"

곽수환이 석화를 데리고 나오지 않았기에 따로 찾아오라고 지시를 내린 터였다. 그런데 어디에도 안 보인다니?

장 중령이 인상을 와작 쓰고 곽수환을 쳐다보자 그가 어깨만 으쓱했다.

"석 박사 제 방에 있는데요."

"야, 왜 박사님이 네 방에 있어?"

끼어들 타이밍을 재던 이채윤이 불쑥 얼굴을 들이밀었다.

"박사님하고 어제 무슨 일 있었어?"

장 중령도 이해가 안 된다는 얼굴이었다.

"눈앞에서 쓰러졌으니 제 방으로 데려왔죠. 밤새 간호도 했고요."

술을 줬다는 이야기는 쏙 뺐다. 어차피 마신 사람도 석화였다.

"그랬으면 깨워서 모셔왔어야지. 몸은 좀 괜찮으시대?"

"글쎄요, 깨워도 안 일어나던데요."

이봐, 석 박사, 하고 등을 툭툭 두드려보기는 했다.

"그럼 박사님 죽은 거 아니야?"

이채윤이 걱정스럽게 말하자 곽수환이 소리 없이 웃었다. 남들 눈에도 석화가 어지간히 약해 보이나 보다. 그 와중에 어제 필름이 나가버린 양상훈은, 석 박사가 누구냐며 한가로운 소리나 해대고 있었다.

◆ ◆ ◆

《그 녀석과 나의 사랑법》.

석화는 침대에 걸터앉아 눈을 끔뻑거렸다. 저혈압 때문에 아침마다 이 고생이었다. 정신을 다잡는 동안 테이블에 있는 책의 제목이 저절로 시야에 들어왔다. 어젯밤 곽수환이 읽고 있던 책 같았다.

몸에 기운이 돌아올 때까지 가만히 있다가 두 다리에 힘을 주고 일어섰다. 석화는 《그 녀석과 나의 사랑법》을 향해 손을 뻗었다. 표지는 코스모스가 그려져 있었고, 꽤나 오래된 서적인지 종이 또한 변색되어 있었다.

석화는 무심결에 첫 장을 펼쳐 넘겼다. 시작부터 애틋한 사랑 이야기가 펼쳐지는 것만 같았다. 앞부분을 읽다가 책을 다시 놔두고는 테이블에 죽 올려져 있는 다른 책의 책등도 훑어봤다.

《당신의 향기》, 《사랑한다면 우리처럼》, 《성의 굴레》, 《선생님과의 하룻밤》 곽수환이 좋아하는 글은 아무래도 사랑 이야기인 듯했다. 쉘터에 보관 중인 서적들이었고 대여코드도 적혀 있었는데, 《선생님과의 하룻밤》은 대여한 사람이 많은지 다른 책들보다 유독 낡아 있었다.

석화도 아예 관심이 없는 건 아니라 책의 제목을 머리에 저장했다. 세상이 평화로웠던 때 발매된 것들이니 나중에 저도 한번 읽어볼 생각이었다.

이제 슬슬 나가봐야 하는데…….

삐빅, 삑– 문에서 들려오는 소리에 석화는 그쪽을 향해 섰다.

[개방합니다.]

인식자를 확인한 시스템 목소리와 함께 문이 열렸다. 문을 연 사람은 당연히 곽수환이었고, 그 뒤로는 이채윤과 양상훈도 서 있었다. 불현듯 곽수환이 팔을 크게 벌려 문을 막았다.

"뭐야, 팔 안 치워? 안 보이잖아!"

이채윤이 따지는데도 그는 그 자세를 유지하고는 말했다.

"옷 입어."

석화도 그제야 자신이 전라인 것을 깨달았다. 창피함에 후다닥 움직일 만도 한데 굼벵이처럼 느리게 몸을 돌려서 바닥에 떨어진 옷가지를 주웠다. 그 바람에 곽수환이 헛바람을 내뱉었다.

왜, 옛날에는 군대에서 비누를 주워달라던 놈들도 있었다던데. 지금이 그 상황이었다면 석화는 그냥 잡아 잡수쇼, 하는 꼴이었다. 아무리 제주도에서 나고 자랐다지만 경계심이라고는 하나도 찾아볼 수가 없었다. 어쩌면 제 한 몸 건사하기도 힘들어 주변 따위는 돌아보지 못하는 것일 수도 있고.

석화가 옷을 입은 것을 확인한 곽수환은 문을 막고 있던 팔을 떼어냈다. 이채윤도 석화가 맨몸인 걸 알고 나서는 뒤에서 조용히 기다리던 중이었다. 석화는 밖으로 나오면서 이채윤을 향해 인사를 했다.

"안녕하세요."

"응, 박사님 안녕? 어제 쓰러졌다며 괜찮아?"

석화는 문득 곽수환의 친구들은 다 반말을 일삼는 건가 싶었다. 그래도 기분이 썩 나쁘지는 않았다.

"괜찮습니다."

"안녕하십니까? 석화 박사님. 처음 뵙겠습니다. 저는 불패소대 양상훈 소령이라고 합니다."

이채윤의 뒤에서 양상훈이 예의 바르게 인사를 건네 왔다. 곽수환의 친구라고 해서 다 반말을 하는 건 아닌가 보다. 그런데 처음 뵙는 사람은 아닌데.

"……바윗돌."

"예?"

석화가 중얼거리자 양상훈이 눈을 동그랗게 떴다.

"석 박사. 저 새끼 술 마시면 그냥 필름이 날아가. 어제 일은 기억도 못 해."

"응? 바윗돌이 뭔데?"

양상훈이 곽수환에게 넌지시 물었다.

"바윗돌은 무슨. 넌 모래알이야, 새끼야."

양상훈이 갑자기 고추가 아픈 것 같다면서 손을 아래로 가져갔지만 주물럭거리는 일은 없었다.

"그런데 여기에는 다들 어쩐 일로……."

쓱, 곽수환의 앞으로 '브이' 자를 한 손이 튀어나왔다. 이채윤이었다.

"요즘 아담이 이상하다면서요. 양상훈 새끼 이야기 들어보니까 아담이 꼭 사람처럼 움직이나 봐요? 그치? 네가 봤다며."

"좀 이상하기는 했어. 그동안은 몸에 충격을 받아도 절대 물러서지 않았거든. 근데 도망가는 놈들이 있더라고?"

석화도 고개를 미묘하게 꺾었다. 아담이 도망을 간다고? 곽수환을 바라보니 그도 뭔가 찜찜해하는 듯했다. 그들이 겪은 오청운도 전에는 없던 기이한 현상이었다.

"어쨌든 우리 아침밥부터 먹으러 가요!"

박사님, 아직 몸 안 좋으면 업어줄까요? 이채윤이 엄지를 척 들어서 자신의 등을 가리켰다. 석화는 괜찮다면서 스스로 걷기 시작했다.

세 명의 소령이 평소보다 느릿한 걸음으로 석화의 보폭에 맞춰 걸었다. 아담의 특이현상을 말해주러 온 것이라면 곽수환만으로도 충분했을 텐데, 아침까지 함께 먹으러 가니 기분이 이상했다.

제주도에 내려가기 전, 이곳 쉘터에서 꽤 오래 생활했지만 오양석 박사가 없으면 밥은 늘 혼자 먹고는 했다. 특히 군인들과 친해질 일은 요원했고, 비리비리 약해빠진 저를 답답해하는 군인이 많다는 것도 알았다. 석화는 일부러 걸음을 빨리해보려 노력했지만 괜히 힘 빼지 말자면서 본연의 속도를 지켰다.

늦은 아침 식사인지라 식당은 한가로운 편이었다. 다만 남은 음식은 식어 있었고, 인기가 많은 김치는 이미 동이 난 뒤였다. 식당 직원이 첫날과는 다르게 석화의 식판에 밥과 반찬을 적당히 담아주었다. 밥을 먹다가 식판에 얼굴을 박은 소문은 날대로 났고, 어쩌면 음식 낭비를 막기 위해 누군가가 적게 주라고 지시했을 수도 있었다.

"박사님이 쥐 오줌만큼 먹는다던데 그것보다는 많네요."

이채윤이 하하핫 웃으면서 석화의 식판을 가리켰다.

그래도 쥐 오줌보다는 많이 먹는데…….

석화는 별다른 반응을 보이지 않고 식판을 빈자리에 내려놓았다. 맞은편에는 이채윤과 양상훈이, 옆에는 곽수환이 자연스럽게 앉았다.

"제가 식사 속도가 좀 많이 느립니다."

석화는 수저를 들기 전에 양해부터 구했다.

"그래요? 난 엄청 빠른데!"

아니나 다를까, 앉자마자 거의 절반은 해치운 그녀였다. 그건 양상훈도 다를 바가 없었다. 오히려 전에도 느꼈지만 곽수환은 식사 속도가 저에 견줄 정도로 느린 편이었다.

"박사님은 천천히 드세요."

양상훈이 친절하게 웃었다. 석화도 마주 웃어주고 싶었지만 입꼬리가 쉽게 움직여주지 않았다. 얼굴 표정을 바꾸는 일도 기운이 필요한 법이었다. 사람은 그냥 웃기만 하는데도 힘이 들어가니까. 풍부한 표정을 지으려면 그만한 힘이 있어야 하는데 석화는 거기까지 기운을 쏟을 몸이 아니었다. 지금이야 많이 나아졌지만 어릴 때는 입만 슬쩍 벌린 채로 늘 멍해 있었다. 결국 몸의 기운을 어떻게든 축적하기 위해 석화는 얼굴 표정이 퇴화해 버린 것이다.

"박사님, 우리 밥 먹고 나서 같이 동물원 가야 돼요."

"동물원이요?"

그녀에게 물으며 숨을 길게 내쉬자 곽수환이 제 식판의 물을 쓱 밀어줬다. 그렇지 않아도 목이 마르던 참이었다.

"석 박사는 동물원이 어딘지도 모를걸."

제주도나 울릉도가 아닌 지역에 동물원이 남아 있었나? 물을 마시던 석화는 의아해했다.

"8레드구역에 있어요!"

레드구역에 동물원이 있다니? 아담 바이러스는 동물에게도 전이되는 위험균이었다.

"그냥 우리가 동물원이라고 부르는 건데, 연구가 필요한 아담 놈들 가둬놓고 실험하는 데야."

본래 공포영화나 좀비물의 재미난 점도 여기에 있었다. 연구를 한답시고 좀비를 잡아다가 어딘가에 가둬놓는 일은 사건의 전초전이나 마찬가지였다. 좀비가 밖으로 나오면서 아비규환이 되는 흐름 또한 익숙하지만 흥미로운 이야기였다. 그러나 레인보우 시티는 별의별일들을 이미 다 겪은 도시였다.

약 30년 전, PTSD에 시달리던 군인 한 명이 쉘터 지하에 가둬두었던 아담을 풀어주면서 한바탕 난리가 났던 일도 있었다. 그 일 이후로 연구할 아담이 있다면 그린구역이 아닌 레드구역에 가둬두고는 했다. 애초부터 위험 분자를 차단하는 것이다. 그걸 이제는 동물원으로 부른다니, 자신이 없던 동안 새로운 말들이 생겼나 보다. 석화는 꼭꼭 씹은 밥을 삼키고는 다시 물로 입을 축였다.

위이이이이잉-

삐이이- 삐이- 삐-

순간, 고막을 파고드는 사이렌 소리에 석화가 한쪽 귀를 막았다. 눈꺼풀이 두어 차례 빠르게 경련도 했다. 이 사이렌이 이곳에 울려서는 안 된다. 말 그대로 이 쉘터 안에는 아담이 없을 테니까.

[Emergency, Emergency, 그린구역 여의도 쉘터에 긴급 상황을 알립니다. Emergency, Emergency. 모두 전투태세를 갖춰주세요. B-23에 아담이 출현. 3분 이내로 5층까지 전염 가능성 75퍼센트. Emergency, Emergency.]

신경질적인 마더의 경고음이 쏟아지기 시작했다. 이건 통합국가에서 지정한 1급 비상사태 경고 방송이었다. 이채윤과 양상훈을 비롯해 식당에 있는 모든 인원들이 전부 자리를 박차고 일어났다. 그 와중에 이채윤은 남은 밥을 한입에 욱여넣었다. 양상훈이 소시지를 주워서 그녀의 입에 던져주는 것도 순식간이었다.

석화는 당혹스러운 경고음에 수저만 든 채로 굳어 있었다.

"석 박사."

곽수환이 석화의 팔뚝을 잡아 일으키며 물었다.

"달릴래, 업힐래?"

사이렌 소리에 정신이 없음에도 석화는 재빠르게 생각을 정리했다. 제가 뛰는 것보다 업히는 쪽이 좀 더 수월할 터였다. 석화는 대답 없이 곽수환의 뒤로 가 그의 목에 팔을 감았다. 곽수환에게서 몸의 떨림이 느껴졌다. 왜 그런가 싶었는데 그가 자신을 들쳐 업고는 기막히다는 듯 웃는 중이었다.

"가요."

이러고 있을 때가 아니라고 석화가 그를 재촉했다. 비상사태에 맞춰 엘리베이터는 강제 종료 상태에 들어섰고, 마더의 판단에 따라 지하부터 순차적으로 폐쇄가 시작되고 있었다. 분명 지하에서 상층으로 합류하지 못한 군인들도 있을 것이다. 올라오는 길은 폐쇄되었으니 그들은 아담과 따로 붙게 될 테고 결과는 뻔하다. 그들도 전염되겠지. 박사들의 연구실이 고층에 있는 이유도 군인보다 대피 능력이 떨어지기 때문이었다.

곽수환과 나머지 동료들은 여의도 쉘터의 최종 방어선 48층까지 막힘없이 올라갔다. 몇 층 올라가다가 쉴 법도 한데 달리는 속도는 처음과 달라지는 법이 없었다. 석화만 멀미 때문에 거의 기절하기 직전이었다.

[여의도 쉘터 20층 괴멸, 48층 폐쇄 카운트 1분 전. 59, 58, 57…….]

위험 상황을 알리는 마더의 목소리는 사이렌과는 다르게 평이했다.

"아, 씨발. 무슨 초 수를 세고 난리야!"

곽수환을 앞서나가는 부사관이 마더에게 욕설을 내뱉으면서 엄청난 속도로 뛰어 올랐다.

"똘수환, 그렇게 여유 부리다가 뒈진다?"

이채윤이 먼저 가겠다면서 양상훈과 함께 더 먼저 달려갔다. 석화는 이대로는 아무래도 안 되겠다 싶었다.

"하아, 곽 소령님."

"달리는 건 난데 왜 석 박사가 숨을 몰아쉬어."

"붙들고 있는 것도 힘이 들어서요."

석화가 곽수환의 목을 감은 팔에서 힘을 풀었다.

"……그냥 두고 가세요."

"장 중령님한테 뭔 소리를 들으라고. 입씨름할 시간 없으니까 목이나 꽉 붙들어."

둘 다 같이 죽을 수는 없는 노릇 아닌가. 석화는 그의 등을 밀어내고 바닥에 서려고 했지만, 곽수환이 더 먼저 케이프를 끌어내려 석화를 감쌌다. 마치 포대기에 감싸인 듯한 모양새였다.

"내 동생도 이렇게 업어 키운 적이 없는데."

곽수환은 조금 전보다 더 빠른 속도로 달려 올라가기 시작했다. 석화도 더 버둥거리기를 포기하고 얌전히 그를 안았다. 저도 이렇게 쉼 없이 달려갈 수 있었으면 이런 신세를 질 일은 없었을 텐데……. 연구를 한다는 이유로 특별 취급을 받으면서 다른 사람에게 짐이 되는 게 싫었다.

[20, 19, 18……]

이제 43층이었다. 18초 이내로 48층에 도달하기란 무리였다.

"괜찮으니 이제 혼자 가세요. 연구는 저 말고도 다른 사람이 할 수 있으니까 괜찮습니다."

"대체제가 많았다면 애초에 상부에서 나를 석 박사에게 안 붙였겠지? 꽉 잡아."

곽수환이 46층의 계단 손잡이를 꽉 붙들고는 그 반동으로 단숨에 계단을 뛰어올랐다. 머리가 어질했다.

[5, 4, 3······.]

마더의 카운터가 제로에 가까워졌고 석화는 저 때문에 곽수환도 개죽음을 당하리란 죄책감에 눈이 흐려졌다. 그 순간 곽수환이 48층을 향해 외쳤다.

"석 박사 날아간다, 받아!"

곽수환이 석화의 목덜미를 잡아 제 등에서 휙 끌어내렸다. 케이프를 풀어서 석화를 감싸고는 닫히기 시작한 철창 아래로 거의 던져놓다시피 했다. 양상훈은 케이프에 감싸여 오는 석화를 확 붙들어 일으켰다.

"나이스 캐치."

양상훈이 좋은 패스였다면서 엄지를 척 세웠다.

"똘수환 씨, 어디 고생 좀 해."

이채윤이 한가롭게 손을 흔들었다. 아담이 올라오고 있는 중일 텐데, 대체 이들이 왜 이렇게 여유로운지 이해가 되지 않았다.

"소령님이······ 곽 소령님이······ 저기."

석화는 무표정하지만 하얗게 질린 얼굴로 철창 밖의 곽수환을 바라봤다.

"석 박사 내 말 잘 들어. 인류를 위해서 머리 좋은 박사님 내가 살린 거야. 앞으로 나 잊지 말고, 내 거 안 빨아준 것도 후회하고, 더럽다고 한 것도 사과하면서 살아."

곽수환은 장갑 낀 손으로 철창을 움켜쥐고는 진지하게 내뱉었다. 대체 이게 무슨 일일까. 서울에 올라온 지 그래 봐야 며칠인데 암살당한 박사님뿐만 아니라 오청운 선배도 죽고, 안전하다고 자랑하던 여의도 쉘터가 아담에게 뚫리기까지 했다. 더욱이 최악인 건 저 때문에 곽수환의 목숨이 사지로 밀려난 것이었다.

어머니는 남을 위해 저를 희생하지 말라고 했지만, 어차피 그런 일은 일어날 수도 없었다. 반대로 자신 때문에 그가 희생당하게 되어버렸다.

"……곽 소령님."

석화의 입술이 파르르 떨렸다.

"그러게 빨아달랄 때 빨아줬으면 후회도 안 남고 좋잖아. 잘 지내. 짧은 시간이었지만 석 박사, 당신 참 꼴릿한 사람이었어."

"저 병신 새끼. 지금 영화 찍냐?"

이채윤이 낄낄거리면서 곽수환을 놀려댔다. 뿐만 아니라 48층에 들어오지 못하고 곽수환의 뒤에서 숨을 몰아쉬고 있는 군인들도 낭패한 얼굴만 하고 있었다. 전투태세에 들어가야 할 텐데 그러기는커녕 욕설까지 내뱉고 있는 중이었다.

양상훈이 휘청거리는 석화를 뒤에서 단단히 받쳤다.

"석화 박사님 괜찮으십니까?"

"……저는 괜찮은데."

어깨까지 간헐적으로 떠는 석화를 보던 양상훈이 아차 싶은 얼굴을 했다.

"석화 박사님은 처음 겪어보는 거구나."

"……네?"

"이거요, 별거 아닙니다."

별거 아니라니? 석화는 눈에 의문을 가득 담아서 양상훈을 올려다봤다. 어쩐지 절박한 시선에 양상훈은 죄책감 비슷한 감정을 느꼈다. 놀린 건 곽수환인데 수습은 제가 해야 한다니 혀도 차면서 말이다. 양상훈은 석화에게 애써 웃어보였다.

"진짜 별건 아니고 비상훈련이거든요. 일전에 강남 쉘터가 아담한테 뚫리고 나서부터 실시된 건데, 지금처럼 시간 내에 못 들어오는 군인들은……."

"훈련받아야 되거든. 똘수환 새끼는 처음으로 받는 거네? 아휴, 꼬셔라. 박사님, 그거 알아? 전에 똘수환이 내가 딱 48층에 안착하는 순간 날 잡아 던지는 바람에 훈련받은 적 있거든? 저 새끼 아주 나쁜 새끼야."

석화는 여전히 하얗게 뜬 얼굴로 곽수환을 바라봤다.

"그러니까…… 지금 이게…… 실제 상황은 아니라는 거죠?"

철창 너머의 곽수환이 잘생긴 상판을 하고는 씩 웃었다.

"설마 석 박사, 쫄렸어?"

석화는 힘이 들어가지 않는 주먹을 꽉 쥐었다. 떨림 때문에 잘 쥐어지지도 않았다. 입술도 여전히 경련하고 있었다.

"……개자식."

[곽수환 소령 외 23인, 재훈련에 들어갑니다. 모두 고생하셨습니다. 각자의 자리로 돌아가 주세요.]

마더의 목소리가 섞여들었다. 그 탓에 곽수환은 석화의 입에서 나온 게 정말 욕설이었는지 귀를 의심할 수밖에 없었다.

◆ ◆ ◆

CCTV 화면에서는 사람이 움직이는 모습만 보일 뿐 목소리는 들려오지 않았다.

쉘터 지하의 군사훈련실은 아담 역과 군인 역이 나뉘어 훈련을 하는 중이었다. 그중에 아담 역을 맡은 곽수환이 보였는데, 군인들을 때려눕히고 같은 편인 아담까지도 공격을 했다. 뒤에서 달려드는 아담의 팔을 잡아서 엎어뜨리고는 주먹으로 얼굴을 내려치려다가 곧 연습이라는 걸 깨달은 듯 멈칫했다. 이어 뒤에서 덤벼드는 군인의 명치를 주먹으로 내질렀다.

"저런 게 진짜 아담이면 우리는 진작에 다 전멸했을 겁니다."

화면을 보던 장 중령이 질린다는 듯이 고개를 내저었다. 그러나 뿌듯함도 저변에 묻어났다.

"오늘 일은 차라리 잘됐습니다. 곽 소령이랑 훈련하는 놈들은 그 나름대로 도움이 되겠고, 곽 소령도 앞으로는 좀 더 성실하게 굴겠죠."

석화를 안고 뛰어올랐다지만 장 중령은 알고 있었다. 곽수환이라면 시간 내에 도착하고도 남았을 것이다. 그런데 무슨 심술이 났는지 아니면 변덕이 들었는지 몰라도 석화만 던져놓고는 죽도록 싫어하던 훈련에 참여했다.

"저기, 석화 박사님."

"네."

석화는 주머니에서 견과류를 물엿에 굳힌 스낵을 하나 꺼냈다. 입에 넣고 씹어 먹는 걸 의아하게 보던 장 중령이 다시금 말을 이었다.

"녀석이 좀 우악스럽기는 한데 나쁜 놈은 아닙니다. 곽 소령 혼자만의 전력으로 레드구역 하나쯤은 충분히 소탕할 수도 있고요. 또 은근히 이게 좋아서 싸우면서도 제법 머리를 잘 씁니다."

장 중령이 자신의 머리를 톡톡 하고 쳤다.

"그러니까 보호역을 바꾸는 건 다시 한번 생각을 해보심이 어떨까 합니다."

비상훈련이 끝나고 다짜고짜 경호군인을 바꿔달라는 석화를 훈련 상황 중계실로 데려온 게 장 중령이었다. 얼굴에 표정이랄 게 없던 사람이 툭 치면 쓰러질 듯 허옇게 질려 있기까지

했었다.

"이거 보십쇼! 이야, 곽 소령이 혼자서 일당백을 하지 않습니까?"

장 중령이 화면을 가리키면서 박수까지 쳤다. 이 녀석보다 더 세고 안전한 놈은 없다, 그렇게 말하려는 의도 같았다.

곽수환의 승리로 훈련이 중지되고 널브러진 군인들 사이에 있던 그가 감시카메라를 올려다봤다. 눈이 마주쳤을 리는 없지만, 석화는 다시금 주먹을 쥐었다. 비상훈련이 아니라 실제였다면 그가 아담으로 변이되는 것을 눈앞에서 보고 평생 죄책감에 사로잡혀 살았을 것이다. 그래서 화가 났다. 자신의 무기력함에도 속이 쓰렸다.

"막말로 비상훈련이 실제 상황이었다고 하더라도 문제는 없었을 겁니다."

석화의 속마음이라도 읽은 듯 장 중령이 쓰게 웃었다. 견과류를 절반도 먹지 못한 석화는 비닐을 꼬깃꼬깃하게 접어서 다시 주머니에 넣었다.

"무슨 말씀이신지 모르겠습니다."

"말씀드렸듯이 혼자서 레드구역도 정리할 놈이라고 하지 않았습니까? 실제로 우리 쉘터에 아담이 들이닥쳤다 하더라도 저 녀석만큼은 무사했을 겁니다. 박사님께서 오랜만에 서울에 올라오셔서 잘 모르실 테지만, 곽수환의 불패소대가 괜히 불패라고 불리는 게 아닙니다. 저 녀석들은 현장에서 한번도 패한 적이 없습니다. 녀석이 조금 짓궂은 면이 있기는 한데……."

"무슨 말씀이신지 알겠습니다. 제가 말씀드린 건 없던 일로 해주세요."

장 중령은 석화가 고집스럽게 굴지 않아서 다행이라고 안도했다. 사실 고집을 부려봐야 좋을 것도 없다. 모두가 손을 잡고 머리를 싸매도 모자랄 세상인데, 괜한 오기를 부려봐야 남에게 폐만 끼칠 뿐이다. 석화는 장 중령에게 꾸벅 인사를 하고는 자신의 연구동으로 걷기 시작했다.

보호구역인 제주도와는 다르기 때문에 서울로 오고부터는 저도 모르게 잔뜩 긴장을 하고 있었다. 돌이켜보니 비상훈련 때는 연구진과 쉘터에 있는 여타 직원들이 보이지 않았었다. 아마 그들은 각층에 있는 대피실에서 대기했을 가능성이 컸다.

[개방합니다.]

연구실로 들어가자 김 박사가 눈을 동그랗게 떴다.

"아까 비상훈련이었는데 어디 있다가 오셨어요?"

"방에 있다가 왔습니다. 늦었죠. 죄송합니다."

"안 그래도 제가 아차 싶었습니다. 훈련에 대해 말씀을 드린다는 게 미처 못 드렸거든요."

김 박사는 겸연쩍다는 듯이 뺨을 긁었다.

"비상훈련이 시작되면 박사들은 34층 복도 끝에 있는 비상용 엘리베이터로 이동하거든요. 엘리베이터 박스 진입도 박사와 연구진들만 가능하고요. 그렇게 꼭대기로 이동해서 훈련이 끝

날 때까지 대기해야 합니다. 이게 저도 아직 익숙하지가 않아서 말씀을 드린다는 걸 깜빡했네요."

"실제 상황에 대비하는 건가요."

"뭐, 그렇죠. 어차피 우리 목숨이야 전부 군인들에게 달린 거 아니겠습니까? 반대로 군인들의 목숨도 우리에게 달렸고요."

아담의 7차 변이 백신 개발. 그게 이 쉘터에서 연구원들이 안전하게 보호받는 이유였다. 김 박사가 의자 바퀴를 굴려 석화에게 다가갔다. 주변을 살펴보고 모서리에 매달린 감시카메라까지 찜찜하게 바라보더니 조용히 귓엣말을 했다.

"최근에 해외지부와 연락이 잘 안 되는 건 알고 계신가요? 연구원들은 그간 해외지부와 연구 교환이 가능했잖아요?"

"그랬죠."

석화도 연구동에 있던 시절, 해외지부의 연구원들과 몇 차례나 교류를 한 적이 있었다.

"오늘 중국지부에 있는 친구 놈하고 간신히 연락이 닿았는데요. 듣자 하니 거긴 아담이 아직 7차 변이 전이더라고요? 어쩐지 갑자기 해외랑 전부 연락이 두절된다 싶더니……. 지금 우리 레인보우 시티만 고립된 거 아십니까?"

평소에는 영양가 없이 수다스럽다고 생각했지만, 오늘만큼은 놀라운 소식을 전달했다.

"정말 해외지부와 연락이 안 된다고요?"

"예, 그래서 이번에 우리가 고립된 걸 확신했죠."

전 세계 인터넷 통신망 같은 건 무너진 지 이미 오래전이었다. 인구가 반 토막 이상 나버려 통신망 설비를 유지할 인력도 부족했고, 아담들이 전선을 끊어먹는 등 온갖 문제를 일으키기도 했다. 사람의 손길이 끊긴 정유공장 또한 몇 달에 걸쳐 불타 없어진 곳도 수많았다. 여의도의 쉘터를 비롯해 각 쉘터의 마더는 온 전력을 끌어와 간신히 유지 중이었다. 그간 해외지부와의 연락은 전화와 편지 내지는 직접 방문이었는데, 그 세 가지가 전부 막힌 게 바로 아담의 7차 변이 징후가 발견되고 나서였다.

"근데 박사님, 예전에도 궁금했는데 그 돌은 대체 뭐예요?"

석화는 저도 모르는 사이 손안에서 작은 돌을 굴리고 있었다. 생각에 잠길 때 나오는 습관 중 하나였고, 열이 많은 만큼 돌을 쥐고 있으면 시원해지는 기분도 들었다.

"그냥 부적 같은 거요."

"하하, 석화 박사님 입에서 부적이라는 이야기가 나오니까 이상하네요. 그러고 보니 전에 박사님이 모아두셨던 돌들 있잖아요."

비품실로 사용되는 곳에 모아놓은 돌들이 있었다. 서울에 올라오고 나서 정신이 없던 바람에 둘러보지 못했지만 그렇지 않아도 오늘내일 중으로 가볼 생각이었다. 그런데 김 박사가 먼저 운을 뗀 게 좀 불길했다.

"돌들이 왜요?"

"그거 오청운 박사가 거치적거린다면서 다 한강에 내다 버렸거든요. 그, 아담으로 변했다는 소문이 나기 전에요."

김 박사가 갑자기 당황했다. 이름 때문만은 아니라 늘 무표정해서 돌 박사라 불리던 석화의 이마가 눈에 띄게 구겨진 것이다.

"……그런가요."

작은 돌들은 제주도로 내려갈 때 같이 가져갔는데, 무게가 나가는 것들은 이곳에 둔 게 화근이었다. 그래, 돌을 두고 간 저의 탓이지 그걸 버린 사람을 탓할 수는 없다. 다른 건 몰라도 돌에 집착을 보이는 석화였다.

"어이구, 너무 심려치 마세요. 제가 예뻐 보이는 돌 있으면 박사님 드릴 테니 기운 내시고요."

"감사합니다. 그런데 저는 꼭 예쁜 돌이 아니어도 되고, 이렇게 돌 안에 반짝이는 알이 들어 있거나 꺼끌꺼끌한 감촉이 나는 현무암 재질도 좋습니다. 시멘트에서 떨어져 나온 조각들은 안 되고요."

석화가 손에 쥐고 있던 돌을 쓱 보여주면서 말했다. 그냥 빈 말일 뿐이었던 김 박사는 당황했지만, 곧 고개를 끄덕였다.

"예예, 알겠습니다. 그런 걸 발견하면 꼭 주워서 드릴게요."

석화는 가운 주머니에 돌을 넣고는 자리에서 일어났다. 반대쪽에 있는 연구실로 터덜터덜 걸어가면서 오양석 박사의 일지를 다시 머리에서 끄집어냈다.

아담의 이상행동과 이상변이를 보인 오청운.

분명 오양석 박사는 자신의 아들에게 어떤 실험을 한 게 틀림없었다. 아마 다시 인간으로 되돌리려 했겠지. 그러나 그에 관한 자료는 일지에 남아 있지 않았다.

과거 1차부터 3차 백신은 달걀에 아담 바이러스를 지속 배양해 독성을 약화시켰다. 그 백신을 체내에 투입하면 독감주사처럼 아담 바이러스에 내성이 생겨 감염을 막을 수 있었다. 그러나 4차 아담 바이러스는 좀 더 강력해졌고, 독성을 약화시킨 백신을 투여했음에도 감염 현상이 일어났다. 아담 바이러스는 더 이상 체내의 기억 면역세포로는 처치가 불가능해진 것이다.

석화조차도 이번 7차 변이에 대해서 아는 바가 거의 없었다. 그래서 그들이 동물원이라 부르는 곳을 다녀와야겠다고 생각했는데, 비상훈련이 생기는 바람에 이렇게 되어버렸다.

다시 한번 현미경으로 들여다본 7차 아담 바이러스는 앞서서 봤던 것과는 움직임이 사뭇 달랐다. 외부의 반응이 없으면 죽은 것처럼 정지해 있던 세포가 약간의 자극을 주면 마치 폭주하는 광인처럼 날뛰어댔다.

그걸 보다가 문득 영상 속의 곽수환이 떠올랐다. 장 중령의 말대로 그는 대단하기는 했으나 손쓸 수 없이 날뛰는 이 바이러스처럼 통제가 불가능해 보였다. 그래도 자신을 살리려고 닫히는 문 안으로 던지기까지 했다. 아니지, 그는 훈련이라는 걸 알았으니 그저 놀려먹은 거겠지.

처음에는 화가 났지만 지금은 오히려 다행이라는 생각이 들었다. 정말 위험했던 건 아니니까, 목숨 부지했으면 아무리 훈련이라도 기쁜 일인 거라고. 그러나 주머니 속의 돌을 쥐고 있던 손에는 힘이 들어갔다.

◆ ◆ ◆

"화났다면서."

늦은 밤이 되어서야 훈련실을 빠져나온 곽수환은, 평소와 같은 모습이지만 어쩐지 거친 기운이 풍겨왔다.

"제가 여기 있는 건 어떻게 아셨습니까?"

석화는 지금은 운영하지 않는 스카이라운지에서 밑을 내려다봤다. 예전에는 야경들이 훌륭했다던데 지금은 어두컴컴하기만 했다.

"물어 물어서?"

그를 마주하니 낮에는 없던 생채기가 목덜미를 가로지르고 있었다. 시선이 닿는 것을 느낀 곽수환이 상처에 손을 대었다가 떼어냈다.

"경호도 바꾸라고 했다고."

"그건 번복했습니다."

"그럼 내일은 동물원 갈 거니까 그렇게 알고 있어."

곽수환이 할 말은 전했다면서 먼저 몸을 돌렸다. 들어온 길을 돌아나가다가 먼지가 수북하게 쌓여있는 그랜드 피아노를 손으로 훑었다. 후, 하고 손에 쌓인 먼지를 불어내기까지 했다.

"석 박사, 지금 레인보우 시티에서 중상층의 기준이 뭔지 알아?"

석화는 대꾸하고 싶지 않았기에 그저 침묵했다.

"악기를 몇 개나 다룰 수 있느냐지."

악기를 다룰 수 있다는 건 그만큼 안전한 구역에서만 지내왔다는 뜻이다. 위험지역에 사는 사람들은 다들 도망치기 바빴고, 소리에 민감한 아담이 있는 곳에서 연주를 한다는 건 자살행위였다.

곽수환이 툭 하고 건반의 낮은음 하나를 눌렀다. 손가락을 몇 번 움직이자 그럴싸한 화음이 탄생했고 석화는 그를 향해 곧게 섰다. 사실 조금 놀랍기도 하고 군제복과 피아노는 어울리지 않는 듯도 했다. 좀 더 피아노를 칠 줄 알았는데 그는 손을 떼어내더니 눈썹만 슬쩍 구겼다.

"편견 버리라니까."

간다. 이번에야말로 미련 없이 라운지를 나가는 곽수환의 등에 대고 석화가 목소리를 조금 키웠다.

"곽수환 소령님."

"왜? 나랑 말 섞기 싫은 거 아니었어?"

"장 중령님 말씀대로라면."

석화가 말을 하다 말고 주머니를 뒤적거려서 먹고 남겨두었던 견과류를 꺼내들었다. 그걸 천천히 먹더니 라운지에 있는 물을 가져와 입도 헹궜다. 그 행동들이 어찌나 느린지, 무슨 말을 했는지 기억도 못 하는 게 아닐까 싶었다.

"소령님은 오늘 마더가 카운트한 시간 내에 48층에 도착할 수 있었을 거라던데요."

"그거야 나 한 몸일 때지."

"저를 업고 있었어도 가능했을 거라고 하셨습니다."

곽수환은 석화를 바라본 채로 팔짱을 꼈다.

"맞아. 석 박사를 세 명이나 등에 지고 있었어도 가능했을지 몰라."

"전 세상에 하나니까 그런 가정은 필요 없겠고요."

"그럼 다시 말하지 뭐. 나라면 석 박사가 가지고 있는 돌들 전부 메고 달렸어도 가능했겠지?"

"그런 상황이 오면 그렇게 부탁드립니다."

하, 곽수환이 목을 울렸다.

"그런데 오늘은 왜 그러셨어요?"

그가 고개를 한쪽으로 쓱 기울였다. 그러게, 왜 그랬을까? 하는 행동으로 보이기도 했다. 라운지의 조명은 한때 레스토랑으로 운영되던 시절 그대로라 은은하게 주변을 밝혔다. 물론 간간이 불이 깜빡거리기도 했다.

"석 박사 색다른 표정 좀 보고 싶어서?"

"예?"

"뚱한 표정으로 있으니 무슨 생각을 하는지 알 길이 있어야

지. 우리 만난 지 얼마 되지는 않았지만 적어도 나 죽으면 울어
주기는 할 것 같데? 아까 그 철창 사이로 석 박사 눈이 어땠냐
면, 곽수환 소령이 이렇게 죽을 줄 알았으면 빨아줄 걸 그랬네,
그런 눈이었거든?"

"……그러네요."

그냥 놀리고자 한 말인데 석화가 진지하게 나오는 바람에 곽
수환은 기분이 미묘해졌다. 기운 없고 늘 멍해 있어서 그렇지
어쩌면 생각 이상으로 더 감정적인 사람일지도 모른다. 장 중령
에게 석화가 화가 많이 났다는 소리를 듣고 반쯤은 확신하기도
했고.

"아까 개새끼라고 나한테 욕했지?"

"그런 적…… 없습니다."

그 말을 끝으로 석화가 입술을 꾹 다물었다. 바닥을 한번 내
려다보더니 곽수환을 지나쳐 라운지를 나가기 시작했다.

곽수환은 석화의 뒤를 천천히 쫓아갔다. 보폭을 빨리하지 않
아도 느린 걸음을 따라잡는 건 금방이었다. 복도를 걸어 엘리베
이터에 올라탈 때까지도 석화는 아무런 말을 하지 않았다. 숙소
가 같은 층에 있기에 하는 수 없이 같은 곳에서 내렸고, 석화는
자신을 뒤따라오는 곽수환을 알았지만 뒤돌아보지 않았다.

솔직히 말하면 그런 생각을 하기는 했었다. 그렇게 될 줄 알
았으면 더럽다는 말은 하지 말걸. 죽은 사람 소원도 들어준다는
데, 늘 사지에 몰리는 군인인 곽수환이 그거 좀 빨아달라고 할

때 해줄 걸 그랬나. 당시에 정말로 0.23초 동안 생각했었다. 그러니 확실히 놀림당한 기분은 지워지지 않았다. 곽수환이 저를 우습게 보는 것도 같았다. 위엄을 보일 생각은 없지만, 앞으로 오늘 같은 일은 사양이었다.

석화는 자신의 방에 신원을 인식시켰다.

[개방합니다.]

열린 문 사이로 들어간 석화가 그제야 몸을 돌렸다. 조금 떨어진 곳에서 자신을 바라보던 곽수환을 향해 얼굴만 빠끔히 내밀었다.

"곽수환 소령."

웬일로 '님' 자는 어디다 빼먹었나? 음산한 말투가 퍽 안 어울렸다. 곽수환은 웃고 있는 입매를 하고 어디 계속 말해보라며 자리를 지켰다. 석화는 안에서 문고리를 잡은 채로 숨을 크게 들이쉬었다가 내뱉었다. 그리고는 최대 빠르기로 입을 움직였다.

"내일부터는 저한테 반말하지 마시죠. 그리고 개새끼가 아니라 개자식이라고 했습니다."

불시에 공격을 당한 그가 헛바람을 토해냈고, 달려가 문을 잡는 것보다 더 빠르게 문이 닫혔다.

[폐쇄합니다.]

문을 열지 못한 채 갈 길을 잃은 손이 곧 주먹으로 변했다. 그는 퉁, 가볍게 문을 두드렸다. 개자식이라고. 곽수환이 웃으며 고개를 한 번 털어냈다.

생각해보면 의외로 강단 있지 돌 박사. 실제상황이라고 생각했으면서도 저를 두고 혼자 올라가라고 말하지를 않나, 그것도 두 번이나 그랬다. 보통 생사가 달린 일이라면 어떻게든 살아남고 싶어 하는 게 제가 봐왔던 사람인데 말이다.

단단히 닫힌 문을 열고 들어가면 어떤 표정을 지을지 자못 궁금했지만, 저기서 불을 깜빡이는 감시카메라 덕에 생각만 하고 말았다.

"그렇게 하죠, 석 박사님. 개자식은 갑니다. 그럼 내일 아침에 왈왈 짖으면서 다시 모시러 오겠습니다."

문 안쪽에서 석화는 선 채로 천장을 올려다봤다.

곽수환은 목소리가 멀어질 때까지도 개 타령을 해대며 몇 번 짖기까지 했다. 그냥 무시할걸. 그사이 또 기운이 빠진 석화는 견과류를 감싼 비닐을 벗겨냈다. 저의 열 때문에 찐득찐득하게 물엿이 녹아 눌어붙어버렸다. 석화는 차가운 바닥에 쓰러져 누워서는 몸에서 나는 열을 돌바닥에 방출했다. 입에서도 홧홧한 열이 나는 것 같았다. 사람에게 대놓고 욕을 해본 건 태어나서 처음이었다.

◆ ◆ ◆

인류가 지구에 미친 영향은 생각 이상으로 엄청났다.

특히 도심은 셀 수 없을 정도로 많은 고층 건물, 공장, 발전소,

터널, 지하철 등 인간의 손이 닿지 않은 곳을 찾기 힘들 정도였다. 그 모든 것을 만들어낸 게 인간이었으며 산물을 유지하는 관리자이기도 했다.

오래된 건물들은 보수를 해왔고, 하수시설과 전기도 사람의 손에 의해 안전하게 돌아갔다. 매일같이 관리하던 관리자의 손길이 끊긴 순간 얼마나 순식간에 황폐해질 수 있는지 사람들은 아담의 출현으로 알게 됐다. 처음 몇 년간은 화재가 연일 이어졌고 터널과 지하철은 물에 잠겼으며, 콘크리트로 지어진 건물들 중 방치된 것들은 서서히 주저앉고 있었다.

여의도 쉘터 밖에 있는 한강철교 역시 식물들이 잠식했으니, 어쩌면 인간과 동물을 제외한 생명체에게 지금의 지구는 유토피아일 수도 있었다. 그러나 인류는 그리 쉽게 무너질 나약한 생명체가 아니었다. 살아남기 위해 진화의 속도를 무시하고 재빠르게 진화한 자들이 태어난 것만 봐도 그랬다.

또한 세상이 변화하고 불안한 심리가 지속됨에 따라 신흥 종교도 수없이 생겨났으며, 신인류라면서 아담을 숭배하는 자들까지도 나타났다. 그중에는 레인보우 시티에 반기를 세우는 반군들도 있었다. 레인보우 시티에 위협이 되는 자들을 제거하는 일 또한 군인들이 하는 일 중 하나였다.

곽수환은 하얀 벽을 바라보며 양상훈에게 얻어온 위스키를 마셨다. 위스키나 와인도 기존에 생산된 것들은 거의 동이 난 터라 앞으로 몇 년만 더 지나면, 고위층들만 누릴 수 있게 될 가능성이 높았다. 그래서 아껴 마시는 일이 대부분인데 곽수환은 그런 것 따위는 관심 밖이었다. 지금도 벌컥 들이켜기만 했다. 프로젝트 빔을 가동시키자 [대기 중]이라는 마더의 목소리가 방의 스피커를 타고 흘러나왔다.

"마더, 코드 시크릿 3121 접속 허가를 요청한다."

[음성 확인 완료, 코드 시크릿 3121 곽수환 님의 접속을 허가합니다. 1급 기밀까지 열람 가능합니다. 레인보우 시티 마스터의 메시지를 먼저 전달합니다.]

마더의 음성이 아닌 글씨가 화면에 떠올랐다.

오양석의 연구 자료 파기, 이상행동을 보인 뒤 연구한 자료를 소각 완료한 것으로 보고됐으나 자택 지하의 오청운의 발견으로 확실하게 파기됐는지 알 수 없다. 석화 박사를 유심히 지켜보고 보고하도록.

상부는 오양석이 치매 증상을 보이기 시작한 뒤로부터 괴이쩍은 연구를 했다고 말했다. 그런데 오양석에게 그런 증상이 있었던가? 그런 양반이 저와 술을 마시면서 세상 돌아가는 이야기를 그렇게 기막히게 했다고?

"알아보라던 교주 추적은?"

[준비합니다.]

마더가 벽면에 띄운 화면에는 화질 나쁜 사진이 여러 장 나열되어 있었다. 사과를 들고 있는 한 남자는 모든 사진의 중심에서 있었다.

[신흥 종교로 급부상 중인 에덴동산의 세력이 점차 커지는 중입니다. 통합국가에 소속된 레인보우 시티를 독립시키려는 집단으로 알려져 있으며, 사진에 사과를 들고 있는 남성이 교주라고 불립니다. 현재 신도들은 각 지역에 분포되어 있고, 교주의 마지막 추적은 곽수환 님도 아시다시피 13레드구역에서 끊겼습니다.]

술을 훔친다는 핑계로 13레드구역에 다녀오고 영창까지 갈 뻔했는데, 그날도 아무 소득이 없었다. 덕분에 석화의 경호원이 되었지만 말이다.

"교주가 오양석 박사와 얼마나 관련이 있는지 정리해봐."

[데이터 로딩 중. 가능성은 없습니다. 제가 가진 데이터로는 접점이 나오지 않습니다.]

"쓸모없기는."

아주 오래전 AI 기능을 바탕으로 설계된 마더지만 축적된 정보 외에 뚜렷한 답을 내놓는 경우는 없었다. 결국 백신을 개발하는 것도, 아담을 멸종시키는 것도 인간의 몫이었다.

[종료합니까?]

"아니, 잠깐. 석화 박사 자료나 좀 띄워봐."

몇 초간의 로딩이 있고 나서 벽면에 석화의 얼굴과 함께 자료가 떠올랐다. 곽수환은 나름 세세하게 적힌 석화의 정보들을 천천히 눈으로 읽어 내려갔다.

증조부부터 모두 제주도 출신, 아버지는 알려지지 않고 어머니는 몇 년 전 타계. 제주도 학습센터에서부터 백신 연구를 비롯해 다양한 분야에 뛰어난 학습 성과를 보여 여의도 센터로 발탁. 여의도 쉘터에 있던 기간 동안 백신 연구뿐만 아니라 성욕 억제제 부작용을 없애는 데 성공했으며, 옥수수와 보리의 개량종 및 다양한 건강 보조제를 개발함.

석 박사가 서울에 있던 때는 아담이 7차 변이 전이었기 때문에 나름 한가했나 본데, 별걸 다 개발하고 실용화시켰네. 곽수환은 다시 위스키를 한 모금 마셨다.

여의도 쉘터에 있을 당시 故오양석과 함께 돌연변이를 연구함.

"돌연변이 연구?"

유전물질 변화로 태어난 사람들을 조사하고 연구해왔으며, 석화 박사도 돌연변이에 해당함. 쉘터로 돌아오고 다시 돌연변이 연구를 시작한 것으로 보임. 반군으로서의 기질은 보이지 않음.

추가로 덧붙여진 하단의 내용에는 곽수환도 익히 알고 있는 사실이 적혀 있었다.

석화 박사의 돌연변이 집착특성: 돌

"종료해."

곧 벽면을 비추던 프로젝트 빔이 꺼지고 주변은 어둡게 변했다.

◆ ◆ ◆

"하, 춥다. 불알 얼겠네. 정액 탱크 얼면 큰일인데."

지프 밖에 서 있는 양상훈이 입김을 길게 내뱉었다. 쉘터 1층에 차를 세워두고 나머지 사람들을 기다리는 중이었다.

"탱크는 지랄. 똘수환이고 너고, 존나 짜증 나. 우리 순백의 박사님은 왜 안 나오시는 거야."

"곽수환이 모시고 나온다고 하지 않았어?"

"아마 그럴걸?"

이채윤이 지프에 내장된 시계를 확인했다. 9시 15분이 됐는데도 곽수환과 박사가 모습을 드러내지 않았다.

"내가 올라갔다가 온다."

케이프를 떼어내고 달려 나가려던 참이었다.

"그럴 필요 없어."

곽수환이 저기서부터 저벅저벅 걸어오고 있었다. 그 옆에는 제 덩치만큼 커다란 배낭을 메고 있는 석화도 보였다.

"야, 너는 박사님이 저렇게 큰 배낭 들고 오게 하고 말이야. 박사님, 이건 제가 들겠습니다."

양상훈이 놀라서 얼른 배낭을 대신 받아들려고 했다.

"자기가 들겠다는데 뭘 어째. 그리고 크기만 컸지 엄청 가벼워."

"예, 제가 메고 있어도 됩니다. 가볍습니다."

"가볍다 못해 풍선 달아주면 날아가겠네."

"불가능한 이야기를 왜 하십니까?"

"불가능한 일을 하려고 한 건 석 박사 본인도 마찬가지 아닌가?"

이채윤과 양상훈이 시선을 주고받았다. 어제 그 사건 때문인지 아니면 무슨 다른 이유가 있는지 둘 사이가 한눈에 보기에도 냉랭했다.

"어휴, 추워라. 빨리 타시죠, 하하. 이러다가 정액 탱크 얼겠네."

양상훈이 분위기를 환기하고자 애써 웃으면서 말을 했는데, 그는 분명 봤다. 아주 미세하지만 석화가 눈살을 찌푸린 것을.

아침부터 계속 냉랭한 기운을 풍겼던 석화의 기분이 더 나빠진 데에는 이유가 있었다. 다름 아닌 곽수환 때문이었다. 간신히 시간 맞춰 일어나 샤워를 하고 의무실로 갔더니 의무실장이 보이지 않았다. 어차피 의무실을 찾은 이유는 의무실장 때문이 아니기 때문에 배치되어 있는 주사용액을 찾아내고 사용자의 이름을 체크해두었다.

주사기의 바늘을 감싼 뚜껑을 빼고 주사용액을 쭉 빨아들였다. 레인보우 시티에 소속된 쉘터 사람들이라면 기본적으로 응급조치나 주사를 놓는 방법은 다들 숙지하고 있었다. 백신을 저 스스로 놓을 줄도 알아야 하니까.

석화는 소독솜으로 자신의 팔뚝을 문지른 다음 바늘을 쓰윽 꽂았다. 주사액을 몸 안으로 밀어 넣는 순간 의무실 문이 열렸다.

'석 박사?'라고 묻던 곽수환이 이내 '석 박사님?'으로 말을 바꿨다.

"아, 맞다. 걔는 사람 말을 못하지?"

석화는 웃고 있는 곽수환에게 흘끔 시선을 줬다가 피스톤을 완전히 밀었다.

"그건 뭐야?"

문을 닫고 저벅저벅 걸어온 곽수환이 주사에 관심을 보였다.

"성욕 억제제요."

"뭐?"

방금 제가 들은 게 정말이냐는 듯 말도 안 된다는 얼굴을 하고 되물었다. 석화는 뭐가 문제인지 모른 채 소독솜으로 제 팔뚝을 꾹 눌렀다.

"수도승으로 전직하려는 건 아니지?"

"그게 무슨 말씀입니까?"

"가뜩이나 성욕도 없는 사람이 그거까지 맞으면 고자 된다고."

"저도 성욕은 있습니다."

아침마다 꼬박꼬박 발기도 한다.

"그리고 원래도 맞아왔고요. 연구할 때 성욕은 불필요하거든요."

곽수환은 어쩐 일로 훅훅 치고 들어오는 석화에게 놀라워했다. 그러다가 곧 악당같이 웃으면서 석화의 얼굴을 들여다봤다.

"그래? 성욕이 있다고? 어디 넣어본 적은 있어? 넣자마자 기절하는 건 아니고?"

질문이 쉴 새 없이 쏟아졌는데 이 또한 놀리는 게 분명했다.

"제가 분명 반말하지 말라고 했습니다."

"익숙해져. 이제 와서 나도 못 고쳐."

아침부터 기운을 빼봤자 저만 손해였기에 석화는 곽수환의 말을 한 귀로 듣고 한 귀로 흘려보냈다.

"곽수환 소령은 왜 온 겁니까?"

"석 박사 데리러 왔다고 하면 거짓말이고."

곽수환이 제 목을 툭툭 두드렸다. 어제 훈련 중에 난 상처는 평범한 육체의 회복 속도를 무시하고 아물어 있었다.

"레드구역으로 가는 만큼 만반의 준비는 해둬야겠지."

거의 다 낫기는 했지만, 혹시나 아담의 피가 튀어 환부에 스며들면 곤란하니까. 곽수환이 끝까지 말을 하지 않아도 그의 행동만 봐도 알 수 있었다. 곽수환은 밴드를 꺼내 상처가 있던 곳에 탁 붙였다. 육안으로 보기에는 희미한 흔적만 남은 수준이었다. 허술한 척하지만 의외로 그렇지만도 않나. 석화는 연구자로서 곽수환에게 어느 정도의 관심은 있었다.

"그러고 보니 곽수환 소령님 정자 말입니다."

뜬금없이 튀어나온 말에 곽수환이 앉아 있는 석화를 내려다봤다. 소독솜을 쓰레기통에 넣고 걷어 올렸던 스웨터를 도로 내렸다.

"오양석 박사님이 살아계실 적에 상부의 지시로 저와 박사님이 돌연변이에 대한 연구를 해왔거든요. 당시에는 곽수환 소령님이 이 쉘터에 있지 않았고요."

"그런데?"

"다른 분들은 전부 정자를 채취해 자료를 남겨뒀습니다. 그런데 곽수환 소령님 것은 아무리 자료를 찾아도 없더라고요."

오양석 박사가 다른 누구도 아닌 곽수환을 빼먹을 리가 없다. 여의도 쉘터에서도 인정하는 군인이라고도 했다. 석화가 반듯이 앉아 곽수환을 올려다봤더니 그가 아, 그거? 하는 듯 너스레를 떨었다.

"영감이 살아 있을 때 나보고 정자를 달라고는 했지. 근데 영감 얼굴만 봐도 이게 죽어버리는데 어떻게 줘."

사실 정자를 채취하는 방법은 간단했다. 야한 영상이나 잡지를 보며 자위를 하고 컵에다 사정하는 방법이 대부분이었다. 그러나 그게 어려울 경우 고환에서 직접 채취하는 경우도 있었다. 하긴 오양석 박사가 원했다고 하더라도 싫다는 곽수환의 정자를 억지로 채취하기란 어려웠을 거다.

"그러는 석 박사 본인 정자는 채취했어?"

"이미 오래전에 했습니다."

"자위로?"

곽수환이 빈 의자를 끌어오더니 석화를 마주 보고 앉았다. 두 다리를 벌린 채 그 앞을 손바닥으로 누르고는 어깨를 슬쩍 굽혔다. 그는 그대로 석화를 빤히 쳐다봤다.

"그런데요."

얼굴색 하나 변하지 않고 석화가 대꾸했다.

"뭐 보면서 자위했어?"

"기억 안 납니다."

"이성물? 아니면 동성물?"

"이보세요, 곽 소령님. 지금 제 이야기를 할 필요가 있습니까? 레드구역 다녀오면 곽수환 소령님의 정자를 제출해주셨으면 합니다."

곽수환이 턱을 문지르면서 슬쩍 웃었다. 여태 지켜봐 온 곽수환은 생각보다 웃음이 많았는데 실없어 보인다기보다 그냥 버릇 같은 표정인 듯했다.

"내가 분명 박사가 만든 성욕 억제제가 부작용이 있다고 했던 것 같은데, 다시 생각해보니까 없는 것 같더라고. 오늘 아침에 발기가 안 되더라? 역시 똑똑한 석 박사님 연구가 틀릴 리가 없지."

사람 열받게 하는 데 뭐 있는 사람이었다. 석화는 열을 식힐 겸 돌을 찾았지만, 청바지를 입고 나온 터라 빈손이었다.

"고환에서 직접 채취해드리겠습니다. 레드구역을 다녀와서 실시하죠."

석화가 먼저 자리에서 일어났다. 곽수환도 뒤따라 일어나서는 석화의 뒤에서 속닥거렸다.

"이왕이면 부드럽게 해줘, 자기야."

◆ ◆ ◆

여기까지가 오전에 둘이 붙었던 전말이었고, 석화는 여전히 냉랭했으며 곽수환은 전과 같이 행동했다. 지프 안에서 가시방석인 사람은 운전하는 양상훈과 조수석의 이채윤뿐이었다.

도로를 달리는 동안 곳곳에서 아담 회수팀이 시체를 처리하고, 그 부근들을 방역하는 모습이 보였다. 석화에게는 낯선, 아니 꽤 오랫동안 보지 못했던 풍경이었다. 사실 피치 못할 이유로 제주도에 있기는 했지만, 다시 여의도로 오기 싫었던 마음 또한 있었다. 쉘터는 완전한 요새가 아니었다. 저는 아담이 쳐들어온 것도 모르고 기절한 채로 잡아먹힐 수도 있었다. 사람들이 수석연구원이라 부르지만 한번에 완벽한 연구 결과를 내놓지도 못했다.

처음 레인보우 시티로 갈 수밖에 없었던 이유 중 하나는 어머니였다.

어머니는 돌아가시는 날까지도 몰랐지만, 자신이 여의도 쉘터로 가지 않는다면 제주도에서 가족을 전부 내쫓겠다고 했었다. 보호받을 이유가 없는 시민이라면서.

상부라고 불리는 자들은 아담의 위협이 없는 곳에서 호의호식하면서 살았다. 제주도 내에서도 우도에 사는 이들은 바로 레인보우 시티의 최상류층 집단이었다.

지금 이 지프 안에 있는 군인들이야말로 곽수환이 말했던 대로 총알받이들이다. 밖을 내다보던 석화가 다시 지프 안으로 시선을 돌렸다. 곽수환이 이쪽을 빤히 쳐다보고 있었다.

"석 박사."

눈이 마주치기를 기다렸다는 듯 그가 운을 떼었다.

"오양석 박사에 대해서 어디까지 알아?"

분위기만 살피던 이채윤이 룸미러를 통해 뒤를 봤다. 재미난 이야기라도 했으면 했는데 또 진지한 이야기를 한다면서 창문을 연 채로 담배만 뻑뻑 피워댔다.

"어떤 의미로 물어보는 겁니까?"

석화는 배낭에서 땅콩 몇 알을 꺼내 씹었다.

"오양석 박사와 같이 연구했었다며. 변이 바이러스든, 돌연변이든."

"아! 나 그 돌연변이라는 표현 진짜 싫어. 이소룡이라는 소리보다도 더 싫어!"

이채윤이 꽥 소리를 질렀다. 곽수환은 지프의 앞과 뒤를 나눈 차단막을 끝까지 끌어올렸다. 이채윤이 뭐라고 소리를 질러대는데도 방음은 제법이었다.

"오양석 박사님과 같이 연구를 한 건 맞습니다."

"그 영감한테 특이사항 같은 건 없었고?"

석화는 잠시 생각에 잠겨 오양석 박사를 떠올렸다.

돌이켜 생각해도 특이할 건 없는 수석연구원이었지만, 어딘가 비밀스러운 구석이 있는 사람이기도 했다. 상부에 아무런 보고도 없이 밖을 나갔다 오는 경우도 있었고, 연구소에 앉아 뭔가에 몰두하고 있다가 인기척이 나면 소스라치게 놀라기도 했다. 물론 나타난 사람이 석화일 때면 안심을 했다.

"그런 건 왜 물어보시는 겁니까?"

"석 박사는 종교 같은 건 관심 없나?"

하아……. 석화가 피곤하다는 듯 다시 창밖을 보았다. 돌려 말하지 말고 단도직입적으로 말하라는 뜻이었다. 애초에 석화 본인도 할 말이 있을 때는 핵심만을 던지고는 했다.

곽수환은 뒷좌석 중앙에 달려 있는 영상기록장치의 전원을 껐다. 블랙박스를 차단한 이유를 석화도 어느 정도는 짐작했다. 뭔가 비밀스러운 이야기를 꺼낼 거라고.

"오양석 박사가 연구하던 게 뭔지 알지?"

"7차 아담 백신이요."

"설마 그거 때문에 오양석 박사가 죽었을까 싶은데, 석 박사 똑똑하잖아. 오양석 박사 집에서 가지고 나온 것들 중에 이상한 내용이 있지는 않았어?"

이 남자가 왜 갑자기 오양석에 대해서 깊숙하게 파고드는지 석화로서는 감이 오지 않았다.

"제가 가져온 자료는 찢겨나가거나 피로 얼룩진 게 대부분이었습니다. 근데 종교 이야기는 뭡니까?"

곽수환이 별거 아니라는 듯이 한 손으로 어깨를 잡고 돌렸다.

"이참에 나도 종교에 귀의나 좀 해볼까 해서."

"……안 어울리네요."

나지막하게 지껄이니 곽수환이 손에 쥐고 있던 땅콩 몇 개를 가져갔다. 위로 던져서 제 입에 쏙 넣고는 몇 번 씹어 뭉개버렸다.

"에덴동산."

말을 툭 던져놓은 곽수환이 석화를 면밀히 살폈다. 마더의 자료에서는 석화에게 반군 기질이 없다고 하지만 사람은 또 모를 일 아닌가.

석화는 미소를 띠고 있는 곽수환을 마주 보면서 오양석의 일지를 떠올렸다.

에덴동산 놀라운 사실. 상부는 원하지 않는다.

말을 해야 하나? 어차피 자신의 자리에 있는 자료이기 때문에 마음만 먹는다면 누구나 읽을 수 있을 거다. 게다가 가지고 있는 자료를 속이면 원치 않는 의심을 살 수 있었다. 레인보우 시티는 철저한 통제 속에 유지됐고, 그에 안전함을 보장받았다.

"오양석 박사님의 일지에 에덴동산에 대한 언급은 있었습니다."

"그래?"

곽수환이 놀랍다는 반응을 보였다.

"놀라운 사실. 상부는 원하지 않는다."

"뭐?"

"일지에 적힌 건 그게 전부입니다. 그 외에는 없고요."

에덴동산이 무엇인지, 상부가 뭘 원하지 않는지는 관심 밖이었다. 저는 연구원일 뿐이고 좀 더 나은 세상을 위해 연구만 할 뿐이었다. 그런데 한 가지 의아한 건, 아무리 찾아봐도 7차 백신에 대한 오양석의 뚜렷한 연구 자료가 없다는 거다. 가설부터 시작해 실험이 진행된 내용도 없었기에 석화는 오양석 박사의 집을 찾아가봤다. 제가 알던 박사님이라면 아담이 변이했다는데, 가만히 손을 놓고 있었을 리가 없으니까.

'아씨, 끊었나 본데요? 곽 소령은 그렇다 쳐도 박사는 얘기가 또 다르다고 하셨잖아요.'

석화는 아직도 그 목소리를 생생하게 기억한다. 점퍼 주머니 안에 손을 넣어 돌을 만지작거렸다.

오양석 박사의 죽음으로 제주도에 있던 자신이 여의도 쉘터로 와야 했고, 13구역에 술을 훔치러 갔던 곽수환이 영창을 가는 대신 저의 경호원이 됐다.

쉘터 안에서는 경호가 필요 없는데도 곽수환이 저를 따라다

넓고, 군인답지 않게 오양석 박사의 집에서 가져온 일지에 관심을 보이기도 했지. 일지에 쓰여 있는 에덴동산을 먼저 언급한 것을 보면, 저가 모르는 뭔가가 곽수환에게도 있는 게 분명했다.

어쩌면 오양석을 죽인 사람이 김 박사의 말대로 그일 수도 있지 않을까?

"곽수환 소령님이 정말 오양석 박사님을 살해한 사람이 아닙니까?"

곽수환이 완전히 몸을 옆으로 틀어서 석화를 봤다. 버석거리는 제복의 소리가 음산했다. 그는 손을 가져가 검지로 석화의 손바닥을 긁었다. 간지러운 감각에 주먹을 쥐려 했는데, 그가 땅콩을 굴려서 손목까지 끌고 갔다. 손으로 쥐더니 벌어져 있는 석화의 입에 툭 넣었다.

"어떤 결론을 내렸기에 거기까지 도달했어? 그런데 난 아니야. 또 모르지, 반군에게 죽었을지도. 아니면 오양석 박사를 싫어하던 동료일 수도, 아니면……."

"상부가 원하지 않는 일을 한 오양석 박사를…… 상부에서 죽인 것일 수도요."

땅콩이 입안에서 눅눅해졌다.

"그거 되게 위험한 발언인데."

꺼놔서 다행이네. 곽수환은 전원이 꺼진 영상기록장치를 가리켰다.

똑똑, 이채윤이 좌석 칸막이의 창을 두드렸다. 그녀가 '도착했거든?' 입 모양으로만 뒤에 있는 남자 둘에게 말을 전달했다. 곽수환이 영상기록장치의 전원을 다시 켰다. 저에게로 팔을 획 뻗는 순간 석화가 등을 바짝 뒤로 붙였다. 위협적으로 느낀 건 어째서인지 알 수가 없었다.

달각, 문을 열어준 곽수환이 얼굴을 가까이 맞대고는 웃었다.

"내리시죠, 박사님."

◆ ◆ ◆

석화는 앞서서 걷는 이채윤과 양상훈을 천천히 훑어봤다. 그리고는 자신의 옆에 있는 곽수환에게도 신경을 집중했다. 군인 셋은 레드구역에 들어섰음에도 긴장한 기색이 없었다. 레드구역이라고 하지만 동물원 반경 1킬로미터는 그린구역에 버금가게 안전하기 때문이었다. 더 놀라운 건 내부 모습이었다. 말만 동물원인 줄 알았는데, 막상 도착한 곳은 실제 동물원으로 운영되던 외곽의 사파리였다. 대신 맹수 우리는 폐쇄되었으며 기존에 유인원들이 갇혀 있던 건물만 운영되고 있었다.

"석 박사, 그렇게 신나?"

곽수환이 석화의 얼굴을 가리켰다. 석화의 뺨은 평소와 다르게 상기되어 있었기에 마치 소풍 나가는 길에 들뜬 사람처럼 보이기도 했다. 열이 많아서 어쩔 수 없이 붉어진 거라 아무런 대꾸도 하지 않았다. 날씨는 입김이 나오다가 얼어붙을 정도로 추웠다.

"신나? 박사님, 나도 신나! 동물원은 쉘터에서 영상으로만 봤는데 장난 아니더라? 옛날에는 사자랑 호랑이도 실제로 볼 수 있었대. 와씨, 나도 호랑이랑 한번 붙어보고 싶었는데!"

오히려 이채윤이 아이처럼 신나서 방방 날뛰어댔다.

"호랑이 장난 아니게 세대. 근데 내가 더 셀걸? 박사님은 직접 본 적 있어? 맹수들은 제주도에서 보호하고 있다며?"

호랑이를 비롯해 맹수들 대부분은 멸종 위기종이라 통합국가에서 보호하고 있었다. 그러나 석화도 직접 맹수를 본 적은 없었다.

"아뇨, 저도 못 봤습니다."

"나도 한번 붙어보고 싶기는 하네."

양상훈이 갑자기 입맛을 다셨다. 맹수랑 붙어봐야 뭐 좋을 게 있다고. 그래도 힘자랑하는 아이들을 보고 있는 것만 같았다. 석화는 그들의 순수함에 티가 날 듯 말 듯 웃었다.

"설마 지금 웃은 건 아니지?"

"그런데요."

석화가 배낭끈을 손으로 쥐었다.

"태어나서 한번이라도 폭소해본 적은 있어?"

"곽 소령님은요?"

"있겠지? 나 잘 웃잖아."

글쎄, 곽수환이 폭소하는 모습은 잘 그려지지 않았다. 원래도 무겁지는 않았지만 배낭의 무게가 느껴지지 않아 체력 보강 약이 드디어 빛을 발휘하나 싶어 걸음을 빨리했는데, 몸이 뒤로 휘청했다. 곽수환도 석화가 앞으로 먼저 나갈 거라고는 생각하지 못했는지 저에게 딸려 온 몸을 놀라 감싸 안았다. 알고 보니 곽수환이 배낭 고리에 손을 걸어 무게를 덜어주던 것뿐이었다.

석화는 허리를 감싼 손을 떼어내고 배낭을 그에게 넘겼다.

왜, 석 박사가 든다며, 그런 비슷한 말로 놀릴 줄 알았는데 곽수환은 한쪽 어깨에 메고만 말았다.

"고맙습니다."

"힘들면 말해. 업어줄 수도 있어."

"그 정도는 아직 아닙니다."

열이 많은 석화는 따뜻한 쉘터나 지프보다 밖이 좀 더 나았다.

[유인원관]

하얀 입김을 내뱉으며 도착한 건물을 올려다봤다. 3층 정도의 규모가 그리 크지 않은 유인원관이었다. 곽수환이 벨을 누르자 두꺼운 철문이 바닥을 긁는 소리를 내며 열렸다. 내부는 난방이 되지 않는지 문을 열어준 군인의 입에서도 하얀 김이 솟았다.

"어서 오십시오. 저는 백골부대 소속 강철오 대위입니다."

각 잡힌 자세로 경례를 하는 대위에게 이채윤이 격식 같은 건 필요 없다며 손을 내저었다.

"바로 이동해. 여의도 쉘터 지시는 들었지?"

"예, 소령님. 7차 아담 셋을 저희가 포획했습니다. 그쪽으로 모시겠습니다."

대위가 먼저 앞장을 섰고, 모두가 들어서자 두꺼운 철문이 다시 굳게 닫혔다.

아담을 가둬놨다면 특유의 짐승 소리가 들릴 만도 한데 유인원관은 고요했다. 오히려 군인들의 군화 소리만 규칙적으로 울려 퍼졌고 이따금 쿵, 쿵 건물을 울리는 굉음만이 들려왔다. 석화도 아담을 직접 본 일은 수많았다. 물론 그들과 대치하는 군인만큼은 아니지만, 아담의 습성을 보기 위해 하루 종일 방탄유리 하나를 두고 지켜본 적도 있었다.

"이쪽입니다."

대위가 안내한 곳은 방송실로 보이는 방이었다. 커다란 유리가 전면에 보였고, 사람 셋, 아니 아담 셋이 유리창 너머 좁은 방에 서 있었다. 그들은 하나같이 벽을 바라보고 있었다.

"쟤들 왜 저래?"

양상훈이 먼저 물었다.

"반응을 주지 않으면 미동도 하지 않습니다. 심지어 앉아 있거나 누워 있기까지 합니다."

"예?"

석화가 놀라 반문했다. 대위는 석화의 목에 달린 연구원증을 보고 다시금 반듯하게 섰다.

"박사님, 잠시 놀라실 수도 있으니."

조금 뒤로 빠지라는 말을 하려고 했는데 석화는 좀 더 앞으로 다가갔다. 마치 체력을 비축하는 것처럼 아담에게서 움직임이 포착되지 않았다.

한참을 관찰하고 있으니 옆으로 다가온 곽수환이 쾅! 하고 유리창을 쳤다. 흡, 석화는 숨을 삼켰다. 창은 흔들흔들 떨림까지 느껴지는 듯했고, 동시에 벽을 향해 있던 아담 셋이 악귀처럼 창을 향해 달려들었다. 석화는 뒤로 물러서지 않기 위해 두 다리에 바짝 힘을 줬다. 아담의 힘으로는 이 유리를 부술 수 없다는 걸 안다. 눈에 핏줄이 다 터진 채 입을 쩍 벌리고 사람을 공격하려는 아담은 마치 소리 없는 아우성 같았다. 아무런 소리도 나지 않으니 조금 현실감이 멀었다.

"방음이…… 이렇게 잘되는 겁니까?"

"방음이요? 아~ 아닙니다. 저놈들 잡아왔을 때 상부에서 지시를 내렸거든요. 그 때문에 혀와 성대를 다 잘라냈습니다."

대위가 생긋 웃었다. 혀와 성대를 잘라냈다고? 아담의 괴물 같은 울음소리는 신경을 거슬릴 정도로 시끄럽기는 했지만 여태 성대를 잘라낸 적은 없었다. 아담 본연으로 관찰을 해야 하는데, 석화는 도무지 이해가 되지 않았다.

"저 아담들도 후퇴를 했습니까?"

이채윤이 창 앞으로 가더니 아담처럼 이마를 쿵쿵 부딪치는 흉내를 내기도 했다. 양상훈도 옆에서 잘한다면서 낄낄대고 웃었다.

"그건 저도 잘……. 저희는 잡아온 놈들을 가둬둔 것뿐이라서요."

"혹시, 말 같은 건 하지 않았고요?"

"말이요?"

대위가 왜 그런 질문을 하는지 모르겠다면서 뒷목을 쓸어내렸다.

"잡아오자마자 혀를 잘라내서. 그것도 잘……."

"박사님!"

이채윤의 목소리에 석화가 어깨를 울렸다.

"쟤네 후퇴하는지 안 하는지 궁금해? 내가 들어가서 싸워볼까?"

"아뇨. 그러지 마세요."

"나 엄청 세. 저것들하고 붙어도 내가 이겨."

"괜찮습니다."

7차 변이 아담의 바이러스는 이미 연구소에 충분히 넘치도록 보유 중이었다. 다만 이상행동을 보인다고 하니 직접 보러 온 것뿐이다. 연구실에 주구장창 앉아 있는 것보다 현장에서 뭔가를 얻어올 때도 있는 법이니까.

쿵!

쿵!!

유리창을 향해 아담 중 한 놈이 머리를 박기 시작했다.

쿵!!! 이마가 깨지고 유리창에는 붉은 피가 묻어났다. 또다시

쿵! 석화는 기괴하게 번들거리는 아담의 눈과 시선을 마주했다. 머리를 박던 아담이 고개를 기이할 정도로 뒤틀었다.

하아, 놈이 숨을 내뱉자 유리창에 습기가 찼다. 천천히 입을 뻐끔거렸는데 믿을 수 없지만, 마치 무언가를 말하려는 듯했다. 석화는 재빨리 동공을 이동해 나머지 아담을 봤다. 그들은 여전히 발광하는 중이었다. 또다시 입을 뻐끔거리는 아담을 응시했더니 놈은 같은 입 모양을 반복했다. 석화가 아담의 입 모양을 따라해보려는 그 순간이었다.

"윽!"

촤아악, 아담의 목구멍 안쪽에서부터 엄청난 핏물이 솟구쳤다. 페인트를 흩뿌린 것처럼 유리창을 타고 찐득한 핏물이 흘러내렸다. 순식간에 몸에 있는 모든 피를 토해낸 듯한 아담이 바닥으로 쓰러졌다. 두근, 두근, 심장이 안에서 마구 요동쳤다.

"저거 끝장난 거 같은데?"

이채윤이 바닥에 널브러진 몸을 손가락질했다.

"예, 돌아가시는 즉시 저희가 처리하겠습니다. 박사님?"

"······."

"박사님?"

굳어 있는 석화를 대위가 반복해서 불렀다. 곽수환은 그만 부르면 됐다면서 행여 석화가 뒤로 고꾸라지지는 않을지 타이밍만 재고 있었다. 그러나 예상과는 다르게 이내 평정을 찾고 목소리를 냈다.

"저 아담들이 잡혀온 지 얼마나 됐습니까?"

"보름 정도 됐습니다."

"장소는요?"

"13레드구역입니다."

아담이 피나 내장을 섭취하지 않고 버틸 수 있는 기간은 대략 석 달이었다. 정확하게 파악되지 않았지만 아마 몇 년 이상 살아 있는 놈들도 분명 존재할 것이다.

"더 알아보실 사항이 없으면 폐기할까요?"

언제 무슨 일이 일어날지 모르기 때문에 아담을 오래도록 붙잡아두는 일은 없었다.

"폐기해."

석화 대신 곽수환이 답을 주었다. 언제 붉어졌느냐는 듯 하얗게 질린 석화를 그가 지켜봤다.

"이브……."

석화가 중얼거렸다. 아담이 반복한 단어였다.

FOOL'S PARADISE

Fool's Paradise

#3

아담 바이러스는 유럽의 작은 마을에서 퍼지기 시작했다.

바이러스를 퍼뜨린 흑막?

그런 건 이미 밝혀진 지 오래다. 프랑스 대기업이던 ㈜아담 제약 회사에서 자기들이 개발한 백신을 팔기 위해 바이러스를 살포했다. 그러나 바이러스를 퍼뜨린 제약 회사조차도 감당할 수 없을 정도로 빠르게 감염이 확산됐고, 그들이 만든 백신마저도 말을 듣지 않았다. 기가 막히게도 돈에 눈이 먼 회사가 세상을 날려버린 것이다.

그에 감염이 된 이들이 아담이라 불렸고, 연구자들이 머리를 싸매 만든 백신의 이름 또한 제약 회사에서 내걸었던 백신의 이름인 이브였다.

아담 제약 회사의 사장은 일이 터지자마자 방공호에 숨어들었지만 결국 감염되어 죽었으며, 제약 회사에 몸담고 있던 이들도 마찬가지로 맞아 죽거나 감염되어 죽었다.

인류가 위험에 빠지는 이유는 핵에 있지 않을까 고심했다던데, 생각보다 빠르게 그리고 의외의 방법으로 위협이 찾아왔다.

이 모든 건 석화를 비롯해 지프에 타고 있는 세 명의 군인이 태어나기 한참 전의 일이었다. 석화는 돌아오는 길에 깜빡 잠이 들었다가 깨어나 남은 땅콩을 꺼내 먹었다. 오물대고 먹는 소리에 곽수환도 석화가 깨어난 것을 알았다. 벌써 저 밖은 땅거미가 내려앉았고, 금세 시커멓게 변할 무저갱을 헤드라이트로 밝히게 될 터였다.

"아무래도……."

석화의 목소리가 잔뜩 잠겨 있었다.

"7차 아담은 좀 이상한 것 같습니다."

"석 박사가 오죽 예뻐야 말이지. 놈 눈에 이브로 보였나 보지."

아담이 반복한 단어를 곽수환에게 말했지만, 그는 아담이 그렇게 입 모양을 했다는 것을 보지도 못했고, 관심도 갖지 않는다는 태도를 취했다.

"헌병대에서 오양석 박사님 연구에 관련한 자료를 이미 가져갔다고 했었죠?"

"아마?"

"그걸 저도 볼 수 있을까요?"

곽수환이 입매만 쓱 끌어올렸다.

"부탁해볼게."

아직 남아 있다면 말이지. 상부에서 왜 석화를 눈여겨보라고 했는지 곽수환도 대충은 짐작했다. 확실히 저희들의 사람으로

품을 수 있을지 아니면 내칠지를 결정하기 위해서였다. 그 또한 어떤 이유로 오양석이 상부와 마찰했는지는 알지 못했다. 윗대가리들이 제거했다는 것도 팩트는 아니었고, 단순히 제가 유추한 것뿐이었다.

왜냐? 마더를 통해서 내려오는 메시지를 보면, 상부가 죽은 오양석 박사를 아직도 경계하고 있다는 게 눈에 보였기 때문이었다.

처음 에덴동산을 추적하라고 지시한 것도 레인보우 시티의 수뇌부였다. 에덴동산과 오양석과의 관계는 바로 저 자신이 혹시나 싶어 연관 지어본 것뿐이고.

여태 상부에서 이런 식의 명령을 내린 적은 없었다. 반군이 존재한다고 하지만 위협적인 경우는 드물었다. 그런데 에덴동산을 비롯해 오양석까지 상부가 관심을 쏟으니, 그 둘이 연관되어 있다고 의심할 수밖에 없었다.

어쩌면 석화는 저보다도 더 많은 의심을 하고 여러 가설에 도달했을 수도 있었다. 사실 의심은 얼마든지 해도 상관없었다. 레인보우 시티에서 가장 중요하게 여기는 건 저희들에게 반기를 세우느냐 아니냐, 그 두 가지뿐이니까.

석화는 피곤한 듯 눈을 쓸어내리고 있었다. 어두운 도로를 밝히며 달려 나가던 차에 퍽! 충격이 찾아왔다. 석화가 놀라서 고개를 획 들었다. 벨트를 매고 있었기에 큰 충격은 없었지만, 오히려 양상훈이 더 놀라 뒤를 돌아봤다.

"박사님, 괜찮으십니까?"

"네, 근데 방금."

뭔가를 친 것 같은데…….

"사람은 아니고 불빛 보고 달려든 아담이요."

기운이 다 빠진 아담인지 정면으로 치이지는 않고 측면에 들이박고 나가떨어졌다. 밖에 나와 있으니 쉘터가 얼마나 안전한 요새인지 실감이 났다. 석화는 어서 쉘터로 돌아가 이상 현상에 대해 김 박사와 이야기를 나눠야겠다는 생각만 했다.

"괜찮아?"

"네."

석화는 벨트를 손으로 쥐고 곽수환을 돌아보았다. 앞좌석에서는 간간이 콧노래도 들려왔고, 곽수환은 뒷좌석에 놓여 있던 큐브를 손으로 돌리고 있었다. 4×4 큐브인데 거의 절반쯤 완성된 상태였다. 그러나 그는 금방 완성되는 것에는 흥미가 없는지 마구 흩뜨려 놓기를 반복했다.

찐득거리는 핏물을 뱉으며 괴물처럼 달려드는 아담을, 이들은 늘 상대할 것이다. 이렇게 볼 때는 평범한 사람들인데 말이다. 석화는 어째서인지 마음이 쓰였다.

앞의 둘은 아무렇지 않은 듯 아담을 보면서 낄낄대기도 했고 곽수환도 익숙한 일인 듯 행동했지만, 이들에게는 비일상이 일상이라는 사실에 답답한 마음도 들었다.

"제주도는……."

"응?"

큐브를 돌리던 곽수환이 되물었다.

"평화로웠죠?"

"난 안 가봐서 몰라! 제주도 되게 좋다던데? 어때?"

이채윤이 조수석 헤드를 붙들고 뒤돌아 눈을 반짝거렸다.

"거긴 아담의 '아' 자도 보기 힘들다면서요."

양상훈도 흥미가 이는지 운전 중에 말을 건넸다.

"모래사장에서 모지리처럼 돌이나 찾고 있는 사람도 있으니 평화롭긴 한 거겠지."

"나중에 같이 가요."

멈칫, 곽수환이 큐브를 돌리던 손을 멈췄다. 이채윤도 두 눈을 크게 떴고, 양상훈도 놀라기는 마찬가지였다.

"진짜? 박사님, 진짜지?"

"근데 언제 갈 수나 있을지 모르겠어요."

양상훈이 여기가 이 꼴인데 보내주겠냐면서 한숨만 토했다. 곽수환만 석 박사가 돌이라도 잘못 삼켰나 싶은 반응이었다. 사회성이라고는 제로에 가깝던 사람이 먼저 어디를 가자고 말하다니, 대체 무슨 심경의 변화인가 싶었다.

"아담이 없는 데는 처음일 테니까. 평화로울 겁니다."

그 말에 곽수환이 속으로 비웃음을 삼켰다.

석 박사가 지금 어떤 감상에 신호가 눌렸는지 모르겠지만 저희들이 안쓰러워 보였나 본데, 그렇다면 애초에 단단히 잘못 봤다. 저를 비롯해 이채윤이나 양상훈은 평화를 바란 적도 없었고, 그 평화롭다는 게 어떤 감정인지도 모른다. 불안함이라는 것은 아담이 두려울 때나 생기는 감정이었다. 그러니 마음은 언제나 충분히 안정되어 있었다.

"석 박사. 뭔가 착각하는 것 같은데, 아담이 나타나기 전에도 세상이 마냥 평화롭지는 않았을걸."

곽수환이 큐브를 다시 돌리기 시작했다.

"아담이 나타나기 전이 평화의 시대라고 불리던데요."

"이렇게 보면 간단하지. 박사가 있던 제주도나 여의도 쉘터는 아주 안전하지? 맨몸으로 다녀도 다칠 일이 없다는 소리고,"

"그렇죠."

"아담이 나타나기 바로 전, 평화의 시대라고 불렸던 때를 생각해볼까? 그때도 지금 쉘터나 제주도처럼 안전한 국가는 있었겠지. 그런데 모든 국가가 전부 안전하지는 않았거든. 내전이 벌어지는 곳도 있었고, 실제로 갱단이 나라를 먹은 곳도 있었다던데? 박사는 운 좋게 그 똑똑한 두뇌를 타고났기 때문에 안전을 보장받을 수 있는 거지. 마찬가지로 그때도 내전이 있던 나라에서 태어나지 않은 사람들은 운이 좋았던 거겠고."

"아, 나는 저 새끼 저런 말 할 때마다 아가리에 주먹이나 꽂아주고 싶어."

이채윤이 주먹을 쥐고 뒤를 향해 휘두르는 시늉을 했다. 석화는 곽수환의 말을 곱씹어봤다. 맞는 말이다. 저는 운이 좋아서 제주도에서 태어났다. 운이 좋아서 학습 능력도 뛰어났고. 그런데 그 운이란 것을 가지기 위해 운동장 한 바퀴도 제대로 달리지 못하는 몸뚱이로 태어났다면 그마저도 감사해야 하는 건가?

석화는 더 이상 깊게 생각하지 말자며 스스로를 다독였다.

고개를 숙이고 땅콩이나 몇 개 더 주워 먹으려는 때였다. 강렬한 헤드라이트 불빛이 저기 옆에서부터 쏘아져 들어왔다.

이 도로에 다른 차량이 있는 건가? 짧은 순간에 의문을 가졌다. 1초도 되지 않는 순간에 콰아앙!!! 하는 굉음이 터졌다. 좀 전과는 다른 엄청난 충격이 차체에 찾아와 지프가 함부로 빙글빙글 돌았다. 엄청난 원심력에 무슨 일인지 인지할 수조차 없이 정신이 혼미해지기 시작했다.

"박사님부터 지켜!"

이채윤의 목소리가 다급했다.

무지개처럼 색이 뒤죽박죽으로 뒤섞인 4×4 큐브가 허공에 나는 장면을 본 게 가장 마지막 기억이었다.

◆ ◆ ◆

끼이이이이익-!

양상훈은 함부로 돌아가는 핸들을 힘껏 움켜쥐며 차를 원래대로 돌리려고 노력했다. 그러나 그 반동에 전봇대를 들이받은 지프는 옆으로 전복되어버렸다.

곽수환은 벨트를 맨 채로 기절해 있는 석화를 우선 밖으로 빼내려고 했다. 지프가 옆으로 넘어가 버린 바람에 석화의 몸이 자신에게 한껏 쏠려 있었다. 곽수환은 재빨리 제복 안쪽에서 군용 나이프를 꺼내 벨트를 끊어냈다.

콰직, 그와 동시에 위의 차문이 뜯겨 나갔다. 옆에서 차를 들이받은 놈 같은데 하얀 마스크를 쓰고 있었다. 놈은 석화의 팔을 잡아 휙 끌어올려 차 밖으로 이끌어냈다.

한 놈은 아니다. 적어도 세 놈은 됐으며, 놈들은 체계적으로 움직였다. 그중 한 놈이 휘발유를 차에 끼얹고 있었다. 불이 붙는 그 순간, 앞좌석의 이채윤과 양상훈은 너덜거리는 앞 유리를 박살내고 뛰쳐나갔고, 곽수환도 손을 뻗어 석화가 빠져나간 문을 올라타 차를 빠져나왔다.

곽수환은 홀스터의 콜트를 꺼내 석화를 들쳐 업은 놈의 다리를 저격했다. 허벅지가 관통된 놈이 휘청하자 다른 가면을 쓴 놈이 석화의 몸을 넘겨받았다. 놈은 차에 석화를 태운 뒤에 나머지 동료를 버리고 그대로 액셀을 밟았다.

곽수환이 바퀴를 향해 저격을 하자 한 놈이 덤벼들었다. 군용으로 지급되는 나이프보다 좀 더 긴 종류의 나이프가 턱을 빗겨 찔러 들어왔다. 그는 몸을 뒤로 빼면서 대체 뭐 하냐는 듯 양상훈을 돌아봤다. 허벅지에 총을 맞은 놈을 상대로 제 동료 둘이 고전을 벌이고 있었다.

눈앞에서 석화를 놓쳤다. 다른 사람도 아니고 제가.

나이프를 고쳐 쥐어 가슴에 찔러 넣으려는 놈을 피해 몸을 굽혔고, 주먹으로 명치를 내질렀다. 신음과 함께 뒤로 물러났던 놈이 다시 자세를 잡고 찔러 들어오려고 했다. 놈은 쉘터에 있는 군인들보다 좀 더 실전에 강해 보였다. 저희들과 힘으로 견줄 자라면 당황스럽게도 일반인은 아닐 것이다. 반군에도 돌연변이가 있다는 이야기는 들었지만, 실제로 맞닥뜨린 건 처음이었다.

곽수환은 나이프가 들어오는 타이밍에 몸을 돌려 상대의 팔을 제압해 자신이 가진 나이프로 심장에 찔러 넣었다. 컥, 하는 탁한 소리가 들려왔다. 칼을 한 번 더 비틀자 상대의 몸에서 힘이 빠지는 게 느껴졌다. 곽수환은 바닥으로 널브러지는 놈을 내려다봤다. 쿨럭, 하얀 가면 밑으로 피가 흘러내렸다. 허리를 굽혀 나이프를 빼낸 후에 피를 털어냈다. 동료와 싸우고 있는 남은 한 놈의 정수리를 향해 곧장 칼을 내던졌다.

나이프가 이마에 꽂히자 가면이 쩍 하고 갈라졌다. 툭, 가면이 바닥에 떨어지는 순간 곽수환이 고함을 쳤다.

"병신들, 한 새끼 상대로 뭐 해!"

동시에 놈의 등에 올라타 있던 이채윤이 목을 확 꺾어버렸다.

저기서 시뻘건 불길을 내뿜으며 불타고 있는 지프, 그리고 반군으로 추정되는 죽어 있는 두 놈, 차를 타고 어둠 속으로 사라진 석화……. 곽수환은 차가 사라진 방향을 보다가 비상 무전기를 들었다.

"가장 가까운 쉘터 연결하라, 여의도 쉘터 3121 곽수환 소령이다. 1급 위기 발령, 수석연구원이 납치됐다. 여의도 쉘터 소속이자 이름 석화, GPS 관제 열어서 추적해. 이쪽으로 차도 한 대 보내고."

바닥을 향해 한숨이 꺼져라 숨을 쉬는 양상훈이 머리를 거칠게 쓸어내렸다.

"대체 이 새끼들 뭐야?"

이채윤이 곽수환 근처에 널브러진 놈의 가면을 벗겨냈다. 처음 보는 낯선 자였다.

"군인도 아닌데 어떻게……."

허벅지에 총상이 있었음에도 저희 둘과 대등하게 붙은 놈이었다. 양상훈은 손을 잠시 떨었는데 그로서는 처음 겪어보는 현상이었다. 아마 저 혼자 있었다면 이놈에게 졌을지도 모른다는 불안한 생각마저 했다.

"어떻게 해? 차 올 때까지 대기해? 석화 박사님 GPS 추적은 가능한 거야? 구하러 갈 수는 있는 거냐고! 넌 운전을 어떻게 한 거야! 병신이냐? 어? 옆에서 오는 걸 왜 몰라!"

이채윤이 발을 동동 굴렀다.

"헤드라이트도 안 켜고 덤벼들었어! 박기 직전에 켜서 몰랐다고. 하, 돌겠네, 진짜! 곽수환, 박사님이 다치지는 않겠지?"

석화를 데려갈 때 목숨만 살려서 납치한다는 심보로 보이지는 않았다. 총알에 허벅지가 관통된 놈도 제가 휘청거리기 전에 석화를 다른 놈에게 곧장 넘겼다. 안전은 보장받을 수 있을 듯하지만, 이마저도 확실한 건 아니다.

[석화 연구원 GPS 추적 성공. 이동 경로 진행합니까?]

"진행해. 석화 자기 구하러 가야지."

곽수환은 무표정하게 지껄였다.

◆ ◆ ◆

[인류의 보존, 인류의 새로운 번영, 그것이 우리의 사명입니다. 그 최전방에 선 레인보우 시티, 우리는 레인보우 시티의 시민입니다, 입니다, 입니다.]

[번영은 끝났고, 인류는 쇠퇴했으며, 사람들의 고혈을 빨아 저희들 잇속만 채우려는 자들이 지금 레인보우 시티의 수뇌부들입니다! 그들은 변화를 원하지 않으며 아담을 이용해 자신들의 사리사욕을 채우고 있습니다, 다, 다.]

지저분한 소리가 마구잡이로 섞여 들어왔다. 석화는 엄청난 두통에 몸을 웅크리고 신음했다. 아직도 빙글빙글 도는 차 안에 갇혀 있는 기분이었다. 토악질이 나와 구토를 했고 역류한 위액에 시큼한 맛이 느껴졌다. 숨을 헉헉거리다가 간신히 눈을 떴는데도 앞이 하나도 보이지 않았다. 손으로 눈을 가린 것을 풀어 내고 싶지만 두 손도 묶여 있었다.

"일어나셨습니까, 박사님?"

석화는 소리가 들리는 방향을 향해 흠칫 몸을 떨었다. 입술로 뭔가가 다가와 고개를 흔들자 안심하라며 상대는 미지근한 물을 흘려 넣었다.

"놀라셨을 마음 충분히 이해합니다. 그러나 쉘터를 나오실 때만을 기다렸기 때문에 저희도 이런 방법을 쓸 수밖에 없었습니다."

"……."

석화는 이마를 꾹 누르고 싶었으나 뒤로 묶인 손이 꼼짝도 하지 않았다. 두통이 엄청났다.

"안심하세요. 박사님을 위협하고자 모셔온 게 아닙니다."

부드러운 목소리를 자아내는 남자는 석화의 입에 다시금 미지근한 물을 넣어주었다.

"……여기는."

"저희가 임시로 만든 거처입니다. 전해드릴 말을 전달하면 안전하게 풀어드리겠습니다."

석화는 다시 한번 이마를 꾹 눌렀다가 고개를 들었다.

"안대를 벗겨드리고 싶지만 지금은 시기상조인 듯하니 양해를 부탁드립니다."

"누구십니까? 저와 있던 군인들은……."

"그자들을 상대로 박사님을 모셔오는데 전력을 다해야 했기에 저희도 큰 손실을 입었습니다."

"무사합니까?"

"그럼요."

남자가 나직하게 웃었다.

"시간이 없으니 단도직입적으로 말씀드리겠습니다."

아니나 다를까, 남자의 음성은 부드럽지만 조급함이 묻어나 있었다.

"지금부터 저희가 들려드릴 것은 오양석 박사님의 유언입니다."

"……예?"

"저희는 석화 박사님께 남긴 유언이라고 생각합니다."

석화는 남자의 말을 들으면서 차분히 생각을 정리했다.

자신을 죽이거나 해코지를 할 셈이었다면 이렇게 안심시키지도 않았을 것이다. 이자의 정체가 무엇인지, 어째서 차로 지프를 들이받으면서까지 자신을 납치했는지, 그 모든 것은 바로 오양석 박사와 관련이 있는 듯했다.

달칵, 버튼을 누르는 소리가 들려왔다.

[인류의 보존, 인류의 새로운 번영, 그것이 우리의 사명입니다. 그 최전방에 선 레인보우 시티, 우리는 레인보우 시티의 시민입니다.]

쉘터에서 수없이 듣던 정규방송이자 마더의 음성이었다. 이후로는 익숙한 웃음소리가 흘러들어왔다.

[저 소리가 들리는가? 참으로 희한한 일이지.]

석화가 소리를 향해 좀 더 신경을 집중했다. 착각할 리가 없었다. 이건 분명 오양석 박사의 목소리였다.

[석 박사, 자네가 제주도로 가고 나서부터 연락이 전혀 되지를 않으니 이렇게 따로 녹음을 남김세. 아마도 저 위에 놈들이 수작을 부렸겠지. 우리 함께 이야기 나눴던 게 기억이 나는가? 의아하지 않던가? 바이러스의 변이 말일세. 백신을 개발하면 바이러스가 또 변이를 하지. 그런데 과연 이게 자연스러운 일인가? 벌써 7차 변이까지 왔네. 내 석 박사와 함께 연구를 하며 백신이 아닌 치료법을 개발하려 했지. 제주도로 내려가기 전에 석박사가 내게 이야기했던 것을 기억하는가? 그 치료법에는……찌직…… 즈즈즉…….]

타앙!

갑작스러운 총소리에 석화가 뒤로 몸을 물렸다. 그러나 그 이후로는 아무런 소리도 들려오지 않았다.

"안심하세요. 방금 총성은 이 스피커에서 난 소리입니다."

오양석이 남긴 전언은 여기까지라고 했다. 그렇다면 저 총소리는……. 오양석 박사는 자신에게 무언가를 전달하려다가 죽임을 당한 것만 같았다. 석화는 고개를 푹 숙이고 오양석의 말을 되새겨봤다.

백신이 아닌 치료법을 개발하자는 이야기는 오양석 박사와 종종 나누었다. 그러나 상부는 백신부터 개발하라고 종용해왔다. 비용이 많이 들어가는 만큼 다른 연구에 지원을 해주기는 어렵다는 말도 당시에는 물론 이해했다.

"박사님. 오양석 박사님께서는 계속 석화 박사님께 연락을 취하려고 하셨습니다. 그러나 어떤 방법으로도 연락을 할 수가 없었죠."

마치 석화 박사님과 오양석 박사님의 연락을 누군가가 억지로 두절시켜놓은 듯이. 남자는 그렇게 말했다. 석화는 아무런 말도 없이 숨만 조용히 몰아쉬었다.

"예, 혼란스러우실 겁니다. 저를 믿기도 힘드시겠지요. 그러나 그만큼 쉘터의 그 누구도 믿지 않으셨으면 합니다. 지금 레인보우 시티는 정상적이지 않습니다."

"반군……입니까?"

석화는 어렵사리 운을 떼었다.

"레인보우 시티에서는 그렇게 부르더군요."

남자가 쓰게 웃었다.

◆ ◆ ◆

"씨발! 열받아! 아아악!"

이채윤이 소리를 지르다가 지프 조수석 등받이를 발로 내리쳤다.

"이 소령. 열받는 건 알겠는데 나 앞으로 튀어나가겠다. 곽 소령, 여기서 2킬로미터 계속 직진하면 돼."

운전대는 곽수환이 잡았고, 양상훈이 석화의 위치가 추적되는 GPS를 따라 방향을 설명했다.

GPS가 가리키는 곳은 동물원에서도 좀 더 밑의 지역이었다. 색으로 분리가 되지 않은 것을 보니 레인보우 시티에 소속된 구역도 아니었다. 이로써 석화를 납치해간 자들은 반군이 확실해졌다. 다만 죽은 놈들의 시체를 수색했어도 어디 소속인지 정확히 알아낼 수는 없었다.

"저기 큰 사거리에서 오른쪽으로."

양상훈이 화면의 레이더를 보더니 엄지를 세워 오른쪽을 가리켰다. 레인보우 시티에 속한 시민은 태어날 때부터 몸에 칩이 이식된다. 곽수환은 그걸 개목걸이라고 불렀는데, 오늘만큼은 톡톡히 도움이 됐으니 그 하나는 다행이었다. 그들의 뒤로 몇 대의 지프가 더 이동 중이었다. 가장 가까운 쉘터에서 지원을 나온 군인들이었다.

"아, 진짜 쪽팔려서."

양상훈이 뒤따라오는 지프를 사이드미러로 확인하더니 쯧 혀를 찼다.

"쪽팔린 건 알긴 해?"

곽수환을 비롯해 나머지 둘이 이런 식으로 역습을 당한 건 처음이었다. 누군가를 지킨다는 건 제 한 몸 건사하는 것보다 훨씬 까다로운 일이었다. 이건 곽수환에게도 익숙한 상황은 아니었다.

"근데 그 새끼들 생각보다 많이 셌지?"

양상훈은 자존심이 상했지만 솔직하게 물었다. 곽수환이 액셀을 더 깊게 밟으며 속도를 올렸다.

"A급 정도."

여의도 쉘터만 해도 A급 군인은 몇 되지 않는다. 곽수환의 말에 양상훈이 기막힌 듯 한숨을 흘렸다.

"자기네 편을 그냥 버리고 갈 정도면, 반군 전력이 어느 정도라는 소리야?"

양상훈이나 이채윤도 반군을 직접 상대한 적은 손꼽았다. 대체로 조용히 처리해야 할 일은 곽수환이 상부의 지시를 받고 다녀오고는 했기 때문이었다.

"야, 곽 소령."

"시끄럽고, 계속 직진이야?"

"어. 근데 곽 소령아."

양상훈의 태도가 어쩐지 이상했다. 흘끔 내려다보니 GPS 추적기를 들고 있는 양상훈이 손을 떨고 있었다.

"이젠 하다하다 별……."

어이없음을 넘어서서 비웃음도 나오지 않았다.

"나 처음이다. 이런 느낌."

"징그러운 표현 쓰지 말지?"

"야! 양상훈이 새끼 손 떨어!"

이채윤은 뒤에서 양상훈의 목을 팔로 감싸고 꾹 졸랐다.

"쫄지 마, 새끼야. 장 중령님이 세상은 넓고 힘 센 놈은 많다고 했어."

그녀 나름대로의 위로인 것을 양상훈도 알았다. 곽수환은 양상훈 대신 직접 GPS 화면을 보면서 방향을 틀었다. 핸들을 쥐고 있는 손에 당황스럽게도 땀이 차올라 있었다. 석화가 평화의 시대라는 말을 운운했는데 지금 생각해보면 그것도 아주 틀린 말은 아니었다. 그런 시대였다면 석화를 눈앞에서 놓칠 일도 없었을 테니까. 자신은 늘 안정되어 있다고 생각했는데 그렇지도 않나 보다.

처음에는 장 중령의 잔소리 때문일까 싶었지만, 그런 것 따위는 아무래도 좋을 정도로 업혀가던 석화의 모습이 눈에 밟혔다. 설마 차 안에서 그대로 기절한 채 죽은 건 아니겠지? 설마, 아무리 약하다, 약하다 해도 강단이 있던 석 박사가 아니었나.

GPS가 가리키는 곳은 이제 코앞이었다. 삐뚜름하게 걸려 있는 간판이 헤드라이트 불빛에 모습을 드러냈다. 마치 무리 없이 운영되던 때처럼 빛을 흡수하고 저 자신의 정체성을 드러냈다. 허니모텔. 조악한 모양의 글씨체였다.

"모텔?"

그 앞에서 차를 세우자 이채윤이 고개를 갸웃했다.

"대기해."

이채윤과 양상훈이 내리려고 하자, 곽수환이 그들을 만류하고 지프에 내장된 무전을 들었다. 뒤따라오던 지프의 군인들도 아직 차에서 대기 중이었다.

"현재 장소, 레인보우 시티에 소속된 구역이 아니기 때문에 아담이 어디에서 나타날지 모른다. 각자 무장을 하도록. 우리는 정문, 나머지는 후문으로 진입한다."

'카피 댓.'

곽수환도 모든 지프가 수신을 받았는지 확인했다. 정문과 후문은 둘 다 쇠사슬로 문이 묶여 있어 부수고 들어가야 할 성싶었다.

그는 반쯤 찢긴 케이프를 떼어내고 권총과 군용나이프를 다시 한번 점검했다. 석화의 GPS 신호는 이동 없이 아직 저 안에 잡혀 있었다. 지프 상단에 매달린 조명등이 모텔을 밝혔지만, 내부로 들어가게 되면 손전등에 의지해야 했다. 후문으로 이동하는 군인들을 보고 나서 곽수환이 턱짓으로 정문을 가리켰다. 양상훈이 소음기가 달린 총으로 문의 쇠사슬을 끊어내는 때였다.

끄아아아악!

후문 방향에서 비명이 들려왔다. 젠장. 곽수환이 발로 정문을 걸어차자 지프의 조명 빛이 안으로 쏘아졌다. 후문으로 몰려가 있던 수십의 아담이 휙 뒤를 돌아서 빛이 쏟아지는 이쪽을 향했다. 흐느적흐느적 걸어오는 놈들과 아직 기운이 넘쳐 내달리는 놈들, 그리고 후문의 군인들과 싸우고 있는 아담으로 순식간에 아수라장이 되어버렸다.

"1층부터 정리해!"

곽수환이 소리치자 양상훈과 이채윤이 달려오는 아담들을

향해 총탄을 갈겼다. 한 발에 한 놈, 탄환을 다 쓸 때까지 정확히 정수리를 겨냥했고, 쓰러진 아담을 밟고 뛰어오는 놈들이 자빠지기도 했다. 다행히 후문으로 쏠렸던 놈들이 정문의 불빛을 보고 이쪽으로 더 몰려왔다.

뒤에서부터 놈들을 해치우는 군인들과 앞에서부터 밀고 들어가는 셋이 아담을 제거하기 시작했다. 이 정도의 숫자가 모텔 안에 있다는 건 누군가가 고의로 놈들을 몰아넣었다는 뜻밖에 되지 않는다.

곽수환은 달려드는 아담의 목덜미를 잡아 들어올려 몸과 머리를 완전히 돌려버렸다. 썩은 피비린내가 진동을 하고 바닥으로 엄청난 핏물들이 번져나갔다. 빗물을 헤쳐나가듯 군화에 밟히는 핏물 소리가 찰박거렸다. 아담의 시체가 하나둘 쌓이고 후문 진입팀과 정문팀이 만나니, 처음보다 군인의 수가 줄어들어 있는 게 보였다.

"피해 상황 보고해."

그어어어! 곽수환은 뒤에서부터 달려오는 아담의 얼굴을 주먹으로 갈긴 뒤, 바닥에 쓰러진 놈의 머리뼈를 발로 밟아 박살냈다. 뼈가 부러지는 소리가 여실하게 들렸다. 후문의 군인 하나가 질린 얼굴을 하고는 저희들의 숫자를 파악하기 시작했다.

"두, 두 사람 사망했습니다."

"시체는?"

"놈들이 뜯어 먹어 치우는 바람에……."

곽수환이 알았다는 듯이 고개를 한 번 까딱하고 손전등으로 주변을 비춰봤다.

"나머지는 여기서 대기해. 네가 이 부대 지휘자야?"

그는 후문팀에서 가장 앞에 나와 있던 남자의 견장을 내려다봤다. 지원 나온 쉘터의 대위였다.

"……예, 그렇습니다."

"웬만한 놈들은 다 튀어나왔을 테지만 위험 요소가 남아 있는지 알아보고 제거해."

2층으로 올라가는 계단을 발견한 곽수환은 군용나이프를 꺼내 쥐었다.

"알겠……. ……크어……. 쿨럭."

대위가 대답을 하다 말고 기침을 쏟아냈다. 입을 막은 손바닥 사이로 피가 새어 나왔다. 동시에 그의 주변에 있던 군인들이 하나같이 뒤로 물러났다. 대위는 그럴 리가 없다는 눈으로 자신의 동료들을 바라봤다. 이제 보니 팔뚝에 긴 상처가 나 있었고, 뜯겨진 살점이 너덜거렸다.

"아……. 아니…… 컥."

아직이라는 말을 하려던 대위가 다시 한번 기침을 쏟아내니 이번에는 코에서도 피가 흘러내렸다.

"그억……. 어……. 크으윽."

고개를 흔들며 경련하던 대위가 몸을 비틀기 시작했다. 변이가 시작된 것이다.

189

"……대위님."

후문팀의 군인 한 명이 총을 꺼내 들었다. 대위를 제대로 보지도 못한 채 그를 향해 총구만 겨눴다. 떨리는 손을 보니 주저하는 기색이 역력했다.

"크억……."

탕! 한 발의 총성과 함께 이마에 구멍이 난 대위가 뒤로 넘어갔다.

"지금 뭐 하는 짓입니까!"

대위를 향해 총을 겨누고 있던 군인은, 총을 발사한 사람을 향해 언성을 높였다.

"너도 죽고 싶어?"

대위의 이마를 저격한 이채윤이 이번에는 소리를 지른 군인을 향해 총을 겨눴다.

"아직, 아직 변이 전이었는데!"

"그럼 네 목덜미나 대주지 그랬어. 쓸데없이 감상에 사로잡히지 마. 그러다가 너희 다 죽어. 제 몸 하나 제가 못 지키는 게 무슨 대위야."

신랄한 이채윤의 말에 지원 나온 군인들도 입을 다물었다. 틀린 말은 아니었고, 변이가 시작되면 장군도 죽여야 한다는 게 레인보우 시티의 군법이었다.

"정리되면 대위 시체는 가져가서 소각하든지 해. 이 소령 너는 나머지 놈들 상태 확인하고, 양 소령은 나 엄호해."

곽수환이 대위의 시체로 한번 시선을 줬다가 2층을 가리켰다. 뒤는 양상훈이 엄호하고 있으니 재빨리 2층으로 오르기 시작했다. 계단에는 아담의 것으로 보이는 검붉은 피가 말라붙어 있었다. 더불어 지나가는 길마다 곽수환의 군화 자국도 붉게 남았다.

2층 입구로 들어선 곽수환이 손전등으로 복도를 길게 비췄다. 지그재그로 방문이 나열되어 있는 평범한 모텔 건물이었다. 문이 열린 곳도, 닫힌 곳도 있었다.

곽수환은 닫힌 문을 발로 걷어차고 안을 확인했다. 아담의 악취에 버금가는 곰팡이 냄새가 코를 훅 스쳤다. 닫힌 곳들을 전부 확인했음에도 석화의 모습은 어디에도 보이지 않았다.

"2층 클리어."

모텔 건물은 총 3층. 석화의 GPS는 여기서 잡혔으니 3층에 있을 가능성이 높았다. 텅! 터엉! 텅! 3층으로 올라가던 곽수환이 고개를 들었다. 손전등을 휙 들어 비춰보니 3층의 입구는 교도소 문처럼 쇠창살로 막혀 있었다. 손을 뻗으며 쇠창살 밖으로 빠져나오려는 아담 세 놈이 보였다. 양상훈이 세 놈의 정수리를 순차적으로 쏘고 나서야 문을 발로 걷어차 열었다.

"대체 이 새끼들 다 어디서 기어 나온 거야."

양상훈이 널브러진 아담을 발로 걷어찼다.

"곽 소령, 이놈들 누가 다 여기로 유인해서 가둬놓은 게 맞지?"

"아마."

곽수환은 3층 복도를 다시금 손전등으로 밝혔다. 2층과 마찬가지로 모텔방이 있었고 맨 끝 쪽의 방을 제외하고는 전부 문이 열려 있었다.

그는 어깨부터 상체를 가로지르는 제복 벨트를 끌어내 일부러 첫 번째 방문을 향해 쳤다. 버클이 달려 있는 부분이 철문에 부딪치자 금속성 파열음이 터졌다. 양상훈도 곽수환의 행동을 제지하지 않고 지켜봤다. 문이 열린 방 안에 아담이 있다면 이 소리에 분명 튀어나올 테니까. 그 짓을 몇 번 반복했는데도 주변은 고요했다. 곽수환이 제일 끝 방을 향해 고갯짓했고 양상훈도 고개를 끄덕했다.

저벅저벅 끝 방으로 걸어간 곽수환은 발로 문고리를 걸어찼다. 쾅! 밀려난 문이 벽에 부딪혔다가 돌아오는 것을 다시 차고는 내부로 들어갔다. 동그란 침대와 먼지가 잔뜩 쌓인 이인용 테이블, 그리고 투명한 유리창으로 감싸인 욕실은 인기척이 없었다.

모텔은 지하가 없다고 생각해 위로 올라온 건데, 아무래도 잘못 생각한 듯싶었다. 곽수환과 양상훈이 누가 먼저랄 것 없이 달려서 다시 계단을 타고 내려갔다. 정리되어 있을 1층에 도착한 순간 양상훈이 숨을 들이켰다. 아담의 시체는 좀 전과 다름없이 쌓여 있었는데, 나머지 군인들까지도 쓰러져 있었던 것이다. 이채윤 혼자 흰 가면을 쓴 덩치 큰 놈을 상대로 고군분투하는 중이었다.

이채윤이 가지고 있던 권총은 저 멀리 떨어져 있었기에 칼로 싸움을 벌이는데, 그녀는 다리를 베였는지 절뚝거리기까지 했다. 곽수환이 총을 재장전해 흰 가면을 겨눴다.

"이 소령! 뒤로 빠져!"

그 소리가 들리자마자 이채윤이 뒤로 휙 뛰었다. 그 타이밍에 탕! 곽수환이 총을 발사했다. 위협을 느낀 흰 가면은 뒤로 물러나더니 다짜고짜 정문 밖으로 뛰어나갔다. 총알이 어깨를 스쳤기에 놈이 도망간 자리마다 핏방울이 떨어져 있었다.

놈을 추격하러 달려 나가는 양상훈의 등에 대고 이채윤이 소리쳤다.

"따라가지 마!"

우뚝 멈춘 양상훈이 그녀를 돌아봤다. 곽수환도 재빨리 이채윤에게 다가갔다. 그녀는 제복 벨트로 다리의 상처를 꽉 묶었다. 숨을 거칠게 몰아쉬는 이채윤의 얼굴이 석화 못지않게 하얗게 질려 있었다.

"따라가지 말라니?"

양상훈이 의아함을 담아 물었다.

"아까 그 새끼……."

이채윤이 숨을 몰아쉬자 양상훈이 침을 꿀꺽 삼켰다.

"존나 세."

"그래 보이기는 하더라."

양상훈은 괜찮냐면서 그녀의 상처를 살폈다. 곽수환이 죽어 있는 군인 몇 명을 손전등으로 확인하고는 한숨을 내뱉었다.

"방금 그놈 혼자서 너하고 군인들 상대한 거야?"

"어, 몇 놈은 도망쳤어. 도망친 새끼들은 꼭 경질하라고 시켜. 그리고 저 새끼, 갑자기 지하에서 올라왔어."

이채윤이 후문 방향을 가리켰다.

"양상훈, 너는 이 소령 데리고 지프로 돌아가 있어. 안에 구급 상자 있으니까 지혈부터 하고."

"혼자서 괜찮겠어?"

"괜히 아담 만나면 골치 아파져."

곽수환이 이채윤의 상처를 가리켰다. 양상훈도 알겠다면서 그녀의 팔을 잡아 부축했다. 이채윤은 분함에 몇 번이고 숨을 씨근덕거렸다. 다음에 만나면 목을 따버릴 거야. 얼굴도 못 봤지만 이를 갈았다.

저 둘이면 아까 그놈이 와도 어느 정도는 버티겠지. 그리고 그 정도도 못 버틴다면 애초에 불패 타이틀을 달고 있어서도 안 됐다. 곽수환은 후문으로 달려나가 왼쪽을 바라봤다. 쪽문이 하나 있었는데, 후문을 돌파한 군인들도 갑자기 달려든 아담 때문에 미처 확인을 못 한 듯했다.

곽수환은 쪽문을 열고 밑으로 걸어 내려가기 시작했다.

그어, 크어어억, 어억.

저 아래 동굴 같은 곳에서부터 아담의 짐승 소리가 들려왔다. 곽수환은 가만히 소리에 귀를 기울였다. 발걸음 소리를 비롯해 숫자가 족히 다섯 정도는 되는 듯했다. 그는 남은 탄환을 확인하고 입에 손전등을 물었다. 이어 권총을 장전하고 왼쪽 손목 위에 총을 든 오른손을 걸쳐 얹었다.

획, 완전히 지하로 내려서자마자 빛을 발견한 아담이 달려들기 시작했다. 탕, 타앙, 탕! 남은 세 방을 발사해 세 놈을 처치하고 나머지 놈들은 달려드는 대로 정수리에 군용나이프를 꽂았다. 또 나머지는 손으로 머리뼈를 부쉈다. 순식간에 아담 다섯을 해치운 곽수환이 마지막 남은 놈을 향해 칼을 고쳐 쥐었다. 어으, 어으으, 어어. 고작해야 스물살 남짓할까? 거의 꺼져가는 조명 밑에 서 있는 아담은 덤벼들지 않고 연방 뒤만 돌아봤다. 마치 퇴로를 찾는 듯한 행동에 곽수환이 고개를 약간 삐딱하게 했다.

"뭐야, 너."

어으, 아으, 무……

놈이 고개를 이쪽저쪽으로 획획 돌리며 꼭 무슨 말이라도 하려는 듯 버벅거렸다. 설마 저게 7차 변이 아담 중 특이한 현상을 보이는 종류인가? 곽수환은 그러거나 말거나 남은 한 놈을 향해 저벅저벅 걸어갔다. 지금은 석화를 찾아내는 일이 최우선이었다.

그러다 우뚝, 걸음을 멈췄다. 천천히 고개를 틀어 옆을 보니 열린 방문 안으로 사람이 보였다. 그는 당장 안으로 뛰어 들어갔다. 간헐적으로 몸을 떠는 석화가 철창 안에 갇혀 있었다. 몸은 포박되어 있었지만 석화의 몸 어디에도 핏자국은 보이지 않았다. 저도 모르게 안심을 하던 곽수환이 연거푸 철장의 문고리를 걷어차 문을 열었다. 그 소리가 날 때마다 석화가 계속 몸을 떨었다. 그는 두 눈을 가린 석화의 안대를 휙 벗겼다. 채도가 낮은 조명조차 눈이 부신지 석화는 눈을 여러 번 깜빡거렸다. 사태를 파악하듯이 동공을 천천히 굴리던 석화의 눈이 커다랗게 팽창했다.

"소령님……!"

크어억! 살려두었던 한 놈이 기회를 노린 듯 이를 드러내고 덮쳐드는 순간이었다. 그는 아담에게 주먹을 꽂아 이를 박살내고 턱까지 뜯어내버렸다. 석화가 이번에는 눈도 깜빡이지 못하고 그를 올려다봤다. 그는 이제 안심하라는 듯 웃었다.

"자기, 무서웠지?"

하얀 뼈가 드러난 턱을 바닥으로 던진 곽수환이 장갑에 묻어 있는 피를 털어냈다.

"데리러 왔어."

석화는 장갑에서부터 뚝뚝 떨어지는 피를 바라보다가 시선을 천천히 들어 곽수환과 눈을 마주했다. 까만 제복 안의 흰 셔츠는 붉게 물들어 있었고, 웃고 있는 얼굴 군데군데에 핏물이 튀어 있었다. 아무런 말도 하지 못하고 있으니 그가 어깨를 붙들고 이리저리 살펴봤다.

"어지러워요."

"입 산 거 보면 괜찮네. 일단 이거 이렇게 꽉 쥐고 있어."

곽수환이 석화의 손목을 압박한 끈을 힘으로 끊어내고 손전등을 쥐어줬다. 그는 의중을 묻지도 않고 석화를 들쳐 업었다. 등을 타고 석화의 떨림이 고스란히 느껴졌다. 곽수환이 허벅지를 토닥거리고는 걸어 나가며 바닥의 아담을 발로 걷어찼다.

석화도 스스로 걷겠다는 고집 같은 건 부리지 않았다. 그가 해치우고 들어온 아담을 내려다보면서 입술만 작게 벌렸다. 총에 죽은 아담의 시체는 그나마 멀쩡한 편인데 그의 손에 박살난 놈들은 차마 눈 뜨고 볼 수가 없을 지경이었다. 내장이 바닥에 널브러져 있었고 엄청난 악취가 올라와 그제야 이를 악물었다. 지옥이 있다면 아마 이런 모습이지 않을까. 몸의 떨림을 다른 의미로 해석한 곽수환은 진정하라며 허벅지를 다시 토닥거렸다.

석화가 그의 목을 조금 힘을 주어 끌어안았다.

"죽이려고?"

"곽 소령님, 괜찮아요?"

"석 박사는?"

쪽문으로 올라가는 계단을 석화가 손전등으로 비췄다.

"전 괜찮아요."

밖으로 나온 곽수환은 차가운 공기를 한껏 들이켰다.

"반군이었지?"

"……모르겠어요."

아니, 이렇게 대답을 해야 되는지조차 모르겠다. 저를 구하러 목숨을 걸고 온 사람인데 전부 솔직하게 이야기해야 되지 않을까?

"미안."

석화가 눈만 깜빡거렸다.

"왜요?"

"경호한다는 놈이 제 일 하나 제대로 못 한 거니까."

그런 상황에서는 누구라도 어쩔 수 없었을 거다. 저조차도 정신을 잃었기에 어떤 상황이 벌어졌는지 몰랐다. 하나 확실한 건 차량이 전복되기 전에 그가 팔을 뻗어 자신의 몸에 충격이 덜 오게끔 막아줬다는 것뿐이다.

곽수환은 후문을 통해 정문을 질러가는 대신 건물을 돌아서 걸어 나갔다. 저기서 지프 한 대가 어둠을 밝히고 있었고 뒷문에 다다라서야 석화를 내려놓았다.

"박사님! 박사님이다! 박사님, 괜찮아?! 어디 다친 데는 없어?"

뒷좌석에 앉아 있는 이채윤이 문을 휙 열고는 걱정스러운 얼굴을 했다. 괜찮아요, 하고 내려다보니 그녀의 허벅지를 감싼 붕대가 보였다. 하얀 붕대에 피가 스며들어 있었다.

"일단 타. 여의도로 이동하자."

석화가 고개를 끄덕이고 뒷좌석에 올라탔다. 운전대는 곽수환이 잡기로 했고 양상훈은 조수석이었다. 지프의 가죽시트에는 과천지부라는 마크가 붙어 있었다.

"이 소령님. 다리…… 다치셨어요?"

"이거? 괜찮아. 난 상처 나도 금방 아물어. 박사님은 진짜 괜찮지?"

"예, 저는 괜찮습니다. 그런데 상처가 제법 깊은 것 같은데."

"꿰맬 정도는 아니야. 박사님도 진짜 괜찮은 거지? 땅콩 줄까? 똘수환이 박사님 배낭도 차에서 구출했는데 그 안에 땅콩 많더라?"

안 그래도 석화는 뒷좌석 중앙에 놓인 자신의 배낭을 봤다.

"이 소령, 말 좀 그만 시키고 석 박사 자게 놔둬라."

곽수환은 경계를 늦추지 않은 채로 도로를 운전했다.

"많이 놀라셨죠? 여의도로 돌아가는 동안 한숨 주무세요."

양상훈의 배려에 석화가 감사하다면서 고개를 꾸벅했다. 안 그래도 정신력으로 간신히 버티고 있는 중이었다. 차체가 충돌할 때 들이닥친 충격이 아주 없지는 않아서 가벼운 뇌진탕 증세도 있는 듯했다. 몇 번 헛구역질이 나왔지만 애써 꾹 삼켜 넘겼다. 석화는 배낭에서 모포를 꺼내 차곡차곡 개어 유리창과 제 머리 사이에 댔다. 그런데 획, 갑자기 몸이 이채윤에게 쏠렸다.

"나 여기 다친 거라 이 허벅지는 괜찮아."

이채윤이 싱긋 웃으면서 다친 왼쪽 다리를 가리켰다. 마치 허벅지를 베고 누우라는 듯한 행동에 석화는 기겁을 해 다시 일어나려고 했다. 그러나 이채윤이 힘으로 꾹 누른 게 더 빨랐다.

"우리 몸에서 피비린내 풀풀 풍기는데 석 박사가 픽도 베고 자겠다."

"넌 왜 지랄인데? 편히 누우라고 그런 건데 왜 심사가 꼬여서 난리야. 내가 그 새끼 못 잡아서 화풀이 하냐?"

"그 새끼요?"

일어나려던 석화는 여전히 이채윤의 힘에 고정된 채였다.

"응, 내 다리 이렇게 만든 새끼. 이상한 하얀 가면 쓰고 덤벼드는데 진짜 존나 세. 장난 아니더라? 내가 아니라 양상훈이었으면 바로 뒈졌을걸?"

"야! 나도 붙어봐야 아는 거거든?"

"손까지 떤 주제에 웃기네. 똘수환, 박사님 지하에서 데려온 거지? 그럼 박사님은 그 새끼 얼굴 봤어?"

"……아뇨."

"눈까지 가려놨더라. 그러니까 석 박사한테 그만 말 시켜."

"눈앞에서 박사님 놓친 새끼가 말은."

"저, 이제 그만 쉴게요."

다시 설전이 시작될 것만 같아 석화는 얌전히 그녀의 다리를 베고 웅크려 누웠다.

"이 소령님."

응? 이채윤이 방긋방긋 웃으면서 석화를 내려다봤다.

"다음에는 제가 해드릴게요."

말이 끝나기가 무섭게 곽수환이 액셀을 거세게 밟았다.

"그렇게 따지면 나부터 업어줘야겠네."

뭐야, 저 새끼 질투하나 봐. 이채윤이 낄낄거렸다.

◆ ◆ ◆

여의도 쉘터에 도착하자마자 지프를 비롯해 그들이 입고 있던 옷과 가지고 있는 무기는 전부 소독 절차에 들어갔다. 사람이라고 다르리라는 법은 없었다.

감염이 되었는지, 상처가 어떤 상태인지 오히려 더 철저히 확인받았다. 베인 상처가 있는 이채윤은 혈액검사까지 해야 했기에 다른 이들보다 좀 더 오래 잡혀 있었다.

석화도 한참이나 검사 대기실에 앉아 있다가 몸에 큰 이상이 없는 것을 보고받을 수 있었다. 방으로 돌아가 뻗어 자고 싶었지만, 곧장 58층 상급자 회의실로 불려갔다. 사안이 사안인지라 상부에서도 관심을 보인 탓이었다. 수석연구원이 납치를 당했으니 당연하겠지만.

"석화 박사님. 신체검사부터 하겠습니다."

석화는 상급자 회의실 앞에서 발과 두 팔을 벌렸다. 군인이 석화의 팔다리를 손으로 꼼꼼하게 훑고 나서야 클리어 사인을 보냈다. 회의실의 문이 열리니 진한 아로마 향초 냄새가 폐를 파고들었다. 금색 조명은 향초 향기만큼이나 내부를 따뜻하게 밝혔다.

말이 회의실이지 값비싼 카펫이 빈틈없이 깔려 있었다. 좀체 보기 힘든 미술품들과 지금은 멸종된 동물의 박제와 광택이 흐르는 가죽소파까지, 연구원이나 일반 군인들은 꿈도 못 꿀 공간이었다. 그리고 중앙 소파에는 석화도 익히 알고 있는 얼굴이 보였다. 흔히 쓰리스타라고 불리는 이연태 중장이었다.

까마득하게 높은 신분이라 얼굴을 볼 일은 손에 꼽힐 만큼 적었다. 석화조차도 제주도에 가기 전에 본 게 다였는데, 당시에 이연태는 소장이었다. 아마도 제가 제주도에 가 있던 사이에 진급을 한 모양이었다.

"석 박사, 그동안 잘 지냈나?"

소파에 팔을 길게 뻗고 있던 이연태 중장이 진하게 웃으며 일어났다. 그는 군인이면서 군화를 신기는커녕 소가죽 구두를 신고 있었다.

"자네는 여전하군. 양말은 대체 어디다가 팔아치웠나, 하하."

석화의 시선이 구두에 닿은 것을 아는 이연태가 호탕하게 웃었다. 석화는 그제야 저도 맨발에 운동화를 신고 있다는 것을 깨달았다.

"이 친구, 말수 적은 것도 여전해. 이리 와 앉아보게. 많이 놀랐을 텐데 따뜻한 차 한잔도 좀 들이켜고."

이연태가 석화의 등을 밀어 소파로 이끌었다. 석화는 중장이 이끈 대로 걸어가 가죽시트에 엉덩이를 붙였다. 몸에 엉키는 쿠션감이 제법 좋았다.

"석 박사는 얼른 쉬고 싶을 테지만, 저 상부 사람들이 오죽 난

리여야 말이지. 석 박사도 가둬두고 헌병대가 조사를 해봐야 한다는 이야기들도 있었는데, 내가 직접 상대하겠다고 했네. 어때, 석 박사도 괜찮지?"

"예."

이건 일의 자초지종을 모두 솔직히 이야기하라는 일종의 반협박이었다. 석화는 찻잔을 높이 들어 하단을 올려다봤다. 굴곡이 흠 없이 매끈한 잔의 밑에는 프랑스어가 쓰여 있었다.

"지금 뭐 하는 건가?"

이연태가 눈을 찌푸렸다.

"찻잔이 예뻐서요."

"그렇군. 가져가겠나?"

이연태는 억지웃음을 지어 보였다.

"아뇨."

일전에도 느꼈지만 대화 상대로서 그리 유쾌한 친구는 아니었다.

"자, 그보다 석 박사. 유인원관에 가게 된 순간부터 이야기를 들어볼까? 누가 먼저 동물원에 가자고 제안을 했나?"

제안은 이채윤이었던 것으로 기억한다.

"이채윤 소령이 먼저 이야기를 꺼냈습니다."

"그래, 맞지. 우리가 불패소대 녀석들을 석 박사와 함께 동물원으로 보냈다네. 그럼 그다음은?"

석화는 제가 유인원관에서 겪었던 일, 그리고 그곳을 나와 사고가 나기 전까지 일을 상세하게 이연태에게 설명했다. 이연태는 따로 메모를 작성하거나 타자로 기록을 남기는 일은 없었다. 이 방에도 영상기록장치가 있을 테니까.

"그러니까 차 사고가 난 뒤로는 기억이 전혀 안 난다고?"

"사고 당시 저는 기절했습니다. 납치되었다는 사실도 몰랐고요. 정신을 차려보니 곽수환 소령님이 저를 구하러 왔습니다."

그래, 그렇군. 말을 흘리는 이연태는 뭔가 미심쩍어하는 듯한 얼굴이었다. 석화는 무표정하게 이연태를 응시했고, 그에게서 다른 말이 나오기를 기다렸다.

"그럼 석 박사는 본인을 납치한 이를 마주치지 못했다는 건가?"

"그렇습니다."

"석 박사."

맞은편에 앉은 이연태가 다리를 꼬았다. 인자하게 웃고 있던 얼굴의 주름이 다른 형태로 패였다. 미간에 금이 갔고 그 탓에 인상이 조금 사나워졌다.

"나는 어째서 석 박사가 내게 거짓말을 하는 것인지 이해가 되지를 않네."

석화는 여전히 표정 없이 이연태를 응시했다. 곽수환과 미리 이야기를 나눴는지는 모르겠으나 그조차도 자신이 납치범과 대화를 나눈 것은 알지 못한다. 그러니 이연태는 저를 떠보는 것이다.

"거짓말은 한 적 없습니다."

"그럼 차 사고의 충격 때문에 기억이 잘 나지 않는 건 아닌가?"

"이연태 중장님. 저는 제가 왜 납치를 당했는지 알지 못합니다. 그건 헌병대가 알아내야 할 진실이 아닙니까?"

"허, 이 친구 보게."

이연태가 어쩐 일로 공격적으로 나오냐면서 헛웃음을 흘렸다.

그는 내선 전화기를 들어 어디론가 연결을 하더니 들여보내, 한마디만을 했다. 서로를 바라본 채로 몇 초나 지났을까, 문이 열리고 누군가가 모습을 드러냈다. 아직 군화를 신고 있는 곽수환이었다. 검사실에서 샤워를 했는지 전투의 흔적은 그의 몸 어디에서도 찾아볼 수가 없었다. 그는 새로 지급받은 듯 빳빳한 제복을 입고 있었다.

"그래. 곽 소령도 이리 와서 앉게나."

곽수환이 이연태를 향해 거수경례를 하고는 석화의 옆에 와 앉았다.

"내 석 박사에게 일련의 상황을 들었네. 그런데 곽 소령에게도 들어야겠어. 지원 나간 과천 쉘터 군인이 무려 일곱이나 죽었네. 대위 한 명과 하사 셋, 중사 셋이나."

"대위라는 작자가 훈련병 수준밖에 되지 않던데 과천중대, 제대로 돌아가는 게 맞습니까?"

굉장히 무례하군. 찻잔을 든 이연태가 낮게 중얼거렸다.

"곽 소령이. 장 중령과 박 소장이 예뻐해준다고 앞뒤 못 가리는 것 같은데, 나는 그렇게 녹록한 사람이 아니야. 또 바른 말로 석 박사의 안전을 보장하지 못한 건 그대들 아닌가? 아주 실망스러워."

상사의 실망에 어떤 반응이라도 보일 줄 알았지만 곽수환은 대수롭지 않게 대꾸했다.

"그 점에 대해서 변명은 하지 않겠습니다. 저희를 급습한 자들은 반군으로 추정됩니다. 어디 소속인지는 알 수 없고, 한 가지 확실한 건 불패소대 엘리트 대원들이 그들을 상대로 고전을 했다는 겁니다."

여의도 불패소대는 현재 레인보우 시티의 전력 중 최고 클래스인, S클래스에 해당했다. 그런 그들이 고전을 했다는 사실은 이연태도 긴장하게 했다.

"설마…… 돌연변이들이었나?"

"제 사견을 원하시는 겁니까? 아니면 객관적인 사실만을 원하십니까?"

"사견을 보태어 팩트를 설명하게."

"맞습니다. A급 이상, 혹은 S급 능력치를 가진 듯합니다."

찻잔을 들고 있던 이연태가 마치 정지한 것처럼 행동을 멈췄다. 석화는 동공만 움직여 곽수환에게 시선을 돌렸다. 자세는 반듯했지만 말투는 불손했다. 감히 장군의 앞에서 소령이 취할 수 있을 만한 태도는 아니었다. 레인보우 시티의 장군이 마음만 먹는다면 곽수환 하나쯤 영창에서 평생 썩게 하는 것도 가능했다.

"다른 특이사항은 없었나? 석 박사에게 들어보니 박사는 납치범을 전혀 모른다고 하던데."

"그럴 겁니다. 제가 도착했을 때 석화 박사님은 철창 안에 갇혀 혼자 있었고, 그 주변으로는 아담이 있었습니다."

흐음, 어느 쪽으로든 미심쩍음을 지우지 못한 이연태가 둘을 천천히 지켜봤다. 한 놈은 유들거리는 미소를 걸치고 있고, 한 놈은 무슨 생각을 하는지도 모를 만큼 표정이랄 게 없었다. 그러나 둘 다 반군 기질을 보이는 자들은 아니기에 괜한 신경을 곤두세웠나 싶었다.

"어찌 되었든 고생이 많았네. 그리고 곽 소령이."

이연태는 입을 축이고는 찻잔을 내려두었다.

"과천중대가 그렇게 걱정이면 곽 소령 자네가 내려갔다 오는 건 어떻겠나?"

"보내주신다면야."

곽수환이 입꼬리를 바짝 올리고 웃었다. 어차피 너희는 나 못 보내. 그 속내가 저변에 깔려 있었다. 사실상 S급과 A급으로 구성된 불패소대의 핵심 지휘자가 누구인지 누구나 안다. 물론 꼭대기에 앉아서 말로 전달하는 지휘는 누구나 가능했다. 그러나 아담을 상대할 때는 변수가 존재했고, 심지어 최근에는 반군까지 가세했다.

현장의 선두에서 지휘하며 부대의 사기까지 올릴 수 있는 장교는 몇 되지 않았고, 곽수환도 그에 해당됐다. 그래 봐야 소령이라며 네 까짓 게, 하고 언성을 높일 수는 있지만, 장군들은 굳이 제 성질머리를 앞세워 행동하지 않는다. 행여 반감이라도 생겨 충성심을 잃게 되면 곤란하니 말이다. 곽수환도 그것을 알기에 속마음을 내뱉지 않았다. 아니꼬우면 너희가 현장 나가든가. 어차피 장군들은 그러지 못할 것임을 안다.

콩.

서로 웃는 얼굴로 기 싸움을 벌이던 와중이었다. 정신력으로 간신히 버티던 석화가 테이블로 고꾸라졌다. 그래도 큰 참사가 일어나지 않은 건 곽수환이 석화의 이마와 테이블 사이로 손을 뻗었기 때문이었다.

"석 박사?!"

당황한 이연태가 벌떡 일어났다.

"놀라실 것 없습니다. 이 정도면 많이 버텼죠."

곽수환은 웃차, 소리를 내면서 석화를 안아 들었다. 기절한 터라 업을 수도 없고, 들쳐 메기엔 우리 돌 박사께서 뇌진탕 증세가 있으시니, 그저 두 팔로 석화의 몸을 받쳐 올렸다.

"그럼 이만 나가보겠습니다."

곽수환이 걸어가자 기절한 석화의 팔이 흔들렸다.

"자기야, 일어나."

문을 열기 전이었다. 이연태는 제 귀를 의심했다. 저 또라이 자식이 분명 석화를 보고 자기라고 부른 것 같았다. 이연태는 멀뚱히 서서 인상을 찡그렸다. 발로 툭툭 문을 치자 대기 중이던 군인이 대신 문을 열어주었다.

"오늘 내 정자 뽑아준다며."

곽수환이 석화의 얼굴 가까이 대고 입술을 놀렸다.

저, 저, 저! 이연태가 차마 말을 하지 못하고 뒤에서 삿대질을 했다. 그러고 보니 이연태도 이상한 소문을 들은 바가 있었다. 곽수환이 석화의 입에 무식한 자지를 물리려 했다고.

"곽 소령!"

문 밖으로 한 발 디디니 이연태의 사자후가 등에 부딪혔다. 돌아보니 얼굴까지 시뻘겋게 달아오른 이연태가 침까지 튀어가며 말을 이었다.

"아무리 너라도 강간은 못 봐줘! 당장 석 박사 내려놔!"

뭐 눈에는 뭐만 보인다더니. 곽수환이 픽 웃고는 완전히 이연태를 향해 돌아섰다.

"박사님께서 제 정자를 연구 자료로 활용한다고 하는데, 강간이라니요."

큰일 날 말씀을 하시네. 혀까지 차고는 다시 발로 문을 밀었다. 이연태가 뺨을 바르르 떨었다. 저 새끼 여기로 부른 일에 심사가 뒤틀려서 저 따위로 나온 게 틀림없었다.

"곽 소령이, 내 상사로서 충고 하나 하는데. 너 그렇게 살다간 적만 쌓여."

닫히는 문 사이로 이연태의 충고가 들렸지만 무시해도 좋을 말이었다. 곽수환은 곱게 눈을 감은 석화의 얼굴을 내려다보면서 천천히 복도를 걸어 나갔다.

곽수환은 제 품에서 비스듬히 얼굴을 튼 석화의 얼굴로 천천히 고개를 숙였다. 입술이 이마에 맞닿으려는 때였다.

"뭐 하려는 겁니까?"

하아, 석화가 깨끗한 동공을 들고 곽수환을 바라봤다. 그러고는 제 이마를 손으로 막았다.

"글쎄. 소령의 키스로 석 박사를 깨울까 싶어서? 근데 처음부터 깨어 있었으니 의미가 없었네."

"알고 계신 겁니까?"

기절한 척한 거? 당연히 알았지. 곽수환이 웬일로 기분 좋다는 듯 웃었다.

"안 그렇게 봤는데 석 박사 음흉한 데가 있어."

"빨리 쉬고 싶어서요."

석화는 곽수환의 가슴을 손으로 밀어내고 저 스스로 바닥에 섰다. 엘리베이터가 빠른 속도로 숫자를 바꾸며 올라오고 있는 중이었다.

"그런데 어떻게 아셨습니까?"

가짜로 기절한 걸 어떻게 알았냐고? 안아 들었을 때 확신했지. 불편하다는 듯이 아주 미세하게 이마를 찡그렸거든. 게다가 앞으로 고꾸라지는 행세를 할 때는 제 몸을 사리던데, 손바닥에 닿은 이마에 무게가 거의 느껴지지 않아서 말이야.

곽수환은 속으로만 생각하고 대답을 주지 않았다. 석화는 아직 남은 숨결의 느낌을 지우듯이 제 이마만 문질렀다. 그 바람에 이마에 열이 확 올랐다.

♦ ♦ ♦

석화는 방으로 돌아와서도 침대에 앉아 벽만 바라봤다. 바로 쓰러져 자야 내일 일정에 무리가 없을 텐데 온갖 정보가 뒤섞이며 머리가 들끓었다.

'인류의 보존, 인류의 새로운 번영, 그것이 우리의 사명입니다. 그 최전방에 선 레인보우 시티, 우리는 레인보우 시티의 시민입니다.'

"정오, 오후 6시."

그건 정규방송이 나오는 시각이었다. 그러나 오양석 박사가 유언을 남기기 바로 전, 저 방송이 나왔다. 그렇다면 오양석 박사가 죽은 시각은 새벽 5시가 아닐 가능성이 컸다. 음성이 녹음된 때는 마더의 정규방송이 나오던 시각이었다.

헌병대는 어째서 오양석의 사망시각을 새벽 5시로 생각한 것일까? 만일 정오나 오후 6시였다면 아직 김 박사가 연구실에 있었을 텐데…….

석화는 천천히 고개를 돌려 책상에 놓인 컴퓨터를 가동시켰다.

[연구원 코드 넘버 310 접속 완료.]

메인 서버 마더와 연결이 됐다는 소리가 스피커를 통해 흘러나왔다.

"마더, 코드 넘버 310 연구원 석화의 헌병대 사건 기록 열람 접속 허가를 요청한다."

[로딩 중. 접속 불가. 코드 넘버 310은 열람 레벨이 부족합니다.]

뭐? 석화는 음성인식을 집어치우고 키보드를 두드리기 시작했다.

헌병대 사건 기록 열람 서버로 들어가자마자 'Inaccessible' 접근 불가 화면이 떠올랐다. 석화는 수석연구원으로 2급 기밀까지 열람이 가능했는데, 아예 헌병대 자료에 다가갈 수조차 없었다. 그렇다면 지금 모든 헌병대 자료는 1급 기밀에 해당한다는 소리다. 혹은 누군가가 자신의 레벨을 고의로 낮춰놨거나.

"마더, 코드 넘버 310 기밀 열람 레벨이 몇입니까?"

[코드 넘버 310 석화 연구원의 열람 레벨은 비공개입니다.]

'쉘터의 그 누구도 믿지 않으셨으면 합니다. 지금 레인보우 시티는 정상적이지 않습니다.'

납치범의 말이 뇌리를 스쳤다.

백신이 아닌 치료제의 개발. 오양석과 그에 대한 대화를 나눈 게 벌써 몇 년 전이다. 어머니가 돌아가시기 바로 전날까지도 종종 이야기를 했었으니까.

어쩐지 뭔가 이상하다 했다. 오양석 박사의 7차 백신 연구 자료조차 제대로 남아 있지 않았고, 치료제에 관한 자료는 전무하다시피 했다.

　석화는 마더와의 접속을 끊고 다시 침대로 돌아왔다. 차가운 대리석 바닥에 발바닥을 붙이고, 너무 많이 만져 마모된 조약돌을 손안에서 굴렸다. 두 눈을 감고 곽수환이 자신을 구하러 들어오기 전의 일을 돌이켜 생각하기 시작했다. 납치범과 나눈 대화는 아직 생생했다.

◆　◆　◆

　"반군……입니까?"

　"레인보우 시티에서는 그렇게 부르더군요."

　쓰게 웃은 남자는 생각에 잠긴 사람처럼 두 다리를 몇 번 왔다갔다 움직였다.

　"오양석 박사님을 살해한 사람은……. 이건 아직 억측일 테니 넣어두도록 하지요. 박사님."

　다가온 남자가 무릎을 굽혀 앉는 게 느껴졌다. 시커먼 안대 때문에 앞이 보이지 않는 만큼 청각은 좀 더 예민하게 반응했다.

　"저희는 박사님께 선택권을 드리고 싶습니다. 잘 생각해보세요. 오양석 박사님의 말처럼 아담의 변이가 왜 이상한지, 레인보우 시티가 어째서 치료제 개발에 무관심한지 말입니다. 저는 박사님을 좋은 쪽으로 믿고 싶습니다. 오양석 박사님께서 그러하셨듯이요."

선택권이라니? 저는 그저 상부에서 준 역할에 충실할 뿐이었다. 오양석 박사와 같은 사명감은 애초에 없었다. 제주도에서 어머니를 쫓아낸다고 해서, 말을 듣지 않으면 레인보우 시티에서 불이익을 준다고 했기에 명령을 따른 것뿐이었다.

"어떻게든 시간을 끌어보려고 했는데 이제 시간이 거의 다 된 것 같군요. 이곳은 안전하니 여기 가만히 계세요."

가죽 끈으로 뭔가를 묶는 소리가 들렸다.

"박사님을 살해한 사람이 당신……일 수도 있지 않습니까?"

납치범의 말을 전부 믿을 수는 없는 노릇이었다. 석화는 남자가 있을 곳을 향해 얼굴을 들었다.

"여의도 쉘터에 반군이 진입할 수 있을 것 같습니까? 그랬다면 애초에 석화 박사님께 접선하기도 더 편했겠지요."

성대에 막이 쓰인 듯 목소리가 답답하게 들렸다. 아마 납치범이 가면을 썼나 보다.

"저희라면……."

"인사가 많이 늦었습니다. 저는 에덴동산을 책임지고 있는 서펀트라고 합니다."

움찔, 석화가 묶인 손을 떨었다.

"처음 듣는 건 아니신가요?"

"오양석…… 박사님의 일지에서 짧게."

"저희는 레인보우 시티를 믿지 않습니다. 아담을 이용해 사리사욕을 챙기는 자들, 간악한 자들이지요. 잘 생각해보십시오. 오늘부터 정확히 일주일 뒤, 오후 9시. 저희와 생각이 같으시다면 13레드구역인 오양석 박사님의 자택에서 뵙겠습니다."

끼익, 문이 열리는 소리가 들리더니 달칵 잠기는 소리까지 이어졌다. 석화가 무릎걸음으로 앞으로 나가려 하자 가면을 쓴 남자가 철창 앞에 무릎을 굽혀 앉았다.

"이대로 가만히 계세요. 곽수환 소령이 박사님을 구하러 올 겁니다."

"……곽수환 소령이?"

"그자를 가장 조심하십시오. 그자야말로 썩어빠진 레인보우 시티의 수호자이죠. 나머지는 박사님의 판단에 맡기겠습니다."

끼이이익, 철문이 열리고 둔탁한 소리들이 뒤따랐다. 그륵거리는 이 소리는 분명, 아담의 것이었다. 석화는 몸을 더 뒤로 물렸다. 달려 나간 남자를 따라 아담들이 덤벼드는 소리가 들렸고 어느 순간 고요해졌다.

그억, 그으억, 쿨럭.

떨어진 곳에서부터 아담이 피를 토해내고 목을 긁어대는 소리가 들렸다. 직, 지익, 발을 끄는 소리가 점차 가까워진다 싶었을 때 석화는 입을 꾹 다문 채 코로 천천히 숨을 내쉬었다.

텅, 바로 앞에서 들린 소리에 소스라치게 몸을 떨었다. 아담 하나가 석화를 발견하고 철창 너머로 공격하려 했지만, 문은 굳게 닫혀 있었다.

석화는 벽에 몸을 바짝 붙이고 소리로 거리를 가늠했다. 식은

땀이 얼음물처럼 등줄기를 싸하게 타고 흘러내렸다. 일정 거리 이상 다가오지 못하는 걸 보면 아직은 안전했다. 그렇다고 언제까지고 여기 이렇게 앉아 있을 수는 없었다. 몸이 묶인 채로, 그것도 앞이 보이지 않는데 어떻게 해야 하는 건가. 소리를 지른다면 몇이나 될지 모르는 아담이 전부 제게로 모여들 테고…….

탕! 타앙! 저 밖에서 들리는 총성에 벽을 타고 일어났던 몸이 놀라 주저앉았다. 그어어어어! 비명 같은 짐승 소리에 골이 더 지끈거렸다. 누군가가 아담과 싸우는 듯 살이 찢기고 뼈가 부러지는 소리도 자신의 거친 호흡에 섞여 들어왔다.

뭐야, 너.

석화는 고개를 퍼뜩 들었다. 분명 익숙한 남자의 목소리였다. 그러고 나서는 아무런 소리도 들려오지 않았기에 환청이라도 들린 건가 싶었지만, 발걸음 소리는 점차 자신에게로 가까워졌다. 타닥타닥 빠른 걸음으로 달려오는 발소리는 어쩌면 아담의 것인지도 몰랐다.

쾅! 쾅! 철문을 걷어차는 충격에 석화는 목소리를 짜내고 싶었다. 곽수환 소령이냐고. 그렇게 묻고 싶었지만 목이 꽉 막혀서 음성이 나와주지 않았다. 안으로 들어온 누군가가 안대를 휙 벗기는 순간, 석화는 그를 끌어안을 뻔했다. 뒤로 두 손목이 묶여 있지 않았으면 아마 그랬을지도 모른다.

오로지 소리에 의지한 채 어떤 일이 일어나는지도 모르는 건 엄청난 공포를 수반했다. 그러나 안도도 잠시였다. 번뜩거리는 눈으로 그의 뒤에서 달려드는 아담을 보고는 목소리를 짜내 그를 불렀다.

"소령님······!"

◆ ◆ ◆

석화는 고개를 경련하듯 털어냈다. 지나간 장면을 돌이켜 회상하는 동안 또다시 몸이 식은땀으로 흥건해졌다. 시간이 지나자 불안한 눈이 차차 안정을 찾으며 깊게 가라앉았다.

마더를 통해 에덴동산을 알아볼 수도 있었으나 열람 기록이 상부에 보고되지 않으리라는 법은 없었다. 안 그래도 이연태가 의심하는 태도를 보이지 않았나? 상부에 전부 사실대로 말할 수도 있었지만, 그러고 싶지가 않았다. 의문이 생겼기 때문이었다. 오양석 박사를 살해한 자가 이 쉘터 안에 있을 수 있다는 의혹과 함께.

그저 백신과 돌연변이에 대한 연구만 하면 그만이라고 생각했는데 이상한 소용돌이에 말려버린 기분이었다.

에덴동산은 뭐고, 반군은 또 무슨 생각을 하고 있는 건가. 차라리 전부 무시하고 백신 연구에만 매진할까? 자신도 마더와 다를 바가 없었다. 여태 위의 지시만으로 움직여왔으니 말이다. 그러나 두려움을 실제로 겪었다.

석화는 자신의 두 손을 펴서 내려다봤다. 저의 땀 때문에 쥐고 있던 조약돌의 색이 진하게 물들어 있었다. 오늘만 해도 군인이 일곱 명이나 죽었다고 했다. 쉘터에 있는 자신은 안전하지만 밖에 있는 사람들과 군인은 아니었다. 24시간 불안한 마음으로 살아야 할 테니 신경쇠약에 걸리지 않는 게 용할 거다. 백신만큼 더 중요한 건 치료제였다. 아마 오양석 박사는 이미 자신보다 더 먼저 이런 일들을 겪었을 테고……

아담이 왜 살아 있는 생명체를 공격하는가?

석화는 그 사실에 가장 중점을 두었고, 오양석에게 그 말을 했던 때도 기억한다. 여태까지 나온 결과는 아주 단순했다. 아담 바이러스는 마치 감기처럼 멀쩡한 생명체에 정착해 감염을 일으키는 감염균이라는 것이다.

'석 박사, 그렇다면 우리가 가장 중요한 것을 간과하고 있던 건 아니겠나?'

제주도로 내려가기 전이었다. 오양석이 탄식하며 주름진 손으로 제 손을 맞잡았다. 석화는 돌을 다시 꽉 쥐고 침대에서 벌떡 일어났다.

"질병."

아담 바이러스는 치료가 가능해야 할 질병이다. 세상에 고치지 못할 병은 없다. 단지 그 치료제가 언제 개발되느냐가 관건이지. 석화는 제주도 학습센터에서 오래전 다양한 바이러스에 대해 공부한 적이 있었다.

메르스, 신종플루, 그리고 그보다 훨씬 더 오래전의 흑사병까지. 수많은 바이러스 중 치료제를 개발하지 못한 것들도 많았다. 제약 회사는 자본주의 형태를 띠고 있었기에 돈이 되는 백신과 치료제를 중점으로 만들었다. 또한 돈이 되지 않는 약은 개발을 중단하고는 했다. 아담 제약 회사도 망해가는 회사를 살리기 위해 저희들이 만든 바이러스를 퍼뜨린 것이었다.

그렇다면 지금 레인보우 시티는?

'번영은 끝났고, 인류는 쇠퇴했으며, 사람들의 고혈을 빨아 저희들 잇속만 채우려는 자들이 지금 레인보우 시티의 수뇌부들입니다! 그들은 변화를 원하지 않으며 아담을 이용해 자신들의 사리사욕을 채우고 있습니다!'

반군의 사상에 동조하는 건 아니었다. 다만 의심이 생겼을 뿐이다. 그 의심은 풀리면 그만이겠고. 그러나 헌병대 사건 기록 열람을 막아놓은 것이 촉진제가 되어버렸다. 석화는 복잡한 머리를 하고는 바닥에 드러누웠다. 잠은 쉽게 오지 않았다.

◆ ◆ ◆

"형, 오늘은 마트 운영 안 한대."

동생이 빈 쌀통을 들고 돌아왔다. 쌀통을 안고 있는 손이 마치 고사리 같았다.

"비도 안 와서 마실 물도 얼마 없는데 어쩌지 형?"

"그러게, 누가 그렇게 많이 처먹으래."

곽수환은 핀잔을 주면서 제 몫으로 남겨둔 생수통을 동생에게 건넸다. 이번에는 아껴 마시겠다면서 물을 입에 넣었다가 입만 축이고는 다시 생수통 안으로 뱉었다.

"아빠는?"

"저기 방 안에 계셔. 보고 오든지."

"그냥 안 볼래. 엄마는?"

"엄마도 아빠 방에 같이 계셔."

"아……."

아쉽다는 듯 말을 흘린 동생이 베란다 밖을 내다봤다.

지옥으로! 망해라! 레인보우 시티! 구원이 내린다! 믿는 자, 화선 강당으로!

낡아빠진 아파트 밑의 차들과 바닥에 피로 쓰인 붉은 글씨들이 보였다. 그들이 있는 곳은 레인보우 시티에 소속된 지역이 아니었다. 그래도 나흘에 한 번 마트를 열어주었고 지원자에 한해 군인들을 차출해갔다. 옆집에 살던 형제도 몇 달 전 군대에 자원을 했는데 여태 소식이 없었다. 사람들은 그 형제가 어차피 다 죽었을 거라고 했다.

곽수환 형제의 부모도 레인보우 시티의 시민이었다. 아버지와 어머니는 쉘터에서 일을 했으며, 안전한 그린구역에 집이 있어 출퇴근을 하고는 했다. 그러나 레인보우 시티는 시민 케어라는 명목 아래에 아이를 낳으려면 허가를 받아야 했다.

곽수환은 허가받지 않은 아이였고, 곽수환의 동생 또한 마찬가지였다. 그렇기에 부모는 아이들을 레인보우 시티에서 배제된 구역에서 키웠다. 시티의 보호를 받지 않는다고 해서 어디든 아담이 판을 치는 건 아니었다. 그들도 그들 나름대로의 전력이 있었고 일반 시민으로 구성된, 어설프지만 용병도 존재했다. 그러나 그들이 일정 이상 힘을 키우면 레인보우 시티는 그들을 반군으로 낙인찍었다.

부모는 일주일에 한 번 곽수환 형제를 보러 왔지만, 이번에는 돌아가지 못하고 저 안쪽 방에 고립될 수밖에 없는 상황이 됐다. 게다가 부모님이 여기 있다는 사실이 밖으로 발설되어서도 안 됐다. 곽수환은 찬장을 열어 안에 남은 통조림과 약을 확인했다.

"나갔다 올 거니까 집에 얌전히 있어. 옆집 사람이 문 열어달라고 해도 열어주지 말고. 알았지?"

"왜, 또 어디 가게."

동생은 형의 뒤를 졸졸 따라다녔다. 곽수환은 몇 개 남지 않은 알약 하나를 동생의 손에 쥐어주었다.

"통조림 소시지 남은 거랑 같이 먹어. 잊지 말고."

"응."

동생은 비스코트 얼드리치 증후군을 겪고 있었다. 자가면역 질환 증상을 늘 달고 살았으며 혈소판이 부족해 상처가 났을 때

지혈이 쉽게 되지도 않았다. 여태 면역체계를 올려주는 약에 의존해 살아왔는데, 레인보우 시티의 제약 회사들은 약가가 낮다는 이유로 더는 약을 공급하지 않겠다는 뜻을 밝혀왔다. 그래도 돈만 있으면 구하기 힘들지는 않았다. 곽수환의 부모는 브로커를 통해 제약 회사에 약을 일정 돈을 주고 빼돌렸고, 동생은 그렇게 살아남을 수 있었다.

곽수환은 겨우 열넷에 불과했지만, 잘 먹지는 못했어도 또래 아이들보다 발육이 좋은 편이었다. 그렇기에 동네 주민들은 형 혼자만 어디서 몰래 좋은 걸 훔쳐다 먹는 게 아니냐며 이간질도 했다. 크게 틀린 말은 아니었다. 곽수환은 저 혼자 레드구역의 마트를 털고는 했으니까.

곽수환은 다들 두려워하는 레드구역이 좋았다. 특히 그린에서 레드로 단숨에 하락한 곳은 먹을거리가 많았다. 그날은 다행히도 보름달이 뜨는 날이었다. 곽수환은 계단을 타고 내려가 3층에 살고 있는 애꾸눈 아저씨네 현관을 두드렸다.

애꾸눈에 다리까지 저는 아저씨는 레인보우 시티의 브로커와 연결을 해주는 것으로 유명했다. 부모님이 저렇게 된 이상 동생의 약은 제가 조달하는 수밖에 없었다. 험악한 인상의 애꾸눈이 짜증을 내며 문을 열었다.

"뭐야."

"아저씨, 전에 아빠가 만일 연락이 안 되거나 하면 아저씨한테 동생 약을 부탁하라고 했어요."

애꾸눈은 잔뜩 인상을 썼지만, 그도 예전에 들었던 것을 떠올렸다. 만일 저희 부부가 한동안 연락이 되지 않으면 아이의 약을 대신 구해달라고.

"돈은?"

곽수환은 레인보우 시티에서 통용되는 화폐를 꺼냈다. 화폐의 종류는 총 일곱 개였고, 색도 일곱 가지였다. 그중 녹색이 가장 비싼 화폐 단위였다. 무지개가 온통 녹색으로 그려진 화폐를 내밀자 애꾸눈이 멀쩡한 눈에 돋보기를 가져다 대고 진위 여부를 확인했다.

"내일 모레까지 가져다 줄 테니 기다리고 있어."

"꼭이에요."

곽수환의 말을 무시한 애꾸눈이 거칠게 문을 닫았다.

"별것도 아닌 새끼가 괜히 허세 잡고 인상 쓰고 지랄이야."

닫힌 문에 대고 곽수환이 퉤 침을 뱉었다. 1층으로 내려가 부모의 차를 찾은 곽수환은 아직은 미숙한 솜씨로 운전대를 잡았다. 라디오를 틀어 레드구역으로 지정된 곳에 대한 정보를 얻자마자 액셀을 밟았다.

곽수환은 아담보다 더 무서운 것을 안다. 그것은 굶주림이었다. 물론 아담과 직접 맞닥뜨린 적은 드물었다. 곽수환은 레드구역 경계선에 다다르기도 전에 차를 세우고 샛길로 뛰어 들어갔다. 다행히 마트는 여기서 그리 멀지 않았다. 주변을 살펴 아담이 있는지 확인하고는 마트로 당장 뛰어갔다. 한동안 높으신

분들이 살던 곳인지 마트에는 흔히 볼 수 없는 신선식품들도 있었다. 물론 유통기한이 길지 않은 것들은 다 썩어 있었다.

비닐봉지는 소리가 날 수 있기에 배낭의 지퍼를 열어 통조림을 담았다. 가공식품은 대체로 유통기한이 긴 통조림들이었고, 당연히 맛은 없었다. 곽수환은 욕심을 부려 배낭의 지퍼가 닫히지 않을 정도로 식료품을 넣었다. 제주도산 생수를 보던 곽수환이 뚜껑을 따서 벌컥벌컥 마셨다. 불순물 없는 신선한 물을 마신 건 정말 오랜만이었다. 그리고 마지막으로는 계란이 보여 한 판을 통째로 넣었다.

또 다른 배낭에는 가장 중요한 생수를 한가득 담았다. 배낭 두 개에 담긴 것만 해도 족히 30㎏은 나갈 법했다. 열넷 아이가 메기에는 버거울 테지만, 곽수환은 저에게 손만 더 있으면 하고 바랐다. 이 정도 무게는 아무것도 아니었다.

마트 한편에 놓인 약품 진열대를 뒤져봐도 동생이 먹어야 할 약은 보이지 않았다. 곽수환은 주변을 둘러보고 달빛이 잘 들어오는 길을 벗 삼아 또다시 내달리기 시작했다. 달그락달그락 가방에서 통조림이 부딪히는 소리에 등골이 서늘해졌지만, 운 좋게도 아담은 나타나지 않았다. 숨을 한번 몰아쉬고는 세워둔 차를 향해 다시 발을 바삐 옮겼다.

"젠장."

곽수환이 차를 발견하자마자 나직하게 욕설을 내뱉었다. 경계초소에서 나온 군인이 세워둔 차를 발견해버린 것이다. 그들은 손전등으로 내부를 비추고 안을 뒤지기 시작했다. 곽수환은 하는 수 없이 도보로 이동하기 시작했다. 차로 30분을 달려온 곳이니 뛰고 걸어서 가는 데 적어도 반나절은 걸릴 것이다.

곽수환은 혼자 두고 온 동생이 눈에 밟혀서 쉼 없이 달리기 시작했다. 배낭이 조금씩 무거워지는 것을 느꼈지만 이 정도로 심장의 박동이 달라지지는 않았다. 곽수환은 저 자신이 다른 사람들과는 조금 다르다는 것을 어렸을 때부터 어렴풋하게나마 느끼고 있었다.

'힘들지?'라는 말에 공감할 수 없었고, '무겁지?'라는 말에는 오히려 가벼움을 느꼈다. 소년은 엘리베이터가 작동되지 않는 아파트의 10층까지 단숨에 뛰어올라 똑똑 문을 두드렸다.

똑똑똑.

벌써 아침 해가 떴기에 동생이 자고 있을 리는 없었다. 곽수환은 문고리를 한번 돌려봤다. 잠겨 있었기에 덜컥거리는 소리만 들려왔다.

똑똑. 또다시 문을 두드렸다. 등 뒤로 느른하고 축축한 무언가가 뚝뚝 떨어지는 느낌이 들었다. 깨진 달걀의 잔해가 가방 안쪽에서부터 밖으로 흘러내리고 있었다.

지환아, 형 왔어.

입을 벌렸지만 목소리가 나와 주지 않았다. 주먹을 쥐고 다시 문을 두드리는 때였다.

똑똑⋯⋯. 똑똑똑.

"!"

잠들어 있던 곽수환이 눈을 떴다.

그는 미약하게 인상을 쓰고 소리가 들려온 방향을 쳐다봤다. 잠귀가 밝은 만큼 헛것을 듣고 깼을 리는 없었다. 테이블에 있는 탁상시계를 보니 바늘은 오전 5시를 가리키고 있었다. 커다란 손으로 얼굴을 쓸어내리고 침대에서 몸을 일으켰다. 낡은 스프링이 제 추억처럼 삐걱거렸다.

똑똑. 다시 노크 소리가 들려왔는데, 손으로 두드리는 소리 같지는 않았다. 그것보다는 좀 더 울림이 적고 둔탁한 두드림이었다. 그는 생수 뚜껑을 열어 통째로 물을 마시면서 문으로 다가갔다. 누구인지 확인도 않고 문을 여니 저보다는 작은 키의 남자가 서 있는 게 보였다.

"석 박사?"

몽유병이라도 있는 건가, 5시밖에 안 됐는데 남의 방문을 두드려대?

석화는 꾸벅 인사를 하더니 손바닥을 펴서 그에게 뭔가를 내밀었다.

"이게 뭐야."

물로 씻었는지 축축하게 젖어 있는 돌이었다. 그러고 보니 문도 이 돌로 두드린 듯했다.

"수분을 머금은 돌인데, 곽수환 소령님 드릴게요."

"뭐?"

"받으세요."

이건 또······. 곽수환은 가뜩이나 꿈자리가 사나워 기분도 저조한데 알 수 없는 행동을 하는 석화를 보니 기가 찼다.

그는 문고리를 쥐고 문을 연 채로 석화에게 몸을 기울였다.

"돌 좋아하는 건 석 박사지 내가 아니잖아?"

"감사······인사를 못 드려서요."

그 감사인사를 하려고 새벽 5시에 자는 사람을 깨워? 곽수환은 확실히 석화의 사회성이 떨어진다는 것을 실감했다.

"감사인사를 할 거면 술이나 담배로 가져와. 문 닫는다."

문을 다시 닫으려는데 석화가 성큼 한 걸음 다가왔다. 샤워를 하고 나왔는지 머리카락이 평소보다 더 보들보들해 보였다. 밑에서부터 풍겨오는 향기도 제법이고.

"뭐 해?"

"안으로 들어가도 될까요?"

돌을 거절당할 줄은 몰랐는지 어쩐지 조금 시무룩해 보였다. 물론 여전히 무표정했기에 곽수환의 착각일 수도 있었다.

"왜?"

"혹시······ 곽수환 소령님은 저를 납치한 사람이 누구인지 아십니까?"

곽수환은 가뜩이나 날아간 잠기운이 이제는 아예 레인보우 시티 밖으로 사라져버리는 것을 느꼈다. 그는 고갯짓으로 안을 가리켰다. 석화가 안으로 들어온 뒤에 문고리를 놨다.

석화는 닫히는 문을 돌아보면서 그를 향해 다시 섰다.

"석 박사를 납치한 놈이 누구인지는 나도 정확히 몰라."

"그렇습니까?"

"그러는 박사님은 알고?"

"알 것 같습니다."

석화가 주저 없이 곧바로 대답했다. 곽수환은 다시 물을 마시고는 생수통을 든 채로 팔짱을 꼈다.

"근데 왜 이연태한테는 이야기 안 했어?"

"확실한 게 아니어서요. 이채윤 소령님 다리 다치게 만든 사람이, 저를 납치한 사람이겠죠?"

"그렇겠지."

"이연태 중장님께 일련의 사건을 설명하기에는 아직 제 이해도가 부족해서 새벽 내내 생각을 정리했습니다. 아무래도 저를 납치한 반군은…… 신흥 종교인 에덴동산 같습니다. 오양석 박사님의 살해사건과도 연관되어 있는 것 같고요."

석화가 웬일로 곽수환을 빤히 바라보면서 이야기를 꺼냈다. 평소처럼 멍하지 않은 깨끗한 동공이 마치 수정처럼 선명했다. 하긴 다이아몬드도, 수정도 따지고 보면 다 돌이지.

곽수환이 생수통을 내려두고는 석화에게 천천히 다가갔다. 석화는 그 자리에 그대로 서서 다가오는 곽수환을 올려다봤다. 스윽, 서로의 몸이 맞닿을 만큼 가까워진 거리에서 곽수환이 좀 더 얼굴을 가까이 가져왔다. 마치 거기서 조금만 더 고개를 비틀어 숙이면 키스를 할 것 같은 자세였다.

"석화 박사님."

곽수환은 평소보다 더 잠겨 있는 목소리를 내뱉고는 냉랭한 눈을 한 번 털어냈다.

"지금 나랑 해보자는 거지?"

그가 씩 웃었다.

"뭘 해요."

"설마 그 이유 때문에 이런 야심한 시각에 날 찾아온 거겠어?"

"그 이유 맞는데요."

석화는 어쩐지 곽수환이 말을 돌리려고 수작을 부리는 것만 같았다.

원래도 정자니 뭐니 장난스럽게 굴 때가 있었는데, 문을 열고 저를 쳐다보던 남자는 낯설었다. 자던 사람을 깨워서 짜증이 났다기보다 오히려 무표정하고 냉한 기운이 도는 쪽이 진짜 곽수환에 더 가까워 보였다. 얼굴을 알 수 없던 납치범만큼이나 눈앞의 남자를 알 수가 없었다.

"에덴동산, 곽수환 소령님이 제게 먼저 언급하셨죠."

곽수환은 그제야 의자를 끌어와 석화의 앞에 두었다. 그리고 나머지 의자는 등받이를 앞으로 해 두 다리를 벌려 앉았다. 곽수환은 등받이에 팔을 걸치고 석화에게 앉으라는 시선을 보냈다.

"오늘 납치범이 제게 그랬거든요. 자신이 에덴동산 소속이라고요. 레인보우 시티는 썩어 있고 그 썩은 도시를 지키는 수호자가 곽수환 소령님이라고도 했습니다."

곽수환의 눈썹 한쪽이 불쾌한 듯 일그러졌다.

"그리고 오양석 박사님의 유언도 들었습니다."

그가 닫고 있던 입술을 벌렸는데 말을 잘라내고자 하는 듯 보였다. 그래서 좀 더 빠르게 말을 이었다.

"그런데 좀 이상합니다."

"유언의 내용은?"

"바로 총성이 들렸기에 잘 모르겠습니다. 앞의 내용은 제주도에 있던 저에게 연락이 되지 않는다는 것 정도였고요."

"그럼 그건 내일 이연태 중장에게 보고하면 되겠네."

더 이상 제가 들을 필요는 없다면서 일어나려는 곽수환의 손목을 석화가 먼저 붙잡았다.

"납치범은 자신이 에덴동산…… 서펀트라고 했어요."

마치 불을 삼킨 듯 뜨거운 열기가 석화의 손에서부터 전해졌다.

"서펀트?"

"예. 그런데 이상한 건……."

석화는 자신의 의구심을 곽수환에게 풀어도 될까? 잠시 고민했다. 그러나 생각은 충분히 했다. 서펀트라던 자가 곽수환을 믿지 말라고 했지만, 애초에 자신은 그에게 엄청난 신뢰 따위가 있던 것도 아니었다.

"그자가 자신을 서펀트라고 말했다고?"

각자 다른 생각을 하고 있었는지 곽수환이 먼저 질문을 던졌다.

"그렇습니다."

"이상한 건 또 뭐고."

"오양석 박사님이 제게 남긴 전언을 그자들이 가지고 있는 게 이상합니다. 분명 제게 반군은 쉘터에 접근하기도 어렵다고 했거든요. 그런데 그 전언을 어떻게 손에 넣었을까요? 심지어 오양석 박사님이 살해당하기 바로 전의 음성인데요."

석화의 말을 듣고 있는 곽수환의 얼굴로 점차 웃음이 번져나갔다. 연구로만 특출난 줄 알았더니 체력만 되면 헌병대 조사팀에 들어가도 우수했겠어. 그러나 곽수환은 별 관심 없다는 듯 심드렁한 반응을 자아냈다. 지금 그의 머릿속을 채운 건 서펀트였다.

"이연태보다 먼저 나한테 사실대로 이야기하는 이유는?"

"도움을 받고 싶어서요."

거두절미하고 다시 운을 떼었다.

"헌병대 사건 기록 열람 권한이 막혔습니다."

"레벨이 부족한가 보지."

"저는 2급 기밀까지 열람이 가능했는데, 이제는 제 레벨조차 비공개로 처리되어 있습니다."

아마도 상부에서 행여 석화가 반군의 기질을 가지게 될까 봐 막아놓은 것이려나. 곽수환은 대충 예상만 했다.

"그래서?"

"오양석 박사님의 피살사건과 관련해 찾아보고 싶은 자료가 있는데, 혹시 곽 소령님은 2급 기밀까지 열람이 가능하십니까?"

"설마, 나를 뭐로 보는 거야."

석화는 역시나 싶은 얼굴을 했다. 소령 직급이라면 3급 기밀도 보기 힘들다.

"1급까지 가능한데."

찡긋, 무표정하던 석화의 미간에 눈에 띄게 주름이 갔다. 저는 2급 기밀도 간신히 볼 수 있는데 어떻게 1급까지 열람이 가능한 거지? 그런 비슷한 속내가 느껴졌다. 석 박사, 자존심이 상했나 본데.

"돈 드릴 테니까 자료 보게 해주세요."

자존심보다 더 중요한 게 의혹에 대한 답이었나 보다. 곽수환이 목을 울리면서 웃었다.

"보게 해줄 수는 있어. 돈도 필요 없고."

석화가 의자에서 일어나며 들뜬 목소리를 자아냈다.

"정말요? 감사 드……."

"나랑 섹스해주면."

"……예?"

조금 전보다도 훨씬 미간의 주름이 깊어졌다.

"정자도 얻고 얼마나 좋아."

정자……. 중얼거린 석화가 컴퓨터를 바라봤다가 다시 손에 쥔 돌을 보고, 이어 곽수환을 향해 고개를 들었다.

"돈은 필요 없으니 싫으면 말든가."

곽수환은 등받이에 얹은 팔에 제 턱을 기댔다. 좀 전부터 장난기가 다분했다. 지금 이게 장난 같아 보이냐며 웃고 있는 면상에 돌을 던지고 싶은 충동이 찾아들었지만, 꾹 참아냈다.

"그쪽과 자면서까지 보고 싶은 건 아닙니다."

석화는 빙글 몸을 돌려서 걸어 나가려 했다. 그러나 발걸음은 무거웠다. 곽수환 외에 부탁할 사람이 딱히 떠오르지를 않았다.

"잘 가요, 박사님."

손까지 흔들어주는 그였기에, 석화는 가슴을 크게 부풀려 숨을 들이쉬었다가 말을 내뱉었다.

"그거 말고 다른 건 안 됩니까?"

"뭐가 그렇게 궁금한데."

"오양석 박사님이 어떻게 돌아가셨는지 확실히 알고 싶습니다."

"그래도 나랑 섹스할 정도로 궁금한 건 아닌가 보네."

너한테 오양석이 그 정도밖에 안 돼? 라고 반문하고 있었다. 살살 긁어대는 곽수환에게 열이 점차 오르던 석화가 성큼성큼 다가갔다.

"곽수환 소령님 생식기 안 선다면서요. 근데 어떻게 섹스를 합니까?"

"아, 그렇게 나오시겠다. 만약에 지금 서면?"

곽수환이 시선만 내려 자신의 하반신을 가리켰다.

"흥정하죠."

의외의 대답에 곽수환이 눈을 커다랗게 떴다. 석 박사 입에서 흥정이라는 말도 나오고 말이야.

"지금 당장 자는 건 힘들지만 키스는 가능합니다."

자, 석화가 눈을 부릅뜬 채로 고개를 들었다. 적어도 눈은 감아줘야 하는 거 아닌가. 곽수환도 덤벼들지 않고 그대로 서 있었다.

"부탁은 석 박사가 했는데 왜 내가 해야 해. 그쪽에서 먼저 다가와야지."

"제가 돈 드린다고 했잖아요."

"나 돈 많아. 빨주노초파남보 형형색색의 지폐들이 저기 서랍에 가득할걸."

눈꺼풀을 깜빡 털어낸 석화는 곽수환의 어깨에 두 손을 얹었다. 뜨거운 손바닥의 열기가 어깨로부터 전신으로 퍼져나가는 착각이 들었다. 이렇게 뜨거워서 뇌세포는 안 죽나 몰라. 곽수환은 어디 해보라는 듯이 고개를 슬쩍 숙여주었다. 석화의 목울대가 울리는 게 보였다. 사귀었던 사람도 있던 사람이 왜 이렇게 긴장을 해. 1분에 1센티미터씩 다가오는 듯 제가 더 애가 타는 바람에 먼저 고개를 숙일 뻔했다. 웃음기 섞인 눈을 접고 석화가 다가오기를 기다리면서 서펀트에 대해 다시금 떠올렸다.

서펀트라고 함은 알려진 바로 에덴동산의 수뇌부를 뜻했는데, 직접 실력 행사에 나섰다는 게 여간 믿기지가 않았다. 아니면 전면에 나설 만큼 실력에 자신 있는 자일 수도 있었다.

"곽수환 소령님."

"응?"

"어디까지가 빈말이고 어디까지가 진심입니까?"

갑자기 무슨 소리냐며 가까이 다가온 석화의 눈을 들여다봤다.

"저랑 정말로 섹스하고 싶은 것도, 키스하고 싶은 것도 아니죠?"

늘 멍한 눈을 해서는 눈치 한번 재빨랐다.

"설마, 기회만 된다면 당연히 다 하고 싶지."

곽수환은 떨어져 나가려는 석화의 허리를 확 둘러 안았다. 석화도 재빨리 가슴팍을 밀어내는 바람에 상체는 떨어졌지만, 서로의 하반신은 깊이 맞닿았다. 곽수환은 일부러 안은 허리를 꾹 눌러서 좀 더 밀착하게끔 만들었다.

"입 벌려봐."

그럼에도 석화는 입술을 꾹 다문 채로 고개만 들었다. 잔뜩 말라서는 입술만 통통하니 그건 그것대로 기분이 묘했다.

곽수환이 고개를 비스듬히 숙여 석화의 입술에 꾹 제 입술을 눌렀다. 혀를 내밀어 입술 안을 파고드니 이를 악물고 있었다. 치열을 혀로 핥으면서 아랫입술을 살짝 씹었다가 놓자 아, 하는 탄성이 터졌다. 그 틈을 놓치지 않고 뒷머리를 붙들고 깊숙이 입술을 포갰다. 저에게 닿는 통통한 입술의 감촉에 좀 더 깨물고 싶은 충동이 일었다. 긴장한 석화의 혀는 안에서 어쩔 줄을 몰라 간헐적으로 떨렸고, 곽수환은 자신을 피하려는 혀를 얽어가며 거세게 빨아들이기도 했다.

하아, 숨이 막혀 입술을 떼어내는 석화를 쫓아가 또다시 먹어치웠다. 석화는 또 숨을 쉬기 위해 도망을 갔고, 그걸 놓칠 곽수환도 아니었다. 그 바람에 입술과 턱이 타액으로 축축해졌다. 이런 게 키스라니, 석화는 해본 적이 없었다.

석화는 손등으로 제 입술을 닦아냈다. 아직도 허리는 그에게 잡혀 있어 뒤로 물러나지도 못한 채였다. 타액이 완전히 닦이지 않아 다시 손등으로 문지르려는데 그의 입술이 다가왔다. 또다시 키스를 하려는 건가 싶어서 굳어 있자 그는 손에 쥐고 있던 조약돌만 입에 넣었다.

석화는 놀라서 곽수환을 바라봤다. 돌도 씹어 먹을 군인도 아니건만, 곽수환은 입안에서 맛을 음미하듯 조약돌을 굴리고 있었다. 윽! 이어 석화의 뺨을 쥐고는 입안으로 조약돌을 넘겨주었다. 제가 하도 들고 다녀 매끈하게 마모된 터라 거친 기운은 없었지만, 맛을 본 건 처음이었다. 그야말로 무맛이었다. 석화는 혀를 내밀어 조약돌을 손바닥에 뱉었다.

획, 곽수환이 밑에서부터 얼굴을 들이밀어 키스를 하면서 고개를 다시 젖히게 만들었다. 잘근잘근 위와 아랫입술을 깨무는 바람에 입가가 전부 홧홧해졌다. 이제 그만, 석화는 입술을 손으로 막으며 그의 얼굴도 밀어냈다. 혀로 손바닥을 쓱 쓸어 올리자 간지러움에 손이 움츠러들었다.

"돌보다는 석 박사가 더 맛있네."

곽수환이 그제야 품에서 놔주었다. 그는 컴퓨터의 전원을 켜고 다시 돌아왔는데, 입술이 아직 축축하게 젖어있었다.

"마더, 코드 넘버 3121 접속 허가를 요청한다."

[음성 확인 완료, 코드 3121 곽수환 님의 접속을 허가합니다. 1급 기밀까지 열람 가능합니다.]

석화는 축축한 돌을 쥐고 흐리멍덩한 눈을 했다가 퍼뜩 정신을 차렸다. 키스의 여운에 빠져 있을 때도 아니었고, 이런 것을 여운이라고 생각하기도 싫었다. 컴퓨터 앞으로 다가가 의자에 앉지도 않은 채 키보드를 두드렸다.

예상대로 헌병대 사건 기록은 거의 2급 기밀이었다. 곧 오양석 박사의 사건을 찾아냈는데, 어차피 제 레벨로는 보지 못했을 것임을 깨달아야 했다.

오양석 박사의 피살사건은, 1급 기밀로 분리되어 있었다. 문서를 열려고 하자 스피커를 통해 딱딱한 목소리가 흘러나왔다.

[헌병대 사건 기록 1급 기밀은 음성인식으로 진행합니다.]

"뭘 알고 싶어?"

팔짱을 끼고 지켜보던 곽수환이 말했다.

"말씀드렸듯이 오양석 박사님의 피살사건이요."

갑자기 곽수환이 탁상의 시계를 가져와 석화의 앞에 두었다. 그러고는 손가락 두 개를 길게 펼쳐 보였다. '브이' 자를 그렸기에 무슨 의미인가 싶었다.

"마더, 오양석 박사 피살사건 기록 화면에 띄워."

[로딩 중. 진행합니다.]

모니터에는 페이지를 넘길 수 있는 형태의 파일이 떠올랐고, '오양석 피살사건 기록(진행 중)'이라는 제목이 가장 첫 페이지에 있었다. 석화는 재빠르게 기밀문서를 열고 읽어나가기 시작했다.

베레타 M92F 구경 9mm 탄환이 심장을 관통해 그 자리에서 사망했다는 자료는 저에게 있는 것과도 동일했다. 사망 추정시간도 새벽 5시경이며, CCTV 영상도 복구하지 못한 것으로 나와 있었다. 오양석 박사의 시신 사진도 같이 포함되어 있었는데 그건 차마 자세히 보기가 힘들었다. 그래도 머리에 기록물을 꼼꼼히 담기 시작했다.

오양석 박사 피살사건의 범인은 현재 추적중이며, 내부가 아닌 외부의 소행으로 의심된다. 매수를 당한 쉘터 관계자가 있는 것으로 파악하고 여러 반군의 행적을 뒤쫓고 있는 중이다. 조사 임무는 헌병대 2소대를 비롯해 곽수환 소령이 맡았다.

"접속 종료."

[접속을 종료합니다.]

석화가 획 뒤를 돌아서 그를 믿을 수 없다는 듯이 쳐다봤다.

"아직 보고 있는 중이었습니다."

"흥정값은 여기까지."

곽수환은 또다시 중지와 검지를 길게 펼쳤다.

"우리 키스한 시간도 2분인데, 그 이상 보는 건 내가 너무 손해지."

뒷부분을 제대로 보지도 못했는데…… 아니, 그보다 오양석 박사 피살사건의 조사를 맡은 자들 중에 곽수환이 포함되어 있다는 게 마음에 걸렸다.

"더 보고 싶어? 그럼 키스 이상의 것이 필요한데."

석화는 빙글빙글 웃고 있는 곽수환의 면상에 대고 딱딱하게 내뱉었다.

"아뇨, 자료 잘 봤습니다."

그가 그럼 자기는 더 자겠다면서 생수로 다시 목을 축였다. 그의 뒷모습을 불쾌하게 바라보던 석화도 침대로 다가갔다.

"처음부터 자료를 열람할 필요도 없었겠네요. 오양석 박사님 피살사건을 조사하는 사람이 곽수환 소령님이라고 하니까요. 에덴동산도 그렇고…… 곽수환 소령님도 부정하지 않으셨죠. 박사님이 상부와 마찰이 생겨서 돌아가셨을 수도 있다고요. 그런데 저기 기록물은 외부의 소행이라고 확정 짓고 조사를 하는 듯한데요."

열받은 석화가 말을 길고 빠르게 뱉어냈다. 곽수환은 두 팔을 뒷머리에 댄 채로 천장을 향해 눈을 감고 있었다. 더는 아무 말도 해주지 않겠다는 심보로만 보였다.

"제게, 할 말이 없습니까?"

"석 박사가 본 그대로고 나 역시 범인은 확실히 알지 못해. 그리고 왜 쓸데없는 데에 신경을 써. 석 박사는 연구원이지 헌병대가 아니잖아?"

웃음기 섞인 그의 말에 석화는 훌쩍 그의 몸 위에 올라탔다. 곽수환이 그제야 황당하다는 듯 눈을 떴다.

"나는……."

석화가 말을 꺼내려다가 주저하더니 두 손으로 곽수환의 셔츠를 꽉 쥐었다. 아래서 위로 올려다보는데 턱선이 매끄러웠다. 이채윤이 석화 박사 예쁘고 잘생겼다고 노래를 부르는 이유가 있었다. 하물며 외모만으로는 곽수환의 취향에 완벽히 부합하기도 했다. 그런데 거기까지다. 곽수환에게는 석화가 어떤 생각을 가지고 행동하는지가 가장 중요했다.

"나는…… 제주도에서 나고 자라서…… 잘 몰라. 사람들이 얼마나 두려움에 떠는지, 왜 아담이 사라지지 않는지 의문을 가져 본 적도 없어. 그런데……."

웬일로 감정적으로 구는 석화에게 곽수환은 아무런 반응을 보이지 않았다. 그저 혼란스러워하는 눈을 빤히 바라볼 뿐이었다.

"뭔가 이상해. 뭔가가 잘못된 것 같아. 박사님이 왜 돌아가셔야 했는지……. 선배가 그렇게 된 것도."

정말로 뭔가가 이상했다. 제주도에서 평화롭게 지내느라 그간 생각하지 않았지만, 어머니의 장례가 끝나면 당연히 여의도 쉘터로 불려갈 것이라 각오하고 있었다. 저에게 어떤 이유가 있든 간에 그러고도 남을 상부였다. 그러나 상부는 자신을 제주도에 그냥 놔두었다. 오양석 박사의 말대로 서로 연락은 되지 않았다. 마치 박사님과 자신을 갈라놓은 듯이.

셔츠를 꽉 쥐고 있던 손에 금세 힘이 빠졌다. 돌을 쥔 채로 힘을 줬기에 돌에 배긴 손바닥에 아릿한 통증도 느껴졌다. 순식간에 기운이 빠져 올라탔던 몸을 뒤로 무르려고 했지만, 그에게 허리가 잡혀버렸다.

"그딴 게 다 무슨 상관이야. 석 박사는 그냥 상부에서 시키는 대로 연구만 하면 돼."

어쩐지 그에게 잡힌 곳에서부터 서늘한 한기가 올라오는 듯했다. 뜨거운 자신의 몸과는 다르게 곽수환의 입술도, 손도 차갑기만 했다. 이게 사람의 평균 체온일지도 모르겠지만 저에게는 시린 온도였다.

곽수환의 말이 맞을지도 모른다. 주어진 일 외에 다른 데에는 기운을 쏟고 싶지도 않았고, 그럴 만한 여력도 없었다. 그러나 다시 여의도 쉘터로 돌아오고 나서부터는 감정적이고 불온하고 의혹투성이인 일들만 산재해 있었다.

"……놔주세요."

석화는 기운 없이 말로만 그를 떼어냈다. 곽수환도 생각보다 더 순순히 놓아주었다. 느릿하게 침대를 벗어났고, 그의 침대를 뒤로한 채 걸어 나가기 시작했다.

"석 박사."

곽수환이 옆으로 누워 턱을 팔로 괴고는 말을 이었다.

"지금 나한테 말한 모든 것들."

닫히는 문 사이로 그런 말이 들려왔다.

"반군 성향이야."

◆ ◆ ◆

반군 성향……

석화는 한번도 저의 정체성을 의심해본 적이 없었다. 레인보우 시티에 의문을 가진 것 자체가 이번이 처음이었으니까. 갑자기 온몸에 찬물이 끼얹어지는 듯한 착각이 들었다. 곽수환은 저의 경호원이지만, 레인보우 시티의 군인이고, 납치범의 말로는 수호자라고 했다. 만일 그가 오늘 자신과 나눈 대화를 상부에 보고한다면?

그럴 리는 없을 거다. 오양석 박사를 죽인 자가 내부인일 거라는 의심은 곽수환도 하고 있는 듯했다. 그렇게 따지면 그것도 반군 성향 아닌가. 또한 석화는 지금 어느 쪽으로든 의심을 열어두고 있었다. 신흥 종교 에덴동산이라던 납치범까지도.

오양석 박사의 유언을 그들이 손에 넣었다는 건 쉘터나 헌병대에 매수자가 있거나 아니면…….

[개방합니다.]

자신의 방에 지문을 인식한 석화가 안으로 들어오고 나서야 주르륵 주저앉았다. 그리고 두 팔을 교차시켜 어깨를 감쌌다.

그게 아니면 설마 상부에서 자신을 시험한 건가?

이 정도까지 생각하는 건 억측이라는 것을 안다. 그래, 말도 안 된다. 과천지부 군인이 무려 일곱이나 죽었다고 했다. 그러나 석화는 알고 있다. 오래전, 여의도 쉘터에 있던 원호 박사에 대해서. 또 그의 처분이 어땠는지에 대해서도 말이다.

그 당시 자신은 여의도 쉘터로 갓 올라온 신입 연구원이었다. 그리고 원호는 오양석과 연배가 비슷해 둘 사이가 제법 돈독했었다. 다만 원호는 사람을 잘 챙기는 오양석과 달리 살가운 성격은 아니었다. 그는 신입 연구원들과 말 한번 제대로 섞지 않았고, 걸핏하면 빈혈 증세를 보이는 석화를 탐탁지 않게 여기기도 했다.

그런데 어느 날, 쉘터에 소문이 돌기 시작했다. 원호 박사가 반군의 지시로 밀정 활동을 하고 있다고.

그 소문의 근원지가 어디인지는 몰랐고 석화에게도 관심 밖의 일이었다. 소문은 몇 달에 걸쳐 알음알음 알려졌으며, 헌병대는 반군과 접선 중인 원호 박사를 현장에서 체포하기에 이르렀다. 원호가 손을 잡은 반군은 통합국에 소속된 레인보우 시티를 독립시키겠다는 포부를 가진 자들이었다.

여의도 쉘터는 한바탕 난리가 났다. 수석연구원이던 원호가 반군에 가담했다는 사실에 오양석 박사도 일주일 넘게 헌병대의 강도 높은 조사를 받았다.

한때 사용이 금지되었던 아모바비탈이라 불리는 자백제 주사를 재개발한 건 원호 박사였는데, 그는 제가 만든 자백제에 모든 진실을 사실대로 불었다. 또한 원호 박사가 조사를 받을 무렵, 신입 연구원들도 헌병대에 소환되었고 그중 석화도 포함되어 있었다.

'이보게. 석 박사는 절대 아닐세. 내가 보장함세. 저 무고한 친구를 강도 높게 조사했다가는 죽을 수도 있다네.'

우습게도 오양석의 말대로였다. 또한 헌병대도 석화만큼은 반군일 리가 없다고 생각했다. 밥 먹다가도 픽픽 쓰러지는 최약체가 무슨 밀정 행위를 하고 반군에 가담한다는 말인가.

나머지 박사들은 자백제를 투여받은 뒤 무사히 나올 수 있었지만, 석화만큼은 아무 일도 없이 무사히 헌병대 조사실을 걸어 나올 수 있었다.

원호가 처형당했던 날 이후로 오양석은 끊었던 술을 다시 마시기 시작했다. 그는 어리석은 자신의 친구를 애도했다. 그때까지만 해도 오양석은 레인보우 시티의 시민인 사실에 엄청난 자부심을 가지고 있었다. 그러나 친구의 죽음 이후로 그는 조금씩 변해갔을 것이다.

어째서 자신의 친구가 반군에 가담했는지 내내 의문을 품게 되었을 테지. 무엇이 부족해서 레인보우 시티를 배신했다는 말인가? 그 질문에 답을 얻기 위해 오양석은 점차 깊숙이 파고들어 갔고, 그의 마지막 유언대로 치료제 개발을 원하지 않는 상부에게 반감을 가졌을 수도 있다.

모르겠어…….

중얼거린 석화는 문에 기댔던 몸을 옆으로 스르륵 뉘었다. 초코바라도 하나 꺼내 먹고 싶은데 손가락을 까닥할 기운이 나지 않았다.

원호 박사에서 오양석 박사까지…….

마치 그들이 밟아온 길을 이제 자신이 뒤따라 걷기 시작한 것만 같았다.

{ 레인보우 시티 }

FOOL'S PARADISE

#4

[개방합니다.]

[코드 넘버 310 석화 박사님의 숙소를 강제 개방합니다.]

누군가가 문을 열었고 바닥에 누워 잠이 들었던 석화의 몸이 밀려났다. 석화는 문에 밀린 채로 잠기운 서린 눈을 들었다. 군제복을 입은 세 명의 남자가 자신을 내려다보고 있었다. 그들의 팔뚝에는 완장이 둘려 있었는데 석화도 익히 알고 있는 독수리 마크였다.

저들은 레인보우 시티의 헌병대였다.

"석화 박사님, 벨을 눌렀는데도 답이 없으셔서 강제로 개방을 했습니다. 무례함을 용서해주십시오."

"……괜찮습니다."

"정신을 차리셨으면 저희와 함께 이동해주셔야겠습니다."

설마 싶었다. 어제 하던 우려가 오늘 현실이 된 건가? 그러나 석화의 얼굴 표정은 평소와 같았다. 헌병대 군인 두 명이 다가와 석화의 몸을 일으켰다.

"샤워 좀 하고 가면 안 될까요?"

"예, 기다리겠습니다."

다짜고짜 끌고 가지 않는 것을 보니 생각보다 중대한 사안은 아닌가 싶었다.

석화는 서랍의 초코바를 꺼내 먹으며 정신을 좀 더 다잡았다. 시간을 들여 먹는 동안 헌병대 군인들이 지루해하는 게 보였지만, 천천히 당분을 채워 넣었다. 욕실로 이동해 찬물로 샤워를 하고 이도 깨끗하게 닦고 나오니, 이제 그만 나오라는 듯 헌병대가 문을 열고 기다리고 있었다. 마지막으로 체력 보강용 알약 세 개를 차례대로 먹고는 생수로 목을 축였다.

석화는 헌병대를 따라 엘리베이터에 올라타 지하 3층으로 내려갔다. 원래는 주차장으로 운용됐던 곳인데 현재는 개조를 거쳐 헌병대의 집무실과 조사실 등으로 나뉘어 있었다. 석화가 이곳에 온 건 아주 오랜만이었다. 그리고 여전히 음습한 분위기는 익숙해지지 않았다.

여러 개의 집무실을 지나니 저 끝에 철문이 보였다. 조사실이라고 적힌 팻말을 본 석화의 눈꺼풀이 몇 차례 경련했다. 무서워할 건 없다. 두려울 것도 없고. 저는 반군에 가담하지도 않았으며 단지 오양석 박사의 죽음에 대해 의심만 가졌을 뿐이니까.

"안으로 들어가십시오."

조사실의 육중한 문이 열리고 석화는 지체 없이 안으로 들어섰다. 그 안에는 또 철문이 달린 방이 여러 개 있었다. 석화는 그중 '제3조사실'이라는 곳으로 들어갔다. 내부는 매직미러를 중심으로 대기실과 취조실이 분리되어 있었다. 마이크와 영상 기록장치가 돌아가는 곳에서 매직미러 너머를 바라보니, 한 남자가 앉아 있는 게 보였다. 석화는 그 옆의 문으로 또 한번 떠밀렸다.

안에서 대기하고 있던 남자가 화색을 띠며 자리에서 일어났다.

"오셨습니까, 박사님?"

안에서 본 매직미러는 거울처럼 남자와 자신을 비출 뿐이었다. 다가와 악수를 청한 남자의 견장은 은색이었다.

"저는 헌병대 소속 유정경 소령이라고 합니다."

"연구동 소속 석화라고 합니다."

석화는 내민 손만 보고는 곧장 자신의 자리로 보이는 의자로 갔다. 딱딱한 의자를 끌어내 앉고 손도 허벅지에 얹었다.

유정경 소령의 목덜미에는 헌병대 마크와 동일한 독수리 문신이 그려져 있었다. 몸에까지 그려 넣을 정도니, 자신이 소속된 부대에 엄청난 자부심을 가지고 있는 게 틀림없었다.

"식사는 하셨습니까? 아직이시면 이쪽으로 식사를 가져다 달라고 하겠습니다."

"초코바 먹었습니다."

"하하, 초코바라니."

유정경이 겨우 그게 뭡니까, 하고 묻는 듯 입매만 끌어올려 웃었다. 마주 바라보고 앉은 소령은 테이블에 놓여 있던 서류철을 휙 돌려 석화를 향해 바로 놓았다. 내려다보니 자신이 마더에 접속한 시간과 함께 이연태에게 보고했던 일이 상세하게 적혀 있었다.

"갑자기 조사실에 불려오게 돼서 놀라셨을 겁니다."

"안 놀랐습니다."

하하, 그렇군요. 유정경은 거짓웃음으로 석화를 대했다.

"걱정하실 것은 없습니다. 단지 좀 더 확실하게 일을 정리하기 위해서 모셔온 겁니다. 아무렴, 우리 레인보우 시티의 수석연구원이신데 막 대할 수는 없죠."

"진행하시죠."

유정경은 여태 수많은 군인과 연구원, 그리고 반군들을 취조해왔다. 그들은 대개 얼굴이나 행동에 감정이 드러나고는 했는데, 눈앞의 박사만큼은 잘 알아차릴 수가 없었다. 정말로 놀라거나 불안해 보이지도 않았다.

헌병대 놈들에게 쳐들어갔을 때의 상황을 무전으로 물었을 때도 별다른 반응이 없었다는 말만 전해 들을 수 있었다.

"어제는 많이 고생하셨을 겁니다. 갑작스럽게 납치도 당하셨고요. 여의도 쉘터의 자랑이라는 불패소대의 이채윤, 양상훈 그리고 곽수환 소령과 동행하셨는데, 박사님이 타고 있던 차가 전복이 됐죠?"

"그렇습니다."

"운전은 양상훈 소령이 했고요. 그런데 양상훈 소령이 달려드는 차를 피하지 못했다는 게 참 의아합니다. 그뿐만 아니라 아무리 차가 전복됐다고 하더라도 S클래스가 셋이나 되는데, 박사님을 눈앞에서 놓쳤다니요. 물론 박사님께서는 기절하셨다고 하시니 상황을 모르셨겠죠."

설마하니, 지금 불패소대를 의심하는 건가?

석화는 지금부터는 더 말을 아껴야 한다는 예감을 했다.

"허니모텔이라는 곳으로 박사님이 납치되었고, GPS를 통해 박사님을 구출했죠. 박사님은 납치범을 보지 못했다고 하셨죠?"

대답을 잘해야 한다. 어제는 보지 못했다고 했는데, 그걸 다시 번복했을 때 저에게 의심이 쏠릴 수도 있었다.

"납치범의 목소리를 듣기는 했습니다."

유정경이 얼굴을 찌푸렸다.

"분명 어제는 못 만났다고 하시지 않았습니까?"

"뇌진탕 때문에 기억에 혼선이 왔습니다."

"……."

유정경이 두 손을 깍지 끼더니 테이블 위에 올렸다. 예의상 짓던 웃음은 이제 온데간데없고, 저 위에서 먹잇감을 살피는 독수리처럼 매서운 눈을 했다.

"계속 말해보시죠."

"납치범이 오양석 박사님의 죽음에 대해서 제게 언급을 했습니다. 사실 지금도 기억이 뒤죽박죽이라 자세히는 생각나지 않습니다."

"야."

협박성을 잔뜩 띠고 있는 낮은 목소리가 부딪쳐왔다. 석화는 내리깔았던 눈을 뜨고 헌병대 소령을 응시했다.

"너 똑똑하다며? 천재라며. 근데 왜 기억에 혼선이 와."

석화는 눈을 천천히 감았다가 떴다.

"가벼운 뇌진탕이 있었던 건 어제 검사실에서도 확인받았습니다. 기억에 혼선이 올 수밖에요."

"그런 새끼가 헌병대 기밀문서에 접속하려고 해?"

"기밀문서 열람이 가능한 레벨이었으니까요. 그런데 어제는 불가능했죠. 누가 막은 겁니까?"

석화는 고저 없이 물었다. 말을 할 때 힘을 실으면 금방 기운이 떨어질 것 같았다.

"석 박사님. 당신이 솔직하지 못해서 의심이 가니까 막은 거겠지."

유정경은 손을 뻗어 테이블 옆에 놓인 철제 카트를 끌어왔다.

카트 위에는 위협용으로 보이는 칼이나 펜치 등이 놓여 있었다. 검붉은 피가 굳어 있는 것을 보니 어쩌면 단순히 위협용이 아닐 수도 있었다. 삼단으로 구성된 카트의 두 번째 칸에는, 원호 박사가 개발해 아직도 쓰이는 자백제가 있었다.

"상부에서 석화 박사님을 의심하는 건 아니지만, 알다시피 애매한 대답은 상부가 원하는 게 아니잖습니까? 필요하다면 자백제를 투여해도 좋다고 했습니다. 그런데 박사님, 박사님은 약해 터져서 이거 맞으면 골로 갈까 봐 함부로 놓지도 못하겠어요."

"놓으셔도 됩니다. 전 진실만을 말했습니다."

탕! 유정경이 책상을 거칠게 내리쳤다. 그러더니 석화의 팔을 억지로 끌어와 테이블에 고정시켰다. 석화는 그동안 반항하지 않았다.

"뭐 얼마나 약하면 죽는다는 소리가 나와. 근데 박사님, 생각보다 인간의 목숨은 엄청 질기거든. 그렇게 쉽게는 안 죽어."

나도 알아. 그러니 지금껏 이렇게 멀쩡히 살아 있겠지.

석화는 비꼬는 말을 속으로 삼켰다. 유정경이 아모바비탈 용액을 올려두고 주삿바늘을 찔러 넣었다. 피스톤을 올려 치사량에 미치지 않을 만큼 용액을 빨아들였다.

헌병대가 왜 이렇게까지 나오는 걸까? 납치를 당한 건 자신인데 왜 의심하고 몰아가는 거지?

오양석 박사가 죽고 나서 제가 여의도 쉘터로 왔고, 상부는 자신과 박사의 연락을 막았다고 했다. 그런데 이곳에 오자마자 오양석 박사의 자택을 찾아갔으니……. 어쩌면 그때부터 이미 상부의 의심을 샀을지도 모르는 일이다.

이건 마치 너를 납치한 자가 에덴동산이라는 것을 알고 있으니 사실대로 불라는 것만 같았다. 그러나 이미 이연태에게도 납치범과 나눈 대화에 대해 사실대로 이야기 하지 않았다.

앞으로 한 발 뻗고자 내민 다리 밑으로 올무가 기다리고 있는 기분이었다. 유정경이 주사기를 팔에 들이댈 때 석화가 입을 열었다.

"소독부터 하죠. 그리고 제가 투여하겠습니다."

"아~ 그래요? 난 이래서 박사라고 불리는 새끼들이 존나게 싫어요. 그냥 찌르는 대로 받아 처먹어."

꾸욱, 팔꿈치 중앙에 바늘을 찔러 넣고는 피스톤을 밀었다.

획, 다 쓴 주사기를 바닥으로 내던진 유정경이 석화의 멱살을 잡아서 테이블에 내리꽂았다. 그 충격에 쿨럭 하고 기침이 터졌다.

"좀 거칠어도 이해해줘요, 박사님? 애초부터 내 조사실로 온 것 자체가 저 위엣분들이 봐주지 말라는 뜻이거든. 내가 좀 많이 거칠어서 말이야. 자, 약기운 퍼질 때까지 조금만 기다리자고."

"숨 막혀요."

손으로 등을 꾹 내리누르고 있어서 정말로 숨이 턱턱 막혔다.

"응?"

얼굴을 가까이 내린 놈이 다시 한번 말해보라며 속닥거렸다.

"박사님 되게 좋은 냄새 나네? 좋은 것만 먹고 편하게 자라서 그런가 봐. 난 씨발, 여기서 기다리는데 그사이에 샤워도 하고 왔어? 아니 근데 온갖 좋은 대우 다 받아놓고는 왜 반군들하고 어울리려고 그래."

다른 이였으면 제가 언제 그랬느냐며 억울함에 길길이 날뛰었을 것이다. 물론 곽수환의 말대로 상부에 의문을 가진 것 자체가 반군 사상일 수도 있겠지만.

"좀 어때? 이거 약효가 더 빨리 퍼지게 만든 거라던데. 이것도 다 박사 새끼들이 만든 거라며?"

"……."

유정경이 석화의 머리채를 쥐고 휙 들어올렸다. 아니나 다를까, 얼굴이 하얗다 못해 파랗게 질려 있었다.

"응? 어제 무슨 일 있었어? 잘 빠져나가자 우리, 응? 그거 알아? 한참 오래전인가, 내가 따끈따끈한 헌병대 소위로 들어왔을 때 말이야. 오양석 박사 허벅지를 내가 송곳으로 한 20번은 찔렀거든? 와, 그 영감 고집 엄청 세데? 이름이 뭐더라, 그 반군 노릇 해서 처형당한 영감. 원효? 아아! 원호! 그 영감 취조할 때는 어땠냐면……."

"유정경 소령."

석화는 머리채가 잡힌 채로 놈을 불렀다.

"응?"

"머리 울려요."

표정을 잔뜩 굳혔던 놈이 낄낄거리면서 웃더니 머리채를 놔주었다. 그리고 의자에 똑바로 앉혀 놓고는 옷까지 툭툭 털어주었다.

"박사님이 그러시다면 놓아드려야지. 자, 이제 처음부터 다시 가볼까? 어제 납치범과 무슨 대화를 했어?"

"……납치범이 오양석 박사님의 죽음에 대해서 제게 언급을 했습니다. 사실 지금도 기억이 뒤죽박죽이라 자세히는 생각나지 않습니다."

"아, 그래?"

열 받았는지 유정경은 코를 몇 번 찡긋거렸다.

잘 생각나지 않는다는 말을 하는 이가 좀 전과 토씨 하나 다르지 않은 대답을 하니 놀림당한 기분이었을 것이다. 유정경은 약 기운이 더 돌 때까지 화를 눌러가며 천천히 기다렸다. 석화에게 투여한 양은 코끼리가 와도 제가 하루 종일 무엇을 했는지 몸으로 표현하고도 남을 정도였다.

"어제 납치범과 무슨 대화를 했어?"

석화의 눈꼬리는 평소보다 내려가 있었지만, 표정은 여전했다.

"다시 말씀드리면 됩니까? 납치범이 오양석 박사님의 죽음에 대해서 제게 언급을 했습니다. 사실 지금도 기억이 뒤죽박죽이라 자세히는 생각나지 않습니다."

하아, 메마른 입을 간신히 달싹거리며 침을 삼켰다. 유정경도 뭔가가 잘못되어 가고 있는 것을 느꼈는지, 갑자기 생수 하나를 가져와 석화의 앞에 내려두었다. 자백제를 투여받았음에도 말이 전혀 달라지지 않는 것에 당혹감마저 느꼈다.

"석화 박사. 아이, 씨발. 이거 아니잖아. 너 새벽에 곽수환도 찾아갔잖아. 어? 니들 이상한 수작 부리는 거 내가 모를 것 같아? 뭐 했어? 어?!"

석화를 조사하라는 상부의 지시는 있었지만, 이 정도까지 몰아가라는 허가는 받은 적 없었다. 그러나 유정경은 여태 반군 성향을 가진 자들을 수도 없이 봐왔다.

납치범과 조우했던 석화의 말이 번복된 것도 그렇고, 오양석 박사의 뒤를 캐고 다니는 행동도 전부 미심쩍었다. 평소 눈엣가시이던 곽수환 놈도 같이 묶어서 한 방에 보내버릴 수 있지 않을까, 그런 요행도 적잖이 바랐다.

"뭐 했냐고, 씨발! 니들 원호랑 오양석 박사처럼 반군하고 손잡으려던 거 아니야?!"

"오양석 박사가 반군과 손을 잡았습니까?"

오히려 석화가 되물었다.

쾅!!!

매직미러 옆에 있던 문짝이 누군가의 발길질에 떨어져나가 너덜거렸다.

"지금 들어가시면 안 됩니다!"

"소령님!"

헌병대들이 와서 말렸지만, 이 쉘터 안에 남자를 말릴 만한 저력을 가진 자는 없었다. 곽수환은 앞을 막아선 헌병대 놈들을 들어서 벽으로 처박았다.

"관등성명 대, 씹새끼야. 누구 마음대로 석 박사 연행하래?"

"관등성명이라니, 우리 엄청나게 구면 아닌가. 곽수환 소령, 어디서 씹새끼 타령이야? 술집이나 털러 다니는 새끼 어디가 예쁘다고 봐주는지 모르겠는데 말이야."

곽수환이 문제를 일으킬 때마다 그를 담당해온 헌병이 바로 유정경이었다. 그때마다 곽수환은 유정경을 기억하지 못했다. 정확히는 기억하지 못하는 척을 하면서 속을 긁어놓은 것이지만.

다른 놈들 같았으면 진작에 영창에서 몇 년을 썩었을 텐데 상부에선 S급 능력자라는 이유로 곽수환의 행동을 눈감아주고는 했다. 유정경에게는 지독하게도 배알이 꼴리는 일이었다. 저는 온갖 궂은일을 해가면서 레인보우 시티를 수호하는데 말이다.

"일어나."

곽수환이 석화의 팔을 붙들었다.

"곽 소령, 이거 아무리 너라고 해도 그냥 안 넘어가."

콰직, 그는 자신의 발밑에서 깨진 약병을 내려다봤다. 자백제의 일종인 것을 알고는 좀 더 사나운 기색을 드러냈다.

"그래서. 이딴 것까지 투여해서 뭘 얻었는데."

"이제부터 알아내려고 했는데 네가 왔지."

석화가 곽수환에게 잡힌 채로 유정경을 바라보며 대꾸했다.

"이제 대답해도 됩니까?"

중얼거리는 석화에게 두 군인의 시선이 쏠렸다.

"제가…… 새벽에 곽수환 소령님의 방에 뭐 하러 갔는지 물었잖습니까."

"석 박사, 일단 입 다물어."

자백제를 투여했다면 어떤 말이 나올지 모르기 때문에 석화의 몸을 일으켜 둘러 안았다. 석화는 여전히 유정경을 바라본 채로 덤덤하게 말을 이었다.

"……하러 갔습니다."

"뭐?"

중요한 말을 듣지 못한 유정경이 테이블을 밀치고 가까이 다가갔다. 둘 다 골로 보내버릴 말이 나오기를 기대하면서.

"키스……하러 갔다고."

재차 대꾸하는 석화의 몸에 힘은 하나도 없었다. 그리고 애초에 목적이 어쨌든 석화의 말은 사실이었다. 또한 반군으로 의심받는 것보다는 이쪽이 더 나았다.

◆ ◆ ◆

하하, 곽수환이 기분 좋은 웃음소리를 냈다.

석화는 뒤를 돌아볼 힘도 없어 휠체어 등받이에 등을 한껏 기댔다. 업고 가도 될 것을 곽수환이 그 난리를 피운 뒤에 휠체어를 가져오라고 윽박을 질렀다.

지하 3층부터 방으로 올라가는 동안 여러 쉘터 사람들이 관심을 가졌고, 곽수환은 그때마다 헌병대 새끼들이 우리 박사님을 이렇게 만들었다고 엄포를 놓았다.

석화는 자신의 방문 인식패드를 향해 손을 길게 뻗어 올렸다. 그런 시늉만 했을 뿐 손이 잘 올라가지도 않았다. 곽수환이 팔을 잡아서 손바닥을 패드에 대게 해주었다. 그는 문을 닫고 들어와서야 석화의 몸을 안아서 침대에 눕혔다.

"유정경 새끼, 내가 가만 안 둘 거니까 너무 분해하지 마."

처음 조사실에서 봤을 때보다는 조금 안색이 돌아온 석화의 얼굴을 물수건으로 닦아 내렸다.

헌병대에서 사용하는 자백제는 S클래스 놈들도 본심을 술술 내뱉게 만드는 것으로 유명했다. 그런 독한 걸 석화에게 사용하다니, 유정경이 성과를 올리려고 무리하게 군 게 틀림없었다.

석화가 연구실에 나타나지 않았다는 김 박사의 말만 아니었다면 데려오는 일은 더 늦어졌을 거다. 장 중령조차도 석화가 헌병대에 끌려간 사실을 몰랐기 때문이었다.

"설마 내가 고발했다고 생각하는 건 아니지?"

석화가 눈을 가느다랗게 뜨고 물끄러미 쳐다보니 곽수환이 수건을 뒤로 뺐다.

"좀 쉬어."

그러면서도 밖으로 나가지는 않고 자리를 지켰다. 곽수환은 눈을 끔뻑거리는 석화를 지켜보다가 빨대를 꽂은 생수도 몇 번 물려줬다.

"유정경이 뭐라고 물었어?"

"그냥 이연태 중장이 어제 물었던 거 그대로……."

자백제를 투여받았으니 석화의 입에서 나올 말들은 전부 진실에 가까울 것이다.

곽수환은 의자를 끌어와 석화에게 더 가까이 앉았다. 정신을 또렷하게 만드는 대신 자제력을 없애는 약물이었기에 약효가 사라질 때까지는 쉽게 잠들지도 못할 터였다.

"어제 나한테 했던 말이 전부 사실은 맞나 싶은데."

석화가 또다시 수정 같은 동공으로 곽수환을 바라보았다.

"이참에 취조하는 건가요."

몸은 약해 빠져서 정신력 하나만은 엄청난데. 곽수환은 순수하게 감탄했다.

"분명 오양석 박사의 유언을 총성 때문에 끝까지 못 들었다고 했지."

"하아……."

헌병대에 자신을 넘긴 건 곽수환은 확실히 아닐 것이다. 유정경은 불패소대에 열등감을 가진 것처럼 보였고, 건수만 있다면 곽수환까지 같이 묶어서 영창으로 보내고 싶어 하는 듯했으니까.

"곽수환 소령님."

평소에도 말투가 느리긴 하지만, 오늘은 나른함까지 더해지니 사람 기분을 묘하게 했다.

"대단하네. 이쯤 돼서도 소령님 자가 붙어?"

약을 맞고도 이렇다는 건, 석화가 평소 저의 반말에 별 불만이 없다는 뜻으로 다가왔다.

"그럼 뭐라고 부릅니까?"

"편할 대로. 반말해도 되고."

"싫은데요."

"해도 된다는데 왜 싫어."

석화는 생각을 거치지도 않고 곧장 말을 내뱉었다.

"저는 곽 소령님과 친해지고 싶지 않거든요."

곽수환의 목에 설핏 힘줄이 섰다. 지금 나온 말은 완벽한 진심일 테고, 저 진심에 곽수환은 조금 부아가 났다.

"전에 군대에 자원했다고 했죠?"

"그랬지."

그는 밥을 실컷 먹여준다고 해서 육군에 자원을 했다고 말했다.

"밖은…… 배가 고픈가요?"

흐릿한 시선이 이제는 어디를 보는지 가늠되지도 않았다.

"석 박사는 레인보우 시티 밖에 사는 사람을 본 적이 없지? 굶주리고 황폐한 건 맞아. 대신 우리는 우리에 갇힌 동물이지. 성욕 억제제나 맞고 아이를 함부로 낳지도 못하고, 레인보우 시티 안에서 사육당하는 거지."

"그거…… 반군 사상인데요."

석화는 곽수환이 했던 말을 그대로 내뱉었다.

"사실 나는 아무래도 좋아. 배고픈 야생동물이 되느니 배부른 사파리 안의 동물이 낫거든."

야생동물처럼 형형한 눈을 한 곽수환이 겉모습과 반대되는 말을 했다. 사육되는 동물 같지도 않은 자가 말은 잘했다.

원호가 재개발한 자백제는 약효가 사라짐과 동시에 기억도 드문드문 끊기는 현상이 있었다. 약을 투여당한 자는 자신이 무

슨 말을 했는지 제대로 기억도 못 했고, 어떤 질문을 받았는지
조차 제대로 생각해내지 못했다. 그렇기에 죄를 짓고 조사를 당
한 자는 정신이 돌아오면 두려움에 떨었다. 그걸 알기에 곽수환
도 조금 더 편히 말을 내뱉을 수 있었다. 방금 친해지기 싫다는
석화의 말에는 적잖이 심술이 날 뻔했지만.

"시민들을 안전하게 보호하기 위해 인구 규제 정책을 펼친다
고 했어요. 제주도 학습센터에서 그렇게 배웠고요. 오 박사님과
제가 왜 돌연변이 연구를 했는지 아세요?"

석화가 시체 같은 안색으로 입만 움직였다.

"그때 상부에서 그랬어요. 앞으로 태어날 아이들의 3할은 능
력을 가진 돌연변이가 되어야 한다고요. 저처럼 하자는 없어야
하고요."

"하자라니, 내 눈에 석 박사는 충분히 매력적이야. 일단 외모
로는."

"곽 소령님."

석화는 그를 다시 한번 불렀다. 여태 곽수환은 뭔가 진지한
것을 물어볼 때면 말을 흘리거나 가볍게 넘어가려고만 했다.

"오양석 박사님을 죽인 사람은 외부인이…… 아니죠?"

"그럼 누구라고 생각해."

석화는 흐릿한 시선을 들어 천장을 바라봤다. 그러자 곽수환
이 몸을 기울여 석화의 귓가에 속삭였다.

"어차피 지금 우리가 나눈 말들을 기억하지 못할 테지만, 적

어도 무의식중에 남아 있었으면 해."

그는 마치 연인에게 밀어를 속삭이듯 다른 누가 들어서는 안 되는 은밀한 비밀을 발설하듯이 굴었다. 이어 전희를 하듯 가슴 팍에 손을 미끄러뜨렸고, 석화는 야릇하게 제 몸을 만져오는 곽수환을 밀어내지도 못했다. 차가운 손이 부드럽게 목덜미를 쥐었고 향기를 맡듯이 쇄골을 타고 올라왔다. 이내 그가 다시 귓가에 속삭였다.

"오양석 박사의 피살사건에 대해서는 더 이상 파고들지 마. 그래 봐야 좋을 것 없어."

"왜요."

곽수환이 석화의 이마에 쪽 소리가 나게 키스하고는 꾹 깊이 눌렀다.

"자꾸 의심을 하고 파고들면, 친해지기 싫어도 나와는 필연적으로 얽히게 될 거야."

이어 맞닿은 입술이 또다시 은밀하게 움직이는 게 느껴졌다.

언제나 마더가 지켜보고 있어.

그가 속삭였다.

◆ ◆ ◆

석화는 찌뿌둥한 몸을 풀듯이 기지개를 켰다. 약효가 떨어지고 나서 거의 반나절 이상 잠들어 있었기에 공복감이 어마어마했다. 옷장에서 카디건 하나를 꺼내 걸치고 방을 빠져나왔다. 새벽녘이라 그런지 복도를 걸어 나가는 동안 다른 사람을 마주치는 일은 없었다.

24시간 개방된 식당에 도착한 석화는 주변을 쓱 둘러봤다. 밤참을 먹으러 나온 군인들이 듬성듬성 앉아 있었다. 석화도 가판대에 놓인 샌드위치 하나를 들었다. 곽수환이 더럽게 맛없다고 말한, 콩으로 패티를 만든 샌드위치였다. 랩을 벗겨내고 아무 빈자리나 앉으려는 때였다.

"박사님!"

당근을 든 이채윤이 반갑게 손을 흔들었다. 석화가 꾸벅하고 자리에 앉자 그녀가 재빠르게 이쪽으로 뛰어왔다.

"중령님이 그러는데 헌병대가 박사님한테 엄청 실수했다며? 혹시 유정경이 새끼 아냐?"

"아십니까?"

"알다마다. 그 새끼 변태 새끼야. 사람 고문하면서 즐기는 새끼인데 현장 나가는 건 엄청 무서워한다? 나중에 현장에서 마주칠 일 생기면 내가 죽여버릴 거야."

이채윤이 당근 절반을 잘라내 아작아작 씹어 먹었다. 박사님, 잠깐만 기다려봐. 그렇게 말한 그녀가 테이블을 훌쩍 뛰어넘더니 어디로인가 또 달려갔다. 돌아보니 순식간에 자판기까지 간 이채윤이 음료 두 개를 뽑아 왔다. 이온음료 하나는 석화에게 건네고, 나머지 하나는 제가 따서 마시기 시작했다.

"제가 돈을 안 가져와서."

"아니야, 이거 내가 박사님 사주는 거야. 내일모레 급여 나오잖아."

"감사합니다."

쉘터의 직원들은 석 달을 기준으로 1년에 총 네 번 급여를 받았다. 물론 그린, 블루, 인디고에 살고 있는 시민들도 각자 맡은 일을 해서 급여를 받고는 했다. 그들은 생활에 필요한 물자와 군수물품을 제조했는데, 세상이 변해도 화폐의 가치는 여전한 법이었다.

레인보우 시티도 화폐가 있어야 생활이 가능했기에 이따금 위조지폐를 만든 범죄자도 잡혀오고는 했다. 영창이라는 것은 존재하지만, 일반적인 교도소는 몇 군데 없었다. 그마저도 수용자가 넘쳐 더는 받지 못할 때가 되면, 범죄자는 시티 밖으로 추방되거나 처형당했다. 특히 위조지폐의 경우 엄벌을 내리는 일이 대부분이었고 여태 목숨을 부지한 자는 없었다.

"근데 박사님."

음료를 벌써 다 먹어치우고 당근을 씹던 이채윤이 얼굴을 불쑥 들이댔다. 저보다 작은 체구인데도 훨씬 에너지가 넘치고 생기가 돌았다. 보고 있으면 타인까지도 기운 나게 만들 정도로 시원한 사람이었다.

"곽수환이랑 박사님이 그렇고 그런 사이라는 게 진짜야?"

방금 내뱉은 말은 사람의 힘을 빠지게 했지만.

석화는 눈만 끔뻑이면서 샌드위치를 씹어 삼켰다. 그전에는 살기 위해 먹었을 뿐이라 맛 같은 건 신경도 안 썼는데, 곽수환이 맛없다고 말한 뒤부터 정말 싱겁게 느껴졌다. 그러고 보니 돌이 어떤 맛인지 안 것도 저번이 처음이었다. 사람의 타액은 달았고 돌은 무맛이었다.

"그렇고 그런 사이가 뭐예요?"

"아이, 왜, 그거 있잖아."

이채윤이 한 손은 오케이 사인을 만들고 반대 손은 검지를 펼쳐서 원 안으로 쏙쏙 집어넣는 시늉을 했다. 석화도 그 행동을 똑같이 따라했다.

"그래, 그거! 벌써 쉘터에 소문 다 났어. 박사님이 곽수환이랑 몰래 밤에 만난다고. 박사님이 곽수환 방까지 찾아갔다며? 아~ 진짜 그 새끼 면상만 잘났지 완전 별로인데 박사님이 아까워."

"설마 제가 곽수환 소령님과 사귀는 사이라고 소문이 난 겁니까?"

"사귀는 거까지는 모르겠는데 일단 몸은 붙었다고……."

설마 유정경의 입에서 나온 말인가? 곽수환의 방에 가서 뭐 했냐고 물었을 때 키스했다고 대답한 것 때문에 소문이 퍼졌다면 할 수 없는 노릇이었다.

"박사님, 똘수환이 어떤 놈인지 알아? 현장 나가면 미처 날뛰어서 막 가끔은 어디 갔는지도 모를 만큼 나대. 이렇게 피칠갑하고 아담 죽이러 미친놈처럼 돌아다닌다니까? 전에는 몇 시간 동

269

안 저 혼자 아담 사냥 나가서 우리가 얼마나 기다렸는지 몰라."

쾅! 마주 본 석화와 이채윤 사이로 음료를 켠 커다란 손이 내려앉았다.

"사람 뒷담화는 적당히 하지?"

곽수환은 일상복 차림이었는데 군에서 지급한 물자는 아닌 것 같았다. 평범한 라운드 티셔츠에 슬랙스를 입은 모습을 보니 군인 같지도 않았다. 그는 허락도 없이 옆에 앉더니 석화의 어깨를 휙 끌어안았다.

"내가 얼마나 당황했는지 몰라. 나랑 자고 싶어서 방까지 찾아왔다고 하고 말이야."

머리카락의 향기를 맡듯이 코를 가져다 대자 석화의 무표정한 얼굴이 미세하게 일그러졌다. 이채윤도 입을 쩍 벌렸고, 그 모습을 지켜보던 몇몇 군인도 황당해했다.

"너, 박사님 약점 잡은 거 아니지?"

"약점은 무슨. 석 박사는 기억 못 할 텐데 분명 유정경 새끼한테 그랬거든. 나랑 섹스하려고 내 방 찾아왔다고. 우리만의 비밀을 그렇게 발설하면 되나."

석화는 손으로 그의 입술이 닿았던 머리카락을 닦아 내렸다.

왜 이런 거짓말을 하는 거지? 석화는 제 어깨에 얹힌 곽수환의 손을 툭 밀어서 쳐냈다.

"섹스하려고 찾아갔다고 한 적은 없는데요."

"빼기는."

곽수환이 능글맞게 웃었다. 석화는 도통 곽수환의 심리를 알수가 없었다. 이자가 사람들 앞에서 이러는 이유가 뭘까.

"저는 키스라고 했죠."

움찔, 곽수환이 웃는 낯 그대로 순간 얼굴을 굳혔다가 곧 다시 씩 웃었다.

"여기는 왜 이래."

툭, 곽수환이 검지로 이마를 훑었다. 석화는 손바닥을 펼쳐이마를 닦아 내렸는데 아무것도 묻어나지 않았다.

"뭐야! 박사님 이마 누렇잖아! 이것도 유정경 새끼가 한 거지?!"

꾸욱 눌러보니 조금 시큰거리는 감각이 있는 것도 같았다. 헌병대에게 머리채는 잡혔어도 이마를 가격당한 적은 없었다.

"진짜 유정경 새끼가 손찌검한 거야?"

곽수환은 제가 도착하기 전에 놈이 석화에게 폭력을 휘두른건가 싶었다. 어차피 자백제를 투여해놨으니 기억도 못 할 거라생각해 놈이 함부로 석화의 몸을 다뤘을 수도 있다. 그간 별거아닌 버러지라 생각해 놔두었는데 어째 도를 넘어서려는 게 거슬리기 시작했다.

"아뇨."

석화가 담담하게 대답했기에 기억도 못 하니까 저러지 싶어입맛이 썼다.

"어차피 놈이 그랬어도 기억 못 할 거야."

"이거 곽수환 소령님이 한 거 아닙니까?"

"뭐? 곽수환 너!"

이채윤이 놀라 벌떡 일어났고, 곽수환은 석화의 기억에 혼선이 찾아온 거라 생각했다.

"몸 멀쩡히 데려다 놓은 사람이 누군데, 나한테 뒤집어씌우면 안 되지."

"곽 소령님이 제 이마에 키스했죠. 그때 너무 세게 눌러서 아프다고 생각했는데 멍이 들었나 보네요. 근데 왜 그런 겁니까?"

하, 곽수환이 짧게 숨을 토해내며 웃었다.

이건 대체……. 마치 모든 것을 다 기억하고 있는 듯한 말투였다.

"석 박사, 우리 얘기 좀 할까?"

"하세요."

"여기서 말고."

곽수환이 석화의 팔을 잡아 일으켰다. 그 바람에 쥐고 있던 샌드위치가 바닥으로 떨어졌다. 다시 주우려고 하는데 그가 팔을 잡고 식당 밖으로 끌고 나가려는 힘이 더 거셌다.

"이 소령, 그건 너 먹어."

"꺼져! 떨어진 건 나도 안 먹거든?! 야! 박사님 어디로 데려가!"

"따라오지 마."

석화는 샌드위치를 더 먹고 싶은데 억지로 끌려 나가는 바람에 불쾌하기 짝이 없었다.

좀 전까지만 해도 버릇처럼 가볍게 웃고 있던 곽수환의 얼굴이 무뚝뚝하게 변했다. 복도를 둘러본 곽수환이 비상구 문을 열고 그 안으로 석화를 밀어 넣었다.

발이 뒤엉켜 휘청거렸지만, 곽수환이 단단히 잡고 있었기에 그저 벽으로 떠밀리기만 했다.

"샌드위치 마저 먹고 싶은데요."

"그건 100개라도 사줄 테니 아까 그게 뭔지부터나 말해."

"뭐가 말입니까?"

"자백제 투여받은 거 맞아?"

"그런데요."

"그런데 헌병대에서 뭘 했는지, 내가 또 무슨 말을 했는지 기억을 한다고?"

원호 박사의 일이 있던 날 이후였다. 오양석과 함께 석화는 자백제의 내성을 기르기 위해 아주 극소량씩 아모바비탈을 투여했다. 어차피 체력 증강용 약을 만드는 석화가 제 몸을 가지고 임상시험을 하는 건 일상이었다. 그 때문에 유정경이 저에게 자백제를 놓는다고 했을 때도 긴장하지 않았다.

"제가 왜 오양석 박사님의 사건을 파헤치면 위험해집니까?"

곽수환이 머리를 뒤로 쓸어 넘겼다.

"석 박사, 자백제에 내성이 있는지 어쩐지는 모르지만, 헌병대에는 티 내지 마."

"어제 왜 저를 구하러 오셨어요?"

"당연한 거 아니야? 나 석 박사 경호원이거든?"

"이마에 입술은 왜 눌렀고요?"

"구한 값에 대한 보수."

"경호원이라면서 무슨 보수가 필요합니까?"

곽수환은 한 걸음 뒤로 물러났다. 그러더니 비상구의 문을 잡아 열고는 툭 내뱉었다.

"걱정돼서 그랬어. 오죽 약해 빠져야 말이지."

석화는 저를 비상구에 두고 나가는 곽수환을 뒤따라가지 않고 가만히 서 있었다.

1급 기밀까지 열람이 가능하고, 의외로 자신을 걱정해주고, 그런데도 어딘가 미심쩍은 구석이 있는 남자였다. 석화는 시선을 올려 불이 점멸하는 감시카메라를 쳐다봤다.

마더가 지켜보고 있다. 그건 어쩌면 또 다른 충고였을지도 모른다.

◆ ◆ ◆

이 미련한 친구야. 왜 말을 안 했어. 왜 이제야 나를 후회하게 만들어.

곽수환은 이따금 오양석과 술잔을 기울이고는 했는데, 오 박사는 술자리 진상이라고 불러도 좋을 정도로 술버릇이 나빴다.

한껏 취했을 때는 늘 눈물을 흘리면서 떠나간 친구에 대한 그리움을 쏟아내기도 했다. 한강 둔치에 앉아 까만 강을 바라보면서 질질 짜는 오양석이 곽수환에게 제 몸을 치댔다.

"영감, 이제 그만 들어가지?"

"조금만 더 있다가."

"난 간다?"

곽수환이 술병을 들고 일어나자 오양석이 팔을 잡았다.

"너 가면 나 여기 혼자 무서워서 어떻게 있으라고."

밖은 나가고 싶은데 그린구역이라고 해도 아담이 두려우니 저를 동행시킨 것이다. 곽수환은 한숨을 쉬면서 둔치에 털썩 앉았다. 매몰차게 굴기도 뭐한 게 오양석은 자신이 육군에 지원할 수 있게 도와준 장본인이기도 했다. 졸업 이후로 일산 쉘터에 배치받았을 때도 영감은 이따금 저를 찾아왔다. 그때마다 안쓰러운 눈으로 쳐다보는 두 눈을 손가락으로 찔러주고 싶은 것을 몇 번이나 참아야 했다.

"어때, 여의도 쉘터는 지낼 만한가?"

"어디든 다 똑같지. 오 박사가 이렇게 날 불러내지 않으면 좀 더 쾌적할 테고. 이제 그만 마시지?"

주름진 눈에 눈물이 가득 맺혀 있었다. 평소에는 허허 사람 좋은 웃음만 흘리는 이가 만취만 하면 울어댔다.

"내 지은 죄가 크이. 지은 죄가 크니 죽어도 싸지, 암."

자리에서 일어나는 오양석이 몸을 휘청거렸다. 원호와 함께 취조를 당할 때 고문을 당했기 때문에 추운 날이면 한쪽 다리를 절고는 했다.

"곽 소령 자네에게도 미안한 것투성일세."

"덕분에 밥 잔뜩 먹을 수 있는 레인보우 시티 시민이 됐는데 왜."

부모와 동생이 죽고 난 뒤에 저를 찾아온 건 레인보우 시티의 또 다른 브로커였다. 나중에 알았지만 오양석 박사의 돈을 받고 온 자였다.

"육군에 입대하지 않았다면 자네는 지금쯤 어떻게 살았을까."

그랬다면 아마 자신은 반군에 가담했을지도 몰랐다. 제아무리 혼자의 힘으로 마트를 털며 살아남을 수 있다고 해도 피폐했던 당시에는 어디든 의탁할 곳이 필요했다.

"영감, 고맙다는 말이 듣고 싶은 거야?"

"아니지, 아니야. 그저 나는……."

"그럼 이렇게 따로 불러내지 마. 요즘 영감 눈여겨보는 상부 놈들도 많아."

오양석은 독한 위스키를 세 번에 걸쳐 삼켰다.

"누가 모르나. 내 앞으로 어찌 될지 모르니 유언장도 남겨놨다네."

"그 나이면 남기긴 해야지."

그건 그렇지, 하면서 울던 것도 무색하게 껄껄 웃었다.

"어찌 된 게 부모랑 하나도 닮지를 않았어. 그 둘은 그렇게도 살가웠는데 말일세."

　오양석이 곽수환을 찾아낸 이유는 그의 부모와 연결점이 있기 때문이었다. 곽수환의 부모는 오양석 박사와 같은 연구동에서 지내던 쉘터 연구원이었다.

"내 앞에서 부모 이야기 꺼내지 마."

　곽수환은 오양석 박사가 쥐고 있던 위스키를 뺏어서 남은 것을 전부 비워냈다.

"들어가자고. 영감 인중에 콧물 얼었어."

　절뚝거리는 오양석을 우악스럽게 쥐어서 쉘터로 돌아갔고, 그러고 나서 한 달 뒤쯤이었을 것이다. 오양석이 연구동에서 피살된 채로 발견됐다.

◆ ◆ ◆

　드륵, 드륵, 곽수환은 큐브를 돌려 색을 맞춰 나갔다.

　그의 앞에는 독수리 마크의 완장을 두르고 녹색 견장을 단 군인이 있었다. 헌병대 차 중령은 각 잡힌 차렷 자세를 하고는 눈에 띄게 긴장하고 있었다.

"말해."

　곽수환이 큐브를 드르륵 돌리면서 물었다.

"제가 드릴 말씀이 없습니다."

"왜 할 말이 없어. 헌병대 소속 소령이라는 새끼가 수석연구원을 잡아다가 자백제를 투여했는데? 수석연구원을 조사하라고 지시한 놈이 누구야."

"이연태 중장님께서 가볍게 조사만 하라고 지시하셨는데, 유정경 소령이 지나친 충성심에, 윽!"

픽, 날아온 큐브가 헌병대 차 중령의 이마에 부딪혔다. 이어 피가 비쳤는데 차 중령은 그것을 닦을 생각도 못 하고 다시 차렷 자세로 똑바로 섰다.

"죄송합니다. 유정경 소령을 과천지부로 좌천시키겠습니다."

차 중령은 이어 바닥에 떨어진 큐브를 들어서 곽수환이 앉아 있는 책상으로 다가갔다.

"석화 박사 레벨을 비공개로 처리한 건 누구고."

"그건 저희도 모르는 사실입니다."

"원래대로 복구해놔. 그 탓에 쓸데없이 의심만 하잖아."

"예."

그는 멀뚱히 서 있는 차 중령을 쳐다보지 않고 다시 큐브를 돌렸다.

"뭐 해? 나가."

"예, 대기하고 있겠습니다."

거수경례를 한 차 중령이 문을 열고 밖으로 나갔다.

21바이올렛구역.

여의도에서 한 시간 정도 떨어진 곳에 있는 민간인 출입금지 군사구역이었다.

말이 군사구역이지 곽수환과 그가 지정한 군인 몇몇만 드나들 수 있는 곳이었다. 사람이 살기에는 척박해진 지 오래라 이런 식으로 사용을 해도 별다른 문제는 생기지 않았다.

순식간에 큐브를 완성한 곽수환이 삐걱거리는 의자에서 일어났다.

이 건물은 오래전 고등학교였다는데 멀쩡한 창문도 하나 없었고, 비도 자주 오지 않아 제대로 씻겨나가지 못한 핏자국들이 벽면에 가득했다. 전에는 교장실이었던 방에서 곽수환이 나오자 차 중령이 그의 뒤를 따랐다.

거미줄이 촘촘하게 쳐진 중앙문 위에는 학교 교훈이 비스듬하게 걸려 있었다. 글씨조차도 거미의 집짓기로 잘 보이지 않았는데, 한 놈의 실력이 아니라 여러 마리가 서로 거미줄을 연결해 대형 그물을 만들어낸 듯했다. 그런데도 거미줄에 걸린 먹잇감은 한 놈 배부르기도 힘들 지경이었다.

아니나 다를까, 어떤 거미 한 놈이 옆의 제 동족을 거미줄로 꽁꽁 묶어 잡아먹으려는 시도를 하고 있었다. 그 모습을 보던 차 중령은, 배를 뒤집어 깐 채 바닥에 죽어 있는 풍뎅이 한 마리를 거미줄에 걸어두었다. 아마 겨울을 나지 못하고 죽은 지 꽤 오래된 성체 같았다.

"……인생은 대학부터."

"뭐?"

"저기 교훈 말입니다."

차 중령이 거미줄에 가려진 글씨를 용케도 봤나 보다.

"대학은 무슨. 인생은 먹는 것부터 시작이지."

"시대마다 그리고 장소마다 각자 가장 중요하게 생각하는 게 따로 있었을 겁니다."

"그럼 지금은."

곽수환이 홀스터에서 총을 빼내 들었다. 차 중령은 총구가 저를 향하자, 괜히 아는 척을 했나 싶어 입을 다물었다. 방아쇠를 당기니 푸슉 하고 총알이 어딘가에 박히는 소리가 들렸다. 놀라 뒤를 돌아보자 아사 직전으로 보이는 아담이 바닥에 널브러져 있었다.

"살아남는 것부터겠지."

곽수환이 홀스터에 권총을 다시 꽂았다.

"지당한 말씀이십니다."

차 중령은 제가 겁먹었다는 사실을 애써 숨기고 웃었다. 정문 앞에 세워둔 지프에 올라타기 전에 차 중령이 먼저 입을 떼었다.

"여의도 쉘터로 바로 돌아가십니까?"

곽수환이 대답 없이 지프에 올라타서는 시동을 걸었다. 그가 레인보우 시티 육군사관학교 수석졸업생인 건 어차피 군인들이면 다 알았다. 단지 지금 와서는 워낙 지랄맞은 행동을 하고 다닌 탓에 그 타이틀이 희미하게 빛이 바랬을 뿐이지. 오양석도 죽는 날까지 몰랐지만, 곽수환은 본래 육군에서도 헌병대 소속이었다. 현장에 투입되고 나서부터 불패소대라는 이름을 뒤집어쓴 것뿐이었다.

곽수환이 창문을 반쯤 열었다.

"그 새끼 과천으로 좌천시키지 마."

"예?"

"두고두고 내가 괴롭혀야 직성이 풀리겠어."

"알겠습니다."

"잠깐, 옆으로 비켜봐."

차 중령이 지프를 돌리려나 싶어 옆으로 물러났는데도 곽수환은 출발할 생각을 하지 않았다. 오히려 지프에서 내리는 게 아닌가. 그는 허리를 굽혀 바닥에 떨어진 무언가를 주워 들었다. 음, 하고 만족스러운 웃음을 짓더니 다시 지프에 올라탔다.

"간다."

액셀을 밟고 운동장을 빠져나가기 시작했다. 차 중령은 차가 아예 보이지 않을 때가 되어서야 지프의 문을 열었다. 대체 그런 건 왜 주워 간 건지, 긴 한숨은 덤이었다.

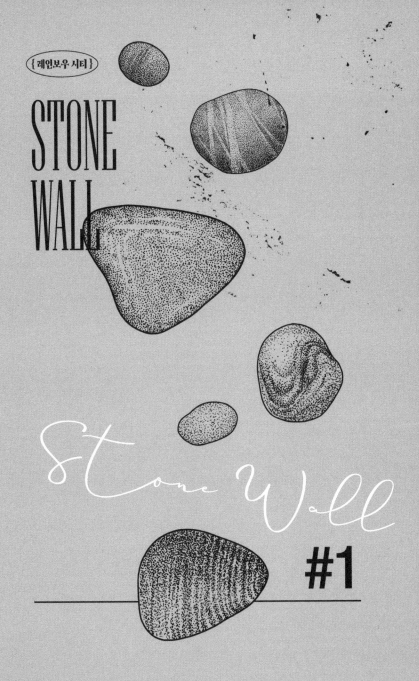

{ 레인보우 시터 }

STONE
WALL

Stone Wall

#1

선과 악을 알게 하는 나무열매만은 따먹지 말거라. 그것을 먹는 날 너는 반드시 죽는다.

그러나 반드시 선악을 알아야 할 때가 존재한다. 목숨이 경각에 달하더라도.

석화는 오양석 박사의 필체를 유심히 들여다봤다. 하나는 〈창세기〉의 구절이었고 나머지 하나는 아마 오양석 박사의 사견이었다. 석화는 여태 연구 자료를 제외한 오양석 박사의 일지는 큰 관심을 두지 않았다. 그러나 에덴동산이 엮임에 따라 무심히 넘겼던 부분까지도 다시 한번 살펴보게 됐다.

지금까지 내린 가설 중 가장 타당성이 높은 것은, 오양석 박사가 레인보우 시티의 구조에 의문을 가졌고 에덴동산과 손을 잡았으며 그로 인해 살해를 당했다는 가설이다.

선악을 알아야 할 때…….

납치범, 아니 자신을 서펀트라고 말했던 자가 이야기한 접선

날이 불과 3일 앞으로 다가왔다. 아담이 소탕된 13레드구역으로 혼자 가도 상관은 없겠지만, 과연 가도 되는 것일까?

그것보다 7차 백신을 만들어내는 것이 급선무였다. 그런데도 온갖 불온한 생각들이 가시지를 않았다.

전과 같이 아담 바이러스에서 감염을 일으키는 단백질을 잘라내 감기 바이러스에 삽입한 뒤 장비를 이용해 유전자를 재조합하는 과정을 거쳤지만, 그렇게 생성된 백신은 그 기능을 제대로 발휘하지 못했다.

백신 연구가 늦어지는 이유 중 하나는 직접적으로 실험할 대상이 연구소에 없다는 데에 있었다. 동물을 이용해 실험을 하기에는 아담 바이러스가 너무도 치명적이었고, 날뛰는 동물들을 상대로 박사들의 안전도 보장할 수 없었다. 바이러스가 변이를 했기 때문에 이제는 점막이 아닌 호흡기로도 전염될 수 있다는 가능성까지도 다뤄졌다.

오래전 에볼라 바이러스도 BL4(생물안전 4등급 연구실)에서만 다룰 수 있었고, 그 연구실이 한 국가에 단 한 곳만 있는 경우도 있었다. 그러니 그보다 훨씬 막강한 아담 바이러스는 극도로 조심할 수밖에 없었다. 처음 아담 바이러스가 속수무책으로 퍼져나갔을 때처럼 레인보우 시티도 손쓸 새 없이 무너질 수도 있기 때문이었다.

현재도 동물실험이 이루어지는 곳이 단 한 군데 존재하기는 했다. 동물원처럼 레드구역으로 지정된 연구소였는데, 쉘터에서 개발된 백신을 그곳으로 이동시켜 실험체에 주입하는 형식이었다. 그곳에서 백신의 유효 유무를 검사하고 또 실험 결과를 보내오기도 했다. 그들은 대개 군인으로 구성된 연구자들이었다.

다만 모든 동물이 아담 바이러스에 감염되는 것은 아니었다. 현재 감염이 되지 않는 개체 중 하나는 새였다. 물론 1차 아담 바이러스가 나타났을 때 새 역시 감염이 되었으나 3차 이후로는 제외됐다. 연구원들도 무슨 이유가 있어서라고 생각해 연구를 거듭했지만, 딱히 이렇다 할 결과는 없었다.

제아무리 머리가 뛰어난 자들이 태어나고 연구 지원을 받는다고 해도 모든 것은 레인보우 시티의 통제 속에서 이루어졌다. 어떤 달은 연구 지원비가 부족하다면서 연구동이 마비 상태로 들어갈 때도 있었다. 마찬가지로 육체적으로 뛰어난 자들이 나타났지만, 아담이 이 지구상에서 완전히 사라지는 일도 없듯이.

"……박사님?"

제 몸만 한 유전자 조합 장비를 바라보고 있던 석화가 퍼뜩 정신을 차렸다.

"예?"

돌아보니 김 박사는 커피가 담긴 머그잔을 들고 있었다.

"오늘 상부 미팅 날이잖아요."

석화는 이내 소식을 떠올리고는 아, 하는 작은 목소리만 냈다.

"지금 몇 시인가요?"

"2시 50분이요. 슬슬 이동하실래요?"

"그러겠습니다."

석화는 가운을 벗고 노트북을 챙겼다. 아담이 나타나기 전에 만들어진 노트북인데 최근에 나오는 것만큼이나 성능이 나쁘지 않았다. 어쩌면 에덴동산의 말이 맞을지도 모른다. 인류는 쇠퇴했다고. 석화는 쓸데없는 생각은 말자면서 고개를 흔들었다.

인구가 넘쳐나고 각 나라가 무리 없이 돌아가던 때와는 다른 세상이다. 아마도 평화의 시대 사람들이 보기에 이 시대는 디스토피아라고 불려도 충분하겠지. 다른 나라와 교류도 끊긴 마당에 레인보우 시티의 내수시장은 그야말로 간신히 유지 중일 것이다.

"근데 오늘 하루 종일 곽 소령이 안 보이네요? 박사님 뒤만 졸졸 쫓아다니더니 말입니다."

현장에 나갔다 온다고는 했는데 별 관심을 갖지 않아 모르겠다. 그날 곽수환과 오양석 박사에 대한 대화를 나눈 이후로 일부러 더는 그 점을 언급하지 않았다. 마더가 지켜보고 있다는 말도 그렇고, 헌병대에 불려 갔다 왔으니 눈 밖에 날 행동을 해 봤자 저만 손해라고 생각했다. 그리고 한동안 곽수환은 밤이면 위스키를 동내고는 했다. 술 냄새를 풍기며 제 방에 찾아온 남자에게 일부러 문을 열어주지 않기도 했다.

"말이 나와서 말인데, 저는 곽수환 소령 영 별로예요."

"그렇습니까?"

"만날 술이나 퍼마시고, 멋대로 행동하고, 그리고 그……! 석 박사님한테도 추근댄다고 하고."

곰곰이 생각해보니 곽수환의 대외적인 이미지는 딱 그랬다.

힘세고 얼굴만 잘생긴 망나니.

"조심하세요. 곽수환 소령이랑 얽혀서 좋은 꼴을 못 봤어요. 솔직히 오양석 박사님도 그렇고요."

한 귀로 듣고 한 귀로 흘리다가 오양석의 이야기에는 김 박사를 볼 수밖에 없었다. 복도를 걷는 동안 김 박사는 벌써 커피를 절반 이상 마신 뒤였다.

"오양석 박사님이 왜요?"

김 박사가 말을 이으려는 것보다 빠르게 석화가 관심을 보였다.

"오 박사님이 곽수환 소령하고 술자리도 꽤 같이 가졌거든요."

그건 곽수환에게 지나가는 말로 들은 바가 있었다.

"그런데 박사님이 그렇게 돌아가시고 난 뒤에도 슬퍼하지도 않고, 연구실에 들어와서 뭘 뒤지기나 하고……. 하여간 영 마음에 안 들어요. 그니까 석화 박사님도 상종을 말아요. 오자마자 이상한 소문 난 게 누구 때문인데."

김 박사는 늘 시큰둥한 사람이 저의 말에 반응을 보인 게 기뻐 입을 쉴 새 없이 나불대기 시작했다. 그런데도 석화는 뭔가 의아했다. 힘이 센 건 맞지만 얼굴만 잘생긴 망나니는 좀 아닌 듯했다.

적어도 시늉일지언정 저를 걱정해주기도 했고, 행여 반군으로 몰릴까 봐 헌병대로 직접 찾아오기도 했다. 뿐만 아니라 설렁설렁 웃고 있지만 그렇지 않을 때의 간극을 안다. 곽수환이 석화를 탐색한 것만큼이나 석화 역시도 그간 그를 꾸준히 지켜봤다.

"뭐 하세요, 얼른 타세요."

김 박사가 엘리베이터의 열림 버튼을 누른 채로 석화를 재촉했다. 연구자들의 미팅은 58층에서 열렸으며 군인들과 다름없이 연구의 진행 과정이나 상부의 지시를 발표하는 자리였다. 그리고 미팅 날짜와 시간은 그때그때 달랐다.

[연구자 회의실]

팻말이 달린 룸 안으로 들어가니 아직 상급자들은 보이지 않았고, 다른 연구동의 박사 몇 명만 와 있었다. 여의도 말고 다른 쉘터에도 연구동이 존재했는데, 연구 결과를 주고받을 때를 제외하면 직접 마주치는 일이 드물었다. 그렇다고 같은 쉘터 박사들끼리 돈독한 관계를 유지하는 것도 아니었다. 석화와 김 박사는 다른 박사들을 향해 고개만 꾸벅하고 말았다.

"오양석 박사님 돌아가시고 나서 저 자식들이 한동안 얼마나 뻗대고 다녔는지 몰라요."

김 박사가 옆에 찰싹 붙어 앉았지만, 석화는 이번에야말로 가장 시큰둥하게 반응했다. 언제나 파벌 싸움은 관심 밖이었다.

한 10분 정도 기다렸을까. 저희들이 들어온 문이 아닌 안쪽 문이 열리고, 상부 인원들이 하나둘 들어오기 시작했다.

레인보우 시티의 상부는, 장군에 속하는 대장들과 정치를 하는 조언자 그리고 최종 관리자인 두 명의 마스터로 이루어져 있었다. 대사에 관련한 모든 것은 그들이 결정하고 진행했다. 두 명의 마스터는 10년마다 투표로 뽑혔고 연임이 가능했으며, 실제로는 세습 형태에 가까웠다. 마스터를 뽑는 투표 권한은 쉘터의 시민에게만 있었기에 짜고 치는 고스톱이라는 말이 뒤에서 나올 정도였다.

오늘은 육군 대장 한 명과 조언자 둘이 회의에 참석했다. 미팅 시간과 날짜도 저 상급자들이 결정하는 이유는, 저들이 제주도에서 올라오기 때문이었다.

"좋습니다, 다 참석하셨지요? 인류의 보존, 인류의 새로운 번영, 그것이 우리의 사명입니다."

장군 하나가 앞으로 나와 위풍당당한 목소리를 자아냈다.

"우리는 레인보우 시티의 시민입니다."

박사들은 웅얼거리는 수준으로 같은 말을 쏟아냈다.

"여러분을 근 일주일 만에 뵙습니다. 석화 박사님께서 여의도 쉘터로 다시 복귀하신 것을 이 자리를 빌려 다시 축하드립니다."

이번에는 조언자 두 명 중 하나가 말을 하고는 박수를 쳤다. 그러자 나머지 인원들도 박수를 치기 시작했다. 석화는 아무 표정 없이 다시 고개만 꾸벅했다.

"우리 바쁘신 레인보우 시티의 연구원 분들을 너무 오래 붙잡아 둘 수는 없으니 마스터의 메시지부터 전달합니다."

단상에 선 상급자들이 옆으로 비켜서서 연구원들이 메시지를 볼 수 있도록 자리를 텄다. 이어 침통한 표정을 한 퍼스트 마스터의 얼굴이 화면에 떠올랐다.

[안녕하십니까? 레인보우 시티의 퍼스트 마스터입니다. 미팅을 시작하기 전, 오양석 박사의 죽음을 애도하겠습니다.]

녹화된 영상이며 날짜는 알 수 없었다. 오랜만에 보는 마스터의 얼굴은 전에 봤을 때보다 좀 더 나이가 들어 있었다. 마지막으로 본 게 벌써 몇 년이 지났으니 당연하겠지만.

[박사님들도 다들 아시다시피 아담이 7차 변이를 이뤄냈지요. 우리는 또다시 새로운 백신을 기다리고 있습니다. 박사님들의 연구가 열악한 환경에서 이루어지고 있다는 것도 압니다. 하지만 박사님들께서는 누구보다도 강한 사명감을 품고 계실 겁니다.]

예!

석화가 어깨를 움찔했다. 저 대각선 방향에 앉아 있는 박사 하나가 감명 깊은 표정을 하고는 고개를 주억거렸다. 석화도 그렇고 이곳에 있는 박사들은 전부 태어날 때부터 레인보우 시티의 시민이었고, 아주 어릴 적부터 레인보우 시티가 얼마나 시민들에게 수혜를 주는 곳인지, 또 얼마나 안전한 곳인지를 귀에 못이 박이도록 학습했다.

그것이 세뇌라는 것을 그들은 알지 못했다. 단지 석화는 애초에 그런 점에는 별생각이 없었기에 사명감 같은 감정도 없었던 것이다. 어쩌면 어머니의 역할이 가장 컸을지도 모른다. 절대 그 무엇을 위해서도 희생하지 말라는 말을 학습 비디오보다 더 많이 들었으니까.

[우리의 적은 아담뿐만이 아닙니다. 호시탐탐 안전한 울타리를 노리는 반군들도 존재합니다. 우리는 그 반군들에게서 시민을 지키는 것을 최우선으로 하고 있습니다. 박사님들께 무수한 지원을 하고 싶으나 상황이 허락되지 않는 점에 깊이 통탄하고 있습니다.]

"울겠네, 아주 울겠어."

김 박사가 저쪽 박사들을 흘끔 보고는 중얼거렸다. 물론 그 말은 석화의 귀에만 들릴 정도로 작았다.

[필요한 물자나 연구에 필요한 지원금이 필요하다면 우리 조언자들에게 전달해주세요. 최우선으로 조달하겠습니다.]

미팅은 예전과 다를 바가 없었다. 퍼스트 마스터나 세컨드 마스터의 응원 녹화가 대부분이었고, 이어지는 건 조언자에게 필요한 것들을 전달하는 순서였다.

"퍼스트 마스터의 전언은 여기까지입니다. 박사님들께서는 필요한 것들을 앞에 놓인 종이에 적어 제출해주세요."

불현듯 석화가 손을 들었다. 석화의 돌발 행동에 김 박사뿐만 아니라 상급자들이 적잖이 놀란 얼굴을 했다.

"뭡니까, 석화 박사?"

"오양석 박사님께서 살아계실 적 연구하던 7차 아담 백신 자료가 희박합니다."

여태 아무 말이 없던 조언자가 앞으로 나섰다.

"희박하다면 그것뿐인 겁니다. 돌아가신 오양석 박사님께서도 이번 변이에 대해서는 고전을 면치 못하셨죠."

석화는 알겠습니다, 하고 조용한 목소리로 대답했다. 석화는 앞에 주어진 종이에 필요한 물자와 금액을 적는 대신, 백신과 함께 치료제 개발을 하겠으니 지원해달라는 글을 적었다.

[석화 박사.]

석화는 쓱 고개를 들었다. 그러고는 자신을 부른 화면 속의 퍼스트 마스터를 바라봤다. 녹화된 비디오가 아니라 어쩐 일로 실시간이었다.

[마음이 많이 안 좋겠지. 우리도 오양석 박사를 죽인 자가 누구인지 알아내려고 백방으로 노력 중이네.]

"예, 마스터."

석화는 딱딱하게 대꾸했다. 퍼스트 마스터는 입술을 끌어올려 인자하게 웃었다. 그러고 보니 향후 1년 뒤에 다시 마스터 투표가 있을 예정이었다. 어쩐지 마지막으로 봤을 때보다 표정이 좀 더 인자하다 했다.

곧 퍼스트 마스터의 얼굴이 떠 있던 화면이 꺼지고, 박사들은 각자 종이를 조언자들에게 제출했다. 조언자들은 한 명씩 박사의 어깨를 두드려주었다. 석화의 차례가 다가오자 조언자가 그의 어깨도 두드렸다.

"석화 박사님. 납치사건 이야기는 저도 들었습니다. 큰일을 겪으셨습니다."

"아닙니다."

석화가 적은 종이를 눈으로 훑은 조언자는 좀 더 진하게 웃었다.

"치료제는 저희도 가장 중요하게 생각하고 있습니다. 얼마든지 지원할 용의도 있고요. 다만 연구에 시간이 너무 오래 걸리고 엄청난 자본이 들어가니 쉽게 진행할 수 없다는 점을 알아주세요."

"알겠습니다."

"제주도에 계신 석화 박사님을 다시 부르신 분이 퍼스트 마스터입니다. 그만큼 기대가 크십니다."

그럼 왜 오양석 박사님이 돌아가시기 전에는 부르지 않았는지 궁금증이 목 끝까지 차올랐으나 석화는 그 질문을 애써 삼켜 넘겼다. 그렇게 되면 필연적으로 납치범이 들려준 오양석 박사의 음성에 대해 언급할 수밖에 없을 것이다.

"예, 그럼 나가보겠습니다."

김 박사는 석화의 뒤에 서 있었는데, 조언자와 육군 대장에게 잘 보이려 온갖 아첨을 떨고 있었다. 이번에 부모님께서 여의도 쉘터와 가까운 그린구역으로 이사를 오고 싶어 한다는 불필요한 개인사까지도 토해냈다.

석화는 주머니에 넣은 돌을 매만지며 밖으로 나왔다. 여기까

지 와서도 의혹은 가시지 않으니 이제 그 의혹을 심어놓은 자를
만나야 했다.

어쩌면 함정일지도 모르지만…….

"자기, 나 보고 싶었어?"

고개를 드니 땅콩을 손으로 튕겨서 입에 쏙 넣는 남자가 보였
다. 은색 견장을 단 곽수환이었다.

"아니요."

석화는 땅콩을 튕겨 먹는 곽수환을 지나쳐 걸었다. 유령처럼
발소리도 없이 멀어지는 석화의 뒷모습을 감상하다가 곧 보폭
을 크게 해 금세 따라잡았다.

"미팅은 잘했고?"

옆으로 다가온 곽수환의 한 손에는 완성된 큐브가 들려 있었
다. 술을 병째로 들이켜던 사람이 하루만 지나면 멀끔해졌다.
생각해보면 술을 마실 때도 만취하는 타입은 아닌 듯했다. 그런
데 곽수환이 술 마시면 개가 된다는 소문은 왜 퍼져 있던 걸까.
어쩌면 제가 아직 그의 술주정을 못 보았을 수도 있지 않을까,
가볍게 생각하고 넘겼다.

연구동으로 돌아가는 엘리베이터 안에서 곽수환이 얼굴을
불쑥 들이댔다. 모양 좋게 올라간 입매가 석화의 눈에 비쳤다.

"이마에 멍은 다 나았네?"

엘리베이터 안에는 거울이 없어 그의 말대로 멀끔해졌는지
알 수가 없기에 석화는 손으로 이마를 문질러봤다.

"아무리 약하다고 해도 너무한 거 아닌가. 뽀뽀 한 번 했다고 멍이 들어."

원래 몸에 멍이 잘 드는 체질이지만, 그 정도 입술 박치기에 멍이 들었다고 보기에는 저도 이상했다. 그러고 보니 그의 입술이 닿은 뒤에 계속 버릇처럼 이마를 문질렀는데, 어쩌면 그 때문에 생긴 게 아닌가 싶었다. 그래도 석화는 별다른 말은 하지 않았다.

"거기에 뽀뽀하면 부러지는 거 아니야?"

아무 반응을 보이지 않던 석화가 그제야 곽수환을 돌아보았다.

"성기는 부러지는 게 아니라 찢어지는 건데요."

"석 박사는 유머를 모르네."

34층에 다다라서야 엘리베이터의 문이 열렸다. 연구동으로 걸어가는데 또다시 곽수환이 뒤를 쫓아왔다.

"쉘터 안에서는 각자 행동하자고 말씀드렸던 것 같은데요."

석화의 앞길을 막고 선 곽수환은, 수작을 부리는 놈팡이처럼 제복 주머니에 손을 넣었다.

"내가 진짜 엄청난 물건을 가져왔는데, 안 궁금해?"

"예."

석화가 그를 비켜 지나려고 했지만 또다시 앞을 막았다. 괜히 사람 기운 빠지게 이럴 거냐는 눈으로 바라보는 때였다.

"이것 봐."

주머니에서 손을 빼낸 곽수환이 내민 것은 커다랗고 단단한

돌이었다. 웬 돌인가 싶어 석화의 눈에도 이채가 서렸는데 그것
도 잠시였다.

"죽이지?"

그가 흔들고 있는 돌은 마치 발기한 남근을 닮아 있었다.

"선물이야."

곽수환이 석화의 손목을 가볍게 낚아채서는 손바닥 위에 올
렸다. 하얀 손으로 잘린 좆을 쥐고 있는 광경은 그로테스크하면
서도 어쩐지 음심을 자극하는 데가 있었다.

석화는 제 손에 얹힌 남근 모양의 돌을 물끄러미 내려다봤다.
더럽다면서 내던지거나 차가운 눈을 들 줄 알았는데 까만 속눈
썹은 한동안 미동이 없었다.

"고맙습니다."

곽수환의 예상과는 다르게 석화는 얇은 코트 주머니에 돌을
넣었다. 그 바람에 주머니로 성기 모양의 음영이 졌다.

"마음에 들어?"

"예."

대체 좆 돌에 어떤 매력이?

곽수환이 물어보려는 것보다 더 먼저 석화가 연구동으로 걸
어갔다.

"석 박사, 보답은 조만간에 해줘."

그의 말을 무시하고는 주머니에 손을 넣어 돌을 매만져봤다.
모양은 좀 그렇지만 부드럽고 매끈한 감촉이 그럴싸한 녀석이

었다. 수백 년, 아니 수천 년 동안 풍화작용을 거쳐 이런 모양이 된 건데 누구를 탓할 수도 없었다. 오히려 모난 곳 없이 섬세하게 굴곡진 것을 보니 대견했다.

[개방합니다.]

석화는 유전자 재조합 장비로 다가갔고, 마무리까지 아직 한참이나 남은 것을 확인했다.

만남까지는 이제 3일 남았는데 곽수환에게 부탁을 해볼까?

그도 오양석 박사의 죽음에 대해 알아보는 임무를 맡았고, 반군인 에덴동산과 접선을 한다고 하면 성과를 올리기 위해 흔쾌히 따라와 줄지도 몰랐다. 서펀트가 체포되든 말든 사실 저와는 하등 상관이 없는 문제였다.

서펀트도 자신과 접선을 하는 데 위험부담이 없을 거라고는 생각하지 않을 테고, 어쩌면 이중함정일 수도 있으니 곽수환을 대동하는 게 가장 좋은 방법일 듯했다.

돌을 줘서 그런 건 아니고.

석화는 괜스레 혼잣말을 중얼거렸다. 여태 돌을 좋아한다고 뭐라고 하는 이들만 있었지 직접 돌을 선물해준 사람은 없었다. 어머니조차도 가뜩이나 힘도 없는 애가 그 무거운 돌을 주워온다면서 핀잔도 종종 주었다. 쉘터에서도 돌을 모으는 저를 곱게 보는 사람은 당연히 없었으니 돌 선물은 태어나서 처음 받아봤다.

석화는 로비의 기둥을 돌아 나와 연구소의 문을 다시 개방했다.

"어? 마중 나오신 거예요?"

보답을 바라던 곽수환은 온데간데없고, 어리둥절해 하는 김 박사만이 보였다.

"들어오세요."

복도의 양옆을 살폈지만 그의 모습은 보이지 않았다. 이야, 우리 석화 박사님이 마중도 나오고 이제 우리 좀 친해진 겁니까? 김 박사가 기분 좋게 웃었다.

"혹시 곽수환 소령님 못 보셨어요?"

"곽 소령이요? 엘리베이터 근처에서 보기는 봤는데 어디를 급하게 가는 것 같던데요."

"그렇군요."

"씨발, 엘리베이터 터지겠네."

갑작스러운 욕설에 석화는 고개를 살짝 기울였다.

"엘리베이터를 타려고 했던 것 같은데 사람이 워낙 만선이라 그런지 그냥 계단 쪽으로 가더라고요. 엘리베이터 탄 사람들 들으라고 그렇게 욕하던데요. 하여간, 쯧쯧."

"사람이 많아도 엘리베이터는 안 터지는데요."

이래서 내가 석 박사랑 대화가 안 된다니까, 속으로만 구시렁 거린 김 박사가 쓰게 웃었다.

"그건 곽 소령에게 말하세요."

"그럴게요."

석화는 저벅저벅 저의 자리로 향했다. 주머니의 돌을 꺼내 책상에 올려둔 순간 김 박사만이 경악스러움을 감추지 못했다.

◆ ◆ ◆

쉘터에서 따로 다니자고 말한 게 화근이었을까, 하루가 넘도록 곽수환을 볼 수가 없었다.

석화가 그의 방 벨을 눌러보기도 했는데 아무 소식이 없었다. 새벽녘에는 돌아오지 않았을까 싶었지만, 지금도 허탕을 치고 돌아가는 길이었다. 이왕 나온 김에 바람이라도 쐴 겸 석화는 빌딩의 옥상으로 향했다. 꼭대기에는 적의 헬기나 유도탄 미사일을 격추시키는 방공포가 있었지만 지금은 거의 사용되지 않았다. 석화는 전부터 그곳에 서서 바람을 맞는 것을 즐겼다.

"기찻길 옆 오막살이. 아기, 아기 잘도 잔다."

석화가 놀란 동공만 굴려 음산한 소리에 귀를 기울였다.

"치익, 포."

동요가 이렇게 음산할 수 있다니 열이 삽시간에 식어버릴 정도였다.

"칙칙 폭폭, 칙칙 폭폭."

도로 내려가려고 발을 물렸는데 철문이 이미 닫힌 터라 어깨를 쿵 부딪혀버렸다. 그러자 노랫소리도 일시에 끊겼다.

"누구?"

옥상의 꺾인 코너에서 제복을 입은 누군가가 모습을 드러냈다. 달빛에 드러난 얼굴을 보고 나서야 석화는 자신이 아는 사람인 것을 깨달았다.

"······양상훈 소령님?"

"어? 석화 박사님? 옥상에는 어쩐 일이세요?"

"더워서요."

"예? 오늘 날씨 영하 7도인데요?"

저는 제복을 입고 있어도 춥다면서 입김을 뱉다가 곧 멋쩍게 웃었다.

"좀 창피하네요. 혼자 노래 부르는 걸 들키니까."

밤에 듣기는 음산했지만 노래 실력은 나쁘지 않았다.

"박사님은 돌 좋아하시죠? 전 열차 좋아하거든요. 나중에 은퇴하면 열차에서 살 거예요."

"열차요?"

"제 동생 소원이 열차 타보는 거라고 했거든요. 어차피 버려진 열차도 많을 텐데 아무데나 들어가서 수리하고 살면 그만이잖아요. 여기서 힘 더 길러서 열차에 쇠사슬 묶어서 끌어볼까 해요."

양상훈이 수레를 끄는 소처럼 열차를 끄는 모습이 상상됐다.

"힘내세요."

"하하, 농담이고요. 저 슬슬 내려가 볼 건데 같이 가실래요?"

"저는 조금만 더 있을게요."

"추우니까 적당히 계세요."

양상훈이 다시 노래를 흥얼거리면서 석화를 비켜 지나갔다.

"저기."

"예?"

"곽수환 소령님 많이 바쁘신가요?"

"곽수환이요?"

석화는 눈으로만 그렇다고 대답했다.

"그 새끼가 바쁘긴 뭘 바빠요. 바쁜 척하는 거지. 안 그래도 제 방에 있던 술도 몰래 가져가는 바람에 제대로 열받았거든요."

그럼 지금 어디선가 술을 마시고 있다는 이야기인가?

"아, 듣기로는 에덴동산 본거지 찾아내서 처리하러 갔다고는 했어요."

깜빡깜빡, 석화가 웬일로 눈을 빠르게 감았다가 떴다.

"본거지요?"

"근데 아마 본거지는 아닐걸요. 나간 현장이 13레드구역이라고 하니까요. 설마 놈들이 레인보우 시티 내에 본거지를 차렸겠어요?"

"그럼 언제 돌아오는지는……."

"박사님, 설마 그 소문이 진짜예요? 곽수환이랑 그렇고 그런 사이가 됐다는 게?"

갑자기 무슨 말인가 싶었다. 저는 그냥 곽수환이 언제 돌아오는지 물어본 것뿐이고, 에덴동산의 본거지가 13레드구역이라고 하니 놀라 파고든 것뿐이었다.

석화가 뭐라고 말을 꺼내려는 찰나였다. 잠시만요, 손을 들어 보인 양상훈이 제복 안쪽에서 울리는 무전기를 꺼내 들었다.

"불패소대 양상훈 소령이다."

지직거리는 잡음이 섞여들더니 무전기의 스피커를 통해 목소리가 새어나왔다.

'양상훈인지 누가 몰라, 새끼야. 1층으로 내려와.'

"1층?"

'1층.'

"어어, 알았어."

무전기를 다시 제복 안쪽에 꽂아 넣은 양상훈이 석화를 향해 입을 열었다.

"곽 소령 지금 돌아왔나 보네요. 볼일 있으시면 같이 내려가 실래요?"

"……아뇨. 바쁘실 테니 제가 찾았다고만 전해주세요."

"그럴게요."

양상훈은 조금만 늦었다가는 그 새끼가 지랄을 해댈 게 분명 하다면서 서둘러 엘리베이터로 달려 나갔다.

석화는 주머니에 넣어두었던 종이를 꺼냈다. 흐릿한 달빛에 적힌 글은 선명하게 보이지 않았지만, 한번 봤던 내용이라 곱씹 는 것은 어렵지 않았다.

1급 기밀

오양석 박사에게는 치매 증상이 있었다. 자신의 아들(오청운)을 인체 실험 대상으로 삼았고, 치료제를 만든다는 이유로 지원금을 횡령해 반군의 자금책이 된 것으로 추정 중. 오양석 박사를 살해한 인물은 오리무중. 다만 사건 전날, 쉘터에 등록되지 않은, 현재 용의자로 추정되는 인물이 들어와 하루 동안 쉘터에서 지낸 것이 여러 곳에서 포착됨. 연구동에서 치료제를 개발한다는 이유로 받아간 지원금은 백신 개발비용의 50배. 그런데도 이렇다 할 뚜렷한 결과가 없기에 마스터들도 쉽게 지원 허가를 다시 내리기가 힘듦.

조언자가 제주도로 내려가기 전, 저에게 건네고 간 자료였다.

'석 박사, 우리 사정도 알아줬으면 해요. 우리에게는 지켜야 할 시민들이 있고, 그들은 결과가 쉽게 나오지 않는 연구에 지원하는 일에는 반감을 갖고 있습니다. 멀리 갈 필요도 없이 천연두를 보세요. 지금 우리에게는 그만한 자금력이 존재하지 않아요.'

14세기 당시 세계 인구의 5분의 1을 죽게 만든 병은 천연두였는데, 그 병은 기원전부터 존재하던 바이러스였다. 19세기에 와서야 우두법이 발견됐지만 실제로 백신이 대량 생산된 것은 그보다 한참 뒤였다. 천연두가 완전히 박멸된 건 우두법이 나오고 200년이 지난 후였고, 정교한 백신을 만들기 위해 들어간 금액은 어마어마했으니 조언자가 크게 틀린 말을 한 것은 아니었다.

석화는 종이를 다시 곱게 접어 주머니에 넣었다.

열이 내린 석화는 더 이상 옥상에 있지 않고 발걸음을 틀었다.

◆ ◆ ◆

곽수환은 꼼짝도 못 하도록 포박한 남자를 1층 로비 한쪽에 밀어 넣었다. 어찌나 독한 새끼인지 저에게 잡히자마자 혀를 깨무는 것을 간신히 주먹을 날려 막아낼 수 있었다. 재갈을 문 채 피를 질질 흘리고 있는 놈이 지금도 어떻게든 혀를 깨물려고 용을 쓰는 게 보였다.

"곽 소령, 저 새끼는 뭐야?"

양상훈이 찬 기운을 풀풀 풍기면서 다가왔다.

"뭐긴 뭐야, 자칭 에덴동산 신도지."

"뭐?"

곽수환이 무릎을 꿇려놓은 놈을 발로 툭 건드렸다. 마치 아담처럼 핏발 선 눈을 하고는 발광을 하려 했지만, 버둥거리는 꼴밖에 되지 않았다.

"이거 헌병대에 넘겨봐야 반병신 될 테니까 양 소령 네가 좀 맡아봐."

"내가 왜!"

양상훈이 짜증스러운 기색을 보였다.

"너도 레인보우 시티 밖에서 왔으니까? 동병상련이나 느끼면서 이놈 갱생이나 시키라고. 나름 쓸 만한 것 같은데 이상한 쪽으로 세뇌당한 모양이더라고. 동생 하나 생겼다 생각해."

곽수환이 양상훈의 옆으로 다가가서는 어깨를 툭 두드렸다.

"저거 A급 이상이야. 봐서 안 되겠다 싶으면 헌병대에 넘겨버려."

얼굴이 여기저기 터져 있고 덩치는 산만 했지만, 풍겨오는 분위기가 아직 어린 녀석 같았다. 많이 쳐줘봐야 열여섯 살이나 되었을까 싶었다.

"에덴동산 신도라며. 바로 헌병대에 넘겨야 하지 않아?"

"저놈 자기가 에덴동산 신도라고 굳게 믿고 있는 것 같은데, 에덴동산을 사칭하는 놈들에게 이용당한 것 같아."

13레드구역으로 가서 먹을 것과 약을 털어오라는 교주의 지시를 받고 잠입한 거라 했다. 곽수환도 13레드구역에서 에덴동산 신도가 잡혔다는 무전을 받고 바로 달려 나갔지만, 보자마자 반군의 사칭인 것을 알아차렸다. 진짜 에덴동산이라면 저런 소년을 상대로 허술한 짓은 시키지 않았을 테니까.

"대체 왜 반군을 사칭하는 놈들이 있는 거냐."

"남 말은 말지. 너도 반군 사칭했던 놈들한테 이용당했으면서?"

양상훈이 그 이야기는 꺼내지도 말라며 인상을 구겼다.

레인보우 시티의 시민이 아닌 자들은 각자 부락을 형성하기도 했는데, 자급자족만으로는 살아남기 힘들었다. 그렇기에 각지에서 생긴 신흥 종교에 귀의하는 자들도 수많았다. 혼자보다는 둘이 낫고, 한 가족보다는 공동체가 더 안전했기 때문이었다.

종교를 앞세워 교주라는 자들이 사리사욕을 채우는 경우도 왕왕 있었기에 어린 녀석들이 착취당하는 일도 잦았다. 그뿐만이 아니라 에덴동산처럼 규모가 큰 반군을 사칭해서 사람들에게 사기를 치는 놈들도 더러 있었다.

"먹을 거 실컷 먹이고 잘 회유해봐. 어차피 받아줄지 안 받아줄지는 학습센터에서 결정할 테니까."

"그런 놈이 애를 떡을 만들어놔."

"내가 한 건 턱 날린 것밖에 없거든."

"애 꼴을 봐라. 턱 돌아간 게 제일 커, 새끼야."

이런 건 꼭 내 몫이지, 양상훈이 투덜거리면서도 소년을 부축해 일으켰다. 상처 난 야생동물처럼 발광하는 소년을 어깨에 들쳐 메는 것으로 제압했다.

"아, 맞다. 석화 박사님이 너 찾더라."

"왜 저러나 했더니."

곽수환이 픽 웃었다.

"뭐?"

"가기나 해."

불패소대실로 향하는 둘을 보던 곽수환이 장갑을 뒤집어 벗어 내렸다. 아까부터 시선이 느껴진다 싶더라니, 기둥 뒤에서 누군가가 저희를 지켜보고 있었다.

두 손으로 뭔가를 꼭 쥐고 있는 석화였다. 경계심 어린 눈으로 쳐다보는 석화를 향해 손을 들자, 빙글 돌아서 안쪽으로 사라지려고 하고 있었다. 소리 내서 석 박사, 불러볼까 했지만 어차피 그 걸음으로 가봐야 저가 따라잡는 건 금방이다.

곽수환은 벗은 장갑을 제복 주머니에 구겨 넣고 성큼성큼 석화의 뒤를 밟았다.

"여기서 뭐 해?"

곧 따라잡힌 석화는 발걸음을 조금 늦췄다. 손에 쥐고 있던 건 곽수환이 선물해준 남근석이었다.

사람들이 어떻게 볼 줄도 모르고 저렇게 대놓고 다니니, 곽수환은 어쩐지 석화가 위험한 인물이라는 생각을 지울 수가 없었다. 성욕 억제제를 맞아도 혈기왕성한 군인들이 얼마나 많은데 저 꼴을 보면 남색에 관심 있는 놈들이 달려들지도 몰랐다.

"밖에 너무 들고 다니지 마."

주머니에 넣으라면서 눈짓으로 코트 밑을 가리켰다.

"넣고 다니기에는 무거워서요."

"그럼 방에다 장식해두든지."

"감촉이 좋아요."

허, 하는 헛바람이 목구멍에서 새어 나왔다.

"난 왜 찾았어?"

"에덴동산……. 체포한 거예요?"

"내가 전에 말했을 텐데. 박사님은 연구에나 매진하시라고."

곽수환은 석화의 어깨에 팔을 올렸다. 괜히 로비에서 저희들의 대화를 누군가가 엿들어서 좋을 게 없었다. 수작을 부리는 놈처럼 석화에게 치대면서 엘리베이터로 이끌었다. 누가 연구원 아니랄까 봐 한번 관심 가진 이상 정답을 얻을 때까지는 멈추지 않을 성싶었다.

"아까 다친 사람이 많이 어린 것 같던데."

"에덴동산은 아니고, 사칭하는 놈들한테 이용당한 불쌍한 양."

"사람이던데요. 그리고 엘리베이터는 사람이 많아도 안 터집니다."

앞말은 이해를 했는데, 뒷말은 도통 알아듣기 힘들었다.

"왜 찾았어? 나 이제 술 마시러 갈 건데."

엘리베이터를 기다리는 동안 석화가 발꿈치를 올려 곽수환의 귓가에 입술을 가져다댔다.

제가 먼저 들이대는 건 익숙한데 석화가 이렇게 나오니 곽수환은 당황을 감출 수가 없었다. 자신도 모르게 얼굴을 옆으로 뺐더니 다시 석화가 따라왔다.

"뭐 하는 거야."

"귓속말하려고요."

무덤덤하게 대꾸하는데 당황스러워도 이건 너무 당황스러웠다. 그 남근석이 그렇게 마음에 든 건가? 물론 누가 손으로 깎아 만든 것보다도 더 정교한 생김새이긴 했지. 설마 돌 선물을 해 줬다고 살갑게 구는 건 아닐 테고.

어디 해보라는 듯이 이번에는 가만히 있자 도톰한 입술이 귀에 슬쩍슬쩍 닿으며 움직이기 시작했다.

마더가 없는 곳이 있나요?

사람 성감대를 자극하듯이 입술을 놀렸지만 실제 튀어나온 말은 색기가 없었다. 마더가 없는 곳이라는 건 감시카메라가 돌아가지 않는 사각지대를 뜻했다.

"그런 데가 어디 있어."

[개방합니다.]

엘리베이터의 문이 열렸는데 석화는 발을 움직일 생각을 하지 않았다. 곽수환이 힘으로 안에 들여놓을 수 있었지만, 그는 어깨를 두른 팔을 떼어냈다.

"지금 몇 시지?"

"새벽 1시 조금 넘었어요."

석화보고 들으라는 듯이 한숨을 내쉰 곽수환이 길을 다시 되돌아가기 시작했다. 석화가 우두커니 서서 뒷모습만 바라보자 곽수환이 소리 내 말했다.

"뭐 해, 심야 데이트 가자."

◆ ◆ ◆

곽수환이 《그 녀석과 나의 사랑법》에서 본 첫 데이트 장소는 시내의 레스토랑이었다. 곽수환과 석화는 낡고 동그란 테이블 하나를 사이에 두고 서로를 멀뚱히 바라봤다.

휘이잉, 깨진 창문을 타고 겨울바람이 들어왔고 서로의 입에서도 하얀 김이 부서졌다. 레스토랑이라고 쓰여 있는 간판은 저번 여름에 닥쳐온 태풍에 절반이 날아가버린 뒤였다.

"그럼 석화 씨, 뭐 드실래요."

곽수환이 눈에 보이지 않는 메뉴판을 뒤적거리는 시늉을 했다. 그러더니 손을 들고는 허공을 향해 말했다.

"아, 지배인 왔어요?"

석화는 지금 이 군인이 대체 뭘 하고 있는 건가, 뚱하게 쳐다봤다.

"지배인이 추천하는 메뉴로 부탁해요. 와인은 보르도산으로 가져다줘요."

시종일관 진지한 표정이던 곽수환은 순간 저도 웃음을 참지 못하고 하하, 소리를 내뱉었다. 입을 벌린 석화의 멍한 표정이 가관이기 때문이었다.

그의 입가로 하얀 입김이 시원하게 흩어졌다.

"방금 뭐 한 겁니까?"

"돈 많은 사업가 흉내? 나중에 봐봐.《그 녀석과 나의 사랑법》에 나와."

곽수환이 자리에서 일어나더니 폐허가 되다시피 한 레스토랑 내부를 둘러보고, 칵테일을 주조하던 바로 향했다. 빈병들과 깨진 유리잔이 바닥과 바에 가득했다. 보통 아담이 쓸고 간 지역은 소독과 방역을 마친 뒤 재정비를 했는데, 이곳처럼 아직 정리가 되지 않은 장소도 존재했다.

곽수환은 끝이 뾰족뾰족하게 부러진 와인잔 두 개를 가져와서 각자의 앞에 놓았다.

"그럼 데이트를 시작해볼까?"

"차에서 이야기하면 안 됩니까?"

석화는 얇은 코트 하나만 걸치고 있었다. 몸에 열이 많아도 오랜 시간 추위에 노출되어 있으면 석화도 똑같이 추위를 타는 했다. 곽수환은 제 코트를 벗어서 석화에게 내밀었다. 빈말이라도 사양할 만한데 석화는 냉큼 건네받았다. 행여 몸에 열도 높은데 감기라도 걸리면 황천길을 다녀올 수도 있기 때문이었다.

제복 코트가 어찌나 무거운지 몸에 끼워 맞추니 갑옷을 두른 기분이었다. 석화는 안쪽 주머니에 손을 넣고 종이를 만지작거렸다.

"단도직입적으로 말하겠습니다."

"그래, 무슨 말 하려는지 나도 알 것 같아."

곽수환이 테이블 위에 두 손을 깍지 껴서 올렸다. 자못 심각한 얼굴에 석화는 혹시 곽수환이 자신이 숨긴 사실을 알게 된 건 아닐까 짐작했다.

"……아십니까?"

"응."

"먼저 말씀해보세요."

"아니, 석 박사부터 말해."

곽수환이 쓸쓸하게 웃었다. 석화가 한동안 말없이 입김만 내뱉었다. 말을 해야 할 것을 머릿속으로 차분하게 정리하고 입을 열려는 때, 기다리던 곽수환도 참지 못하고 말을 시작했다.

"오양석 박사님께서 치매라고 하셨는데 저는……."

"어머니도 반대하시는데 우리 결혼은 이른 것 같지 않아?"

"……."

거의 동시에 말하는 바람에 석화가 먼저 입을 다물었다.

"지금 뭐 하시는 겁니까?"

석화는 적잖은 짜증을 담았다. 곽수환도 더는 소설의 역할극을 그만두겠다면서 깍지 낀 손을 풀었다. 그러고는 웃는 낯을 싹 지우고 석화를 응시했다.

"내가 분명 말했을 거야. 관심 갖지 말라고. 이득 될 것도 하나 없는데 왜 자꾸 가시밭길을 향해 가."

"전에 오 박사님과 술친구라고 하셨죠?"

"그 논리대로 따지면 석 박사도 내 친구지. 우리도 같이 마신 적 있잖아?"

술 마셨다고 다 친구는 아니지, 라는 듯 내뱉었다. 납치사건 이후로 그간 하루에도 많은 시간을 할애해 생각을 해왔다. 곽수환의 말대로 전처럼 연구동에서 연구나 하고 돌이나 만지작거리기에는 너무 많은 강을 건너왔다.

"납치범에게 납치를 당하지 않았다면, 곽 소령님 말씀대로 의문을 가지지 않았을 겁니다."

일을 제대로 하지 못한 게 누군데 그러느냐는 이야기는 아니었다. 그날의 사고는 누가 왔어도 막기는 힘들었을 것이다.

"그런데 잠이 잘 안 와요. 오양석 박사님의 마지막 말이 계속 머리에 맴돌고요. 곽수환 소령님."

말을 하다 말고 찬바람이 안쪽으로 파고들자 코트를 단단히 여몄다.

"납치범이 제게 오양석 박사님의 마지막 음성을 들려줬다고 했었죠."

"총성 때문에 끝까지 못 들었다면서."

"뇌진탕 때문에 기억에 혼선이 왔다고도 했죠. 이제 제대로 기억이 났습니다."

석화의 거짓말에도 곽수환은 여전히 아무런 표정이 없었다.

"박사님은 7차까지 변이된 바이러스에 의문을 가졌고, 치료제를 만드는 일에는 상부가 소극적이라고도 하셨죠."

곽수환은 손으로 오케이 표시를 만들었다.

"돈 때문이지."

"압니다, 그건 저도. 그런데……."

석화는 여기서 돌을 한번 던져보기로 했다. 파문이 얼마나 일지는 모르겠지만.

"헌병대가 유추하기로는 오양석 박사님의 사망 추정 시각은 새벽 5시, 그 총성을 끝으로 박사님의 말이 끊겼으니 녹음 당시에 총격을 당하신 거겠죠."

"그거야 그렇겠지?"

"인류의 보존, 인류의 새로운 번영, 그것이 우리의 사명입니다. 그 최전방에 선 레인보우 시티, 우리는 레인보우 시티의 시민입니다."

석화는 외우고 있는 정규방송을 읊었다. 곽수환도 석화가 이유 없이 이 말을 꺼냈다고 보지는 않았다.

"총성이 들리기 전에 나온 방송입니다. 그렇다면 박사님이 저격당한 건 정오나 오후 6시, 아닙니까?"

"그러니까 석 박사가 들은 오양석의 전언은, 바이러스 변이와 치료제 개발에 대해 레인보우 시티를 의심하는 내용이고, 그 말을 하던 중에 총격을 받고 사망했다, 이 말이네."

"정확합니다."

"그 영감 치매 맞네."

석화와 곽수환은 서로 시선을 피하지 않았다.

"게다가 에덴동산하고 손을 잡은 반군이지."

시로의 입에서 나오는 하얀 입김은 한데 뒤엉키지 못하고 테이블의 중간에서 사라졌다.

"석 박사."

낮게 부르니 석화는 제가 실수를 한 건가 재고해봐야 했다. 곽수환은 군인이니 이런 말을 한 저를 헌병대에 넘길 가능성도 없지는 않았다. 그러나 자신도 한 가지 방패를 깔아놓기는 했다. 뇌진탕 이후로 기억이 이제야 제자리를 찾았다고.

"그걸 들려준 에덴동산이 짜깁기를 한 거라는 생각은 안 해?"

"그 가능성도 생각해봤지만 희박할 겁니다. 분명 오양석 박사님께서 정규방송이 끝난 뒤에 바로 말씀하셨거든요. '저 소리가 들리는가?'라고요."

석화는 평소보다 말을 많이 했기 때문에 조금 숨이 차는 것을 느꼈다. 그러나 삼시세끼 쉘터 내에서 잘 챙겨 먹은 덕에 제주도에 혼자 있을 때보다 건강 상태는 좀 더 나아진 편이었다.

"곽수환 소령님께서 오양석 박사를 죽인 용의자를 쫓고 계신다면서요. 애초에 사망 추정 시각이 다른데요."

"말대로 오후 6시에 저격을 당했다고 치자, 피를 흘리다가 새벽 5시에 죽었을 수도 있지."

"불가능한 걸 아시지 않습니까?"

정오나 오후 6시에 저격을 당해서 기둥 앞에 쓰러져 있었다면, 누군가가 오양석을 발견하지 못했을 리가 없었다.

"그래서, 지금 데이트까지 나와서 이런 말을 하는 저의가 뭐야. 날 잡아가 주쇼, 하는 건 아닐 거 아니야."

"소령님도 잘 아시니까 절 헌병대에서 구해준 거 아닙니까? 저에게 반군 성향은 없습니다. 오양석 박사님이 왜 돌아가셨나, 그 이유가 궁금할 뿐이죠."

석화의 입에서 입김이 좀 더 빠르고 가느다랗게 새어나오기 시작했다. 저렇게 숨을 몰아쉬다가는 깨진 와인에 얼굴을 박을 것만 같았다.

"일단 차로 돌아가자."

그러다가 또 쓰러지겠네. 곽수환이 자리에서 일어나 석화를 부축했다. 그 정도는 아니라는 듯 석화는 손을 내저었다. 스스로 일어나서 아직 시동이 걸려 있는 그의 지프로 걸었다. 제복 코트를 벗어 그에게 건네고 조수석에 풀쩍 올라탔다. 그사이 손이 얼어버렸는지 히터의 온기가 부딪혀와도 얼얼한 감각만 남아버렸다.

곧바로 지프를 타고 나온 터라 먹을거리나 마실 만한 생수가 없었다. 보닛을 돌아 운전석으로 온 곽수환이 그걸 아는지 뒷자리로 손을 뻗어 뭔가를 가져왔다. 하얀 달걀이었다.

"물은 보조서랍 안에 있어."

건네받은 것을 흔들어봤는데 날달걀인 줄 알았더니 익힌 달걀이었다.

톡톡, 석화는 조수석 창문에 달걀을 두드린 뒤 껍데기를 벗겨냈다. 소금도 없이 밍밍한 것을 꾸역꾸역 입에 넣는 석화를 보며 곽수환은 참을성 있게 기다렸다. 약해 빠져서 먹는 건 또 오죽 잘 챙겨 먹는다. 어쩌면 그마저도 살기 위한 방편일 수도 있겠지. 생각해보면 석화의 연비는 언제나 최악이었다.

"갈색 닭은 갈색 알을 낳고, 흰 닭은 흰 알을 낳아요."

실컷 달걀을 먹고 나서 하는 소리가 저거였다.

"그럼 지금 석 박사가 먹은 건 흰 닭이 낳은 거겠네."

"그렇죠. 그러니까 박사님이 돌아가시게 된 이유도 투명해야 해요."

석화는 가장 중요한 말을 꺼내기 위해 퍽퍽한 노른자를 꿀꺽 삼켰다. 그러고는 생수로 막힌 목을 뚫었다. 곽수환이 손을 내밀었기에 생수통을 그에게 건넸다.

"서펀트가…… 이틀 뒤 오양석 박사님의 자택에서 만나자고 했어요."

콰직, 생수통을 들고 있던 그의 손에서 파열음이 났다.

"그것도 뇌진탕 때문에 잊고 계시던 건가요, 박사님?"

"예."

"기절하는 척도 잘하고 거짓말도 잘하고, 그렇게 안 봤는데 대단하네."

"태어나서 기절한 척한 건 그때가 처음이었고, 거짓말도 몇 번 안 해 봤는데요. 그리고 혼자서 몰래 다녀올 수 있는데도 소령님께 말씀을 드린 건 제가 반군이 아니기 때문이죠."

"상부에는 어떻게 보고할까 싶어. 석 박사가 말을 번복했다고 하기에는 위험 부담이 너무 큰데."

"승전고를 울리세요."

"뭐?"

"곽수환 소령님이 서펀트를 잡아오면 그만 아닙니까."

아니면 자신 없어요? 라는 시선으로 되묻고 있었다.

곽수환은 석화의 입술이 닿았던 생수통 입구를 제 입술로 먹어 치웠다. 물을 한 모금 들이켜더니 축축한 입술을 하고 웃었다.

"이야, 엘리트 출신이라 그런지 박사님 무섭네. 만약에 내가 서펀트를 잡아오면 중령으로 진급하는 건가?"

"그거야 모르죠."

"어쩌면 다이렉트로 대령이 될 수도 있겠네."

설마 그 정도로 파격적인 인사를 해줄까 싶었다.

"서펀트라면, 에덴동산 장로 중 한 명이거든."

대체로 그렇게 알려져 있지. 곽수환이 다시금 생수를 벌컥 들이켰다.

◆ ◆ ◆

"아침 먹고 땡, 점심 먹고 땡, 창문을 열어보니 비가 오더래. 지렁이 세 마리가 기어가더래. 아이고, 무서워라, 해골바가지."

양상훈이 노래를 부르며 순차적으로 해골 그림을 완성시키고는 앞의 녀석을 봤다.

"애가 아니라 이런 거는 별로 안 좋아하나? 내 동생은 되게 좋아했거든."

혀에 깊숙한 상처가 남았는데도 소년이 하루 동안 해치운 음식은 소시지 2킬로그램, 소보로 네 개, 식당에서 밥과 반찬을 가져온 횟수는 총 일곱 번이었다. 아담 같던 안광도 처음보다는 얌전해졌고, 배부르게 먹여놓으니 경계심도 적당히 풀어져 있었다.

"너 몇 살이야?"

"몰라."

"누가 곽수환이 잡아온 놈 아니랄까 봐 반말이야. 너 헌병대에 끌려가면 꽉 죽는 수가 있어. 그냥 여기서 말 잘 들으면 먹을 것도 많이 먹을 수 있어."

"변절자."

"내가?"

양상훈이 검지로 제 자신을 가리켰다.

"그래! 날 배부르게 살찌운 다음에 인체실험을 하려고 하지? 내가 모를 줄 알아? 너희가 인체실험하려고 잡아간 사람만 해도 내가 몇이나 알아!"

"그럴 수도 있겠지."

펜을 쥐고 해골을 하나 더 그린 양상훈이 대수롭지 않게 대꾸했다.

"뭐?"

"인체실험 같은 건 모르겠고, 이거 하나는 알아. 제대로 된 어른이라면 너 같은 아이에게 위험한 레드구역에 들어가서 먹을 걸 가져오라는 말은 하지 않겠지."

"……."

소년이 눈꺼풀을 파르르 떨었다.

"아니야! 장로님이 날 얼마나 아끼는데!"

"그래그래, 그럼 그냥 헌병대에 넘긴다."

부대실 밖으로 나가려는 시늉을 하자, 소년이 다급하게 목소리를 키웠다.

"허, 헌병대에 넘어가면!"

"넘어가면?"

"진짜로 내 몸을 가지고 실험을 해? 듣기로는…… 바이러스 같은 걸 주입해서 고통스럽게 죽는다고 했어. 그래서 그럴 바에는……."

"혀를 깨물려고 했다고."

소년은 부정하지 않았다. 양상훈은 아직도 손이 뒤로 포박된 소년에게로 가서 어깨에 손을 올렸다. 소년은 흠칫하고 몸을 떨었다.

"이름 모를 소년, 믿든 안 믿든 자유지만 나도 레인보우 시티 밖에서 왔어. 지금의 소년처럼 나쁜 감정을 가지고 있었지만, 운 좋게 육군에 자원할 수 있었고, 보아하니 열여섯이나 열일곱 정도 된 것 같은데 너 정도 실력자면 레인보우 시티에서도 거둬 줄 거야. 우리가 하는 일은……."

"죄 없는 사람들 잡아다가 죽이는 거잖아! 누가 모를 줄 알아?!"

"그랬으면 너도 이미 죽지 않았을까?"

"그건."

소년은 논리에 부딪히고 있었다.

"너한테서 알아낼 것도 없고, 알아내고 싶은 것도 없어. 그리고 넌 네가 에덴동산 신도라고 하는데 우리가 그간 지켜봐 온 결과 걔들은 너 같은 애들을 내세운 적도 없고, 이렇게 허술하게 굴지도 않아. 널 예뻐한다는 장로가 대체 누구인데."

"장로님은 나보고 에덴동산으로 들어갈 수 있는 선택받은 아이라고 했어. 꼭 그렇게 될 거야."

"소년, 에덴동산 같은 건 없어. 우리는 죄 없는 사람 잡아다가 죽이는 게 아니라, 죄 없는 사람들이 안전하게 살 수 있게끔 아담을 죽일 뿐이야. 먹을거나 좀 더 가져다줄까?"

양상훈은 대답이 없는 것을 긍정으로 받아들였다.

"음식이나 배부르게 실컷 먹으면서 생각해봐. 소년, 나는 소년같이 기개가 좋은 친구를 좋아하지. 곽 소령도 그래서 소년을 내게 맡겼을 거야."

양상훈도 저 소년이 과거의 제 모습과 크게 다르지 않기 때문이라는 것을 안다. 물론 소년을 두고 나가기 전에 수갑과 벽에 박아놓은 쇠사슬과 고정 고리를 점검했다.

양상훈이 나가고 부대실에 혼자 남겨진 소년은 불안한 듯 숨을 거칠게 몰아쉬기 시작했다. 양상훈은 부대실 내부에 설치되어 있는 카메라로 소년을 지켜봤다. 간간이 흐느끼는 듯도 하고 고통스러워하는 것도 같았다. 그래도 학습센터에 들어가 제대로 된 교육을 받는다면 언젠가 군인으로서 만날 수 있지 않을까 하고 바랐다. 오래전의 자신이 그랬던 것처럼.

◆ ◆ ◆

20세기 가장 위대한 발견이라 여겨지는 페니실린은 우연을 통해 세상에 드러났다.

미생물학자인 플레밍은 포도상구균을 배양하고 한동안 방치했다가 확인하는데, 곰팡이 하나가 포도상구균을 전부 먹어치운 것을 알게 된다. 그게 바로 푸른곰팡이였고, 거기서 추출한 것이 페니실린이었다.

페니실린은 세균의 세포벽을 합성하는 효소를 없애는 역할을 했으며, 다행히 동물세포에는 세포벽이 없기에 페니실린을 투여해도 아무런 문제가 생기지 않았다. 한마디로 페니실린은 미생물 박테리아를 죽일 수 있는 꿈의 치료제라고 불렸다.

물론 페니실린도 대량 공급되기까지 엄청난 자본과 시간이 걸렸고, 이후로는 페니실린에 내성이 있는 베타-락타메이스라는 박테리아도 나타났다. 그에 연구자들은 페니실린의 화학적 구조를 변경했지만, 페니실린이 전혀 듣지 않는 돌연변이 황색 포도구균까지 출현했다. 현재 아담 바이러스도 비슷한 양상으로 변이를 거듭해 여기까지 온 것이다.

석화는 오양석 박사가 말한 그 치료제라는 것에 대한 정보가 거의 없다시피 했다. 분명 저와 이야기를 나눴다고 했는데, 실제로 배양을 하거나 직접 실험을 한 적은 드물었다. 그리고 의견을 나누는 일마저도 전부 수포로 돌아갔었다.

석화는 우주인처럼 우주복과 비슷한 생김새의 방독옷을 입고 있었다. 안전을 기하기 위함이지만, 움직이기는 여간 불편한 게 아니었다.

배양기 안으로 손을 넣어 아담 바이러스에서 추출한 단백질에 포유류·조류의 병원균인 마이코플라스마, 그리고 조류인플루엔자Avian flu를 배양해봤다. 조류들이 아담 바이러스에 감염되지 않기에 여러 가설을 세워 실험했으나 이 또한 여태 성공한 적은 없었다.

석화는 뒤뚱뒤뚱한 걸음으로 방역실에서 옷을 벗고는 온몸을 다시 소독했다.

[개방합니다.]

안쪽에서 두 개의 문을 거쳐 나오니, 로비 옆 일반 연구실에 김 박사가 보였다.

"뭐 하세요?"

김 박사는 1급 실험실 안쪽에 석화가 있는지 몰랐던 듯 소스라치게 몸을 울렸다.

"어휴, 놀래라. 사람이 왜 이렇게 인기척이 없어요."

저는 그냥 걸어 나온 것뿐인데 과도하게 놀라는 김 박사 때문에 마치 큰 죄를 지은 것만 같았다. 별말을 않은 석화는 김 박사를 그냥 스쳐 지나갔다.

"식사는 하셨어요?"

"지금 하러 가려고요."

먼저 물어온 사람이 김 박사였지만, 석화는 오랜만에 사회성을 발휘해봤다.

"김 박사님도 안 하셨으면 같이 하실래요?"

"아직은 배가 덜 고파서요, 하하. 전 괜찮아요."

"예."

석화는 김 박사의 거절에 괜한 짓을 했다며 연구동을 걸어 나갔다.

앞에서 곽수환이 기다릴 줄 알았는데, 복도 어디에도 보이지 않았다. 한가한 사람은 아니니까. 석화는 그럼에도 식당이 아닌 곽수환의 숙소로 향했다. 그의 방문 앞에서 벨을 눌러봤지만 답이 없었다. 당연히 없겠지 싶어 뒤를 돌았을 때였다. 곽수환의 방문이 벌컥 열렸다.

"어쩐 일이야?"

그는 상체를 탈의한 채로 바지만 걸치고 있었다. 갓 샤워를 했는지 머리카락도 적당히 젖어 있었다. 툭, 단단한 근육의 굴곡을 타고 물방울이 흘러내리니 석화는 순간 제 몸을 쓱 내려다봤다. 남과 자신을 비교하는 건 좋은 버릇이 아니다. 석화는 서둘러 생각을 지워나갔다.

"석 박사?"

"방에…… 계셨네요."

"알고 온 거 아니야?"

"그냥 눌러봤어요."

엉뚱한 대답에 곽수환이 미간을 구겼다.

"나 오늘 비번이라. 그보다 식사했어?"

"지금 하려고요."

"잠깐만 기다려."

안으로 들어간 곽수환이 다시 나온 건 불과 몇 초도 되지 않아서였다. 군용으로 지급된 티셔츠에 바지는 아까와 같은 차림이었다.

레스토랑에서 지프를 타고 돌아오던 날 이후로 쉘터 내에서 에덴동산이나 오양석 박사에 대한 이야기를 꺼낸 적은 없었다. 바로 만남 당일인 오늘까지도 말이다.

"곽수환 소령님."

"예, 박사님."

나란히 걸으면서 그를 부르자 곽수환이 장난스레 고개를 조아렸다.

"식사 후에 정자를 좀 받을까 하는데요. 고환에서 채취할 때 좀 많이 아플 텐데 마취약이⋯⋯."

"대체 내 정자를 가지고 무슨 짓을 하려고."

곽수환이 몸을 석화에게 툭 기댔다. 석화는 무겁다면서 옆으로 이동했다.

"S클래스시잖습니까."

327

"석 박사도 그렇지 않나? 그럼 내 정자랑 석 박사 정자 섞으면 SS클래스가 되는 건가?"

곽수환이 그럴싸하다면서 시원하게 웃었다.

"말이 되는 소리를 하시죠."

"고환에서 채취하면 나 아파서 오늘 데이트 못 나갈 것 같은데."

하아, 석화가 한숨을 쉬었다.

"그럼 내일 하죠."

엘리베이터가 열리기를 기다리며 석화는 앞만 응시했다.

[개방합니다.]

기계음이 들리고 엘리베이터의 문이 양옆으로 스르륵 열렸다.

"석 박사 하얗고 매끈한 손으로 남근석 말고 내 좆이나 흔들어주면 금방 쌀 텐데."

누군가가 타 있을 거라고는 생각했는데, 그게 장 중령과 그의 소대 소속 군인 몇인 줄은 몰랐다. 석화는 꾸벅 인사를 하고 곽수환의 말을 무시한 채 안으로 올라탔다.

"곽 소령…… 곽 소령아."

장 중령이 이마를 손으로 감쌌다.

"농담인데요, 뭐."

곽수환이 석화의 옆에 붙어 섰다.

"그거 성희롱이야, 새끼야. 박사님, 괜찮으십니까?"

"어떤 것 말씀이십니까?"

"곽 소령이가 자꾸 이상한 이야기를 하면 저에게 말씀을 꼭 해주십시오."

"진심이 아니니 상관없습니다."

"안 그래도 저놈 때문에 박사님 소문도 이상하게 퍼지는 바람에 면목이 없습니다."

"소문이요?"

석화가 관심을 보였지만 장 중령은 차마 제 입으로 이야기를 꺼내지 못했다. 그저 흠흠, 목만 울리면서 목적지 층에 도착하기만을 기다렸다.

중간에 엘리베이터가 멈추지 않았기에 금방 도달할 수 있었고, 장 중령은 잘됐다 싶어 제가 먼저 문 앞으로 바짝 섰다.

"그럼 박사님, 저희는 이만 내리겠습니다."

장 중령과 군인들이 내린 뒤 둘만 남은 엘리베이터에서 석화가 먼저 운을 뗐다.

"장 중령님이 말씀한 소문이 뭔지 아세요?"

"나 아까는 진심이었는데."

자꾸 진심이 아닌 취급을 한다면서 억울하다는 투였다.

"내 정자 가져가고 싶으면 고환이 아니라 석 박사 손이나 가슴, 엉덩이로 해줘."

"그러면 주실 겁니까?"

펄쩍 뛰지는 않더라도 경멸하듯 쳐다볼 줄 알았는데 의외로 덤덤하게 나왔다.

"물론이지. 밖으로 분출된 정액은 다 박사님 거 하시죠."

"그럼 내일이요. 기대되네요."

기대가 된다고?

열린 문으로 나가면서 말하는 바람에 곽수환은 다시 한번 묻고 싶을 지경이었다.

아무리 연구가 중요하다고 해도 오로지 그것 때문에 남의 성기를 만질 수가 있다니……. 누군가가 저에게 만져달라고 하면 좆을 뿌리째 뽑아버리고 남을 텐데 말이다. 하긴 저의 좆에 턱을 맞은 날도 상태를 살피겠다면서 진지하게 굴었던 사람이 석화였다.

곽수환이 피식거리면서 웃자 석화는 왜 저러나 싶어 그저 그를 두고 식당으로 걷기만 했다.

오늘은 식판이 아닌 동그란 그릇에 음식을 배급받았는데, 특식이 나오는 날인지 닭백숙이었다. 푹 고아낸 티가 나는 게 살결이 부들부들해 보였다.

석화도 웬일로 군침이 돌아 배급처에서 가장 가까운 테이블에 앉았다. 곽수환은 약속이나 한 듯이 맞은편이었고, 석화는 젓가락으로 살점을 살살 헤쳤다. 그랬더니 안쪽에 찹쌀밥이 보였다. 푹, 수저로 밥을 떠서는 후후 불었다.

여태 곽수환이 지켜봐온 바로 석 박사는 은근히 식탐이 있었다. 집착특성이 돌인 것을 몰랐다면 이채윤처럼 식탐이 아닐까 짐작했을 거다.

젓가락으로 닭다리의 살점을 뜯어내 찹쌀밥과 함께 올려서는 입에 넣고 꼭꼭 씹었다. 석화는 자꾸만 얼굴에 부딪히는 시선이 따가워 고개를 들 수밖에 없었다.

"왜 보세요."

"백숙 좋아해?"

"예."

"많이 먹어. 그래야 힘내서 나랑 놀러 가지."

곽수환도 젓가락질을 하기 시작했다.

석화는 중앙에 놓인 양념통 중 소금을 꺼내 백숙 안에 착착 뿌렸다. 혹시나 저 뜨거운 그릇에 고개를 처박지는 않을까 싶어 곽수환은 먹으면서도 내내 석화에게 온 신경을 쏟았다. 그러고 보니 처음 쉘터에 올라왔을 때보다는 확실히 안색이 좋아져 있었다. 을씨년스럽기만 하던 제주의 초가를 생각하면, 거기서 제대로 뭔가를 해 먹지도 않았을 것 같았다.

곽수환은 잠시 젓가락을 내려두고는 무전기를 꺼냈다. 누군가가 저에게 무전을 울려댄 탓이었다.

"곽수환 소령입니다."

'너 어디냐?'

석화도 무전을 통해 나온 목소리가 양상훈이라는 것은 금세 알아차릴 수 있었다.

"나? 식당."

'몇 식당?'

"1식당."

'소년, 가자. 형이 식당 구경 시켜줄게.'

이건 또 무슨 소리인가 싶어서 곽수환이 무전으로 다시 말을 꺼냈지만, 양상훈은 아무 대답도 하지 않았다. 곽수환이 인상을 쓰고 있는 동안 석화는 부드러운 백숙을 평소보다 빠르게 입에 넣었다.

설마 이 새끼가 잡아온 녀석을 식당으로 데려오겠다는 소리인가? 깊게 생각하지 않아도 설마 그럴까 싶었다. 그리고 곽수환은 얼마 지나지 않아 설마가 사람 잡는다는 말을 실감했다.

"봤냐? 소년? 이런 백숙 먹어본 적 있어?"

양상훈은 그릇 하나에 닭을 두 마리나 쏟아부은 백숙을 들고 곽수환과 석화에게로 왔다. 소년은 놀랍다는 눈으로 식당을 두리번거렸다. 하루에 한 끼도 제대로 먹지 못하는 일이 많았으니 소년에게 쉘터는 신세계이자 마치 에덴동산이었다.

"여기 앉아, 소년."

"양상훈, 미쳤냐?"

"왜?"

"잘 설득해서 학습센터로 보내라고 했지, 누가 쉘터 구경시켜 주라고 했냐고."

"뭐가 걱정돼서 그래. 애초에 몸수색도 다 끝내고 데리고 온 놈인데, 요 콩알만 한 게 뭐가 무섭다고? 그리고 식당에서 제대로 된 밥 먹어보고 싶다는데 좀 어떠냐."

소년은 백숙에 시선을 박고 있으면서도 곽수환을 향한 경계를 늦추지 않았다. 정말 저 주먹에 맞았을 때는 턱이 얼굴에서 분리돼 나가는 줄 알았다. 백숙에 얼굴을 박다시피 하고 밥을 먹던 석화도 뒤늦게 고개를 들었다.

"많이 먹어요."

옆의 소년에게 그 말만 하더니 다시 젓가락을 놀렸다. 소년은 탐탁지 않게 저를 바라보는 곽수환이 거슬렸지만 어설픈 동작으로 젓가락을 들었다. 이게 마지막 만찬이라면 태어나 처음 먹어보는 백숙이니 그럴싸했다. 그런데 옆의 남자의 가슴께에서 흔들리는 연구원 ID카드가 눈에 거슬렸다. 흘끔 보니 박사라는 글귀가 보였다.

"사람들 잡아다가 실험하지?"

석화는 소년의 적개심 어린 목소리에 수저질을 멈췄다.

"당신은 간악한 자야. 장로님이 그러는데 악마는 사람을 홀려야 하니까 아름답게 생긴 거라고 했어."

곽수환은 뭐가 웃긴지 연방 목을 울려댔다.

"불쌍한 사람들을 잡아다가 실험해서 백신을 개발한 거겠지. 나는 다 알아."

석화는 왜 소년이 저에게 이런 소리를 하는지 이해가 불가능했다. 뭐라고 대꾸해줄 말이 없어서 다시 백숙만 먹을 뿐이었다.

"말을 왜 못 해! 찔려서 그렇지?"

"소년, 백숙이나 처먹어."

양상훈이 소년의 고개를 백숙 그릇으로 돌리게 만들었다. 소년은 젓가락을 쓸 줄 모르는지 부드럽게 해체되는 닭을 손으로 잡아 입에 넣었다. 석화는 자신의 앞에 있던 소금을 소년에게 쓱 밀었다.

"이게 뭐야."

"소금이요."

"이상한 약 같은 거 아니야?"

"그래. 처먹고 죽어라, 새끼야."

곽수환이 소년의 그릇에 소금을 툭툭 털어 넣었다. 그러고는 제 그릇에도 툭툭 뿌리고 수저로 한 바퀴 젓고는 다시 식사를 시작했다.

"먹이고 바로 부대실로 데려다 놔. 조만간 학습센터 선생 불러줄 테니까."

"변절자들, 나는 절대 레인보우 시티의 시민이 되지 않아."

"네가 처먹고 있는 게 다 레인보우 시티에서 나온 건데, 그럼 그만 처먹어."

소년이 입을 꾹 다물고 기름으로 번들거리는 손으로 주먹을 쥐었다.

"아이고, 세상에나. 오늘 메뉴가 백숙인 줄 알았으면 진작 내려왔죠."

너스레를 떠는 목소리가 등 뒤에서 들려왔다. 석화가 뒤를 돌아보니 김 박사가 백숙이 담긴 그릇을 들고 있는 게 보였다.

"저도 합석해도 됩니까?"

"예."

석화가 고개를 끄덕거렸다. 석화의 옆자리는 소년이 차지하고 있어 김 박사는 그 옆에 앉았다.

"그런데 이 친구는?"

"밖에서 잡아 온 녀석인데, A급은 되는 녀석이라 잘 키워볼까 합니다."

감시역인 양상훈은 소년의 뒤에 서서 어깨에 양손을 올렸다.

"아, 그래요?"

김 박사가 소년을 보면서 진하게 웃었는데, 소년은 여전히 두 주먹을 쥐고 그릇만 노려보고 있었다. 김 박사는 백숙이 좀 더 뜨거웠으면 좋았을 거라는 불만을 토해내면서 깨작대듯 닭을 먹었다.

위가 그리 크지 않은 석화는 반이나 남은 백숙을 더 먹지 못해 아쉽다는 듯이 바라봤다. 소년을 힐끔 보니 여전히 고개만 숙인 채로 미동도 하지 않았다.

괜찮으니 더 먹지 그래요, 라는 말을 어떻게든 좋게 하려는 순간이었다.

위이이이이잉-

삐이이- 삐이- 삐-

긴급 비상 사이렌 소리가 울려 퍼졌다. 그러나 석화는 전과 달리 놀라지는 않았다.

[Emergency, Emergency, 그린구역 여의도 쉘터에 긴급 실제 상황을 알립니다.]

혹시나 또 훈련 상황일지 모른다고 생각했는데, 군인들은 아니었다. 식사를 하던 이들이 전부 자리를 박차고 일어났고, 석화의 착각을 깨듯 마더의 목소리가 크게 울려 퍼졌다.

[실제 상황입니다. 그린구역 여의도 쉘터에 긴급 실제 상황을 알립니다. Emergency, Emergency. 모두 전투태세를 갖춰주세요. 5층 A구역 복도와 7층 비상구에 아담이 출현.]

"아, 아담?!"

김 박사가 입에서 살점을 튀기면서 과도하게 흥분했다.

"박사님! 얼른 이동합시다!"

그는 말만 그렇게 했지 석화를 신경도 쓰지 않고 연구원 전용 엘리베이터를 향해 복도를 내달리기 시작했다. 어찌나 빠르게 도망가는지 세상만 멀쩡했다면 세계육상선수권대회에서도 우수한 성적을 거뒀을 만했다. 석화도 그가 달려간 곳으로 이동하려고 했지만, 곽수환이 먼저 석화의 옆으로 다가왔다.

"위험하니까 석 박사는 혼자 갈 생각 말고, 나랑 같이 이동해."

사태를 다시 파악한 마더의 알림이 빠르게 흘러나오기 시작했다.

[10분 이내로 25층까지 전염 가능성 35퍼센트. 군인들은 모두 전투태세에 들어갑니다. 그 외 쉘터 직원과 연구원들은 최종 방어선 48층까지 긴급 이동을 해주세요. 다시 알립니다.]

"양 소령, 넌 그 녀석 데리고 식당 폐쇄 구역으로 가."

소년도 시끄러운 사이렌 소리에 고개를 들었고, 두 주먹은 여전히 굳게 쥔 채였다. 식당은 순식간에 아수라장으로 변했다. 군인들은 저들의 총기와 나이프를 점검하고는 마더가 말한 구역으로 내달렸다. 곽수환은 석화를 48층으로 향할 엘리베이터로 데려가려고 했다. 식당을 나가 복도 끝 방향에 있는 엘리베이터까지는 석화를 업고 가는 게 훨씬 빠를 터였다. 석화를 들쳐 메려는 순간이었다.

"크억!"

식당의 입구를 사수하던 상병 한 명이 갑자기 피를 뿜어냈다. 아래부터 올라오기 시작한 아담이 한두 명이 아닌지, 아니면 감염된 놈들이 삽시간에 늘어난 건지 비명 소리가 쏟아지기 시작했다. 아무래도 식당 직원들이 있을 폐쇄구역으로 석화를 데려가야 할 듯싶었다.

"양 소령!"

석화도 같이 데려가라고 하려고 뒤를 돌아 놈을 불렀는데, 양상훈이 소년의 목을 움켜쥔 채 벽에 밀어붙이고 있었다.

"이 새끼야! 너 지금 뭐 하는!"

"씨발! 야! 이 새끼 폐쇄구역으로 못 데려가! 폐쇄구역 문 닫아! 이거 지금 변이 직전이야!"

시끄러운 목소리가 한데 뒤엉키고 석화는 눈을 커다랗게 떴다.

양상훈의 말대로 소년은 아담으로 변이하기 직전의 행동을 보

337

이고 있었다. 입에서 피를 토해내며 마치 온몸의 관절이 비틀리듯 붙들린 목 밑의 몸이 기괴하게 경련했다. 완전히 변이하기 전에 죽여야 하건만 양상훈이 쉽게 숨을 따버리지 못하고 있었다.

곽수환은 재빨리 주변을 살폈다. 식당 문은 군인들이 바리케이드를 친 상태지만, 새롭게 감염된 이들에 의해 조만간 방어막이 뚫릴 기세였다. 심지어 식당 폐쇄구역은 양상훈의 명령에 이미 닫힌 뒤였다. 감염 증상을 보이는 소년이 근처에 있으니 그 방법밖에 없었다.

"……소령님."

양옆으로 사면초가인 석화가 저는 신경 쓰지 말라면서 그를 밀어냈다. 곽수환은 석화를 식당의 가장 끝 모서리로 급히 데려다 놓고는 양상훈에게 달려갔다.

"병신 새끼야, 너 지금 뭐 하는 거야! 그 새끼 안 죽여?!"

"씨발……. 죽여야 하는데. 아, 씨발!"

양상훈은 눈에 핏줄이 터진 소년을 제대로 쳐다도 못 보고 제압만 한 채였다. 곽수환이 양상훈의 제복 안쪽에서 칼을 꺼내 소년의 정수리에 그대로 꽂아 넣었다. 쑥 빼내고 한 번 더 내리꽂자 발광하던 몸이 실 끊어진 꼭두각시처럼 바닥으로 무너져 내렸다.

"양상훈 소령, 돌았어?"

곽수환은 믿기지 않는다는 눈으로 제 동료를 쳐다봤다.

"이상하잖아! 몸수색을 전부 마쳤는데, 어떻게 변이를 해! 아담은 아직 여기까지 오지도 않았는데 이 자식이 갑자기, 갑자기……."

양상훈도 상황이 도통 이해가 가지 않는지 혼란스러움에 말조차 제대로 꺼내지 못했다.

"변명하지 말고 식당 안 뚫리게 가서 사수나 해."

설상가상으로 이채윤은 현장으로 파견을 나간 터라 쉘터 내에 있지도 않았다.

"아까 저 새끼가, 나한테 미안하다고. 씨발, 저 새끼 저거 손에."

석화도 죽은 소년의 시체가 있는 곳으로 다가갔다. 양상훈이 손짓하는 방향을 내려다보니 믿을 수 없게도 주사기가 보였다. 주사기에 들어 있는 혈액은 어쩌면……

"곽수환 소령님, 이거 수거해갈 수 있을까요?"

"헌병대 오면 어차피 하게 될 거야. 지금은 만지지 마."

곽수환은 주사기에 관심을 보이는 석화의 어깨를 꽉 붙들고는 생각을 정리했다. 폐쇄구역은 앞으로 한 시간은 열리지 않을 테고, 지금 식당을 뚫고 석화를 비상용 엘리베이터에 데려다 놓기는 쉬운 일이 아니었다. 그렇다면 차라리 내려가는 편이 더 나을지도 모른다.

"위로 향하는 비상구는 전부 폐쇄됐을 거야. 5층에서 아담 출현이 시작됐다니까 여기부터 1층까지는 열려 있을 테고."

후, 흐트러진 머리 위로 바람을 한 번 불어 올린 곽수환이 말을 이었다.

"지프로 가자."

"어떻게요?"

"비상구로 가야지."

곽수환이 폐쇄 공간 옆의 [관계자 외 출입금지]라고 적힌 문을 가리켰다. 곽수환은 무전기를 들어 상부와 부대원들에게 알림을 보냈다.

"코드 넘버 3121 곽수환 소령이다. 현재 제1식당 입구에서 아담과 전투 중, 상층에 있는 군인들은 문이 폐쇄되기 전에 밑으로 내려오고, 아담이 보이는 즉시 전부 사살하라. 변이 중인 자도 바로 사살해. 나머지는 여의도 쉘터 현장 지휘권을 가진 열쇠부대에게 맡긴다."

실제 현장에 있는 이가 곽수환이기 때문에 이곳에서 대략적인 지휘를 내렸다.

'카피 댓.'

열쇠부대 소령에게서 답이 돌아왔다. 중령 이상은 전부 이미 상층으로 이동했을 테고, 소령은 어떤 부대든 현장에 투입돼야 했다.

"7시 반……."

석화는 벽에 걸린 시계를 보고 시간을 확인했다. 13레드구역에서 에덴동산을 만나기로 한 건 9시였는데, 안전하다고 자부하는 여의도 쉘터에 아담이 나타났다니 우연치고 너무 기막혔다.

"석 박사, 아무래도 업히는 게 나을 것 같은데."

같이 달려 방해가 되느니 차라리 짐이 되는 쪽을 택했다. 석화가 곽수환의 등에 훌쩍 타서 매달렸다. 두 팔로 목을 꼭 붙들고는 아담과 싸우고 있는 군인들을 돌아봤다. 피가 튀고 총탄 소리가 난무하는 장면에 시야가 흐려질 것만 같았다. 곽수환은 발로 비상구 문을 걷어차고 밑으로 향했다. 계단을 타고 내려간다기보다 아예 뛰어내리는 수준이었다.

다행히 비상구를 타고 올라온 아담들은 없는지 계단에서 마주치는 일은 없었고, 불행히 지프가 있을 지하주차장에는 군복을 입은 아담이 보였다.

곽수환은 제 지프로 빠르게 내달렸다. 조수석을 열어 석화를 안에 태우고 나서야 보조서랍을 열었다. 그 안에는 총기 세 자루가 곱게 놓여 있었다. 그중 자동권총을 석화에게 들려주었다. 나머지 두 개 중 하나는 제 뒷주머니에 넣고 하나는 손에 쥐었다.

발소리를 들은 아담이 피를 흩뿌리면서 달려들자 장전을 마친 곽수환이 곧장 이마를 저격했다. 그 총탄 소리에 그어, 그어억, 하며 저쪽에서 달려오는 아담이 보였다.

"소령님, 소령님도 빨리 타세요."

"어차피 저 새끼들 정리하기는 해야 돼."

곽수환은 조수석 잠금쇠를 누르고 문을 닫았다. 그가 천장을 향해 탕, 총을 쏘고는 지프 반대쪽으로 아담을 유도했다.

전방 넷, 좌측 둘, 우측 둘. 지하주차장에 있는 변이된 군인 아담의 숫자였다. 본래 전투에서는 후퇴할 퇴로가 필요해 벽을 등지는 것이 불리했지만, 아담을 상대할 때는 아니었다.

곽수환은 가장 가까이에 있는 놈부터 총을 발사해 이마에 구멍을 뚫고, 한 발에 한 놈씩 정확히 맞혀 나갔다. 반자동권총에는 실탄이 총 여덟 발 들어가 있기에 탄환 수는 충분했다. 여덟 발의 저격을 끝내고 터엉, 철문에 권총 손잡이 밑 부분을 부딪쳤다. 굉음에도 반응이 없는 것을 보니 지하주차장에 있던 놈들은 총알 여덟로 끝인 듯했다.

다시 지프로 향했는데, 두 놈이 지프의 창문을 피로 물든 손으로 미친 듯이 쳐대고 있었다.

젠장, 석 박사! 곽수환이 달려가면서 소리 내 불렀는데도 조수석에 석화의 모습은 보이지 않았다. 설마, 차 밖으로 나간 건가? 곽수환은 뒷주머니의 총을 꺼내 한 놈의 뒤통수를 저격했다. 뒤늦게 저를 발견하고 달려오는 나머지 한 놈은 총알을 아끼기 위해 칼을 날렸다. 휘익, 날아간 칼이 이마에 꽂히고 아담이 벌러덩 뒤로 넘어갔다.

손잡이를 잡아 빼고 내려다보니 얼굴이 익숙한 녀석이었다. 그러나 애도 같은 건 할 시간도 없었고, 곽수환은 아담으로 변이한 군인에게 연민 같은 감정도 품지도 않았다. 지금 모든 신경은 석화에게 쏠려 있었다.

"석 박사!"

달칵, 달칵, 조수석 문을 열려고 했지만 굳게 잠겨 있었다.

대체 어디 간 거야! 주변을 둘러보려는데 안에서 석화의 얼굴이 쓱 올라왔다. 곽수환은 저도 모르게 온몸에 힘이 탁 빠지는 기분이었다.

톡 하고 잠긴 문을 푼 석화가 두 손에 총을 꽉 쥐고 있었다. 이제 보니 아담의 시야에서 사라지기 위해 조수석 밑에 몸을 웅크리고 있었던 거였다. 곽수환은 안도의 한숨을 길게 뱉고는 운전석에 올라탔다.

"괜찮아요?"

"보다시피."

그는 뒷좌석에 놓아두었던 탄환을 빈 탄창에 재장전한 뒤 등받이 헤드에 머리를 기댔다.

"정말 괜찮으세요?"

석화는 주변을 두리번거리면서 재차 물었다.

"밖으로 나간 줄 알았어."

"나가면 죽는데요."

"그러게."

곽수환도 그제야 제가 왜 그렇게 삽시간에 피가 식어버린 기분을 맛본 건지 당혹스러워졌다. 수석연구원이라서? 석화의 말대로 수석연구원을 대신할 사람이 아예 없는 건 아니었다. 석화가 있어야 에덴동산과 접선하기 쉬워지니까, 라고 생각해도 제심장이 덜컹거렸던 타당한 이유는 되지 못했다.

"나 생각보다 석 박사한테 정 많이 들었나 봐."

곽수환이 시동을 걸었다. 석화는 허탈하게 웃는 곽수환을 보면서 진지하게 말했다.

"그럼 스스로 정자 빼서 제출해주세요."

"그건 기각."

그가 액셀을 밟았다. 한 손으로 핸들을 쥐고 나머지 한 손으로는 지프에 내장된 무전기를 들었다.

"코드 넘버 3121 곽수환 소령이다. 지하주차장 아담 전부 정리했으니 내 차가 빠져나가면 마더에게 주차장 폐쇄하라고 전달하라."

'롸져.'

방송 담당 군부서에서 무전에 답을 보내왔다.

'제1식당도 정리가 완료되었습니다. 5층부터 방역을 실시하며 헌병대가 투입됩니다. 곽수환 소령님께서는 어디로 이동하십니까?'

"지금 수석연구원 석화 박사를 데리고 나왔다. 48층에 합류할 수가 없었기에 쉘터가 안정을 찾으면 복귀하겠다. 그리고 아담이 어디에서 나타났는지 조사 결과 나오면 바로 보고하도록."

곽수환은 무전기를 원위치로 되돌리고 석화의 안색을 살폈다. 창백하다거나 곧 쓰러질 것 같지는 않았으나 평소보다 더 어두운 기색이 석화의 표면에 머무른 듯했다.

"주사기가 어째서…… 그 애 손에 들려 있었죠?"

"그건 양상훈을 취조해봐야 할 문제고."

물론 양상훈의 말이 맞다. 녀석을 데려올 때 수색을 안 한 곳이 없었고, 그랬기에 쉘터에 데려올 수 있었다. 그런데 주사기가 어디서 난 것인가. 갑작스럽게 아담으로 변이를 했다면 그 주사기에 문제가 있는 게 분명했다. 백숙에 아담 바이러스가 들어 있던 것도 아니니 말이다.

소년이 식당에 나타난 순간부터 지금까지의 일을 떠올리던 곽수환이 중얼거렸다.

"김 박사······."

"예?"

"김 박사는 어떤 사람이야."

"곽수환 소령님을 싫어하는 사람이요."

"그걸 누가 몰라. 김 박사도 오양석 박사랑 친했지?"

"김 박사님은 웬만해서는 다 친하실 겁니다."

상부에 아첨도 잘하고.

그런데 석화도 한 가지 의아함이 들었다. 소년과 마주친 인물인 데다 아담 바이러스가 담긴 주사기까지 줄 수 있는 사람은 김 박사뿐이지 않나 싶었다. 그런데 그럴 이유는 전혀 없어 보였다. 어쩌면 전혀 다른 놈이 끼어들었을 수도 있었겠지.

"도무지 이해는 안 되는데······. 그 아이는 스스로 아담 바이러스를 맞은 거겠죠?"

소년 자신이 철저히 에덴동산의 신도라고 생각했다면, 쉘터에 혼란을 가져오기 위해 그랬을지도 모른다. 다만 소년뿐만 아니라 쉘터에 아담이 나타난 이유에 대해서는 철저하게 파헤쳐야 했다. 그런데도 곽수환은 대수롭지 않게 대꾸했다.

"양상훈이 놓지 않았다면?"

"양 소령님은…… 어떤 분이세요?"

"만약에 그 새끼가 그딴 짓을 벌였다면, 발가벗겨서 60층 꼭대기에서 던져버릴 거야."

곽수환은 지프에 내장된 시계를 확인하고는 좀 더 속도를 올렸다.

목적지는 13레드구역이었지만 그는 중간에 바이올렛구역에 들렀다. 또 다른 지프로 갈아타자는 말에 석화는 의아했지만, 상부의 눈을 피하기 위해서라고 짐작만 할 뿐이었다.

바이올렛구역에서 13레드구역로 향하는 동안 석화는 한참이나 창밖을 응시했다. 아무리 생각해봐도 여의도 쉘터에 반군의 첩자가 있는 게 맞는 듯했다. 그렇지 않다면 아담이 나타날 리가 없었다. 골이 지끈거리기 시작했다. 한동안 전방위적인 압박 조사가 이뤄질 텐데, 우리가 이렇게 몰래 나와도 되는 건가.

"서펀트가 올까요?"

"오길 바라야지. 그리고 오늘 쉘터를 저 꼴로 만들어놓은 새끼들도 같은 에덴동산이기를 바라야 하고. 그래야 덜 귀찮아질 테니까."

13레드구역이 불과 2킬로미터 남았을 때였다.

"석 박사, 내가 알려주는 길로 들어가. 내가 뒤에서 엄호하면서 따라갈 테니까 걱정 말고. 우린 오늘 13레드구역에 몰래 들어가는 거야."

석화는 고개를 *끄덕끄덕*했다. 서펀트를 만나면 물어보고 싶은 게 있었다. 오양석 박사님의 전언을 어떻게 손에 넣었으며, 박사님이 돌아가신 시각을 어떻게 정확히 알고 있는지 말이다.

곽수환은 라디오의 볼륨을 올렸다. 여의도 쉘터가 돌아가는 상황을 방송으로 확인할 요량이었다. 아니나 다를까, 라디오에서는 한창 여의도 쉘터의 아담 출현에 대해 진행자가 열변을 토하고 있었다.

[여의도 쉘터에 아담이 나타났으나 쉘터 직원들과 훌륭한 군인들이 힘을 모아 아담을 물리쳤습니다. 현재는 방역 중이며 사상자는 스물다섯 명으로 추정됩니다. 아, 잠시. 다른 속보가 들어왔습니다.]

다른 속보라니? 곽수환은 13레드구역 경비초소에서 멀리 떨어진 곳에 차를 세우고 라디오에 집중했다. 석화도 마찬가지였다.

[현재 여의도 쉘터에…… 여의도 쉘터가 38층까지 괴멸됐다는 속보가 들어왔습니다. 현재 여의도 쉘터는 불에 타고 있으며, 소방국이 진화에 나선 것으로 소식이 들어왔습니다. 아…… 자세한 소식은 좀 더 속보가 들어오는 대로 전달하도록 하겠습니다.]

석화와 곽수환이 서로의 얼굴을 바라봤다. 그 순간 순식간에 둘의 얼굴로 붉은 음영이 번들거렸다.

퍼엉! 쾅!

그럴 리 없겠지만 여기까지 불의 열기가 느껴지는 것만 같았다. 방금 폭탄이 터지는 소리가 들린 곳은 13레드구역의 경비초소가 있는 방향이었다.

폭발음이 들린 곳으로 차를 몰고 가니 새빨간 불길에 사로잡힌 초소가 보였다. 군인들이 어떻게든 불을 끄려고 시도했지만 불길은 사그라지지 않고, 13레드구역을 전부 먹어치울 듯이 번져나갔다. 시간은 아직 9시 전이었다. 분명 서펀트는 9시까지 오양석 박사의 자택에서 만나자고 했는데, 이래서는 13레드구역에 진입할 수도 없었다.

"날짜와 시간 정확해?"

곽수환이 뭘 이야기하는지도 짐작했다.

"정확합니다."

"돌겠군."

곽수환은 거칠게 핸들을 돌려 다시 여의도 쉘터로 향하기 시작했다.

"소령님!"

"그럼 저렇게 불길이 치솟는데 저기를 뚫고 가자고?"

물론 석화도 그 뜻으로 그를 부른 건 아니었다.

"석 박사, 진짜 서펀트라는 놈하고 그 이야기만 한 거 맞아?"

곽수환의 질문이 이상했다.

"그럼 또 뭐가 있습니까?"

"우리 완벽하게 의심받게 생겼거든? 속보가 맞다면 쉘터에 누군가가 폭탄을 설치한 거고, 우린 밖에 나와 있지. 만일 내가 지프를 갈아타지 않았다면 방금 13레드구역에서 터진 저 폭탄도 어쩌면 우리가 뒤집어썼을 수도 있어."

석화도 그제야 이게 무슨 상황인지 완전히 인지했다. 자칫 누명을 쓰게 생겼다. 쉘터로 소년을 데려온 건 곽수환이었고, 불패소대인 양상훈이 데리고 있던 소년이 아담으로 변이했다. 그리고 자리를 비운 사이 여의도 쉘터가 불에 탔고, 심지어 13레드구역 초소도 폭발했다.

설마, 처음부터 서펀트는 저와 만날 생각이 없었던 건가? 거미줄을 촘촘하게 쳐두고 누명을 씌우기 위해서? 그런데 그건 서펀트에게도 확신이 있어야 했다. 자신이 그를 만나러 갈 것이라는 추측이 아닌 확신 말이다.

곽수환은 좀 전과 같은 바이올렛구역에서 지프를 갈아탔다. 역시나 그의 무전이 불같이 울리고 있었다.

'곽수환 소령, 위치 말해! 너 이 새끼 지금 어디냐고!'

석화는 늘 열기로 뜨겁던 제 손이 차게 식는 것을 느꼈다. 장중령의 분노한 목소리가 차체의 무전기에서 엄청난 크기로 들려왔다. 곽수환은 무전기를 든 채로 톡톡 몇 번 두드리기만 했다.

'여의도 쉘터 테러사건 난 거 몰라?! 이 새끼야! 석화 박사님 데리고 대체 어디 갔냐고! 곽수환 소령 응답하라!'

"코드 넘버 3121 곽수환 소령입니다."

그가 답을 하는 동안 석화는 아랫입술을 잘근 씹었다.

'……야! 너 이 새끼야! 지금 어디야! 미쳤어?!'

"바이올렛구역에서 석화 박사님 모시고 대기 중이었습니다. 그런데 여의도 쉘터가 테러를 당했다니 무슨 말입니까?"

저보고 거짓말을 잘한다고 했는데 곽수환이야말로 얼굴색 하나 바뀌지 않고 말을 지어냈다.

'지금 설명하기는 힘들고, 당장 여의도 쉘터로 합류해. 소방국 와서 진화 중이니까. 하, 진짜 이게 다 무슨 일이냐? 여의도 쉘터 전력이 반이나 날아갔다, 어?'

"바로 합류하겠습니다."

석화는 벨트를 끌어와 맸고 곽수환은 더할 수 없을 정도의 세기로 가속페달을 밟았다. 계기판의 바늘이 하늘로 치솟다 못해 완전히 기울어졌다.

"제가…… 속은 건가요."

"글쎄, 일단 여의도 쉘터로 돌아가 보면 알겠지."

한참 도로를 달리고 있는데 뒤쪽 코너에서 새로운 헤드라이트 불빛이 나타났다.

아군인가 적군인가도 구별할 수 없을 정도로 쉘터에 배치된 지프와 생김새가 흡사했다. 곽수환이 사이드미러를 응시하는 순간, 탕! 뒤의 차에서 저격하는 소리가 들려왔다. 총질을 해준 덕에 적군인 것을 확신했다. 석화도 놀라 뒤를 돌아보는데 곽수환이 외쳤다.

"운전할 줄 알지?"

"저 면허 없습니다."

석화가 빠르게 고개를 저었다.

"그냥 정면만 보고 핸들 잡아. 페달은 내가 밟을 테니까 핸들 조작만 해."

석화가 뭐라고 대꾸하기도 전에 곽수환이 핸들에서 손을 놨다. 석화는 다급하게 돌아가는 핸들을 쥐었고, 그는 페달을 밟은 채로 뒷좌석에 손을 뻗었다. 탄환이 담긴 가방을 끌어와 앞자리에 우르르 쏟았다. 연속사격이 가능한 기관총은 개인 지프에 소장할 수가 없기에 하는 수 없이 권총으로 뒤의 차를 겨냥했다.

군용 지프의 창문은 전부 방탄유리로 제작이 되었지만, 수십 발 이상 맞으면 내구성이 다해 깨지기 마련이었다. 뒷유리에 총알이 연사로 박혀 들어오자 곽수환은 일부러 액셀을 밟은 발에서 힘을 뺐다. 적의 차 뒤로 가는 편이 더 유리했으나 상대도 오히려 속도를 줄였다. 흘끔, 석화를 보니 하얗게 질려서 정면만 보고 핸들을 조종하는 중이었다.

곽수환은 운전석의 창을 열어 뒤따라오는 차의 바퀴를 향해 권총을 발사했다. 연타로 발사하자 왼쪽 타이어에 제대로 먹혔는지 끼이익 소리가 나며 도로에 스키드마크가 새겨졌다.

"석 박사, 지금! 핸들 왼쪽으로 15도 틀어."

15도, 15도, 석화는 그 말을 속으로 반복하면서 정확히 15도로 핸들을 틀었다. 곽수환은 시야가 더 확보되자 나머지 바퀴에도 총을 발사했다. 타이어 두 개에 펑크가 나면서 속도를 버티지 못한 적의 차가 도로를 빙글빙글 돌았다. 눈앞에서 차가 전복됐으니 내려서 적을 확인하고 싶었지만, 석화가 옆에 있는 이상 안전을 보장할 수가 없었다.

"저자들 누구예요?"

곽수환이 핸들을 넘겨받았다.

"나도 몰라."

"누구인지 확인해야 하지 않아요?"

"솔직히 말할까? 지금 석 박사 나한테 짐이야."

"그렇죠."

냉정하게 말했지만, 저도 안다는 듯 시무룩하지는 않고 담담하게 굴었다.

"그냥 짐은 버리면 그만인데 버릴 수 있는 짐도 아니라는 소리야. 일단 쉘터로 복귀부터 하자."

조금 전 15도로 꺾으라고 지시했을 때 자칫 잘못하면 저희 차도 도로를 넘어 전봇대에 박을 뻔했다. 곽수환이 총을 쏘는 타이밍에 맞춰서 전봇대를 아슬아슬하게 빗겨나간 게 석화였다. 그러니 사실대로 말하면 짐까지는 아니었다.

"무면허라도 방향 감각은 좋네."

"손에 땀 났어요."

석화가 손을 펼쳐서 보여줬다. 곽수환이 제 손을 뻗어 쓱 훑자 정말로 식은땀이 배어나온 게 느껴졌다. 연구소에서 스포이

트나 만져야 할 손인데 추격전을 함께했으니 그럴 만도 했다.

석화는 그가 직접 제 손을 확인할 거라고는 생각하지 못했기에 잠시 굳어 있었다. 그러나 그것도 잠시, 라디오에서 또 어떤 속보가 나올까 싶어 전원을 켜고 볼륨을 올렸다.

[⋯⋯이번 테러는 반군 에덴동산의 짓으로 추정됩니다. 아담 출현으로 정신이 없는 틈을 타 몸에 폭탄을 단 반군이 쉘터 로비로 들어왔고, 손쓸 수 없이 폭탄이 터져 큰 피해를 입었습니다.]

[마더가 왜 막지 못했을까요?]

[마더는 인공지능을 바탕으로 만들어진 메인 서버이나 자기 판단으로 행동을 결정하지 않습니다. 지시받은 것 외에는 어떤 일도 하지 않고요. 이번 역시 매뉴얼대로 아담이 나타난 층부터 폐쇄를 시작한 겁니다. 다짜고짜 전 층을 폐쇄할 경우, 더 큰 피해를 입을 가능성이 높습니다.]

[그래서 무방비가 된 로비로 반군이 들어올 수 있었군요.]

[그런 것 같습니다. 그러나 우리 레인보우 시티는 이런 일로 무너지지 않습니다. 화재는 순식간에 진화했고, 지금은 사태를 수습하는 중입니다. 또 다른 속보에 의하면 현재 제주도에 있는 퍼스트와 세컨드 마스터가 내일모레, 여의도 쉘터를 방문한다고 합니다.]

"에덴동산이 정말⋯⋯."

석화는 메마른 입술을 달싹거렸다.

"라디오 방송을 전부 신뢰할 필요는 없어. 방송도 통제하에 이루어지는 거니까, 석 박사 연구처럼 말이야. 뭐, 그래도 이번에는 에덴 놈들이 맞는 것 같기는 하네."

저에게 몇 번 반군 사상을 들먹인 그였지만, 석화는 오히려 그가 좀 더 그쪽 성향에 가깝다고 생각했다. 저는 여태 라디오나 방송매체를 의심한 적은 없었다. 날 때부터 그게 당연했기 때문이다.

정면을 바라보고 있는 석화의 검은 두 눈에 붉은 기운이 번들거렸다. 그의 말대로 여의도 쉘터는 아직 불에 타고 있었고, 소방국이 한강의 물을 끌어다가 진화 중이었다. 언제나 그랬듯 레인보우 시티에 비나 눈은 쉽게 내리지 않았다.

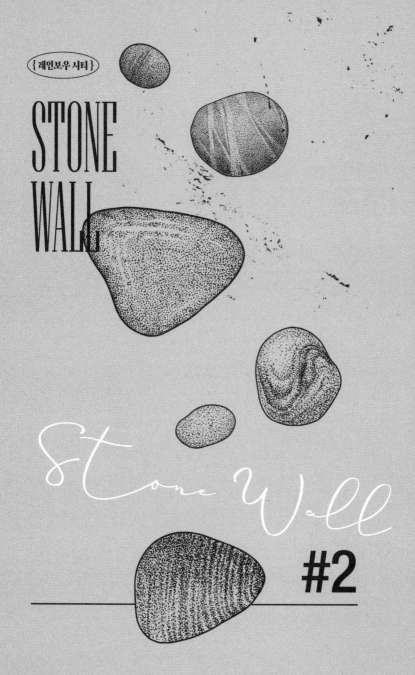

{ 레인보우 서티 }

STONE WALL

Stone Wall

#2

"미심쩍은 행동을 한 게 한두 번이 아니죠. 장 중령이 그 친구를 워낙 예뻐하니 우리도 어영부영 넘어간 게 한두 번이 아니라는 소리입니다."

"육군사관학교 수석 수료 출신이라고 해도 통제가 되지 않는 군인은 우리로서도 곤란합니다. 솔직히 군 기강도 그 친구가 많이 버려놓지 않았습니까?"

"장군님들, 그렇게 말씀하셔도 솔직히 곽수환 소령 한 사람의 전력이 S클래스 한 부대급 아닙니까? 다들 장 중령이 예뻐하니까 봐준다는 식으로 말하는데, 그거야말로 장 중령에게 책임을 전부 전가하는 것이죠."

"그렇게 생각합니까? 그럼 이참에 곽수환의 소령 계급장을 떼어버립시다!"

헌병대를 비롯해 장군들이 참여한 군부회의가 군사회의실에서 이루어지고 있었다.

곽수환은 재판대에 선 범죄자처럼 저를 빙 둘러싼 장군들의 중앙에 서 있었고, 이야기가 어디까지 흐를 셈인지 흥미진진하게 들었다.

"솔직히."

조용히 듣고만 있던 열쇠부대 소장이 입을 열었다.

"자살폭탄 테러가 에덴동산의 짓이라는 것은 다들 우리 추측일 뿐이지 않습니까?"

이연태 중장은 고개를 저었다. 그리고 뒤에 서 있던 자신의 보좌관을 향해 고개를 끄덕해 보였다.

"그렇지는 않습니다. 지금은 떼어냈지만, 저게 우리 쉘터 벽면에 붙어 있던 대자보입니다."

보좌관은 그을음과 핏자국이 묻어 있는 커다란 천 조각을 그들의 앞에서 펼쳐 보였다.

너희가 이런 일을 저질렀으니 온갖 집짐승과 들짐승 가운데서 저주를 받아, 죽을 때까지 배로 기어 다니며 흙을 먹어야 하리라.

"〈창세기〉입니까?"

열쇠부대 소장이 물었다.

"그렇습니다. 신이 뱀에게 내린 벌입니다. 그리고 그 뱀은 서펀트라고 불리죠. 에덴동산이라고 정확히 표기는 하지 않았지만 대자보만으로도 충분히 그들의 짓이라 짐작할 수 있지 않습니까?"

쾅! 여의도지부 전체를 책임지고 있는 포스타인 윤 대장이 테이블을 내리쳤다.

"그래서 곽 소령이는 그 시간에 대체 뭘 하고 있었다고?"

이제 화살은 곽수환에게 향했다. 곽수환은 장군을 향해 각 잡힌 자세로 섰다.

"수석연구원 석화 박사님을 피신시키고자 바이올렛구역으로 이동했습니다."

"그래, 그건 알지. 근데 왜 우리 여의도 쉘터가 이런 꼴이 날 때까지 무전을 받지도 않고, 무려 한 시간 가까이 연락이 되지 않은 건가? 이 쉘터 내에서 아담이 나타났다네. 우리 쉘터는 분명 아담 클린구역인데 어떻게 그럴 수가 있지? 아담이 없는데 어떻게 감염이 이루어졌냐는 말이야. 심지어 곽수환 소령 자네가 데려온 정체 모를 아이가 아담의 혈액이 담긴 주사기를 들고 있었다지? 물론 자네가 감염 전에 목숨을 처리를 했다는 건 보고받아 알지만, 그 점은 어떻게 설명할 건가. 게다가 지프의 영상기록장치도 꺼놨더군. 우리가 곽수환 소령 자네를 의심하는 건 합리적일세."

아, 역시나. 곽수환은 속으로만 웃었다.

여의도 쉘터 윤 대장은 평소에 유정경만큼이나 불패소대를 눈엣가시로 생각했다.

제가 전체 지휘관이건만 공로는 불패소대가 다 가져간다면서 분개하는 장면을 한두 번 본 것이 아니다. 속 좁은 영감 같으니라고. 어차피 불패소대도 제 관할인데 부하들이 공로 좀 올리는 게 어때서. 제가 현장에 나갈 자신이 없으니 괜한 열등감에 침까지 튀기며 흥분하는 것이다.

곽수환은 시선을 한번 바닥으로 내리깔았다가 다시 정면을 향했다. 그리고 이내 말을 시작했다.

◆ ◆ ◆

그와 같은 시각, 석화는 헌병대에서 조사를 받고 있었다.

곽수환과 석화는 여의도 쉘터로 돌아오자마자 각자 다른 군인들에게 연행됐고, 또 각기 다른 곳에서 조사를 받았다.

석화는 히죽거리며 웃고 있는 유정경의 면상이 마음에 들지 않았다. 사람을 미워하는 일이 살면서 거의 없다시피 했는데 유정경만큼은 아니었다.

니네는 이제 진짜 다 끝이야, 하고 신이 나서 흥얼대는 걸 보니 세상에는 타고나길 못된 사람이 있구나 싶었다.

석화는 제주도에서 쉘터로 올라온 후 벌써 두 번이나 이 조사실을 찾았다. 이번에는 정말 고문이라도 할 심산인지 날카로운 송곳을 위로 던졌다가 잡기를 반복했다.

"박사님, 이거를 손톱 사이로 푹 쑤셔 넣고 밑으로 누르면 손톱이 쏙 빠지거든."

그 말에 당연히 겁이 났지만, 다행히도 얼굴에 감정은 크게 드러나지 않았다. 그러나 반사적으로 허벅지에 얹은 손을 스윽 구부려서 손톱을 숨겼다.

"이번엔 곽수환이 새끼가 박사님 구하러 못 와요. 그 새끼도 군사재판에 회부됐으니까요. 하, 나 참. 그 새끼 무슨 든든한 백이 있는지 몰라도 말이야, 그날 박사님한테 자백제 투여했다고 내가 우리 상사한테 얼마나 깨졌는지 알아요? 근데 박사님, 오늘은 아니야. 오늘은 나한테 많이 혼나야 돼."

유정경이 석화의 팔을 휙 잡아채서 테이블에 올렸다.

"솔직하게 이야기하지 않을 때마다 손톱 하나씩 날아가요. 자, 곽수환이랑 왜 바이올렛구역에 가서 한 시간이나 연락이 안 됐어?"

"사람을 고문하는 걸 즐기십니까?"

쿡, 유정경이 송곳으로 중지 끝을 눌렀다. 그대로 힘을 주면 안으로 파고들 것만 같았다.

"사람을 고문하는 걸 즐기는 게 아니라 나쁜 사람 혼내주는 걸 즐기는 거지."

"일전에 그러셨죠. 오양석 박사님 허벅지를 송곳으로 20번은 찔렀다고요. 그때 오양석 박사님은 죄가 없으셨는데요."

그때 조사받은 이후로 오양석이 다리를 절고는 했는데, 그게 유정경의 솜씨라는 것을 석화는 자백제를 맞았던 날 알게 됐다. 석화는 그래서 이 남자가 더 싫었다. 왜 상부에서 이 남자에게 조사를 맡기는지도 모르겠다. 고문을 해서 억지 자백을 뱉게 할 수도 있는데 말이다.

"아, 그거? 그래서 그때 사과도 했어요. 나야 뭐, 위에서 시키는 대로 하라면 해야지. 나라고 피 튀기는 걸 좋아하는 줄 알아? 박사님, 백숙은 맛있었어? 근데 박사님 옆에 있던 놈이 아담 혈액을 스스로 제 몸에 주입했다잖아. 그거 석 박사가 준 거 아니야? 쉘터에 바이러스 퍼뜨리라고 말이야."

석화는 처음으로 비웃음을 내뱉었다. 표정은 크게 달라지지 않았지만 짧은 코웃음에 그러한 태도가 확연히 드러났다.

"상식적으로 제 옆에 있는 사람에게 그런 짓을 하겠습니까? 제가 제일 먼저 피해를 입을 텐데요, 윽!"

이번에는 새끼손가락으로 송곳이 파고들었다. 내려다보니 손톱 가운데까지 송곳이 들어온 게 보였다.

"그 잘나빠진 주둥이로 다시 나불대봐. 뭐라고?"

석화는 입을 꾹 다물고 시큰거리는 통증을 참아냈다. 육체의 고통에는 취약한 저이기에 이런 아픔은 충격적이었다.

1차 통증이 빠른 신경으로 전달되고, 이어 2차 통증이 느린 신경으로 뇌에 다다랐다. 어째서 통각은 신경섬유가 두 가지로 나뉘어 있어 두 배의 고통을 받게 되는지 모르겠다.

"그래, 자기 스스로 아담 혈액을 주입한 놈은 일단 석화 박사님 짓이 아니라고 치자고. 그건 양상훈이 새끼도 아주 의심이 가는 행동을 했으니까. 그럼 곽수환 소령과 왜 밖으로 나가서 연락이 안 됐는지부터 말해봐."

꾸욱, 송곳의 심을 눌러 안쪽의 연한 살을 파헤쳤다. 여기서 조금만 더 힘을 주면 손톱이 떨어져 나가버릴 것만 같았다. 석화의 등은 순식간에 식은땀으로 흥건해졌다. 그래 봐야 작은 새끼손톱인데 이렇게 큰 고통을 줄 수 있다니 놀라울 따름이었다.

유정경은 삽시간에 하얗게 질려버린 석화를 보면서 이죽거렸다. 박사들은 원체 연약해 빠져서 으박지르고 조금만 고통을 주면 없던 일도 줄줄이 내뱉고는 했다. 유정경은 연구소에서 온갖 대우를 받으며 콧대 빳빳이 높은 박사들이 자신 앞에서 눈물과 콧물을 줄줄 흘려댈 때 희열을 느꼈다. 특히 저 무표정한 석화의 얼굴이 일그러지고 저를 보면서 울면 얼마나 짜릿할까 싶었다.

쾅! 조사실 문이 열리는 소리에 유정경은 기시감을 느꼈다. 설마 또 곽수환일까 싶어 잔뜩 인상을 쓰고는 돌아봤는데, 제 직속상관인 차학현 중령이었다.

"중령님, 오셨습니까!"

유정경은 석화의 손톱에서 송곳을 빼내고 거수경례를 했다.

"쉬어."

이마로 각을 세운 손을 내린 유정경은 대체 차 중령이 왜 왔지? 싶은 눈을 했다. 차 중령은 새끼손톱을 쥐고 있는 석화를 봤다가 다시 유정경을 돌아보았다.

"내가 취조할 테니까 넌 나가봐."

"예?"

퍽, 차 중령이 유정경의 정강이를 걸어찼다. 순식간에 얼굴이 일그러졌지만 자세는 흐트러지지 않았다.

"이 새끼가 감히 건방지게 어디서 되물어. 까라면 까, 새끼야."

"그렇지만 중령님! 이 건은 제가 맡았습니다."

차 중령이 이 새끼가 돌았나 싶은 표정을 하고 손을 올렸다. 유정경은 조사 테이블에 놓여 있던 임명장을 휙 들어 보였다.

"보십시오! 윤 대장님께서 제게 임명하신 일입니다. 저보고 석화 박사님을 취조하라고 하셨습니다."

순간 손을 올리고 있던 차 중령도 눈에 띄게 굳었다.

다른 누구도 아닌 여의도 쉘터 최고 관리자 중 하나인 윤 대장의 지시라니……. 유정경도 심상치 않은 반응에 상사를 향해 히죽 웃었다.

'새끼야, 나 줄 잘 탔거든? 너도 조심해.'

그런 분위기가 농후했다. 차 중령은 하는 수 없이 석화를 향해 그저 걱정스러운 기색만 내비쳤다.

"석화 박사님, 괜찮으십니까?"

석화는 새끼손가락을 감싼 채로 아무런 반응을 보이지 않았다. 저는 오양석 박사님의 죽음에 의문을 가진 것뿐인데 왜 이런 상황까지 몰렸는지 도통 알 수가 없었다.

"박사님한테 고문 같은 건 함부로 하지 마라, 응?"

"그냥 겁만 준 것뿐입니다."

차 중령은 곽수환에게 이걸 또 어떻게 설명해야 할지 난감해졌다. 그래도 이번만큼은 제 관할을 벗어났다고 생각했다. 다른 사람도 아닌 윤 대장 지시라고 하니 말이다.

차 중령은 손으로 유정경을 밀치고 조사실을 빠져나갔다. 유정경이 잇새로 좆같은 새끼, 욕을 하는 소리가 석화의 귀에도 들렸다.

"박사님, 지루했죠? 그럼 우리 다시 가볼까요?"

유정경이 빨리 손을 내놓으라며 손가락을 까딱까딱했다.

"말할게요."

"뭐?"

"무슨 일이 있었는지 말하겠습니다."

"에이, 박사님. 재미없게 왜 이러시나."

아쉬워하는 티를 풀풀 내면서 책상에 삐딱하게 걸터앉았다. 석화는 눈을 한참이나 감고 있더니 이윽고 말을 하기 시작했다.

◆ ◆ ◆

"야, 이 새끼야! 그걸 믿으라고?"

윤 대장이 호통을 쳤다.

"그게 진실입니다. 감히 대장님 앞에서 제가 거짓말을 하겠습니까?"

몇몇 장군들은 뜨악한 얼굴로 제 이마를 문지르거나 턱을 매만졌다.

"영상기록장치를 끈 이유가 그거라고?"

"예, 그뿐입니다."

곽수환은 정말 사실만을 고하는 사람처럼 덤덤하게 굴었다.

"그러니까 곽 소령 네놈이 석화 박사와 그렇고 그런 관계고, 야외로 종종 데이트를 나갔다고? 너, 대가리에 총 맞았어? 쉘터 상황이 어떤지도 모르고 데이트를 나가?"

"위층이 폐쇄되었으니 저희가 할 수 있는 건 없었습니다. 그리고 당시 무전에서 제1식당도 정리가 완료되었고, 5층부터 방역이 시작됐다고 들었습니다. 지하에 있던 저와 석화 박사는 그 상황에서 위로 올라갈 수도 없었고, 전 박사님의 안전을 최우선으로 생각했고요. 또한 저희가 이동하는 것까지 보고하고 허가도 받았습니다."

침통한 얼굴을 하고 있던 장 중령이 조심스럽게 손을 들었다.

"새끼야, 넌 빠져. 또 저 새끼 감싸주려는 거 모를 것 같아?"

장 중령은 슬그머니 다시 손을 내렸다. 그랬더니 이번에는 이연태 중장이 손을 쓱 들었다.

"이연태, 넌 또 뭐야."

아무래도 제 바로 밑의 중장인지라 대장도 크게 화를 내지는 못했다.

"곽수환 소령의 말이 거짓은 아닐 듯합니다. 그…….."

"그, 뭐. 말을 해!"

이연태는 한숨을 쉬었다. 다른 놈 같았으면 목이 날아가든 말든 무시했을 테지만, 전력의 중심인 곽수환을 그냥 보내버릴 수는 없는 노릇이었다.

"그, 곽수환 소령이 석화 박사를 보고⋯⋯."

"뭐!"

"자기⋯⋯라고 부른 것을 제가 들었습니다."

이연태는 제가 제 입으로 말하고도 뜨악했는지 식은땀을 흘렸다. 그래도 윤 대장에게서 곽수환을 사수하려면 어쩔 수 없었다.

"이런 말씀까지 드리기는 외람되지만, 저희의 결백을 증명하려면 하는 수 없이 밝혀야 할 것 같습니다."

곽수환은 심각하게 미간을 구겼다가 곧 결심을 굳힌 사람처럼 진심을 토해냈다.

"석화 박사님께서 야외 데이트를 좋아하십니다. 일전에도 야외로 같이 데이트를 다녀온 적이 있습니다. 그건 영상기록장치에 아직 남아 있습니다. 여기서 멀리 떨어지지 않은 비보호구역 레스토랑으로 가는 길이었고, 이걸 그 증거물로 제출합니다."

곽수환은 검은 제복 안쪽에서 USB를 꺼내 윤 대장의 앞에 쓱 밀어두었다.

윤 대장이 손으로 그걸 툭 치더니 제 부하에게 틀어봐, 하고 거칠게 말했다. 부하는 곧장 USB를 노트북에 연결하더니 군사회의실 메인 화면으로 띄웠다. 지프의 영상기록장치는 뒷좌석에 있었기 때문에 둘의 목소리만 흘러나오기 시작했다.

[석 박사 은근히 음흉한 구석이 있어. 데이트를 하고 싶으면 그렇다고 말을 하지, 왜 돌려 말해.]

[제가 데이트를 하자고 했습니까?]

[나한테 귓속말을 하면서 내 귓불을 슬쩍슬쩍 입술로 문 건 뭔데.]

[제가 그랬습니까?]

[내가 연애소설을 제법 봐서 아는데, 그거 다 알고 끼 부리는 거라고 하더라고. 일부러 내 귀를 희롱했던 거지?]

[하아⋯⋯.]

[이거 봐, 또 한숨 야하게 쉬네.]

평소 곽수환이 장난스레 내뱉는 그런 말들이었다.

실제 중요한 이야기는 레스토랑 안에서 했기에, 그날 차를 타고 이동하면서 한 말들은 다 저런 종류였다. 듣다 못한 윤 대장이 손을 내저으며 때려치우라고 성질을 냈다.

"석화 박사 데려와."

곽수환이 속으로 씩 웃었다. 쉘터에 이상한 소문이 퍼진 게 이렇게 도움이 되다니, 나름 다행인 셈이었다.

지하 3층에 있던 석화가 군사회의실로 올라오기까지는 약 15분. 문이 열리고 석화가 군사회의실에 모습을 드러내자마자, 속으로 웃고 있던 곽수환의 표정이 순식간에 바뀌었다.

석화는 손에 붕대를 감고 있었고, 얼굴은 마치 지금 당장 기절해도 이상하지 않을 정도로 하얗게 질려 있었다. 석화를 데려온 유정경은 곽수환을 보자마자 픽 웃었다.

곽수환은 그제야 저 새끼를 과천으로 내려보내지 않은 것을 후회했다.

◆ ◆ ◆

석화는 장군들이 앉은 U자 형태의 테이블에서 뚫려 있는 중앙에 앉았다.

서서 취조를 받는 것이 정상이지만 박사의 상태가 좋아 보이지 않는다는 이유로 나름의 배려를 해주었다. 석화는 딱딱한 철제의자에 앉아서 두 손을 허벅지에 얹었다. 그 옆에는 곽수환이 서 있었는데, 마치 둘이서 공개재판을 받는 듯한 모양새였다.

"석화 박사."

정면 중앙에 앉은 윤 대장이 석화를 불렀다.

"예."

윤 대장은 유정경이 가져온 서류를 쓱 눈으로만 훑어보더니 나름대로 인자한 얼굴을 지어냈다. 그러나 퍼그처럼 주름이 잔뜩 잡힌 얼굴이 밝게 보이는 일은 없었다.

"우리 레인보우 시티가 박사들에게 많은 혜택을 베풀고 있다는 것은 알지요?"

"압니다."

여의도 쉘터에 와 온갖 일들을 겪고 나니 제가 얼마나 온실 속의 화초인지도 깨달았다.

"유정경 소령이 거친 방법을 썼다면 미안하게 됐어요."

윤 대장은 석화가 겉으로 보이는 모습만큼이나 어리지 않다는 것을 알지만, 어쩐지 갓 스물을 넘긴 청년을 대하듯 타이르는 말투가 나와버렸다.

"손은 괜찮습니까?"

"아파요."

빈말이라도 괜찮다고 할 만한데 석화는 솔직하게 말했다. 윤 대장이 서류철을 들더니 제 뒤에서 대기 중인 유정경의 머리를 후려쳤다.

"취조를 하라고 했지, 고문을 하라고는 안 했어."

"예, 그러셨습니다. 그런데 저도 그냥 겁만 주려고 한 건데 박사님께서 손을 확 빼시는 바람에."

"바람에?"

"손톱이 부러지셨습니다."

윤 대장은 퍽, 퍽, 연거푸 소리가 나도록 유정경의 머리를 내려쳤다.

곽수환은 그동안 석화의 왼쪽 손을 내려다봤다. 새끼손톱이 부러졌는지 그 부분에 붕대가 감겨 있었다. 홀스터와 함께 총기를 반납하지 않았다면 여기서 유정경의 대가리를 쐈을지도 몰랐다.

"유정경 소령이 좀 과한 충성심을 가지고 있으니 이해를 해줘요. 석화 박사, 우리가 정말 말도 안 되는 소리를 들었는데, 혹시 곽수환 소령에게 협박을 받은 건 아닙니까?"

"아닙니다."

"알다시피 우리 레인보우 시티는 군인들과 시민의 연애까지 개입하지는 않아요. 자유로운 것은 참 좋은 일이고, 젊은 친구들이니 충분히 연애도 할 수 있지요."

레인보우 시티는 허가된 출산 외에 연애에 대해서는 윤 대장의 말대로 크게 개입하지 않았다. 특히 쉘터는 혈기왕성한 군인들이 넘치는 만큼 피임만 잘하면 눈감아주는 편이기도 했다. 그게 동성이든 이성이든 간에 말이다. 그렇다고 너희들 마음대로 실컷 연애하라는 건 아니었다.

군인의 가장 중요한 덕목은 레인보우 시티를 지키는 일이고, 연구원은 레인보우 시티의 시민을 보호하기 위해 의약품과 백신을 개발해야 했다. 그런데 지금 곽수환과 석화는 그 가장 중요한 일을 뒤로 방치했다는 것밖에 되지 않았다.

윤 대장은 인자한 얼굴을 하고 있었지만, 속으로는 여전히 미심쩍었다. 저들이 연애를 한다는 변명을 댄 이유는 무언가 구린 구석이 있어서라고. 연애 따위는 거짓말일 수도 있다고 확신했다.

"주제넘지만 한 말씀 올리자면."

유정경이 대장에게 발언권을 허락받았다. 여기서는 말씀드리기 어렵다는 듯이 운을 떼자 윤 대장이 밖으로 따라 나오라고 손짓했다.

유정경은 쪼르르 윤 대장을 따라가 군사회의실 밖으로 나간 뒤에도 대장만 들을 수 있게끔 조용히 말을 시작했다.

"대장님, 둘이 그런 사이라는 게 저는 믿기지 않습니다."

"그럴 만한 타당한 이유라도 있어?"

윤 대장이 담배를 꺼내자 유정경이 서둘러 불을 붙여주었다.

"예, 아직 개통이 안 된 것 같습니다."

그 말에 윤 대장은 매캐한 연기를 내뿜으며 인상을 구겼다.

"개통? 통신사 기지국이 무너진 게 언제인데."

"그게 아니라, 그 거기 개통이요."

"제대로 이야기해, 새끼야."

"그럼 실례를 무릅쓰고 말씀드리겠습니다. 곽수환 소령이 석화 박사와 그런 사이라면 분명 몸에 흔적이 있지 않겠습니까?"

"그런데."

"아직인 것 같습니다. 그 관계가요. 그런 뜻으로 개통이 안 됐다고…… 드린 말씀입니다."

"그러니까 유정경이 네 말은, 저놈들 둘이 작당을 해 연애를 한다고 거짓말한 거다 이거지?"

"예! 역시 대장님답게 현명하십니다."

"넌 내가 빙다리 핫바지로 보이냐?"

"예? 그, 그게 무슨 말씀이신지."

윤 대장이 손을 펼쳐 유정경의 뺨을 툭툭 쳤다. 점차 강해지면서 퍽퍽 하는 소리로 변했다. 유정경은 뺨이 붉게 달아오르는데도 꿈쩍 않고 대장의 손찌검을 받아냈다.

"누가 그걸 모를 것 같아? 몰라서 장군들 불러놓고 이 지랄을 하고 있는 거로 보이냐고."

"그러시다면……."

윤 대장은 유정경의 견장에 제 담배를 비벼 껐다. 더는 알 거 없다는 듯한 태도에 유정경도 입을 다물 수밖에 없었다.

윤 대장이 다시 안으로 들어왔고, 석화는 자꾸만 시큰거리는 통증에 손을 간간이 떨었다. 윤 대장은 자리에 도로 앉고도 한참이나 생각에 잠긴 듯이 아무 말이 없었다.

이런 방법은 임기응변에 불과하다는 것을 곽수환도 알고 있었다. 게다가 윤 대장은 퍼스트 마스터의 라인이었다.

사실 불패소대는 곽수환의 육사 기수로 세컨드 마스터가 구성한 신생 부대였다.

퍼스트와 세컨드는 서로 손을 잡고 레인보우 시티를 위해 일한다고 하지만, 그 둘의 기 싸움은 늘 존재했다. 하늘 아래 두 개의 태양은 없다는 말을 그 둘이 손수 보여주고는 했다.

"그간 곽수환 소령이 보여준 공로를 나는 높이 평가하고 있네. 곽수환 소령 말대로 쉘터가 정리됐다고 하니 안심하고 석화 박사와 바이올렛구역으로 간 것이겠지. 그러나 레인보우 시티의 군인이라면 자고로! 늘 대비를 해야 하지. 그 점에 대해서 변명할 게 있나?"

"없습니다."

곽수환은 석화에게서 시선을 거두고 윤 대장을 향했다.

"그럼 다들 바쁠 터이니 이쯤에서 정리를 하겠네. 육군 소령 곽수환은 오늘부로 과천지부 쉘터로 발령한다."

곧 회의실에 술렁거림이 찾아왔지만, 그 누구 하나 직접적으로 토를 다는 이는 없었다. 곽수환은 이 정도면 나름 양호한 결과인가 싶었다.

"불패소대 지휘권을 빼앗고, 과천지부 백호부대의 지휘관으로 임명한다."

불패소대의 지휘권을 빼앗겠다는 건 한마디로 저희 소대 자체를 무너뜨리겠다는 뜻이었다. 너무도 빤히 보이는 윤 대장의 심보에 곽수환은 비웃음조차 나오지 않았다. 거기엔 세컨드 마스터의 세력도 약화시키겠다는 의도도 들어 있었다.

곽수환은 덤덤한데 옆에 앉아 있던 석화만 놀라 그를 쳐다봤다. 그가 과천 쉘터로 이동한다면, 앞으로 저와는 만날 일도 요원할 거다.

"석화 박사."

석화는 생각을 멈추고 윤 대장을 봤다.

"석화 박사는 죽은 오양석 박사를 대신해 수석연구원으로 여의도 쉘터에 왔기 때문에 변동사항은 없을 걸세. 여태 그래왔던 대로 여의도 쉘터 연구실에서 힘을 써주게. 이상, 군사회의를 마친다. 그리고 양상훈 소령은 예정대로 헌병대가 조사를 이어

가게나."

윤 대장이 일어나자 모든 장군들이 기립했다. 석화도 의자를 내리누르면서 간신히 몸을 일으켰다. 윤 대장이 나가고 나서야 곽수환이 석화의 팔을 붙들었다.

"괜찮아?"

"예."

장군들 중 몇몇은 둘에게 시선을 주었다가 더럽다는 듯이, 또는 못 볼 꼴을 봤다는 듯 잇새로 욕을 뱉고 나가는 자들도 있었다. 붙어먹을 게 없어서 남자 새끼와 붙어먹느냐며 아예 대놓고 말을 하는 장군도 있었지만, 둘에게 그런 말은 아무것도 아니었다.

장 중령도 다가와 뭐라고 이야기를 하려 했으나, 지금은 역효과라는 것을 알기에 조용히 회의실만 빠져나갔다. 모두가 회의실을 나간 뒤 마지막으로 곽수환과 석화도 문으로 향했다. 서로 침묵한 채 복도로 한 발 뻗었을 때였다.

"이야, 운도 좋아. 수석연구원이시라 잘도 빠져나가고, 한 놈은 모가지 날리는 게 아니라 과천으로 보내버리고. 물증이 없으니 그렇다 치지만 아주 대단하셔?"

석화는 유정경이 뭐라 하든 그냥 지나치려고 했다.

"컥!"

그 소리만 아니었으면 말이다. 석화는 황급히 곽수환을 바라봤다. 곽수환이 검은 장갑을 낀 채로 유정경의 목을 쥐고는 벽에 밀어붙여 들었다. 두 다리가 허공에 떠서 버둥거리는 유정경의 눈알은 마치 튀어나올 듯 불거졌다.

"곽수환 소령님."

석화는 흡사 쓰러지기 일보 직전이었다. 이제 소란은 그만 벌이고 들어가서 쉬고만 싶었다.

"내가 지금 여기서 널 죽이고 영창을 가도 1년이면 나와. 아니 어쩌면 한 달일 수도 있지."

캑, 캑, 올가미에 걸린 짐승처럼 받은 숨을 내뱉는 유정경이 가운뎃손가락을 들어 곽수환에게 흔들었다. 곽수환은 그 손을 잡아 비틀어버렸다. 크아아악, 비명 소리에 석화는 골이 어지러울 지경이었다. 곽수환은 기괴하게 틀어진 손가락을 놓고 새끼손가락 하나도 뒤로 넘겨 분질러버렸다. 그러고는 잡고 있던 목을 바닥을 향해 내팽개쳤다.

"쿨럭, 컥……. 씨발 새끼야! 너 가만 안 둬! 아아악!"

제 손을 감싸고 바닥을 구르는 유정경을 곽수환이 군홧발로 걷어찼다.

"과천에서 보자고."

한 번 더 걷어차고 석화를 보는데, 저만치 앞서 걸어가고 있었다. 이쪽은 돌아보지도 않고 휘청거리는 걸음을 옮겼다.

곽수환이 얼른 석화를 따라잡았다. 그런데도 석화는 저를 보지 않고 바닥만 보면서 걸었다. 엘리베이터에 올라타서도, 숙소 층에 도착할 때까지도 아무 말이 없으니 곽수환은 붕대가 감긴 손만 계속 눈에 밟혔다.

"내가 말했잖아. 쓸데없는 일에 관련돼서 좋을 게 없다고."

석 박사도 이제 눈 밖에 났으니 그 나름대로 조심하라는 뜻이었다. 어차피 유정경은 제가 머리채를 끌고 과천으로 데려갈 테지만, 식당에서 뜨거운 국그릇에 얼굴을 박는 석 박사는 누가 막아줄까, 자못 걱정됐다.

여의도 쉘터는 뉴스 속보와는 다르게 10층까지만 불길이 번졌고, 그 위층들은 다행히 폐쇄되어 있었기 때문에 연기가 새어 들어오는 일은 없었다. 다만 제대로 전소된 저층들을 수리하려면 아마 꽤 시간이 걸릴 듯했다.

석화가 자신의 방 앞에서 손을 뻗으려고 하자 곽수환이 그 앞을 쓱 막아섰다. 지금 석화가 무슨 생각을 하고 있는지, 왜 또 자신과 눈도 마주쳐주지 않는지 알 수가 없었다.

"내일 과천으로 바로 좌천될 텐데 이참에 정자 줄까?"

"됐습니다."

비키라는 말을 할 줄 알았는데, 석화는 그 자리에 그대로 서 있기만 했다.

"좌천은 내가 되는데, 왜 석 박사가 그런 얼굴이야."

"저 때문에 피해만 보셨으니까요."

제가 서펀트에 대한 이야기를 하지 않았다면 일이 이렇게까지 꼬이지는 않았을 거다.

레인보우 시티에서 의문을 갖는 일은 그만한 대가를 수반한다는 것을 이번에 알았다. 여태 그래본 적이 없어서, 늘 수동적으로 살아왔기에 저 자신은 안전했던 거다. 원호도, 오양석 박사도 의문을 갖고 행동하다가 그렇게까지 되었겠지.

"미래 창창한 소령의 싹을 날려버린 게 미안하면 한번 대주든가."

곽수환이 한쪽 눈썹을 슬쩍 찡그리고 짓궂게 말했다.

[개방합니다.]

석화가 자신의 지문을 인식시켜 문을 열었다.

"그럼 잘 자요, 석화 박사님."

석화가 문고리를 쥔 채 서 있자 곽수환이 손을 흔들었다. 그런데도 석화는 안으로 들어가지 않고 문을 좀 더 넓게 벌려 열었다.

"들어오세요."

곽수환은 뭔가 난감한 듯 찡그렸던 눈썹을 손으로 쓱 훑었다.

"아무리 미안해도 대달란다고 대주면 안 되지. 석 박사 맹한 구석이 있어서 걱정인데, 다른 놈들한테도 그러지는 마. 간다."

이 남자는 항상 그랬다. 입으로는 뭘 해달라, 또 뭘 하자고 하지만 실제로 실력 행사에 들어간 적은 없었다.

"정자 준다면서요."

곽수환의 등에 대고 석화가 목소리를 키웠다. 석화는 까만 눈으로 곽수환을 올려다봤다. 손에는 붕대를 두르고 얼굴은 하얗게 질려가지고는 사람 기분을 또다시 묘하게 했다.

"갖고 싶습니다."

석화는 다시 한번 쐐기를 박듯 말했다.

"곽수환 소령님 거요."

젠장.

성큼성큼 걸어온 곽수환이 문을 밀며 안으로 들어섰다. 석화도 그제야 문고리에서 손을 놓았고, 두 남자를 가둔 방문이 닫혔다.

"후회할 텐데."

곽수환이 석화의 허리를 둘러 안고는 고개를 숙여 내려다봤다.

"안 하는데요."

까맣고 큰 눈으로 곽수환을 올려다보는데 다소 힘이 없었다. 오늘 하루 지금까지 버텨준 것만 해도 용했다. 석화가 곽수환의 가슴팍을 손으로 지그시 밀어내자 그는 쉽게 뒤로 물러나주었다.

그도 석화의 방에 들어온 건 처음이었는데, 방에 돌이 빼곡할 줄 알았건만 몇 개 보이지 않았다. 그중 당당하게 고개를 쳐들고 있는 남근석은 책상 중앙에 놓여 있었다. 아침저녁으로 석화가 저걸 보고 또 만질 걸 생각하니 어쩐지 제 하반신이 어루만져지는 이상한 느낌이 들었다.

"석 박사."

나직한 목소리로 불렀지만 답이 없었다. 석화는 서랍에서 라텍스 장갑을 꺼내 손에 끼워 맞추고 있었다. 그것도 오른손만 장갑을 꼈다. 설마 싶다 했지. 곽수환이 픽 웃었다. 정말 정자나 얻어갈 심산으로 저를 안으로 들인 거였다.

석화는 다시 다가가 곽수환의 팔을 잡고 침대로 이끌었다.

"착취만 당하다가 가네."

어디 마음대로 하라는 듯이 석화가 하라는 대로 전부 따랐다. 손목을 감싼 석화의 열이 피부로 고스란히 전달되니 그 부근이 화끈해졌다.

케이프와 제복 상의를 옷걸이에 걸쳐둔 곽수환은 흰 셔츠에 바지 차림으로 침대에 앉았다. 이어 의자를 끌어온 석화도 그 앞에 마주 보고 앉았다. 그러고는 깨끗한 샬레와 은색 통도 책상에 올려두었다.

"시작할까요?"

석화가 손을 뻗어 버클을 풀었다.

"내가 아무리 성욕이 왕성하다고 하지만 이런 상황에서 발기는 힘들 것 같은데."

마치 성기를 검사받으러 온 환자가 된 기분이라는 말이었다. 그런데도 지퍼를 내리고 브리프에 손가락을 걸어 당기자 하반신이 반응을 보였다.

석화는 전에 턱을 맞았던 기억 때문에 좀 멀찍이 떨어져 앉았는데, 자세가 적잖이 불편했다. 의자를 뒤로 물리고 바닥에 앉고는 라텍스 장갑을 낀 손으로 곽수환의 성기를 감쌌다.

돌겠네.

곽수환은 석화를 잡아 누르지 않도록 인내심을 발휘해야 했다. 점차 서기 시작하자 석화가 고개를 휙 들어올렸다. 마치 펠라를 하다가 올려다보는 것처럼 음란한 시선으로만 다가왔다.

"자위하실 수 있겠어요?"

"이거 진짜 고문인데."

아무래도 정자는 못 주겠다면서 일어나려는데, 석화가 단단한 허벅지에 손을 올렸다.

"야한 영상 같은 건 없어서요. 곽 소령님,《선생님과의 하룻밤》저도 봤는데요."

"그건 또 뭐야."

곽수환이 지퍼를 채우려고 했지만 그보다 빠르게 석화가 막았다.

"곽 소령님이 보는 소설이요. 거기서."

석화는 뭔가 결심을 한 사람처럼 숨을 들이쉬었다가 뱉었다. 뜨거운 숨결이 하반신으로 곧장 전달됐다. 석화는 은색 통에서 소독솜을 꺼내 곽수환의 것을 꼼꼼하게 닦기 시작했다.

"이건 또……."

곽수환이 천장을 올려다봤는데 딱 죽을 맛이었다.

시원하고도 미묘하게 불쾌한 감각이 신경을 내달렸고, 라텍스 장갑 너머의 손은 뜨거웠다. 담금질을 당하는 것도 아닌데 뜨겁고 차가운 느낌이 반복해서 찾아들었다.

"전에도 느꼈는데 곽수환 소령님 성기는 모양이 좋은 것 같습니다."

어릴 때부터 엘리트 교육을 받고 자랐으니 공용욕실을 쓸 일도 없었을 텐데, 타인의 성기를 어떻게 비교할 수가 있나 싶었다.

"칭찬 고마운데 아까 방역하면서 샤워도 했거든?"

그 순간 곽수환은 머리가 아찔해졌다. 낼름, 석화가 혀를 내밀어 곽수환의 성기를 혀로 핥았다. 움찔, 석화의 손에서 좆이 엄청난 크기로 부풀기 시작했다. 또 낼름낼름, 아이스크림을 먹듯이 말캉한 혀로 성기를 자극했다. 곽수환은 믿기지 않는 광경에 목까지 힘줄이 바짝 섰다.

미치지 않고서야 석화가 제 좆을 빨까. 그것도 아니면 과천으로 좌천된 게 그렇게 미안한가. 어쨌든 석화가 먼저 이렇게 나와버리니 저도 참을 재간은 없었다.

"책에서는 이러면 금방 사정한다고 하던데요."

손으로 하면 오래 걸리고 힘들 것 같아서.

좆을 앞에 두고 속삭인 석화는 또다시 혀를 쏙 내밀어 핥았다.

하룻밤인지 뭔지는 빌려와놓고는 아직 보지 않은 소설인데, 아마 쉘터에 같은 책이 몇 권 더 있었나 보다. 곽수환이 석화의 장갑 틈새로 제 손을 넣어 천천히 뒤집어 벗겨냈다.

"그걸로는 턱도 없어. 석 박사도 자위 정도는 해봤을 거 아니야. 혀로 핥는다고 사정하면 일상생활이 가능하겠어?"

석화는 여전히 곽수환의 허벅지 양쪽에 손을 하나씩 얹고 있었다. 곽수환이 손을 내려 석화의 말랑한 입술을 문지르고는 검지를 쑥 안으로 넣었다. 석화는 불쾌한 듯 미간을 아주 미세하게 구겼지만, 그가 천장을 긁자 눈꺼풀이 깜빡 떨렸다.

빙글, 안에서 손을 돌린 곽수환이 혀를 꾹 눌렀다.

"미끄러뜨리듯이 삼키면서 이 안쪽까지 넣고 쭉쭉 빨아올려야지."

"책에서는……."

그의 검지 때문에 발음이 부정확했다.

"해봐."

툭, 아랫입술에 일부러 검지를 걸었다가 떼어냈다. 석화의 입술이 금세 축축하게 변했고, 작게 다물려 있던 입술이 점차 벌어졌다. 도톰한 귀두를 입에 넣으니 그것만으로도 벅찼다. 그런데 저렇게 돌도 선물해줬고, 한 번 거짓말을 했던 저를 믿어주기까지 했다. 위험할 때면 늘 자신을 구해준 사람인데, 이제 두번 다시 볼 수 없을지도 모르니 이 정도는 아무것도 아니었다. 이참에 정자도 얻을 수 있을 테고.

게다가 곽수환에게서는 코끝을 간질이는 좋은 향이 났다. 코를 콕 박고 깊이 숨을 들이켜고 싶을 만큼 달달하고 시원한 향이었다.

귀두만 문 채로 우물우물하는데 곽수환은 두 번째로 죽을 맛이었다. 석화의 보들보들한 머리카락에 손을 넣고 그대로 제 쪽으로 확 잡아당기고 싶은 충동이 거세게 인 탓이었다. 심지어 다른 사람보다 체온이 높은 석화의 입속에서 아래가 녹아 없어질 지경이었다.

"조금 더 깊이 넣을 수 있겠어?"

석화는 평소보다 더 낮고 느릿한 울림에 곽수환을 올려다봤다. 늘 그럴싸한 웃음만 걸치고 있던 남자가 나른한 눈을 하고 저를 내려다보고 있었다. 게다가 한 팔은 뒤로 뻗어 침대를 눌렀고, 나머지 한 손으로는 뺨을 어루만지니 석화도 뭔가 제 안에서 이상한 불씨가 지펴지는 것 같았다.

무릎을 들어올려 허벅지를 좀 더 꽉 쥐고 더 깊이 성기를 넣으려고 시도했다. 입에 넣고만 있다고 사정이 가능한 건 아니었다. 석화도 그것을 알기에 천천히 고개를 뒤로 뺐다가 안으로 넣기를 반복했다. 커다란 성기에 입안이 맞춰지는 것만 같았다.

하아, 곽수환이 머리카락 사이에 손을 넣었는데 힘이 잔뜩 들어가 있었다. 고개를 뒤로 빼 쪼옥 귀두의 끝을 빨아들이는 때였다.

"흡!"

좆이 목구멍을 타고 단숨에 들어왔다. 순식간에 목젖이 뒤로 넘어가는 게 고스란히 느껴졌다. 석화는 놀란 눈만 연방 깜빡거리며 그의 허벅지를 두드렸다.

으흡. 읍!

목구멍보다 더 큰 성기가 억지로 안쪽을 늘리고 있었다. 그가 그대로 허리를 탁 쳐올리자 헛구역질이 솟았다. 산소가 부족해 곽수환의 허벅지를 두드리던 손에서도 점차 힘이 빠졌다. 버둥거리는 미약한 마찰마저도 쾌감으로 다가왔고, 함부로 경련하며 좆을 감싸는 점막의 감촉에 곽수환은 낮은 숨을 토해냈다.

조금 더 깊숙이 넣으려고 머리를 내리누르려던 때 밑에서 흐으, 하는 약한 신음이 샜다. 그 바람에 정신이 바짝 들어 손을 떼어냈더니, 석화가 좆을 뱉어내고 잔기침을 토해냈다.

"하아, 하······."

석화는 곽수환의 허벅지에 얼굴을 늘어뜨리고 호흡을 골랐다. 벌어진 입에서 미처 삼키지 못한 타액이 허벅지를 적셨다. 곽수환은 재빨리 석화의 겨드랑이에 손을 넣어 휙 들어올렸다.

"괜찮아?"

석화는 경황없는 눈으로 여전히 숨만 몰아쉬었다. 저도 이성이 잠깐 나가버려 조금 거칠게 군 것인데 상대가 무려 석화였다. 곽수환은 자신의 다리 위에 석화를 앉히고는 등을 쓸어내려주었다.

"목 안쪽이······ 아직도 뚫린 거 같아요."

"원래 입으로 하는 건 다 여기까지 넣는 거야."

그가 석화의 쇄골 중앙에 움푹 들어간 부분을 쓱 훑었다. 마치 자신이 이상한 게 아니라는 듯 변명을 꺼냈다. 그냥 내가 손으로 할게. 곽수환이 석화의 귀에 대고 속삭였다.

"대신 같이 좀 즐겨줘."

새끼손가락도 불편할 테니. 곽수환이 석화의 하반신에 손을 가져다 대자 허리를 움찔했다.

숨이 막혀 거의 교살 직전이어서 그랬나 싶을 정도로 석화의 성기도 반쯤 발기해 있었다. 기력이 달려서 그렇지 석화도 남들 만큼 성욕은 있었다. 남자의 몸을 생각하며 자위를 할 때도 있었는데 석화는 그저 자기보다 육체적으로 뛰어난 자들에 대한 부러움이 아닐까 짐작했다. 정신이 멍한 지금으로서는 잘 모르 겠지만.

곽수환은 허리를 한껏 끌어안은 채로 지퍼를 내려서 석화의 것을 꺼냈다. 손에 닿는 감촉이 황당할 정도로 부드러웠다. 일전에 발가벗겨둔 석화의 알몸을 본 적이 있었는데, 유두와 성기가 사람 식욕을 돌게 하는 색을 띠고 있었다. 제가 아담도 아닌데 식욕이 돈다니.

곽수환이 낮게 웃고는 석화와 자신의 것을 겹쳐 쥐었다.

"혹시 저걸로 연습한 건 아니겠지?"

곽수환이 뭘 말하는지 알았기에 석화는 그의 어깨에 얼굴을 기댄 채로 고개만 저었다. 몸에 기운은 하나도 없고 정신도 몽롱해 그런지 성기에 닿아오는 커다란 손의 자극이 좋았다.

제가 하는 것과는 악력과 흔드는 방식이 전혀 달랐다. 석화는 벌써부터 사정감이 치달아오는 것을 느꼈다. 성욕 억제제를 맞았는데 이렇게 빨리 흥분과 사정감이 몰려온다니 신기했다.

"석 박사가 나한테 주는 포상 한번 엄청나네."

곽수환이 석화의 목덜미를 잘근 깨물었다. 세게 깨물었다가는 멍이 들 것만 같아 주인을 무는 짐승처럼 턱에 힘을 빼고 잘근잘근 씹었다.

하아……. 석화가 사정을 하려는 듯 몸을 굳혔을 때 곽수환이 석화를 침대에 눕혔다. 성기에서 손을 떼어내고는 허리만 움직여 석화와 자신의 것을 마찰시켰다.

"이상해……."

달뜬 숨을 내뱉는 석화가 저를 가둔 곽수환의 팔뚝을 쥐다가 윽, 소리를 냈다. 새끼손가락에 힘이 들어가 통증이 닥쳐왔기 때문이었다. 석화는 감질나는 감각을 참지 못하고 오른손으로 제 것을 잡아 흔들었다. 그동안에도 그의 성기가 몇 번이나 저를 찔러왔다.

발끝이 꼿꼿하게 서고 핏, 하고 튀어나가는 정액이 그와 자신의 상체로 흩뿌려졌다. 안 된다. 정작 필요한 건 곽수환의 정액인데 이렇게 뒤섞여서는 곤란했다.

"하아, 소령님……. 소령님 거는 여기에 해줘요."

사정의 기운도 못 물리치면서 그 와중에 제 손을 내밀었다. 곽수환이 그 손바닥을 혀로 쓱 핥아올리자 까끌한 감촉에 석화가 몸을 떨었다.

"석화 박사님."

깜빡, 석화는 멍한 눈으로 곽수환을 쳐다봤다.

"근데 나 사정하려면 멀었어."

꾸욱, 바짝 선 좆으로 말랑거리기 시작한 석화의 것을 눌러왔다.

"이왕 상줄 거면 끝까지 가보는 건 어때?"

"끝까지?"

이런 허공의 좆질로는 사정하기 힘들다고. 그리고 손을 흔드는 것만으로도 어림없다고 말했다.

"억제제에 진짜 부작용이 있긴 해. 발기는 잘되는데 사정이 엄청나게 지연되거든."

성욕을 억지로 감퇴시키는 약인데 곽수환의 몸에는 잘 듣지 않으니 오히려 한껏 발기된 채로 사정하기가 더 힘들어졌다. 물론 그것도 저 혼자 자위를 할 때지, 밑에서 붉은 얼굴을 하고 가느다란 숨을 내뱉는 석화가 있는 지금은 아니었다.

"내 집착특성이 뭔지 아직 감 안 와?"

곽수환은 석화의 셔츠를 위로 끌어올리면서 배꼽부터 천천히 입을 맞추며 올라왔다.

잘근, 배꼽 위의 부드러운 살을 깨물고는 쭉 빨아들였다. 목덜미와 상체 여기저기 그가 깨물고 지나간 자국은 붉게 달아올랐다가 가라앉기를 반복했다.

"깨무는 거……?"

짧게 웃은 곽수환이 석화의 셔츠를 완전히 벗겨내고 등 뒤에 손을 넣어 감쌌다.

석화는 몸에 넘쳐나는 모든 열기를 그와 나눠 갖는 시원한 기분이 좋았다. 목구멍은 아직 좀 쓰라리지만, 곽수환은 마치 자신의 열을 식혀주는 돌 같았다.

"하……."

가슴을 크게 베어 깨무는 그의 어깨를 저도 모르는 사이 껴안 았다. 가슴을 빨리는 건 태어나 처음이었으니 석화는 정신을 다 잡기가 힘들었다.

곽수환에게 깨물리고 빨린 유두가 금세 붉게 달아올라 나머지 멀쩡한 한쪽과 대비됐다. 그가 뾰족해진 젖꼭지를 혀끝으로 굴 리다가 잘근 깨물었다. 그때마다 석화의 몸도 함께 움찔거렸다.

남은 한쪽도 얼른 자극을 해달라면서 저 혼자 딱딱해지니 곽 수환은 손등으로 그 부분을 쓱 쓸었다. 젖꼭지가 완전히 솟자 꽉, 잡아서 한 번 비틀었다.

"아!"

처음 노출되는 쾌락에 잠식되어 가는 석화 때문에 곽수환도 정도를 넘어서려 하고 있었다. 바지를 벗겨내고 전라를 만들어 엉덩이 사이에 손을 넣었다. 부드러운 틈 안에서 느껴지는 열기 가 빨리 제 안으로 들어와 달라고 종용하는 것만 같았다.

손가락을 비부로 쓱 미끄러뜨리자 석화가 갑자기 경계심을 갖고 어깨를 밀어냈다. 그 와중에 새끼손가락이 아픈지 앓는 소 리도 같이 새어 나왔다.

"설마 모르는 건 아니지?"

아무리 제주도에서 나고 자라 공부만 했다고 하더라도 성교 에 대해서는 알지 않을까 싶었다. 그런데 석화는 왜 자신의 엉 덩이 구멍에 손을 가져다 대냐며 고개를 기울였다. 어차피 이대로 물러날 수도 없는 곽수환은 회음부를 꾹 누르면서 목덜미와 귓가를 입술로 간지럽혔다.

"해파리랑 말미잘이라고 했나, 걔들은 입하고 여기가 같다며. 그럼 그것들은 입으로 성교를 하겠지? 사람은 입하고 여기, 둘 다 쓸 수 있잖아?"

곽수환은 제가 말하고도 거지 같은 소리라고 여겼다. 그래도 구멍에 은밀하게 손가락을 미끄러뜨렸다.

"말미잘은…… 포자번식을 하는데요."

석화는 빨린 것도 처음이고 누군가의 손이 아래에 닿은 일도 처음이라 감각은 생경했지만, 그게 딱히 싫은 건 아니었다.

"박사님, 인간은 말미잘보다는 고등생물이잖아요? 아무 데나 뿌리는 하등생물하고 비교하면 안 되지."

꾸욱, 곽수환이 딱딱하고도 커다란 것을 엉덩이 사이에 가져 다 댔다. 양 허벅지가 잡혀 위로 들린 석화의 몸은 무방비 그 자체였다. 놀란 석화가 손을 내려 그를 밀어내려고 했지만, 굴곡 진 뱃가죽을 따라 손이 미끄러지기만 했다.

"거기…… 목보다 좁은데. 읏!"

허벅지 양쪽을 잡아 한데 모은 그가 퍽! 하고 고환을 치고 올라왔다. 움찔거리는 구멍을 빗겨 올라와 허벅지 사이에 제 좆을 가두고는 복숭아뼈를 이로 잘근 씹었다.

탁, 탁, 소리가 나도록 처대자 엉덩이가 화끈거렸다. 맞물린 허벅지로 그의 좆을 감싼 바람에 곽수환이 움직일 때마다 안쪽의 연한 살이 같이 쓸려나갔다가 밀려나기를 반복했다. 그럴 리가 없는데, 화끈거리다 못해 허벅지가 마치 성기가 된 것만 같았다.

석화는 한 팔을 뻗어 곽수환의 팔뚝을 그러쥐었다. 곽수환이 이번에는 허벅지를 둘러 안더니 허리를 더 위로 뜨게 만들었다. 석화는 힘이 없는 손으로 그의 손을 잡아 제 목덜미에 가져다댔다. 매만져달라는 신호인가 싶어 부드러운 살을 어루만지면서 허리를 쳐대는데 석화가 중얼거렸다.

"꼭⋯⋯."

"응?"

"해줘요."

곽수환이 후, 숨을 내뱉으며 석화의 입술로 얼굴을 가까이 가져다댔다. 그 바람에 몸이 완전히 반으로 접혔고 삽입을 한 것처럼 아래가 빈틈없이 밀착했다. 석화는 그의 등을 끌어안았던 손을 스르륵 하고 침대로 떨어뜨렸다.

싸줘요⋯⋯. 샅레에.

곽수환은 입까지 벌리고 두 눈을 감은 석화 때문에 잇새로 혀를 찼다. 이대로 그냥 해버려? 힘도 다 빠져 있는데 아래를 풀어주고 박아 넣으면⋯⋯.

곽수환은 머리를 거칠게 쓸어 넘겼다. 석화의 몸은 아직 별것도 하지 않았는데 울긋불긋한 자국투성이였다. 그는 허벅지를 들어올리는 대신 옆으로 누워 뒤에서부터 석화를 끌어안았다.

뜨끈뜨끈한 몸이 제 피부에 녹아드는 듯했다.

"가기 싫어지네."

곽수환은 그대로 석화의 어깨를 콱 깨물었다.

◆ ◆ ◆

저혈압에 아침마다 뒷골이 당기는 증상을 겪어야 하루가 시작됐다. 석화는 눈을 뜨고도 아무 생각도 하지 않은 채 기계적으로 침대에 앉아 출타한 정신이 돌아오기를 기다렸다.

'내 집착특성이 뭔지 아직 감 안 와?'

석화는 그제야 휙 고개를 돌려 침대를 내려다봤다. 그리고 제 몸이 알몸이 아닌 것도 깨달았다. 전라에 얇은 셔츠 하나만 입고 있었는데 병원복처럼 길이가 허벅지까지 내려왔다.

대체 곽수환이 언제 나간 건가 싶어서 시계를 보니 아직 9시였다. 어제 어느 상황에서 기절을 한 건지 되짚어봤고 석화는 엉덩이에 손을 가져다 댔다. 넣은 건지 안 넣은 건지 알 수가 없었다. 다만 허벅지 안쪽이 쓰라리고 엉덩이도 맞은 것처럼 욱신거렸다.

당연히 저도 성교에 대해서 모르는 건 아니었다. 학습센터에서 한두 차례 성교육도 받았지만, 실상은 수박 겉핥기에 지나지 않았다. 돌연변이들은 성보다 제가 집착하는 것에 더 관심이 많았고, 곽수환의 말에 따르면 연구소에 처박혀 재미없는 인생만 살았다. 친구나 친한 동료도 없었기에 음담패설을 접한 적도 없었다. 그래서 항문이 그런 용도로 쓰이는지 짐작도 못한 것이다. 안쪽에 전립선이 있으니 분명 쾌감은 존재할 것도 같지만⋯⋯.

석화는 스스로 고개를 털어냈다. 그러자 머리가 더 울렸다.

난생처음 그런 감각이 존재한다는 걸 알았다. 석화는 저 스스로 셔츠 안에 손을 집어넣고 유두를 꾹꾹 만져봤다. 이상하게도 곽수환이 만져준 감촉과는 사뭇 달랐다. 손의 크기도, 그리고 언제 어떻게 매만져질지 모르는 긴장감도 타인이기 때문에 가능했던 거다.

석화는 무심한 얼굴로 셔츠 안에서 손을 빼고 욕실로 들어가 샤워부터 했다. 거울에 비친 몸 여기저기에 붉은 반점이 있어 놀랐지만 이내 평정을 찾았다. 곽수환이 남겨둔 흔적이었다. 스펀지에 거품을 내어 몸 여기저기를 닦다가 허벅지와 엉덩이가 쓰려 그 부분은 손으로 문지르고만 말았다.

그런데 곽수환의 집착특성이 뭘까. 거기까지 다시 생각이 닿은 석화는 물기를 제대로 닦지도 않고 욕실을 나왔다. 책상에 올려둔 샬레를 봤는데 아무것도 없었다. 기대감은 금세 무너졌지만 기절한 건 저이니 그를 탓할 수도 없었다.

문득 시선을 돌리는데 책상의 끝 쪽에 남근석이 놓인 게 보였다. 왜 저기로 옮겨갔지 싶어 자세히 보니 그 밑에 작은 메모지가 하나 눌려 있었다.

석화는 돌을 옆으로 치우고 메모지를 들어올렸다.

시도해봤는데 한 방울도 안 나오더라. 잘 지내, 박사님. 어제는 목
구멍 뚫어서 미안하고.

석화는 일어난 뒤 처음으로 목소리를 냈다.
"갔구나."
목 안쪽이 아직도 따끔따끔했다.

◆ ◆ ◆

석화는 눈을 가느다랗게 뜨고 김 박사의 뒤통수를 응시했다.
나를 버리고 저 혼자 도망을 가다니?
그런 의미는 아니었다. 김 박사에게 설핏 의심이 생겼기 때문
이었다. 양상훈이 아담 혈액을 가지고 있을 리는 없을 테고, 그
날 소년의 옆에 앉았던 사람은 바로 김 박사였다.
김 박사보다 양상훈을 더 믿는 건가? 군인을 싫어하던 저 자
신이? 또다시 혼란스러워졌지만 확실한 건 제가 김 박사를 신
뢰하지 않는다는 것이었다. 그래서 오양석 박사님의 죽음에 대
해 뭔가를 캐묻고 싶어도 입을 꾹 다물었다.
곽수환이 과천으로 내려간 지 벌써 일주일이 넘었다. 그간 석
화는 헌병대에 몇 번 더 불려갔고, 결백을 증명하기까지 몇 사

람이나 더 거쳐야 했다. 그 와중에 양상훈도 죄가 없음이 밝혀졌지만 관리감독에 소홀했다는 이유로 그 역시 과천으로 발령이 나버렸다. 혹시 저를 조사하는 군인이 유정경일까 걱정했던 것도 무색하게 그도 과천으로 갔다고 했다.

석화는 이 근래 7차 아담에 관해 차근히 정리를 하고 있었다. 오청운 선배의 이상행동과 지능이 있는 듯 행동하는 몇몇 아담에 대해서 말이다. 만일 그들에게 지능이 생긴 거라면 결국 새로운 종으로 분리해야 할지도 모른다. 인간의 천적으로 불려야 하겠지만.

그 외 석화의 일상은 별것 없었다. 연구를 하고 짬짬이 시간을 내어 공부도 하고, 어떤 날은 쉘터 도서관에 들어가 소설을 읽었다. 밥을 먹을 때를 제외하고는 곽수환의 빈자리가 그리 큰 것도 아니었다. 다만 그가 선물해준 돌을 종종 주머니에 넣고 다니고는 했다. 전에 쥐고 다니던 조약돌보다 커서 더 시원하고 부드러웠다.

상부에 의문을 제기하지 않고, 주어진 일만 하니 이제 그 누구도 저에게 위협을 가하는 이가 없었다. 서펀트에 대해서도 끝까지 함구했다.

에덴동산이 자신을 회유하거나 오양석 박사에 대해 중요한 사실을 알려주려 했다면, 13레드구역 초소를 불태우지는 않았을 것이다. 물론 테러를 에덴동산이 했다는 확신은 없지만 정황상 그들이라고 생각할 수밖에 없었다.

이게 평범한 삶이고, 늘 자신이 지내오던 일상이었다. 그런데도 자꾸만 내부를 속살거리는 의문들이 증식해나갔다.

아들인 오청운조차 지하에 가둔 오양석 박사가 7차 아담에 대해 연구를 안 했을 리가 없다. 그리고 사망 시각도 이상했다. 치료제 개발에 막대한 돈이 들어가는 건 알지만, 상부가 지나치게 소극적이지 않나. 그런 생각만 반복하던 석화는 정각 1시가 되자마자 귀신처럼 스르륵 일어나 식당으로 내려갔다. 이제 저와 밥을 같이 먹어주는 사람은 아무도 없었다.

외로움이라는 감정도 학습을 해야 찾아오는 듯했다. 전에는 아무렇지 않았는데 혼자 배급을 받고, 덩그러니 앉아 밥을 먹는 시간이 싫어졌다.

"박사님!"

저 멀리서 누군가가 소리를 쳤다. 저를 부른 건 아니겠지 싶어 석화는 얼굴만 푹 숙이고 국을 떠먹었다.

"박사님! 박사님!"

석화가 그제야 고개를 들었다. 식판이 놓인 테이블 앞을 이채윤이 탁탁탁 두드렸다.

"이 소령님……?"

"뭐야, 왜 혼자 먹어? 기다려봐. 나 밥 좀 퍼올게!"

이채윤이 케이프를 휘날리면서 후다닥 배급처로 달려갔다. 줄을 새치기하면서 앞의 군인들에게도 저리 꺼지라며 손을 휘저었다. 어차피 이채윤이 그러지 않아도 알아서 비켜줄 부하들이었다. 식당 직원도 이미 그녀의 먹성을 아는지 반찬과 밥을 남들의 두 배로 담아주었다.

이채윤은 잔뜩 쌓인 반찬들을 흘리지도 않고 재주 좋게 이쪽으로 달려왔다.

석화는 어쩐지 반가움이 들었다. 그간 현장에 나가 있었다고 했는데, 아마도 돌아온 지 얼마 되지 않았나 보다.

"박사님, 똘수환이랑 양상훈 새끼 왜 과천 내려간 거야?"

석화는 이야기가 길어질 것 같아서 숨을 고른 뒤에 말을 꺼내려 했다. 그러나 이채윤이 훨씬 빠르게 말을 이었다.

"나 오늘 복귀하고 깜짝 놀랐잖아. 우리 불패소대 지휘관으로 갑자기 날 임명했는데, 난 지휘하는 건 딱 질색이야. 잘못 판단했다가 애들 개죽음당하면 내 탓이잖아."

이채윤이 수저 가득 밥을 퍼먹으면서 투덜거렸다.

"어디 다녀오셨어요?"

"응, 저 위에 다녀왔어! 거기 엄청 춥다? 장난 아니야. 지프 예열되는 데만 해도 100년이야."

100년은 아닐 텐데, 딴죽을 걸려다가 석화는 입을 다물었다. 곽수환이 종종하던 농담처럼 이런 건 그저 관용적 표현일 뿐이라는 것을 이제는 안다.

"여의도 쉘터 난리 났었다며? 곽수환이 데려온 애가 아담으로 변하고 쉘터 내에서도 아담이 생겼다던데? 병신들, 범인도 못 찾으면서 왜 애꿎은 똘수환이랑 양상훈만 날려보내. 근데 박사님 새끼손가락은 왜 그래? 웬 밴드야? 다쳤어?"

석화는 쏟아진 질문에 다 답변은 못할 것 같아서 가장 중요한 핵심만 말했다.

"제 잘못도 있어요."

이채윤이 밥숟가락을 딱 내려두었다.

"왜 박사님 잘못이야? 그러게 누가 정체도 모를 애 데려오래? 안 그래도 나 이번에 다녀온 현장도 반군으로 추정되는 기지였는데, 찾고 나니까 애들이 다 튀었더라고."

얼굴을 바짝 대고 말을 빠르게 쏟아내는 그녀에게 석화가 한껏 집중했다.

"그 새끼들 지하에 벙커 비슷한 걸 만들어놨거든? 근데 그 안에 말이지, 박사님 연구실 같이 기계가 막 산더미처럼 있더라? 게다가 중앙에는 이상한 나무 마크가 새겨져 있었는데……."

석화도 좀 더 그녀에게 다가가자 이채윤이 아차 싶은 얼굴을 했다.

"아! 이건 비밀이다."

그녀가 검지를 입술에 붙이고 씩 웃었다.

"어쨌든 싹 불 지르라고 해서 태우고 오느라고 한참 걸렸어."

석화는 이제 몇 숟갈 뜨지 못했는데 이채윤은 이야기를 하면서도 절반이나 해치운 뒤였다. 꼭꼭 씹어 먹지 않으면 자주 체하는 석화가 보기에는 정말 부러운 위장이었다.

"이 소령님."

"응?"

"나중에 이 소령님 위장 세포 좀 주실 수 있으세요?"

"뭐? 그럼 내 배 가르고 꺼내야 하잖아! 박사님, 아무리 내가 회복 속도가 빨라도 그러면 나 죽어."

이채윤이 자못 심각하게 대꾸했다.

"나중에 건강검진 내시경 할 때 부탁드리려는 거예요."

군인들은 1년에 한 번 정기적으로 건강 상태를 체크하고는 했다. 그마저도 여의도나 강남 쉘터 등 몇 군데서만 실시됐으니, 다른 쉘터는 얼마나 열악한 환경인지 대충 짐작만 가능했다.

"근데 박사님, 이 흉하게 생긴 건 뭐야?"

그녀가 식판에서 조금 떨어진 곳에 놓인 돌을 가리켰다. 주머니에 넣고 밥을 먹기는 무거워서 꺼내놓은 터였다.

"돌이요."

맨들맨들하고 색감도 훌륭한, 자연이 낳은 보배요. 그 말까지는 하지 않았다.

"에이, 누가 몰라. 생긴 게 꼭……. 암튼, 있잖아. 오늘 박사님 되게 우울해 보인다? 혹시 똘수환이 없어서 그래?"

석화는 금세 미지근해진 국을 떠먹었다. 그러면서 과천으로 간 곽수환과 양상훈은 잘 있으려나 생각했다. 그들은 아는 사람도 많고 에너지도 넘치니, 제 생각은 전혀 하지 않을 수도 있는데 말이다.

"전 괜찮은데요."

석화의 말대로 표정은 예전 그대로였다.

"그 돌, 곽수환이 준 거지?"

"어떻게 아셨어요?"

저런 병신짓을 할 만한 놈이 곽수환밖에 없으니까.

그래도 그녀는 멍한 얼굴로 수저만 들고 있던 석화의 모습이 뇌리에서 지워지지 않았다. 그 때문에 더 크게 박사를 부른 것도 있었다.

"박사님, 나만 믿어."

그녀가 무슨 생각을 하는지는 모르겠지만, 석화는 웬일로 옅게 미소 지었다.

"근데 이 소령님."

"응?"

"혹시 곽수환 소령님의 집착특성이 뭔지 아세요?"

이채윤은 수저를 입에 쏙 넣고는 나도 모르겠네? 하고 대답했다. 그러고는 한번도 생각해본 적 없다는 듯 눈을 커다랗게 떴다.

"박사님은 알아?"

"아뇨, 저도 잘……."

석화는 얼른 식사를 다시 시작했다.

허기를 달랠 겸 식당을 들른 차 중령은, 식판을 든 채로 걷다 말고 우뚝 멈춰 섰다. 곽수환이 부탁을 하고 간 석화가 눈에 띈 탓이었는데, 그보다 더 시선을 빼앗은 게 있기 때문이었다. 제가 잘못 봤을 리가 없다. 저건 분명 바이올렛구역에서 곽수환이 주워갔던 돌이었다.

대체 그딴 걸 왜 가져가나 했더니 석 박사에게 준 건가? 원래도 알 수 없는 곽수환이지만, 이번만큼은 더 이해할 수 없다면서 고개만 저었다. 어쨌든 차 중령은 곽수환의 명령에 따라 멀리서 석화를 지켜보기만 할 뿐이었다.

◆ ◆ ◆

"빌어먹을 새끼, 너 때문에 나까지 이게 뭐냐. 친구 따라 강남 간단 옛말 틀린 거 하나 없어."

"강남은 무슨 과천이지."

의자에 앉은 곽수환은 두 다리를 뻗어 책상에 얹어놓고는 땅콩을 던졌다가 제 입에 넣었다.

여의도 쉘터가 시청이라면 현재 과천 쉘터는 읍사무소 수준이었다. 과천에 있는 군인들은 여의도에서 내려온 둘을 신기해하면서 왜 좌천된 것인지도 궁금해했다.

땅콩을 다 먹은 곽수환이 손만 뻗어 책상의 책을 쥐었다. 여의도 쉘터에서 가져온 것인데 도로 돌려놓을 생각도 없었다.

"너 솔직히 불어."

양상훈은 곽수환이 다리를 뻗은 책상 반대편으로 훌쩍 올라타 양반다리를 했다.

"만날 책 읽는 척만 하는 거지? 그 활자 다 안 읽지?"

"내가 너냐."

《병원균, 어디까지 정복 가능한가?》

사실 별 관심 없던 분야였는데, 석화가 대체 무슨 생각을 하는지 공통점이라도 찾으려면 의학 서적이나 읽어봐야 할 성싶었다.

차 중령에게 듣기로는 이 근래 좆돌을 들고 다닌다던데, 혹시나 자신과 함께했던 추억을 되새기는 건 아닐까 싶다가도 그냥 좋아서 들고 다니는 거겠지 하고 말았다.

"애들은 좀 어때?"

곽수환이 책의 중간을 펼치면서 물었다.

"훈련시키면 나아질 것도 같고. 여기 영관장교 새끼들이 하나같이 빠져가지고는 상부에서 주는 떡고물만 받아 처먹던데. 그러니 애들이 더 총알받이나 되지."

일전에 지원 나왔던 수준만 봐도 알 만했다.

"곽 소령, 오늘도 저녁에 순찰 돌 거야?"

"오늘은 패스."

과천은 쉘터를 제외하고는 그린구역이 몇 군데 되지 않았다.

시간도 때울 겸 양상훈과 며칠 아담 사냥을 나섰는데, 이게 은근히 구역을 정리하는 데 도움이 됐다. 양상훈은 책상에 올려져 있는 큐브를 몇 번 돌리더니 곧 흥미를 잃고 지휘관실을 나갔다.

곽수환도 병원체 박테리아에 대해 읽던 도중 책을 덮었다. 메인 서버와 연결된 컴퓨터를 켜고는 세컨드 마스터에게서 도착한 메시지를 확인했다.

서펀트가 실제 에덴동산의 교주가 맞는 듯하며, 사진으로 알려진 교주는 짐작대로 가짜 인물로 추정된다. 본거지를 급습하지 않고, 어설프게 건드렸다가는 더 깊이 숨어버리는 수가 있다. 과천으로 이동해 좀 더 자유로워졌을 테니 에덴동산 추적에 좀 더 집중하기를 바란다.

과천 쉘터도 마더라는 메인 서버가 있었고, 여의도와 큰 차이는 없었다. 곽수환은 시크릿 메시지를 영구 삭제하고 차 중령이 보내 온 메시지를 열어봤다.

옥상에 앉아 멍하니 초코바를 먹는 석화의 사진이었는데, 옆에는 차 중령의 말대로 좆돌이 있었다. 하여간 진짜 웃기다니까. 그러니까 쓸데없이 반군 사상 같은 데에 물들지 말고 말이나 잘 들으라고, 석 박사.

곽수환이 모니터에 뜬 석화의 얼굴을 톡톡 두드렸다. 물끄러미 바라보다가 화면을 전환해 세컨드 마스터가 첨부한 오양석 박사의 사건 파일을 열었다.

본 사건에 퍼스트 마스터가 관련되어 있는 듯하다. 내 쪽도 관련 자료가 빈약하지만, 알아낸 것은 다음과 같다. 오양석 박사의 사망 시각은 새벽 5시가 확실함. 오양석 박사의 시신을 소각하기 전 박사를 봤던 이들이 했던 말에 따르면 몸 여기저기에 멍 자국이 있었고, 마치 고문이라도 당한 듯 허벅지와 가슴팍에 인두로 지진 자국이 있었다고 함. 운신이 불편한 내가 알아볼 수 있는 정보는 여기까지다.

곽수환은 이마저도 영구 삭제를 눌렀다. 세컨드 마스터는 어릴 적 소아마비를 앓아 지금까지 하반신을 자유롭게 쓰지 못했다.

다만 그의 부모는 통합국에서 인정한 레인보우 시티 감독관이었기에, 자식인 그는 어렵지 않게 세컨드 마스터 자리에 오를 수 있었다. 들리는 소문에 의하면 세컨드 마스터가 저렇게 된 데에 퍼스트 마스터의 가족이 관련되어 있다고 했다. 독을 탔거나, 암살을 하려 했거나. 어찌 되었든 곽수환에게는 관심 밖인 일이었다.

곽수환은 재차 석화의 사진을 열어봤다. 섹시한 구석은 한 군데도 없이 뚱한 표정이지만, 저 얼굴이 침대에서는 어떻게 변하는지 안다. 곽수환은 피식 웃고는 자리에서 일어나 케이프를 걸쳤다. 그리고 책상에 놓인 전화기를 들어 차 중령의 사무실로 연결했다.

'차학현입니다.'

"김 박사도 잘 지켜보고 있지?"

'예, 헌병대 조사 결과 아직 반군과 접점은 없는 것으로 보이는데, 계속 주시하겠습니다.'

곽수환은 전화를 끊고는 큐브를 손에 쥐었다. 양상훈이 엉망으로 뒤틀고 간 큐브를 솜씨 좋게 맞추고는 자리에 다시 탁 내려두었다.

그는 이채윤과 맞붙었던 하얀 가면의 남자를 떠올렸다. 놈은 적어도 S클래스급이었다.

"그 새끼가 서펀트라는 말이지."

놈이 다른 누구도 아닌 석화에게 접근한 것 자체가 아무래도 찜찜했다.

◆ ◆ ◆

"빨리빨리! 박사님 왜 이렇게 굼벵이 같아!"

이채윤이 배낭을 준비하는 석화를 재촉했다.

석화는 필요한 물과 돌, 그리고 간식거리를 배낭에 차곡차곡 담았다. 마지막으로는 모포를 돌돌 말아 안에 쑤셔 넣었다. 슬슬 배낭을 메려는데 이채윤이 직접 와서 낚아챘다.

"저희 진짜 이렇게 나가도 되나요?"

"괜찮아. 소령부터는 외출 보고만 하면 밤에 나가도 상관없어. 박사님 아까 보니까 약 먹던데 어디 아파?"

이채윤은 을씨년스러운 석화의 방을 둘러보면서 걱정했다.

"괜찮아요. 체력을 보충해주는 약이에요."

"그런 게 있어!? 나도 줘!"

"지금 이 소령님한테는 드려봤자 효과 없을 거예요. 나중에 임상시험 끝내면 드릴게요."

"임상시험? 박사님…… 임신했어? 설마 똘수환이가……!"

"아뇨. 전 임산부도 아니고 임신도 안 했습니다."

임상과 임신을 헷갈릴 리는 없을 텐데……. 석화가 의문을 띠자 그녀는 농담이야 농담, 하면서 혀를 쏙 내밀었다.

이채윤은 더 지체 말고 빨리 나가자며 석화의 팔을 잡아끌었다. 그러면서도 제 걸음을 따라잡지 못하는 석화에게 보폭을 맞춰주었다. 석화는 시선을 내려 자신의 다리 길이를 확인했다. 키는 저가 더 큰데 어째서 걸음은 그녀가 더 빠른 건지 아이러니했다.

최근 석화는 헌병대에서도 주시하고 있기 때문에 외출을 하려면 정확한 장소를 보고해야 했다.

지하주차장에서 이채윤은 과천 쉘터에 다녀오겠다는 보고를 하고 나서야 석화도 대동한다고 덧붙였다. 대체 석화 박사님은 왜 가냐는 병사의 물음에 이채윤이 버럭 언성을 높였다.

"연인들을 생이별시켜놨으면 좀 만나게는 해줘야 할 것 아니야!"

씩씩 성을 내는데, 석화는 그제야 그녀가 과천에 가자고 한 이유를 깨달았다. 아마 자신과 곽수환이 연인 관계라고 생각해서 배려를 해준 것만 같았다.

일주일이나 지났는데, 곽수환의 소식은 어디에서도 들려오지 않았다. 연인은 아니지만 그가 어떻게 지내고 있는지 저도 한번 쯤은 보고 싶었다.

석화는 감사한 마음으로 이채윤의 지프에 올랐다. 그녀는 시동을 걸자마자 주차장에서부터 격렬하게 내달리기 시작했다. 벨트를 꽉 붙든 석화의 얼굴이 하얗게 질리는 데는 얼마 걸리지 않았다.

이채윤은 콧노래를 흥얼거리더니 라디오를 틀었다. 라디오 채널은 고작 다섯 개 안팎, 그중 노래가 나오는 채널은 하나뿐이었다. 나머지는 전부 레인보우 시티에 관련한 홍보 방송이거나 뉴스에 가까웠다.

노래 채널에 주파수를 맞췄지만, 수신이 안 좋은지 제대로 잡히지 않았다. 몇 번 용을 쓰던 이채윤은 곧 포기했다. 이번에는 석화가 라디오의 주파수를 맞추기 시작했다. 레인보우 시티의 홍보 방송을 듣기 싫어하는 건 석화도 마찬가지였다. 방송이 거짓말을 할 때도 있다는 것을 알아버렸기 때문이다. 전에는 아무 의심도 갖지 않았는데 자신이 왜 이렇게 바뀌었는지 모르겠다.

[제가 레인보우 시티의 시민인 사실이 얼마나 행복한지 모릅니다. 아담에게서 우리를 보호해줄 곳은 오로지 레인보우 시티뿐입니다!]

주파수를 돌리다가 석화도 그냥 포기해버렸다. 이런 방송만 제대로 나왔기 때문이었다.

[행복한 도시, 사랑이 넘치는 가정, 아담은 우리의 주적, 반군

을 물리치자, 레인보우 시티 안에서 안전과 행복을, 우우~ 랄라라 랄라라.]

레인보우 시티의 주제곡이나 마찬가지인 시티송이 흘러나왔다.

"박사님, 그냥 라디오 끌까?"

"그럴게요."

석화가 전원을 끄려는 때였다.

[예, 방금 저희 측으로 긴급 속보가 들어왔습니다.]

무슨 속보인가 싶어 이채윤도, 석화도 둘 다 놀란 눈을 했다. 물론 이채윤은 조금 극적이었고, 석화는 그 표정이 눈에 드러날까 말까 한 수준이었다.

[이 속보는, 저희……. 이……. 어떻…….]

치직, 치지직. 지직. 라디오에 잡음이 섞여들었다.

"하여간 이 고물 새끼, 또 말썽이야."

이채윤이 주먹으로 차체 가운데를 퍽 내리쳤다. 저러면 보통 제대로 나오고는 했는데 이번만큼은 지직거리는 잡음만 이어졌다. 다시 한번 쾅 내리치자 석화가 어깨를 울렸다.

"원래 기계가 말을 안 들으면 이렇게 때려줘야 해. 그래도 안 나오면 더 때려줘야 하고. 그렇게 망가지면 위에서 새 거로 바꿔준다?"

이참에 완전히 망가뜨리겠다는 듯이 한번 더 때리려는 때였다.

[안녕하십니까?]

목이 타 배낭을 열던 석화가 행동을 멈췄다. 라디오에서 나오는 목소리가 이상하게도 익숙하게 들렸기 때문이었다.

[레인보우 시티의 여러분, 저희는 레인보우 시티보다 더 먼저 7차 백신, 즉 7차 이브의 개발에 성공했습니다.]

생수통을 쥐었지만, 아무 감각이 느껴지지 않았다. 대체 이게 무슨 소리인가 싶어 라디오에 더 집중할 뿐이었다.

[전국 각지에 백신 배포를 시작했고, 또 무료로 제공하고 있습니다. 우리는 생명의 나무, 에덴…….]

지지직, 지직, 또다시 잡음이 섞여 들어왔다. 방송을 완전히 차단했는지 이내 정적만 흘렀다.

'……치직……. 긴급상황, 긴급상황. 외부에 있는 전 부대원들에게 알린다. 지금 당장 자신들의 쉘터로 복귀하라. 다시 한번 알린다. 모든 부대원들은 자신들의 쉘터로 지금 당장 복귀하라.'

방송이 중단되자마자, 지프에서는 앵무새처럼 같은 말을 반복하는 무전이 쏟아졌다.

"우리…… 안 돌아가도 되나요?"

"그냥 무시하고 과천 가면 안 돼?"

석화가 안 될 것 같다며 고개를 저었다. 라디오에서 나오던 목소리는 분명 똑똑하게 뇌리에 남은 서펀트인데, 에덴동산이 7차 백신을 개발했다고 했다.

자신이 여의도에 올라온 지 얼마 되지 않아 결과물이 아직이어도 상부가 별말은 하지 않았지만, 에덴동산이 먼저 백신을 개발했다고 하면 이야기는 달라진다.

생각보다 더 체계적이고 규모가 큰 집단인가? 그것도 아니면 거짓말일까?

'지금 당장 쉘터로 복귀하라.'

"시끄러워 죽겠네. 무전도 끌까?"

'야! 이채윤 소령! 너 여의도에서 점차 멀어지게 레이더 잡히거든? 당장 복귀 안 해?!'

무전을 통해 들려오는 장 중령의 고함에 이채윤이 쳇, 혀를 찼다.

"하여간 귀신이라니까. 우리 돌아가야겠다. 박사님, 꼭 붙들어!"

그녀가 급격하게 브레이크를 밟고는 한 손으로 핸들을 반 바퀴 이상 돌렸다. 끼이이익, 빈 도로 위에서 지프가 유턴했고, 석화는 장기가 죄다 몸 밖으로 빠져나가는 기분을 맛봤다.

"박사님, 토할 것 같으면 말해. 알았지?"

"⋯⋯죄송합니다."

석화가 두 손으로 제 입을 막고 있었다.

"응? 왜 그래?"

"이미⋯⋯."

아까 마셨던 생수가 역류해 손 밖으로 흘러내리고 있었다. 급격하게 유턴을 할 줄은 몰라 대비하지 못한 탓이었다.

이채윤이 허둥지둥 손만 뻗어 운전석 문에 달린 수납함에서 물티슈를 통째로 건네줬다. 석화는 고맙다는 말도 못 한 채 물티슈로 손과 입술을 꼼꼼하게 닦았다. 그래도 직선 코스로 달리기 시작하니 뒤집혔던 속이 조금 나아지는 것도 같았다.

엔진이 거칠게 돌아가는 소리가 차체를 가득 메웠다. 이채윤은 연방 걱정을 했고, 석화는 괜찮다면서 정면을 응시했다. 상향등까지 켜고 달리는 중이지만, 여의도 쉘터로 복귀하는 차량의 속도가 엄청났기에 마치 어둠에 잡아먹히는 듯했다.

◆ ◆ ◆

처음 아담이 나오고 세상이 뒤집어졌을 때는 사형수들을 상대로 인체실험을 했었다. 그뿐만 아니라 아담을 고치겠다고 몇몇 죄 없는 사람들을 데려와 일부러 감염을 시키고, 입 밖으로 내뱉기조차 힘든 실험마저 자행했다.

통합국은 그걸 알면서도 묵과했고, 그 비밀을 대대적으로 폭로한 건 세컨드 마스터의 가문이었다.

그들은 레인보우 시티의 감독관으로 매달 시티 안에서 일어나는 일들을 통합국에 보고하고는 했다. 폭로는 어떻게 보면 통합국에 반기를 세운 꼴이었는데, 워낙 그들을 지지하는 시민의 숫자가 막강해 함부로 세컨드 마스터 가문을 제거할 수는 없었다. 그 이후 새로 개정된 법안이 있었다.

백신 개발 시, 인간을 실험 대상으로 삼지 않는다.

물론 거센 반발도 일었다. 지금이 어떤 시국인데 찬밥 더운밥을 가리느냐, 사형수들은 어차피 죽을 놈들이니 가져다가 실험용으로 쓰자는 의견도 많았다.

당시 몇몇 박사는 아담 바이러스가 사람만 감염시키는 종류가 아니니, 전처럼 쥐를 가지고 실험을 하겠다고 선언했다. 물론 인체실험은 필수라고 주장하던 이도 있었다. 젊었을 적의 원호는 그 말을 했던 박사에게 말했다. 네 몸에도 직접 실험을 할 용기가 있다면, 그 의견을 계속 피력해보라고. 알 만한 사람들은 아는 유명한 일화였다.

그때는 각지의 쉘터가 지금처럼 정리되어 있지 않아 시민뿐만 아니라 박사들, 군인들의 피로감도 상당했다. 상충하는 의견으로 계속 싸움을 벌이다가는 순식간에 분열이 찾아온다는 것 또한 앞서 경험한 바 있었다.

결국 레인보우 시티는, 세컨드 마스터 가문의 의견을 받아들여 인도적인 방법으로 백신을 개발하게 됐다.

이 모든 건 석화가 태어나기 이전의 일이지만, 나이가 제법 있는 군 장교들은 직접 겪어온 일들이었다. 그 때문인지 윤 대장은 편하게 나고 자란 박사들을 곱게 보지 않았다.

"그래서 백신은 손에 넣었나?"

'U'자 형태의 테이블에 군 장교와 박사들이 함께 참석해 있었다. 석화도 쉘터로 돌아오자마자 사건을 다룰 한 사람으로 불려왔다. 질문을 던진 윤 대장은 담배만 줄곧 피워대고 있었다. 석화는 그에게서 멀찍이 떨어져 앉아 있었지만 닫힌 공간인지라 숨쉬기가 답답했다.

"손에 넣었냐고 내가 묻지 않았어?!"

여의도 쉘터 수송대 대령이 윤 대장을 향해 급히 머리를 조아렸다.

"에덴동산이 백신을 배포하는 장소가 일정하지 않습니다. 손에 넣는 대로 가져오라 지시했는데, 현재는 과천 쉘터만 손에 넣은 것으로 보입니다. 곧 과천 쉘터의 군인들이 여의도로 합류한다는 보고를 받았습니다."

"라디오는 대체 어떻게 된 거야?! 어떻게 됐기에 에덴동산 새끼들 목소리가 나오냐고!"

군방송국 담당자 또한 윤 대장의 호통에 어렵사리 운을 떼기 시작했다.

"저희는 중파대역을 이용하는데, 할당받은 군용 주파수로 방송이 송출됩니다. 그런데 송출 도중 전파 방해가 들어와 해킹이 된 것으로 보입니다. 게다가 방송이 나온 시간이 밤인지라 추적에 난항을 겪고 있습니다. 저희가 사용하는 중파는 낮보다 밤에 송출 거리가 훨씬 길기 때문에……."

윤 대장이 '대체 무슨 소리야?'라는 표정으로 방송 담당자를 쳐다봤다.

"그러니까 찾았다는 거야, 아니라는 거야?"

"최대한 빠르게 위치를 추적하겠습니다."

장군이 원하는 대답이 아니었기 때문에 가뜩이나 불편한 심기가 더욱 나빠졌다.

"석화 박사."

순서대로 날아간 화살은 이제 석화에게 향했다. 곧바로 대답을 하지 않자 윤 대장이 인상을 와작 구겼다.

"석화 박사?"

석화는 주머니에 든 돌을 매만지며 느지막이 입을 열었다.

"예."

"무려 반군인! 저들이 백신을 개발했다는데 우리는 결과물이 없죠. 안 그렇습니까?"

"그렇습니다."

"그렇습니다? 지금 그게 박사가 할 말입니까?"

무슨 변명이라도 해보라는 투로 석화를 압박해왔다. 저딴 게 수석연구원이라니. 윤 대장은 혼잣말을 했지만 모두가 들을 만큼 언성이 높았다.

"외람되오나 박사님께서 제주도에서 올라오신 지 얼마 되지 않았습니다. 7차 변이 아담에 대해서도 올라오신 뒤에나 인지하셨습니다."

"이연태 중장, 네가 석화 박사 대변인이야?"

"아닙니다. 죄송합니다."

이연태는 보지 못했지만 석화는 그를 향해 고맙다는 듯이 고개를 한번 꾸벅했다. 자신을 향해 화살이 날아왔으니 스스로 받아내야 했다. 그리고 지금 여기서 기절을 한다고 해도 저를 돌봐줄 사람은 없다. 석화는 정신을 바짝 다잡았다.

"앞으로 마스터들과 조언자들을 내가 무슨 낯짝으로 보겠어, 어?! 근데 정말 백신이 맞긴 해? 저것들이 거짓말한 건 아니고?"

"그 역시 백신을 손에 넣은 과천 쉘터 군인들이 와야 알 수 있는 사실입니다."

"거짓이든 아니든 에덴동산이 우리 레인보우 시티 시민들에게 널리 알려지는 꼴이 되었습니다!"

"이 사태를 누가 책임질 겁니까? 군방송국, 당신네들이 책임져야 하지 않겠어?"

"저희 방송은 해킹에 취약하다고 몇 번이나 보고서를 올렸습니다. 그런데 지원이 전혀 없지 않았습니까? 이건 이미 예견된 사태입니다."

난리도 이런 난리가 없었다. 서로에게 책임을 전가하고 또 책임을 회피하는 진풍경이 펼쳐졌다. 윤 대장이 그만하라면서 책상을 내리쳤다.

"석화 박사, 그래서 만일 그 백신이 진짜면 어떻게 할 겁니까?"

석화는 윤 대장의 질문이 이상하다고 생각했다.

"그 백신이 진짜면…… 대량으로 생산해 상용화해야죠."

우문현답에 이연태만이 속으로 웃었다.

쾅! 테이블을 내려친 윤 대장이 위협적으로 석화를 노려봤다. 그러나 석화는 좀 전부터 대장을 주시하고 있었기 때문에 크게 놀라지는 않았다. 그저 힘이 실리지 않은 커다란 눈으로 무기력하게 바라볼 뿐이었다.

"지금 박사 스스로가 무능하다고 말하는 거요?"

"……그럴 수도 있습니다. 만일 그쪽 박사들이 더 뛰어나다면 제가 무능한 거겠죠. 그럼 백신을 개발한 쪽과 손을 잡아야 하지 않겠습니까?"

술렁이는 소리가 한 차례 더 커졌다.

"석화 박사, 지금 상황이 어떤지 제대로 파악이 안 돼요? 반군 놈들이 여의도 쉘터를 습격했고, 우리 군인들이 몇이나 감염되어 죽었어요. 그런데 그런 놈들과 손을 잡자고?"

"실언했습니다. 그럼 백신이 오면…… 그 백신이 효용이 있다면 제가 참고해서, 좀 더 정교하게 만들겠습니다."

"……."

말문이 막힌 윤 대장은 앞의 재떨이를 석화에게 집어던지고 싶은 행동을 꾹 참았다.

"그러니까 에덴동산이 만든 것을 우리가 베껴서 내자?"

석화는 손바닥이 아릴 만큼 돌을 더 꽉 쥐었다. 입이 바짝바짝 말라 생수로 천천히 목도 축였다.

"이번 백신이 효과가 있다면 그렇게 해야죠. 가장 중요한 건 사람들의 안전이니까요."

"이 새끼야! 너 돌았어!?"

기어코 윤 대장이 자리를 박차고 일어났다.

"저거 이제 보니까 수석연구원이 아니라 미친 새끼였구만!"

삿대질을 하면서 얼굴색까지 시뻘겋게 변했다. 박사에 대한 예우는 이제 남아 있지도 않았다. 주변 군인들이 대장을 말리지도 못한 채, 석화에게 더는 아무 말도 하지 말라는 듯 표정으로만 신호를 보냈다. 그러나 석화는 어느 쪽이든 백신을 개발했다면 이제 남은 건 하나라고 생각했다. 백신만큼 중요한 진짜 핵심 말이다.

"에덴동산에서 나온 백신이 효과가 있다면, 앞으로는 치료제를 만들 수 있게 지원해주십시오."

"뭐? 치료제? 새끼야, 넌 백신도 개발 못 한 새끼가 무슨 치료제야!"

이번에는 정말로 재떨이가 날아왔다. 물론 석화의 방향이 아니라 애꿎은 이연태에게였다. 이연태는 얼굴로 날아온 재떨이를 반사적으로 피하고는 아차 싶은 얼굴을 했다. 그냥 맞아야하는 건데, 하는 표정도 고스란히 드러나버렸다.

"그간 변이된 7차 아담 중, 이상행동을 보이는 아담들에 대해서 연구를 해봤습니다."

곽수환이 과천으로 내려간 뒤 혼자 남은 석화는 거기에만 정신을 몰두했다. 안 그러면 자꾸 그날 밤이 생각나서 제 몸을 만져보기도 하고, 겪어보지 못했던 쾌감을 되새기다가 멍해졌기 때문이다. 그러고 보니 곽수환은 자신에게 뱀 같은 존재였다. 먹지 말아야 할 사과를 먹게 만들어 평생 몰랐어도 될 감각을 일깨워주었으니까.

석화는 저를 향한 부담스러운 시선에 지금 당장이라도 책상에 머리를 박고 싶었으나, 다시 생수를 한 모금 마셨다. 그러고는 긴 말을 시작하기에 앞서 숨을 들이켰다.

"7차 변이 아담은 전과 같이 인간을 공격한다는 공통점 외에, 두 종류로 나뉩니다. 하나는 지능이 없어 보이는 예전의 개체와 비슷한 습성을 띠지만, 또 다른 하나는 어설프게나마 말을 구사하거나 상황을 봐서 후퇴를 합니다. 그 두 종류의 아담 혈액을 분석한 결과……."

석화는 다시 한번 숨을 고르고는 말을 이었다.

"바이러스의 패턴이 서로 다른 양상을 띠고 있었습니다. 거기서 치료제에 대한 힌트를 얻을 수 있을 것 같습니다. 아니, 이미 얻은 것도 같고요."

이상행동을 보인 오청운 선배와 일반적인 아담의 혈액을 비교분석해봤는데, 후자가 훨씬 공격적이고 세포가 움직이는 모습 또한 불규칙적이었다. 그건 익히 봐오던 아담 바이러스와 다를 것이 없었다. 그렇기에 오청운 선배의 혈액세포를 이용해 배양을 했고, 거기서는 놀랍게도 여태 봐왔던 양상과는 사뭇 다른 모습을 보였다.

난폭한 속도로 멀쩡한 세포를 감염시키던 아담 바이러스가 마치 정체된 것처럼 아주 느리게 움직인 것이다. 마치 면역반응을 보이듯이 말이다. 아담 바이러스는 오청운 선배의 몸에서 한 차례 더 변이한 듯했다. 그러나 정확히 어떤 항원이 생긴 것인지, 아니면 오양석 박사가 어떤 약을 투약했던 것인지는 알아내지 못했다. 만일 그 점을 정확히 연구한다면 치료제 개발이 가능할지도 몰랐다.

석화는 이들에게 더 확실하게 설명하기 위해서 자신의 연구 자료가 필요하다고 생각했다. 연구실로 내려가려고 일어나자 다들 의아한 얼굴을 했다.

"제 가설을 증명하기 위해······ 연구실에 다녀와야 할 것 같습니다."

"됐고! 지금 중요한 건 그게 아니야, 이 사람아!"

새끼에서 사람으로 다시 승급했지만, 석화는 윤 대장이 자신을 뭐라고 칭하든 상관없었다. 치료제가 중요한 게 아니라는 말이 훨씬 마음에 남았다.

그때 군사회의실의 문을 열고 윤 대장의 보좌관이 들어왔다. 보좌관이 대장의 뒤에서 뭔가를 속닥거리자 대장이 고개를 끄덕했다. 석화는 일어선 채로 열린 문을 응시했다. 곧 군화를 신은 장신의 남자가 안으로 저벅저벅 걸어 들어왔다. 백신이 담긴 상자를 옆구리에 끼고 있는 곽수환이었다.

석화는 눈을 조금 더 키웠다. 과천 쉘터에서 백신을 발견했다고 해서 혹시나 곽수환이 아닐까 싶었는데 진짜였다.

"과천 쉘터 백호부대 지휘관 곽수환 소령, 지금 도착했습니다."

곽수환은 군 장교들을 향해 거수경례를 하면서도 마치 누군가를 찾는 듯 시선을 돌렸다. 그는 서 있는 석화를 발견하자마자 씩 웃었다.

거의 일주일 만인가? 사진은 몇 번이고 봤지만 역시 실물만 못했다. 그런데 애꿎은 석화를 쥐어짠 건지 안색이 종잇장 같았다.

주머니에서 느릿하게 손을 빼낸 석화는 마치 반갑다는 듯이, 그러나 딱딱하게 손을 흔들었다. 여전히 무표정했지만 의외의 행동에 곽수환도 경례 중인 팔을 내리면서 손을 살짝 흔들었다. 다른 장교들이 보지 못하도록 하기 위함이었는데, 그 바람에 석화도 보지 못했다.

"그게 백신이야?"

"일단은 그런 것으로 알고 있습니다."

곽수환이 윤 대장 앞에 백신 박스를 내려두었다.

"석화 박사, 이리 와서 확인 한번 해봐요."

석화는 뒤로 돌아 테이블을 빙 둘러서 윤 대장에게 다가갔다.

대장의 뒤로 곽수환이 서 있었는데 그가 자신이 걸어오는 길을 눈으로 좇았다. 다가갈수록 그의 얼굴이 좀 더 선명하게 보였다.

마르지도, 살이 찌지도, 일주일 사이에 늙지도 않았다. 떠나기 전날의 모습과 너무도 똑같아서 그간 잘 지냈나 보다, 그저 그렇게 생각했다.

석화는 백신 박스를 물끄러미 내려다봤다. 손으로 열어보니 열 개가 한 세트로 보이는 키트가 들어 있었고, 놀랍게도 백신이 담긴 건 바이알(유리용기)이 아니었다. 펜 타입 주사제로 일반인도 손쉽게 투여할 수 있는 형태였다.

여태 레인보우 시티에서 판매했던 백신은, 유리용기에 담긴 백신을 주사기에 담아 피하주사를 놓는 식이었다. 아이들이나 노인들은 스스로 백신을 투약하기가 어렵기 때문에 1년에 한 번 정기적으로 병원을 찾아야 했고, 백신 투여 비용은 급여의 3분의 1이나 됐다.

백신 가격이 비싼 게 아니라 진료비를 그만큼 많이 뜯어간 게 문제였다.

석화는 부담을 줄이기 위해 개인이 편하게 사용할 수 있는 사전충전형 주사기나, 바로 지금 이 눈앞의 펜 형태를 제안한 적이 있었지만 모두 상부에서 기각 처리했었다. 물론 그것도 제주도로 내려가기 전의 일이었다.

그런데 종교 단체에서 이 정도의 제품을 개발할 수가 있다니…….

"석화 박사?"

눈 뜨고 기절한 게 아닌가 싶어 윤 대장은 석화를 불러봤다. 곽수환도 눈도 깜빡하지 않고 서 있는 석화를 유심히 봤지만, 다행히 기절할 기미는 보이지 않았다.

"저도 눈으로 봐서는 모르겠습니다."

나온 말이라고는 그뿐이었다.

"그럼 여기 서서 그냥 있지 말고, 뭐라도 확인을 해보게."

석화가 고개를 끄덕이고는 백신 상자를 챙기자, 윤 대장이 키트에서 세 개의 백신을 쓱 빼냈다.

"곽 소령이 너는 이 백신이 어디서 났어?"

윤 대장이 미심쩍다는 눈을 하고 곽수환을 돌아봤다.

과천으로 내려보내서 저 재수 없는 상판 한동안 안 보겠다 싶었는데 하필 저놈이 백신을 발견했다니. 그런 반감이 고스란히 읽히는 듯했다. 곽수환은 나름대로 대답을 잘해야겠다는 예감을 했다. 이 일을 엮어 더 멀리 보내버리려는 농간을 부릴 수도 있으니 말이다.

"말씀드리자면 엄청나게 깁니다. 족히 30분은 걸릴 것 같은데 할까요?"

"축약해, 새끼야."

원하신다면. 곽수환이 입꼬리만 쓱 올렸다.

"과천으로 내려간 뒤에 쉘터 정비부터 들어갔고, 밤마다 구역 정리도 할 겸 양상훈 소령과 아담 사냥에 나섰습니다."

석화가 백신 박스를 들고 휙 곽수환을 올려다봤다. 제가 생각했던 것보다 훨씬 더 양상훈과 잘 지낸 것만 같아서 괜히 기분이 이상해졌다. 이런 걸 무슨 심보라고 했던 것 같은데……. 어쨌든 나쁜 심보인 것은 맞았기에 석화는 생각을 재빨리 털어냈다.

"오늘은 제가 일이 있어 양상훈 소령이 먼저 나갔고, 저와는 경마장에서 합류했죠. 실험센터가 있는 건물에서 가까운 곳인데, 그 부근에 아담이 출몰했다는 제보가 있었습니다. 그런데 웬 놈이 저 박스를 들고 어슬렁대더군요. 잡고 나니 아쉽게도 반군은 아니었습니다."

그는 말을 하면서 석화의 손에 있던 상자를 대신 빼앗아 들었다. 별로 무겁지도 않으니 그럴 필요가 없다는 말을 할 타이밍도 놓쳐버렸다.

"반군이 아니면?"

"마더 서버에 등록된 레인보우 시티 시민이고, 자신은 돈을 받고 배달하러 왔을 뿐이라고 하더군요. 그것도 누군가에게 직접 전달받은 게 아니라 집 앞에 편지와 돈이 함께 놓여 있었다는데, 배달을 하면 돈을 더 주겠다고 적혀 있었답니다. 일단 과천 쉘터 헌병대로 넘겼으니 확인해보시면 됩니다."

윤 대장이 골이 아프다는 듯 주먹을 쥔 손으로 관자놀이를 꾹꾹 눌렀다. 그렇게 한참이나 말없이 두 눈을 감고 있었다.

"대장님."

"뭐요, 석화 박사."

윤 대장이 흐릿한 눈을 떴다.

"저 연구실로 가도 되나요?"

긴 한숨이 윤 대장의 입에서 나오고 어서 가라는 듯이 손을 휘저었다. 석화가 백신 박스를 다시 달라며 손을 내밀자 곽수환은 그걸 옆구리에 꼈다.

"제가 모시도록 하겠습니다. 괜찮겠습니까?"

"나가 봐. 나머지 장교들은 이번 사태에 대해 의견을 더 나눠 봅시다."

곽수환이 석화를 부축하려고 했지만 석화는 고개만 저었다. 아직 저 스스로 걸을 기운 정도는 있었다. 군사회의실을 나와 주머니에서 물엿에 굳힌 견과류 두 개를 꺼냈다. 석화가 그중 하나를 곽수환에게 내밀었다.

"자기, 그동안 나 보고 싶었어?"

그가 입으로 직접 견과류를 물어갔다. 곽수환의 입술이 닿았던 엄지와 검지를 물끄러미 내려다보던 석화도 느지막이 견과류를 씹었다.

"……예."

순간 곽수환은 말문이 막혀버렸다.

석 박사 당신 진짜, 하면서 다가가려 하자 석화가 저기 복도에 선 양상훈을 향해서도 말했다.

"양상훈 소령님도요."

지금 누굴 동급으로 치나 싶은 곽수환이 짙게 웃었다. 마치 두고 보자는 악당처럼 보이기도 했다.

"응? 저 불렀어요? 박사님, 그간 잘 지내셨죠?"

"예. 잘 지냈습니다."

석화가 주머니에서 견과류를 하나 더 꺼내 양상훈에게도 내밀었다. 직접 넣어줄 듯 입술 가까이 다가가자 곽수환이 입모양으로만 말했다.

'입으로 받아먹으면 뒈진다?'

양상훈이 무슨 소리냐며 인상을 구겼다. 그러고는 감사히 잘 먹겠다면서 두 손으로 공손히 견과류를 받아 갔다. 터덜터덜 걷는 석화와 걸음을 맞춰 두 남자도 석화의 양쪽에 서서 걸었다.

"박사님, 저게 진짜 백신인지 바로 확인이 가능해요?"

양상훈은 설마 진짜겠어? 라는 투로 말을 내뱉었다.

"바로는 힘들고 하루 정도 시간이 필요할 것 같습니다."

"진짜 백신이면 우린 이제 어떻게 되는 거예요?"

"……잘된 거죠."

양상훈이 듣고 보니 그건 그렇네, 하며 고개를 주억거렸다.

"잘되긴 뭐가 잘돼."

엘리베이터 앞에 선 곽수환만 일이 복잡해졌다는 뜻을 내비쳤다.

"왜?"

"이게 진짜면 우리도 골 아파져."

"그니까 왜?"

"궁금하면 위스키 한 병."

이채윤이었다면 꺼지라면서 넘어가지 않았을 테지만, 양상훈은 아니었다. 석화 박사는 잘됐다고 하고, 곽수환은 아니라고 하니 여간 궁금한 게 아니었다. 양상훈은 곽수환이 내보인 손을 탁 치면서 거래 성사를 알렸다.

"에덴동산이 백신을 무료로 배포하면 그 종교 위상이 올라갈 테고, 시민들은 백신과 의료비로 폭리를 취한 레인보우 시티에 대한 반감을 가지겠지. 무료로 줄 수 있는 걸 여태까지 돈을 받았잖아?"

양상훈은 눈을 깜빡깜빡했다. 좀 더 자세한 설명이 필요하다는 무언의 시선이었다.

"그러니까 실상 에덴 새끼들이 시민들에게 뿌린 건, 백신이 아니라 레인보우 시티를 위협할 정신적인 바이러스라는 거지."

아무래도 이채윤의 말이 맞았다. 곽수환이 저딴 말을 할 때면 아가리에 주먹이나 꽂아주고 싶다고. 양상훈은 아까운 양주 한 병만 날려버렸다며 혀를 찼다.

때마침 엘리베이터가 도착했고 석화가 대신 버튼을 눌렀다.

"과천으로 바로 가세요?"

석화는 정면만 본 채로 주머니에 손을 푹 넣었다. 곽수환이 옆으로 불쑥 얼굴을 들이댔다. 서로에게서 달콤한 냄새가 풍겼다.

"자고 가도 돼?"

"곽 소령님 방, 아직 안 치운 것 같아요."

"어떻게 알아?"

"몇 번 가봤어요."

들어가지는 못했지만, 다른 사람이 사용하지 않는 것을 봐서는 아직 그가 사용할 수 있을지도 몰랐다.

"내 방에?"

석화가 고개만 끄덕했다. 이 근래 주머니의 돌을 만지면서 멍하니 걷다가 곽수환의 방문 앞을 지나칠 때가 있었다. 그럴 때면 괜스레 그날 일이 떠올라 몸의 체온이 더 뜨거워지고는 했다.

"석 박사, 지금 이 쉘터 엘리베이터도 우리끼리는 못 타는데 방이라고 개방해주겠어?"

"……그러네요."

평소에도 뚱한 표정이 대부분이었지만, 보고 싶었다고 솔직히 대답했던 것과 다르게 석화의 반응이 영 시큰둥해 보였다.

곽수환은 제가 심기를 불편하게 만들기라도 했나 싶어서 웃음을 띤 채로 옆모습을 빤히 바라봤다. 전처럼 석화의 코끝은 동그랗고 입술은 말랑해 보였다. 불쑥, 석화도 고개를 돌려서 곽수환과 얼굴을 마주했다.

"그럼 제 방에서 자고 가세요."

이건 또 무슨 배려인가 싶었다. 아니지, 배려보다는 정자를 받고 싶어 하는 거겠지.

"설마 또 샬레를 준비한 건 아니지?"

"이제 사정 가능하세요?"

뒤에 있는 양상훈은 괜한 낯 뜨거움에 흠흠, 헛기침을 했다.

"양상훈 소령님도 자고 가세요."

"예? 아, 아니. 저 새끼 말만 저렇지 저희 바로 과천으로 내려가야 돼요. 지금 완전히 비상 터진 거라서요. 근데 박사님. 아까 로비에서 이 소령이 그러던데 과천 내려오시던 길이었다고, 무슨 일 있으셨어요?"

서로 얼굴만 스치는 바람에 자세히 묻지는 못했지만, 이채윤이 분명 그랬었다. 박사님과 함께 과천을 가다가 억지로 다시 불려온 거라고.

"과천은 왜?"

곽수환도 금시초문이라는 듯이 물었다.

"곽수환 소령님 보러 가던 길이었어요."

[개방합니다.]

적잖이 놀란 눈으로 석화를 보는데 엘리베이터의 문이 열렸다. 나를 왜 보러 와? 석화는 훅 치고 들어와 놓고는 먼저 걸어 나가기 시작했다.

"10분, 금방 내려갈게."

"어. 빨리 와라."

양상훈이 오케이 하고는 저 혼자 엘리베이터에 남았다. 곽수환은 백신 박스를 이제는 한 손으로 움켜쥐고 석화를 뒤따라갔다.

별 힘을 들이지 않아도 전처럼 금방 따라잡을 수 있었고, 석화는 주머니에 손을 꾹 넣은 채였다. 뒤도 보지 않고 연구동으로 향하는 석화를 불렀다. 두 번이나 불렀는데도 대답을 않기에 뒤에서 팔을 휙 붙들었다. 기운 없는 손이 스르륵 끌려 나와 동시에 탁, 주머니에서 뭔가가 떨어졌다.

안 돼.

중얼거린 석화는, 여태 본 적 없던 빠른 속도로 돌을 줍고 어디 까진 데가 없는지 꼼꼼하게 살피기 시작했다. 아니나 다를까, 제가 선물했던 돌이었다.

"그게 그렇게 마음에 든 건 알겠는데, 웬만하면 사람들 눈에 보이는 데서는 들고 다니지 마."

쓱쓱, 먼지도 안 묻었는데 돌을 털어내더니 안심하고 다시 주머니에 넣었다.

"싫어요."

그러시다는데 딱히 받아칠 말이 없었다.

보기 흉하니까 들고 다니지 말라고 하기에는 제가 선물해준 것을 아껴주는 거니 오히려 좋아해야 하나. 어차피 차 중령에게 석화를 지켜보라 했으니 위험한 일도 없겠지. 곽수환은 앞으로 한창 바빠질 텐데, 남은 시간 동안 저 멍한 얼굴이나 감상할 생각이었다. 양상훈의 말처럼 지금 레인보우 시티는 초비상 사태니까.

"그래, 실컷 들고 다녀. 이상한 짓만 하지 말고."

"백신 주세요."

연구동 앞에 선 석화가 손을 내밀었다.

"나 보러 과천 오려고 했다면서. 왜?"

곽수환이 백신을 마치 인질처럼 들어올렸다. 석화는 눈을 내리깔았다가 곧 위로 동공을 올렸다. 그러더니 손을 곽수환에게로 쭉 뻗었다.

어어, 그러면 안 되지. 백신을 든 손을 더 들어올리는데 예상

외로 반대편 손을 붙들었다. 석화가 그 손을 가져와 제 가슴팍에 가져다 댔다.

"석 박사…… 지금 뭐 하는 거야."

곽수환은 뒤로 무르지도 못한 채 꼼짝없이 석화의 가슴에 손을 대고 있었다. 얇은 가운 하나를 두고 석화의 뜨거운 열기가 손바닥에 내달렸다. 곽수환은 시선을 내려 제 손목을 꽉 쥐고 있는 석화의 손을 봤다. 새끼손가락에 아직 밴드가 감겨 있었고, 뜨거운 체온과 다르게 손은 한기가 느껴질 정도로 하얬다. 겉으로 보는 것과 속이 이렇게나 다른 석 박사였다.

"진짜 정자 받으려고? 10분 가지고는 턱도 없는 거 알잖아."

바로 앞이 연구실이겠다, 그럴 생각인가 싶었는데 석화는 한참 뒤에야 말문을 열었다.

"……곽 소령님이 만지면 기분 좋은데, 제가 만지면 아무 느낌도 없어요."

지나치게 솔직한 말이었다. 곽수환은 나직하게 한숨을 쉬고는 천장을 봤다가 다시 석화를 향했다.

"설마 그거 때문에 과천 오려던 건 아니지?"

"복합적이었어요."

야한 기분을 들게 하는 석화의 눈은 죄책감이 느껴질 정도로 선명했다. 그래도 먼저 불을 붙인 건 석화다.

"어디가 어떻게 다른데?"

입술을 가까이 내린 곽수환이 속삭였다. 석화는 그제야 한 걸음 뒤로 물러섰다. 그리고 인식 패널에 손을 꾹 가져다 댔다.

[개방합니다.]

곽수환이 그럴 줄 알았다면서 픽 웃고는 백신을 내밀었다. 그러나 석화가 그의 제복 소매를 잡아끌었다. 힘이 하나도 실려 있지 않았지만, 곽수환은 연구실 안으로 끌려 들어갔다.

"이상해요."

"그러게, 석 박사가 이상하네."

곽수환이 연구실 로비의 테이블에 백신을 툭 내려놓았다.

가슴을 만지게 하지를 않나, 연구실로 저를 끌어들이지를 않나. 그러던 와중에 석화가 직접 자신의 손을 양 가슴에 올렸다. 멍한 얼굴로 쓱쓱 만지기까지 하는데 어쩔했다.

"느낌이 다르거든요."

그대로 곽수환을 올려다보며 제 젖꼭지가 있는 부분을 꼬집기까지 했다. 아까부터 자꾸만 하반신으로 피가 쏠리고 있었다. 차려진 밥상을 마다하는 건 곽수환이 아니었다.

석화의 가슴으로 손을 미끄러뜨리자 손바닥이 화상을 입은 듯이 화끈거렸다. 석화가 놀랍게도 제 몸을 더 맞대어왔다. 석 박사가 왜 이러는지 이제야 대충은 알 것 같았다. 쾌감에 노출되어 본 적이 없어서, 낯설고 기분 좋은 감각에 저 자신을 무방비하게 내놓는 것이다. 늦게 배운 도둑질이 날 새는 줄 모른다고, 석화가 딱 그 짝이었다.

곽수환은 가운 안에 손을 넣어 석화의 가슴을 더 밀착하듯이 밀었다. 작고 예민한 유두가 손끝에 걸려 안 그래도 달았던 입에 갈증이 찾아왔다.

석화의 허리를 둘러 안고는 밴드를 두른 새끼손가락을 부드럽게 매만졌다. 반쯤 잘렸던 손톱이 자라는 중이라 간지러운지 석화가 어깨를 울렸다. 스윽, 손등을 타고 올라가 손목을 감싸고는 허리를 한번 더 끌어당겼다.

석화도 제 체온보다 시원한 곽수환의 몸을 마주 끌어안았다. 힘도 없는 주제에 평소 돌을 꼭 쥐는 것처럼 커다란 몸을 전부 감싸 안으려고 했다.

"시원해요, 곽 소령님."

이건 그냥 저를 좃돌 취급하고 있는 것 같은데…….

곽수환은 석화의 정수리에 턱을 가볍게 기대면서 다정한 말투를 자아냈다.

"석화 씨."

그 부름에 석화가 고개를 들었다. 곽수환도 턱을 떼어내고 얼굴을 바라봤다.

"이러면 안 돼, 우리 아직 어머니가 반대하시잖아."

일부러 짓궂게 말했으니 헛소리 말라며 인상이라도 찡그릴 줄 알았건만, 표정은 여상했고 눈도 맑았다.

"역할놀이 같은 건가요? 곽수환 소령님 보는 소설 보니까 그런 게 있던데요."

곽수환이 웃는 낯으로 미묘하게 인상을 구겼다. 의학이나 과학서적만 보던 석화인데 이젠 별 지식이 다 생겨버렸다.

"백신을 가져온 포상이야? 아니면 좆돌을 선물한 보답인가."

무슨 보답? 석화는 그런 얼굴을 했다가 곧 알아차렸다.

'석 박사, 보답은 조만간에 해줘.' 돌을 주면서 그가 했던 말이었다. 그런데 과천으로 내려가는 바람에 그럴 기회조차 생기지 못했다.

"돈 드릴까요?"

"나 돈 많다고 했잖아."

"그럼?"

곽수환이 연구실에 걸린 벽시계를 흘끔 보더니 다시 석화를 내려다보았다.

"5분 남았는데."

곽수환은 저를 감싼 석화를 벽 쪽으로 밀었다.

"그 시간 다 털어서 키스할까?"

제아무리 석화라도 키스는 됐다고 거절할 줄 알았다. 저희가 그런 사이는 아니지 않느냐며 정자나 내놓으라고 할 줄 알았는데, 석화가 작게 입을 벌렸다. 처음 키스할 때 입 벌려 보라고 말했던 것도 기억하는 모양이었다.

그때는 지퍼를 채우듯 꾹 다물고 있더니…….

곽수환은 이 쾌감에 약한 박사를 어찌해야 할까 싶었다. 물론 저의 인내심도 그리 길지는 못했다. 곽수환이 위에서 아래로 석화의 입술을 깊숙이 포갰다.

뜨거운 숨과 함께 혀에 닿는 석화의 입안이 달았다. 벽으로 밀린 석화도 간신히 숨을 내뱉고 또 참았다. 질척거리는 소리가 귀에 웅웅 울렸다.

석화는 셔츠 안으로 손이 파고드는 것도 모른 채 온몸을 전부 곽수환에게 기댔다. 아랫입술이 살짝 깨물렸고, 빨린 혀가 그에게 잘근 씹혔다. 통증이 아닌 쾌감은 찌릿하게 손끝 발끝을 저미게 했다. 전에도 느꼈지만, 곽수환은 깨무는 걸 좋아하는 것 같았다. 그는 턱까지 입술을 쪼아대며 셔츠를 잡아당겼다.

"하아, 자국 사라졌네."

목덜미와 상체 여기저기에 빨리고 씹힌 자국은 일주일 사이에 지워져버렸다.

곽수환은 툭툭 석화의 셔츠 단추를 풀고는 매끈한 쇄골을 거세게 빨아들인 채 잘근거렸다. 석화의 발끝이 꼿꼿하게 섰다. 뭉근하게 비벼오는 하반신에 석화는 저도 모르게 좀 더 그에게로 몸을 한껏 맞댔다. 다시 올라온 그와 입술을 포개었다. 타액이 지나간 자리는 시원하고도 화끈한 감각을 선사했다.

"파스…… 같아요."

돌에 이은 파스 취급에 곽수환은 기막힌 듯 웃으며 몸통을 울렸다.

"더 시원하게 해줄게. 입 더 벌려봐."

석화가 숨이 필요해 얼굴을 피하니, 그가 부지런히 따라와 숨을 빼앗아갔다.

키스만으로는 부족해진 곽수환이 자꾸만 석화의 몸 이곳저곳으로 손을 미끄러뜨렸다. 셔츠가 다 풀어헤쳐져 석화의 가슴이 고스란히 드러났다.

식욕마저 돌게 하는 몸에 더는 참을 재간이 없었다. 젠장, 곽수환은 두 팔을 석화의 엉덩이 밑에 교차해 잡고는 확 들어올렸다. 작은 유두가 바로 코앞이었다. 크게 베어 물었더니 머리카락으로 석화의 손이 파고들었다.

"읏!"

너무 거칠었나 싶어 입을 떼어내자 한쪽 가슴이 새빨갛게 달아올라 있었다.

"아팠어?"

"조금……. 근데 시원해요."

혀로 달래듯이 부드럽게 눌러주니 긴장했던 석화의 몸도 점차 풀려가는 게 느껴졌다. 엉덩이를 움켜쥐려는 때였다.

'야! 안 오냐? 20분 넘었어.'

곽수환의 제복 안쪽에서 무전이 울렸다.

쯧, 그가 혀로 나머지 한쪽 가슴도 쓱 쓸고는 들어올렸던 석화를 바닥에 내렸다. 양상훈 덕에 정신이 번쩍 들어버린 탓이었다. 이걸 다행이라고 해야 하나. 곽수환이 애써 흥분을 내리누르고, 석화의 두 팔을 제 어깨에 올리게 했다. 참느라 힘이 꽉 들어간 손으로 셔츠 단추를 꼼꼼하게 채웠다. 멍한 얼굴로 붉어진 뺨을 한 석화를 보며 웃었다.

"역할놀이는 여기까지. 갈게."

벽에 등을 기대고 있는 석화의 머리카락을 쓱 헤치고는 뒤를 돌았다. 석화는 저도 모르게 소매를 잡으려 했지만, 기력이 다해 손 하나 꼼짝할 수가 없었다.

문을 향해 걷던 곽수환이 돌연 빙글 돌아 다시 석화를 바라봤다.

"혹시 내가 또 무리하게 덤벼들면."

석화는 도통 무슨 말인지 모른 채 키스의 여운에 멍해 있었다.

"그 좆돌로 찍어버려."

여태 몸이 붕 뜬 것만 같았는데, 그제야 주머니가 묵직하게 느껴졌다.

곽수환이 무리하게 덤벼든 적은 없는데……. 오히려 제가 그에게 덤벼든 것만 같았다.

'안 오냐고! 지금 빨리 복귀하라고 지랄 났어!'

곽수환이 무전기를 꺼내 거칠게 답했다.

"지금 간다고, 새끼야."

[개방합니다.], 마더의 목소리도 거의 동시였다. 그가 손을 흔들고 밖으로 나가버렸기에 또 언제 오냐는 말은 미처 묻지도 못했다. 다만 곽수환의 손길이 무척이나 기분 좋았다는 것, 그것 하나는 확실히 깨달았다.

◆　◆　◆

'얼굴도 들지 마. 네 얼굴 볼 때마다 내 기운도 빠져, 재수 없다고.'

석화는 한 손에 돌을 쥔 채 저에게 폭언을 퍼부은 녀석을 쳐다봤다.

같은 S클래스 수업을 듣는 학습센터 동기였는데, 늘 제게 시비를 걸곤 했다. 저 녀석에게 잘못한 것도 없고 폐를 끼친 기억도 없었다.

'돌로 나 찍으려고? 그러기만 해봐? 우리 아빠한테 얘기해서 너 가만 안 둬. 울 아빠 누군지 알지? 레인보우 시티 육군 대령이거든?'

그럴 생각도 없었던 석화는 자신이 쥐고 있던 돌을 내려다봤다. 이건 무기 같은 게 아니다.

'……안 찍어.'

'왜, 아빠한테 이른다니까 무섭냐? 거지 새끼 주제에 S클래스 수업 같이 듣는 것도 완전 재수 없다고.'

석화는 녀석을 무시하고 복도를 걷기 시작했다.

'아빠도 없는 새끼 주제에! 너희 엄마도 너도 기생충이야! 거지 주제에 제주도에서 기생하는 거 사람들도 다 알거든?'

그 말에 우뚝 멈춰 섰다. 석화는 돌을 쥔 채로 뒤를 돌아봤다. 씩씩거리던 녀석이 이번에는 자신이 이겼다는 듯이 팔짱을 끼고 있었다.

'기생충은 박멸됐어. 그래서 사람들에게서 자가면역질환이 많이 생기게 된 거야.'

제대로 알고 말해.

석화는 그 말까지는 하지 않고 다시 걷기 시작했다. 처음 S클래스에 추천을 받아 올라왔을 때부터 호의적인 동기들은 없었다. 똑똑하고 예쁘장한 외모 덕에 선생을 비롯한 어른들에게는 예쁨을 받았지만, 그것도 잠시였다. 만날 골골대고 웃지도 않고, 사람들이 뭐라고 해도 큰 반응을 보이지 않으니 나중에는 다들 신경도 안 쓰기 시작했다.

석화도 저 자신이 걸리적거리고 귀찮은 사람이라는 것을 알았다. 다행히 운 좋게 제주도에서 태어났지만 먹을 것, 입을 것을 실컷 누리지는 못했다. 아침은 배급받은 쌀로 누룽지 죽을 해 먹었고, 점심은 학습센터 급식소에서 해결했다.

원래도 한꺼번에 많은 음식을 소화할 수 있는 위장이 아니라, 잘 상하지 않는 빵이나 견과류 등을 반찬통에 옮겨 담아 때때마다 꺼내 먹었는데, 그걸 본 녀석은 그 이후로 거지라고 놀려댔다.

사실 누가 뭐라고 하든 석화는 별 상관없었다. 집에 가면 저를 사랑해주는 엄마가 있었고, 돌아가신 할머니 할아버지의 사랑도 듬뿍 받고 자랐다.

수업이 끝난 시각이면 석화는 해변에서 돌을 줍고는 했다. 그리고 그 누구의 방해도 받지 않는 그 시간이 가장 행복했다. 밖에서는 아담 때문에 많이 힘들다고 하는데 제주도는 늘 청정했다. 물론 평생 이곳에서 살 수 있을 거라 생각하지는 않았다. 레인보우 시티에서 의식주를 해결했으니 당연히 대가를 치러야 한다는 것 또한 학습센터에서 배웠기 때문이다.

매일 하루에 두 시간, 학생들은 마더의 목소리로 진행되는 교육방송을 들어야 했다.

레인보우 시티가 얼마나 대단한 곳인지, 레인보우 시티에 소속된 우리가 얼마나 행복한 사람들인지 연거푸 반복해 말했고, 소속된 시민이 아니기에 보호받지 못하고 죽어가는 사람들을 화면에 보여주고는 했다. 또한 반군에 대해서도 절대 그 사상에 물들어서는 안 된다며 주입식 교육을 매일같이 해댔다.

아이들은 금세 레인보우 시티에 자부심을 가졌다. 이 훌륭한 체제를 유지하기 위해서 개인의 희생은 아무것도 아니며, 저 자신 또한 얼마든지 희생할 수 있다는 세뇌에 물들었다. 그러나 석화는 어머니의 영향 때문인지 몰라도 사상 주입은 별반 통하지 않았다.

뿐만 아니라 매번 반복되는 같은 영상이 지겨워 그 시간만 되면 다른 생각을 했다. 물론 선생들이 지켜보고 있었기에 눈은 화면을 향해 있었다. 평소에도 멍한 일이 태반인지라 영상을 멍하게 봐도 그 누가 뭐라고 하는 일은 없었다.

[행복한 도시, 사랑이 넘치는 가정, 아담은 우리의 주적, 반군

을 물리치자, 레인보우 시티 안에서 안전과 행복을, 우우~ 랄라라 랄라라.]

석화는 틀어둔 라디오에서 나오는 노래에 설핏 미간을 구겼다. 실험용 쥐를 멍하니 쳐다보다가 저 노래에 정신이 들어버렸다. 에덴동산이 개발한 백신 성분은 유전자 기계가 감식했고, 석화는 그 결과가 나올 때까지 기다리는 중이었다.

"이 녀석에게 투여한 지 12시간 정도 지났죠?"

김 박사는 실험용 쥐에게 에덴동산이 배포한 백신의 일부를 주사했었다. 주사를 맞은 쥐는 별다른 일이 없었다는 듯 여태까지 케이스 안을 돌아다녔다. 에덴동산이 백신을 배포했다 하더라도 직접 제 몸에 주사를 한 사람은 아마 없을 것이다. 어떤 결과가 나올지 모르기에 섣불리 주사를 놓지는 않을 테니까.

"듣자 하니 이걸 뿌린 에덴동산 놈들이 지역마다 랜덤으로 영상을 띄웠다더라고요."

석화는 그제야 김 박사의 말에 관심을 보였다.

"영상이요?"

"예. 백신을 직접 맞고 아담 혈액을 주사하는 영상이라고 하던데요. 하얀 가면을 쓰고 있었는데 서펀트……라나? 어쨌든 에덴동산에서 높은 직급이라는데, 그자가 직접 백신을 맞은 뒤에 아담 혈액을 주사했는데 변이가 안 됐대요. 근데 뭐, 그것도 페이크일 수도 있죠. 그걸 봐도 사람들이 쉽게 자신에게 백신을 투여하지는 못할 거고요."

"김 박사님."

"예."

"김 박사님은 소식이 참 빠르신 것 같아요."

김 박사가 놀란 눈을 했다. 석화가 이런 식으로 말에 뼈를 담아서 돌려 말한 것을 몇 번 보지 못했기 때문이었다.

"하하, 그런가요?"

그는 멋쩍다는 듯이 뒷목을 쓸어내렸다.

"오양석 박사님을…… 총으로 쏜 사람이 곽수환 소령님이라고 소문 내셨잖아요. 왜 그러셨어요?"

김 박사는 어째서인지 곽수환을 좋아하지 않았다. 그에게 해코지 당한 것도 없을 텐데 말이다.

"그 소문은 제가 낸 게 아닌데……. 그렇게 너무 매몰차게 말씀하시니까 저도 기분이 좀 그러네요."

석화는 여태 김 박사를 마주하면서도 말하지 못하고 마음에만 담아둔 의혹이 있었다.

"김 박사님. 저도 그 소년이 왜 아담으로 변했는지 알아요. 아담의 혈액 때문이죠. 그런데 소년이 그걸 어떻게 손에 넣었을까요?"

아무것도 관심 갖지 말라던 곽수환의 충고가 무색해질 만큼 석화는 좀 더 사건의 본질로 다가가고 싶었다.

"설마…… 절 의심하시는 건 아니죠? 헌병대에 밀고라도 하실 생각이면 아무리 저라도 화가 날 것 같은데요. 저는 이미 아무 문제없이 조사받고 나온 사람입니다? 오히려 양상훈 소령이나 곽수환 소령이 더 의심스럽지 않으세요? 그 소년을 데려온게 곽수환 소령이라면서요. 그래서 과천으로 좌천된 게 아닙니까? 심지어 이번에 백신을 가져온 군인들도 그 둘이라면서요."

김 박사의 말도 틀린 건 없었기에 반박할 구석이 없었다. 그래도 몸수색을 전부 마친 소년에게 혈액을 넘겨줄 사람이 양상훈이나 곽수환 같지는 않았다. 그래서 오히려 김 박사에게 의혹을 품었던 건데, 어쩌면 제가 모르는 전혀 다른 쉘터의 사람이연관되어 있을지도 몰랐다.

"김 박사님을 조금 의심했던 건 맞습니다. 죄송합니다."

석화가 깔끔하게 사과하자 김 박사가 허허, 황당하다는 웃음을 흘렸다.

"섭섭하네요. 그래도 우리가 함께 지내온 시간이 더 많을 텐데, 어떻게 곽수환이나 양상훈 소령한테 마음을 더 주십니까? 그 둘 전부 다 레인보우 시티 밖에서 온 이들입니다. 애초에 우리 시민도 아니었어요. 그러니까 너무 믿지 마시라고요. 줄을 서실 생각이라면 차라리 이채윤 소령님이 더 낫죠. 이 소령님 집안은 재력도 짱짱하고 레인보우 시티에서도 인정한 명예가문 아닙니까?"

곽수환과 양상훈이 레인보우 시티 밖에서 왔다는 소리는 처음 들어봤다. 곽수환이 밥을 준다고 해서 군대에 자원했다고 말했지만, 그가 이곳의 시민이 아니었다는 말은 없었다.

"슬슬 시간도 됐으니 진행해볼까요?"

김 박사가 백신이 투여된 세 마리 쥐가 담긴 케이스를 들었다. 그가 가리킨 곳은 일반 연구실 안쪽에 마련된 생물안전 3등급 연구실이었다.

"예, 가요."

그곳에 7차 아담의 혈액이 있었고, 김 박사와 석화는 방역을 거쳐 전염에 대비해 안전복으로 갈아입었다. 준비 시간만 근 30분을 잡아먹은 뒤에야 보관 중인 7차 아담 혈액을 세 마리 쥐에게 투여할 수 있었다.

실험 장면은 전부 마더가 촬영 중이었다. 당연히 석화와 김 박사도 쥐의 상태를 면밀하게 체크하기 시작했다. 찍, 찌직, 찍, 갑자기 그중 한 마리가 성질을 내면서 입을 크게 벌리고 울어댔다. 마치 아담으로 변이하기 직전의 모습과도 흡사했다. 그러자 나머지 두 마리도 울음소리를 내면서 몸을 부르르 떨었다.

"이거 진짜 거짓말이었나 본데요. 주사한 사람들 있으면 큰일이겠네."

방호복에 가려진 김 박사의 목소리가 멀었다. 그러나 석화는 계속 쥐들을 주시했다. 이미 변이되고도 남았어야 할 시간인데도 쥐의 면역 기능이 바이러스와 싸우듯 한참을 버티고 있었다.

얼마 지나지 않아 김 박사의 입에서 감탄사가 터져 나왔다. 처음으로 소리를 질렀던 놈이 멀쩡히 케이스를 돌아다니기 시작한 것이다. 마찬가지로 나머지 두 놈도 시간차를 두고 정상적으로 되돌아오기 시작했다.

설마 싶었는데 어쩌면 정말 완벽한 백신일지도 몰랐다.

석화와 김 박사는 서로 마주 보다가 서둘러 세 마리 쥐의 혈액을 채취했다. 레인보우 시티에서 개발한 아담 바이러스 혈액 검사키트에 떨어뜨렸고, 결과는.

"음성이네요."

김 박사가 대신 대답을 주었다.

◆ ◆ ◆

비손, 기혼, 티그리스, 유프라테스. 이 넷이 외부에 알려진 에덴동산의 사인장로였다.

서펀트에 대해서는 알음알음 소문으로만 퍼져 있을 뿐 정보가 희박했다. 그런 놈이 가면을 썼다고 해도 모습을 드러냈으니, 앞으로 에덴동산이 어떤 식으로든 실력 행사에 나서겠다는 소리밖에 안 됐다. 그날 이채윤이 붙었던 놈이 정말로 서펀트라면 적어도 S클래스급 이상일 테고, 놈이 부리던 놈들도 최소 A급이었다.

레인보우 시티의 군인 외에 그 정도 전력을 가진 반군이 있다는 건 엄청난 위협이었다. 세컨드 마스터가 에덴동산에 대해 경각심을 가지고 계속 뒤를 캐던 이유도 어느 정도는 이해했다.

그런데 세컨드 마스터는 어떻게 에덴동산이 위협적인 존재가 될 것을 미리 예견했을까?

그건 곽수환의 머리를 맴도는 의문 중 하나였다.

"크어어! 칵!"

곽수환은 제 무덤인지도 모르고 덤벼드는 아담의 머리를 붙들어 벽에 박살냈다. 계단을 내려가면서 하나둘 소리를 듣고 올라오는 놈들을 향해 권총을 갈겼고, 뒤에서 엄호하는 헌병대들에게 소리쳤다.

"정리될 때까지 진입하지 마!"

비좁은 계단인 터라 아군이 얽히면 오히려 방해였다. 변이된 지 얼마 되지 않아 보이는 놈들인데, 레인보우 시티의 군번줄을 달고 있는 놈들이 대부분이었다.

"차 중령, 권총 던져."

뒤따라오던 차 중령이 재빨리 권총을 던졌고, 곽수환은 계단 끝까지 막힘없이 내려갔다. 코너를 꺾어 플래시로 안을 비추는 순간이었다.

칵칵! 플래시 불빛에 피 칠갑 된 얼굴을 들이대는 아담이 이를 닥닥거리면서 덤벼들었다. 총알도 아까워 장갑을 낀 손으로 턱을 뜯어버렸다. 쓰러진 놈의 머리통을 발로 밟고, 달려드는 놈들의 이마에 바람구멍을 뚫어주니 시끄러운 아담의 소리가 잠잠해졌다.

크어어어, 기괴한 소리를 내는 마지막 놈의 허벅지를 총으로 쏘자마자 뼈가 박살난 놈이 바닥으로 고꾸라졌다. 그 와중에도 이쪽으로 기어오려고 하는 게 용했다. 늘어진 셔츠 밖으로 나온 군번줄을 끊어내 뒤통수를 가격하는 것으로 숨통을 끊어주었다.

"클리어. 진입해."

곽수환이 무전기를 다시 제복 안쪽으로 되돌렸다. 계단에서 대기 중이던 헌병대원 다섯이 재빨리 곽수환에게 합류했다. 피비린내와 썩어가는 살 냄새는 폐쇄된 공간일수록 유독 더했는데, 지금 이곳은 시체 썩는 냄새보다는 피비린내가 좀 더 짙었다.

이런 냄새에 익숙한 헌병대들이지만, 역한 건 여전히 어쩔 수 없었다. 금세 피로해져 무뎌질 후각을 믿을 뿐이었다.

"라이트 켜봐."

그의 말에 헌병대원 하나가 군용으로 제작된 야간 산행 플래시를 중앙에 가져다 놨다. 옆에 아담의 시체가 있었기에 뒤통수가 뚫린 기괴한 얼굴이 고스란히 빛에 반사됐다. 곽수환은 그 시체를 발로 차고는 지하 벙커를 천천히 둘러봤다.

예상하기로 7차 백신이자 7차 이브가 만들어진 장소였다.

"필요한 거 싹 다 챙겨서, 21바이올렛 헌병대대로 가져다 놔."

롸져. 군기가 바짝 들어간 헌병대원들이 주변을 꼼꼼하게 살피기 시작했다. 필요한 게 있으면 회수하라고는 했지만, 에덴동산이 이 벙커를 버리면서 웬만한 것들은 다 챙겨간 뒤였다. 남은 건 책상이나 자잘한 도구들, 그리고 저희들을 엿 먹일 셈으로 남겨둔 아담이 전부였다. 그것도 레인보우 시티의 군인들로 구성된 아담들 말이다.

이놈들을 납치해서 인체실험이라도 했는지, 아니면 회유하려고 한 것인지는 모른다. 다만 변이된 지는 길어봐야 사나흘쯤 되었을 법했다.

레인보우 시티의 시민이라면 몸에 일명 개목걸이라 부르는 칩이 내장되어 있지만, 실제로 사용되는 일은 극소수였다. 석화의 경우도 수석연구원이었기에 GPS 관제탑이 열린 것이고, 일반 군인들이 사라졌다면 아담과 싸우다가 죽었겠거니 여길 뿐이었다. 이놈들이야말로 총알받이지. 곽수환이 군번줄을 손에서 한 바퀴 굴렸다.

벙커의 중앙 벽면에는 잎이 풍성하고 수많은 줄기를 가진 나무가 그려져 있었다.

생명의 나무. 에덴동산을 뜻하는 마크였다.

"백신을 배포하기 전에 이미 정리를 하고 뜬 것 같습니다."

차 중령이 다가와 조심스럽게 생각을 전달했다.

백신을 연구하기 위해서는 충분한 공간이 필요하고, 필요한 물건을 조달할 루트가 까다롭지 않아야 했다. 그렇다면 적어도 산맥을 낀 지역은 아닐 터였다. 또한 레인보우 시티로 지정된 구역에서 멀지 않은 곳에 똬리를 틀어 앉았을 거다.

곽수환이 몇 군데를 추려 조사하라고 지시한 결과, 의정부에 있는 지하벙커에서 에덴동산의 흔적이 발견됐다. 이채윤이 불태우고 온 저 위쪽은 놈들이 의정부로 내려오기 전에 거친 장소인 듯했다.

"죽은 놈들 목에 있는 군번줄 다 회수해서 유가족들한테 넘겨. 레인보우 시티를 위해 싸우다가 명예롭게 죽었다고 전하고."

곽수환은 쥐고 있던 군번줄도 차 중령에게 넘겼다.

"제가 책임지고 전달하겠습니다."

"나 먼저 간다. 대충 정리하고 여의도로 올라가."

"예, 들어가십시오."

차 중령을 비롯해 나머지 헌병들도 곽수환이 사라질 때까지 경례를 유지했다. 계단을 올라온 그는 장갑을 벗어 바닥에 던지고는 담배를 한 대 꺼내 물었다. 하도 기괴하게 생긴 놈들만 봤더니 심미안이 망가지는 것만 같았다. 멍한 석화의 얼굴이 불현듯 떠올라 저도 모르게 담배 연기를 길게 뿜었다.

연비 안 좋은 석 박사는 지금 뭐 하고 있으려나. 가장 마지막으로 보고를 받은 건 오늘 오전이었다. 자신의 지휘하에 있는 바이올렛구역의 헌병대를 소집한 게 오늘 오후였기 때문이었다. 차 중령을 통해 오전에 받은 사진은 자못 심각한 얼굴로 국을 떠먹는 모습이었다.

서펀트만큼이나 여의도 쉘터 윤 대장이 걸리적거렸다. 놈이 마음만 먹으면 석화에게 반군 사상을 뒤집어씌워 처리할 수 있기 때문에 곽수환은 한동안 지켜보라는 지시를 내릴 수밖에 없었다. 그뿐이라 생각했는데, 하루마다 어떤 재밌는 사진이 오려나 쓸데없는 기대까지 들었다.

'과천 쉘터입니다. 응답 바랍니다.'

곽수환의 지프에서 무전이 울렸다. 그는 담배를 태우며 느긋하게 걸어가면서 무전을 들었다.

'곽수환 소령님, 과천 쉘터입니다.'

"말해. 무슨 일이야."

'곽수환 소령님을 뵙고자 여의도 쉘터에서 손님이 찾아오셨습니다.'

여의도 쉘터? 곽수환은 무전기 가까이에 입술을 대고 물었다.

"누군데."

치직 하는 잡음이 섞여 들리고, 그와 반대로 선명한 목소리가 들려왔다.

'……저예요. 곽수환 소령님.'

석화였다.

STONE WALL

Stone Wall

#3

곽수환은 지프를 몰며 의정부에서 과천으로 돌아가는 동안 달려드는 아담 몇을 차로 들이받아야 했다. 어쩐지 평소보다 그 숫자가 많았고, 하나같이 군복 차림이었다. 이 구역에서 에텐동산 놈들이 군인들을 상대로 무슨 짓을 벌인 게 틀림없었다. 그런데 어째서 석화가 과천을 내려왔는지 이유는 듣지 못했다. 설마 자신이 보고 싶어서 내려온 건 아닐 테고. 심지어 목소리조차도 밝지 않았다.

"뭐, 언제는 해맑았냐마는."

곽수환이 창문을 열고 몸에 남은 담배 연기를 털어냈다. 의식적으로 틀어둔 라디오에서는 레인보우 시티의 방송이 나오고 있었다.

이따금 레인보우 시티의 지령이 담긴 난수방송(암호방송: 숫자나 단어, 문자의 나열을 조합한 난수를 이용해 메시지를 전달하는 단파방송)이 나오는 때가 있기 때문에 지프에 탈 때는 웬만하면 라디오를 틀어두고는 했다. 퍼스트 마스터 놈들의 꿍꿍이가 담긴 난

수방송을 해석하는 재미도 쏠쏠했고.

[신흥 종교 에덴동산이 평화로운 레인보우 시티를 뒤흔들려 하고 있습니다. 우리 주파수를 해킹하는 중범죄를 저질렀으며, 확실하지도 않은 백신으로 사람들을 현혹하고 있습니다.]

신흥 종교라고는 하지만, 실제 에덴동산이 만들어진 건 생각보다 꽤 오래됐다. 그때는 그만그만한 신흥 종교 중 하나였으니 덩치를 키운 건 불과 얼마 되지 않았다.

세상이 어지럽고 살기 힘들수록 종교가 좀 더 힘을 발휘하고는 했는데, 그런 면에서 에덴동산이 백신을 들고 나온 건 엄청난 믿음을 불러일으킬 구원이었다. 이번에 제대로 자리를 잡는다면 아마 레인보우 시티도 다루기 힘들 만큼 신도가 많아질 거다.

[우리 훌륭한 시민들은 잘 들어주십시오. 방금 레인보우 시티의 여의도 쉘터, 강남 쉘터, 강북 쉘터에서 동시다발적으로 같은 결과가 전달되었습니다. 에덴동산이 배포한 백신을 조사한 결과, 아무 효용이 없는 것으로 드러났습니다!]

창문을 열어둔 터라 바람 소리가 시끄러웠기에 볼륨을 한껏 올렸다.

[부작용을 유발할 수 있는 성분이 포함되어 있으니 시민들은 절대, 절대로 에덴동산이 배포한 백신을 투여하지 마십시오. 각 지역에 군대가 투입되어 에덴동산이 뿌린 가짜 백신을 회수 중입니다. 직접 백신을 가져오는 시민에게는 레인보우 시티의 포상금이 주어집니다. 현명한 시민들은 가짜 백신과 거짓 이야기

에 현혹되어서는 안 됩니다. 우리 선량한 시민을 지킬 울타리는 오로지 레인보우 시티뿐입니다.]

곽수환이 픽 웃었다.

백신이 진짜인지 가짜인지 저로서는 알 길이 없었다. 그러나 이렇게 앵무새처럼 같은 말을 반복하는 것을 보니 여태 봐온 레인보우 시티의 특성상 백신이 진짜일 가능성이 높았다.

마스터들이 똥줄 좀 타시겠는데.

곽수환은 다시 담배를 꺼내들까 하다가 과천 쉘터까지 얼마 남지 않은 것을 깨닫고 마음을 접었다. 가뜩이나 약한 석 박사가 폐까지 아프다고 하면 곤란하니까 말이다. 여태 여러 돌연변이를 보면서 별의별 이상한 특성을 봐왔지만, 돌에 집착하는 사람은 석화가 처음이었다.

사실 돌을 모으거나 가지고 다니는 건 딱히 제어할 필요가 없는 특성이기는 했다. 돌을 좋아한다고 타인에게 피해를 끼치는 것도 아니니, 어쩐지 그마저도 석화답다 싶었다. 만약에 석화의 집착특성이 성욕이었다면 큰일 날 뻔했겠지.

곽수환은 과천 쉘터 주차장으로 진입하기 전에 신분을 확인받았다. 몇 대의 지프가 과천 쉘터를 벗어나는 게 보였는데 백신을 회수하러 가는 길인 듯했다.

그는 여의도 쉘터와는 다른 지상주차장에 차를 세우고 지프에서 내렸다. 겨울이 지나가려면 아직 멀었는지 하얀 입김은 여전했다. 그래도 습한 여름보다는 겨울이 더 낫지. 여름에는 아담 바이러스만큼이나 전염병도 기승을 부리는 데다가 아담 썩는 냄새도 최악이었다.

곽수환은 방역소로 들어가 거울에 비친 제 모습을 봤다. 아담의 피가 묻은 제복을 벗은 뒤 전라가 돼서 거울 속의 자신과 눈을 마주했다. 석 박사를 만나러 가는데 말끔은 해야겠지. 턱에 튄 피를 샤워기의 물로 씻어내고 세균 제거력이 높은 비누로 제 몸을 닦았다. 밖으로 나와 몸을 말리고 머리는 대충 손으로 세팅했다.

쉘터 직원이 준비해둔 제복과 평상복 중 편한 옷을 선택해 군번줄을 셔츠 안으로 넣었다. 혈액 검사까지 마치고 나오니, 석화가 무전을 울린 시간으로부터 두 시간이 훌쩍 지나 있었다.

걸음이 평소보다 빨라지는 것을 본인조차 알지 못했다. 방역소 지하에서 로비까지 한달음에 달려 올랐고, 비상구 문을 열고 나오자마자 주머니에 손을 꽂았다.

"석화 박사가 나 찾아왔다며."

곽수환은 쉘터 로비를 지키는 군인에게 대뜸 물었다.

"예, 안 그래도 기다리고 계십니다."

곽수환이 주변을 둘러보는 때였다.

"야! 새끼야! 넌 어디 갔다가 이제 와!"

날카로운 목소리가 들린 곳을 돌아보니 이채윤이 케이프를 날리면서 이쪽으로 달려오고 있었다. 그리고 그 너머에는 손님용 긴 의자에 앉아 있는 석화가 보였다. 일전에 봤던 통통한 배낭이 옆에 놓여 있었고, 그사이 계란을 까먹었는지 휴지 위에 껍데기가 보였다.

커다란 눈을 한 석화와 시선이 마주쳤는데 어쩐지 평소보다 핏기가 더 없어 보였다.

"재수 없어. 그렇게 아이컨택 하지 마."

이채윤이 우웩 토하는 시늉을 했다.

"사람을 볼 때 눈을 봐야지, 그럼 어디를 봐."

석화도 느릿하게 자리에서 일어나며 껍데기가 놓인 휴지를 감쌌다. 이리로 걸어오는 것보다 빠르게 곽수환이 석화에게 다가갔다.

"야, 박사님이 나보고 과천 가자고 했다?"

이채윤도 바짝 옆에 붙어서 걷는 중이었다.

"전에도 그랬다면서."

"아냐, 전에는 내가 가자고 한 거고. 오늘은 박사님이 말한 거야."

뭐야, 전에는 이 소령이 가자고 한 거였어? 하긴, 아무렴 어떤가.

곽수환은 석화를 보고 씩 웃었다.

"나 보고 싶어서 온 거야?"

"어디 다녀오세요?"

석화의 목소리가 평소보다 확실히 더 기운 없었다. 뭔가 이상함을 감지한 곽수환은 주머니에서 손을 빼서 이채윤에게 지폐한 장을 건넸다.

"이 소령, 여기 3층에 매점 있거든? 가서 까까 사 먹어."

"까까 같은 소리 하네. 그냥 자리 비켜달라고 하지?"

"그런 눈치도 있었어?"

이채윤이 가운뎃손가락을 들어서 엿을 날리더니 석화를 향해서는 이따 보자며 손을 흔들었다. 석화가 이채윤에게 고개를 꾸벅했다. 3층으로 이동하는 이채윤의 뒷모습을 보다가 곽수환이 먼저 석화의 배낭을 들었다. 뭘 잔뜩 넣어 가지고 왔는지 생각보다 무게가 느껴졌다.

"사람이 없는 데서 이야기를 하고 싶어요."

무슨 심각한 말을 하려고 이러나 싶었다.

곽수환은 감시카메라가 돌아가는 쉘터 내부가 아니라 밖을 선택했다. 한쪽 어깨에 배낭을 메고 나서야 석화의 손목을 쥐었다. 나가자. 말을 하자 석화도 걸음을 옮기기 시작했다.

둘은 건물을 나와 벤치가 놓인 정원으로 걸었다. 이 시간에 산책을 하는 군인은 없었기에 벤치 주변으로는 둘밖에 없었다. 곽수환은 얇은 셔츠에 슬랙스 차림이었지만 크게 추위를 느끼지는 못했다. 석화도 시원하게만 느껴지는 공기에 갑갑했던 숨통이 좀 트이는 것도 같았다.

"석 박사, 안 그렇게 봤는데 엄청 끈질기네."

벤치에 나란히 앉고 나서 먼저 말을 건넨 사람은 곽수환이었다.

"여기까지 정자를 얻으러 와?"

석화는 곽수환을 향해 휙 몸을 틀었다. 몸을 제게 더 기울여 오는 바람에 곽수환은 진짜 석화가 몸이 달아서 왔나 착각할 지경이었다. 그러나 하얗고 무기력해 보이는 입김이 석화에게서 흘러나왔다. 하얀 얼굴에서는 한기마저 느껴졌다.

"백신이 진짜인데 가짜라고 발표를 한대요."

꽉 쥔 주먹을 허벅지 위에 얹으니, 티슈에 싸인 계란 껍데기가 으스러지는 소리가 들렸다. 곽수환은 석화의 손을 펴서 껍데기가 박힌 데는 없나 살폈다. 대신 티슈를 가져가 돌돌 말아서 저 멀리로 던져버렸다.

"그래서?"

곽수환은 뭐가 문제냐는 듯 웃는 낯으로 물었다. 석화는 입을 작게 벌리고 당황스러운 눈을 들었다. 무표정한데도 어느 순간부터 석화의 감정이 잘 읽혔다. 다른 곳은 몰라도 눈만큼은 감정이 가득 실려 있었다. 곽수환은 그 까만 눈을 피하지 않았다.

"게다가 이미 가짜라고 발표를 했거든. 레인보우 시티에서 가짜라고 하면 가짜인 거지."

"진짜인데도요?"

"라디오에서 들어보니 각 쉘터에서 시험해본 결과 효용이 없었다던데."

"아니에요. 아직 사람에게 투여한 적은 없지만, 쥐들은 백신이 효과가 있었어요."

석화는 곽수환이 한쪽에 메고 있던 배낭으로 손을 뻗었다. 그랬더니 곽수환이 고개를 삐딱하게 하고 팔짱을 꼈다.

"그거 때문에 나를 찾아온 거야?"

그가 무감각하고도 냉랭하게 말하니 석화는 말문이 막혔다.

"백신이 진짜인데 가짜라고 발표했다는 것 때문에? 내가 전에 이야기했던 것 같은데, 박사님은 다른 생각 말고 연구나 하면 된다고."

하아, 숨이 길게 나와 눈꺼풀에 습기가 어리는 것 같았다.

"그리고 그 백신이 진짜면, 성분을 알아내서 레인보우 시티에서 만든 거라고 발표하면 그만이잖아."

순간 착각할 뻔했다. 그는 레인보우 시티의 군인이었다.

원래는 이곳의 시민이 아니었다는 말에 혹시나 저에게 동조해주지 않을까 싶었던 건가.

석화는 무엇 때문에 과천으로 왔는지조차 혼란스러워졌다. 백신이 효용이 있다고 윤 대장에게 보고를 하니, 그는 레인보우 시티의 안정을 위해 일단은 가짜로 발표하자고 했다. 그리고 그 뒤에 나온 말은 곽수환과 같았다. 우리가 대량 생산하면 그만이라고.

"왜 거짓말을 해요?"

"연구랑 정치는 별개고, 정치에 거짓말은 필수니까."

"그럼 에덴동산이 더 나은 거 아닙니까? 거긴 적어도……."

"석화 박사님."

곽수환이 석화의 어깨를 한 손으로 가볍게 쥐었다.

"나 조금 전까지만 해도 에덴동산 놈들이 백신을 개발하던 지하벙커에 다녀왔거든. 근데 거기에 아담이 꽤나 많더라고? 그 아담들이 전부 우리 군인이었어. 그게 우연이라고 생각해? 에덴동산 놈들이 우리 군을 납치해서 실험을 하고 아담으로 만든 거야."

"……."

"여의도로 돌아가. 그리고 오양석 박사는 내가 진범 잡아서 석 박사 앞에 데려다줄 테니까 이제 그만 다른 생각은 하지 말자고."

석화는 고개를 숙여 바닥을 보았다. 긍정도 부정도 하지 않은 채 가만히 있더니 곧 손을 쓱 뻗었다. 곽수환이 걸치고 있던 배낭을 가져와 팔을 하나씩 넣어 직접 등에 멨다.

"갈게요."

"들어줄게."

곽수환은 배낭 고리에 손을 넣어 들어올렸다.

"곽 소령님은 이 모든 게…… 이상하지 않으세요?"

겉은 얼음장처럼 차가운 얼굴이지만, 석화의 안에서는 용암이 들끓는 것만 같았다. 도무지 받아들여지지가 않는 모양이었다.

"좀 이상하면 어때. 등 푹신하게 잘 수 있는 침대 있고, 밥 제때 나오고, 물도 마음대로 마시고 쓸 수도 있는데. 석 박사가 의문을 갖는 거 나도 충분히 이해해. 근데 때로는 그냥 수긍하면서 사는 게 답일 때도 있어. 엘리트로 자라신 박사님은 신나고 스릴 있는 모험이 그리울지 모르겠지만,"

"갈게요."

석화는 곽수환이 잡고 있는 배낭 고리를 제 힘으로 떼어냈다.

"데려다줄게."

"이 소령님과 가겠습니다."

배낭의 양 끈을 손으로 꽉 잡고는 건물 안을 향해 걷기 시작했다. 곽수환은 석화를 따라가려다가 그 자리에 멈춰 서서 목소리만 키웠다.

"내가 직접 헌병대로 넘기기 전에 그만 생각 접어."

천천히 뒤를 돌아본 석화의 손이 떨리는 게 보였다.

"이거 마지막 충고야."

아무래도 석화는 충격을 받은 모양이었다.

같은 시각, 제주도 우도.

지잉, 지이잉, 전동휠체어가 방향키를 잡은 남자의 손에 움직였다.

거실의 유리창 가까이 휠체어를 이동하자 저 반대편에 있는 가파른 절벽이 보였다. 고즈넉한 풍경에 어우러지는 저택은 철창도, 아담의 공격에 대비한 안전장치도 없었다. 밤낮으로 들려오는 파도 소리만이 공기만큼 자연스러운 일상의 한 부분으로 자리 잡았다.

"마더에게서 영상이 도착했습니다."

남자는 집사의 목소리를 듣고도 새까만 밖을 응시할 뿐이었다.

"지치고 무료하지 않나?"

주인의 질문에 집사가 휠체어로 다가왔다. 집사는 휠체어의 손잡이를 잡고는 방향을 돌려주었다.

"그럴 리가요. 이렇게 안전하고 여유로운 곳이 달리 있겠습니까?"

"나는 그렇지 않아. 모든 것을 다 때려치우고 싶을 정도로 말이야."

"마스터께서 그런 말씀을 하시면 저희는……."

"어차피 농담에 불과하지."

세컨드 마스터는 손잡이를 잡은 집사의 손을 두드렸다. 집사도 더는 말을 않고 마스터의 집무실로 휠체어를 끌었다. 문이 잠긴 집무실은 세컨드 마스터만이 개폐할 수 있었다. 그는 손을 올려 패드에 지문을 인식했다.

"여기부터는 나 혼자 이동하겠네."

"예, 밖에서 대기하겠습니다."

마스터는 다시 방향키를 조종해 복도를 거쳐 집무실 안으로 들어갔다.

집무실 중앙에는 책상이 놓여 있었고, 왼쪽은 책이 빼곡하게 꽂힌 책장이 짜여 있었다. 그리고 나머지 벽면은 세컨드 마스터가 정리 중인 에덴동산과 연구에 필요한 내용들이 적힌 유리 보드가 있었다. 휠체어에 타 있었기 때문에 일정 높이 이상부터는 유리가 깨끗했다.

"마더, 레인보우 시티 세컨드 마스터의 접속을 허가하라."

메인 컴퓨터에 접속한 마스터가 목소리를 냈다.

[세컨드 마스터 음성인식 완료. 마더 서버를 전부 개방합니다. 반갑습니다, 마스터.]

AI 기능이 탑재된 지금의 마더를 각 쉘터에 구축한 사람이 세컨드 마스터였다. 그는 학자이며 정치가였고, 레인보우 시티의 마스터이기도 했다.

마스터는 과천 쉘터에서 송출해온 마더의 영상을 물끄러미 바라봤다. 로비에 있던 곽수환과 석화가 짧은 대화를 나눈 뒤, 감시카메라를 피해 어디론가 사라지는 모습이었다.

그들이 모습을 다시 드러낼 때까지 마스터는 책상에 놓인 등

근 마노를 굴렸다. 푸른빛이 도는 석영광물은 말의 뇌수를 닮았다 하여 마노라 불린다 했다. 마치 제주 바다의 색을 담은 듯 오묘하게 일렁이는 마노는 마스터가 아끼는 광물 중 하나였다.

로비로 들어온 석화는 주변을 두리번거리다가 곧 어딘가로 향했고, 이후에 이채윤과 합류하는 모습이 나왔다. 그 이후로는 곽수환이 그들에게 다가갔으며, 지상주차장으로 가는 뒷모습이 찍힌 게 전부였다.

석화가 곽수환을 찾은 이유는 짐작만 가능할 뿐이었다. 어쩌면 에덴동산이 내놓은 백신 때문이겠지. 한데 의아한 건 제가 아는 석화는 이다지도 능동적인 사람이 아니라는 점이었다.

무엇이 석화를 자극한 것일까? 오양석의 죽음을 비롯해 납치 사건이 한몫했던 건가.

그것도 아니면 곽수환이…….

마스터는 쓸데없는 사견을 집어치우고 다시 입을 열었다.

"마더, 서펀트의 위치가 확인되나?"

[로딩 중. 서펀트의 위치는 알 수 없습니다. 외모, 나이조차 확실하지 않으며 서버에는 서펀트의 음성 자료만 등록되어 있습니다. 음성 자료를 바탕으로 추적 중입니다.]

"목소리 변조 프로그램을 사용했을 가능성은?"

[가능성은 충분합니다. 서펀트의 보이스 프린트를 분석한 결과, 거센 소리의 자음을 발음할 때 음성이 분리되는 현상이 보입니다. 인간의 청각 영역대로는 듣지 못합니다.]

"알겠네. 서버를 닫지."

[개방한 서버를 닫습니다. 편안한 밤 되십시오, 마스터.]

톡, 톡, 마노로 책상을 두드리던 마스터가 피곤한 듯 얼굴을 쓸어내렸다. 원호에 이어 오양석마저 죽었다. 심증은 늘 그렇듯 충분히 있었다.

마더의 감시카메라를 중지시킬 수 있고, 편집할 수 있는 건 퍼스트 마스터도 해당됐으니까.

"오 박사, 당신마저 대체 무슨 생각을 한 거야."

세컨드 마스터는 퍼스트 마스터처럼 원하는 곳을 마음대로 돌아다닐 수 있는 몸이 아니었다. 원호가 죽고 나서는 오양석 박사의 연구조차도 이곳에서 지지했을 뿐이었다.

그때 퍼스트 마스터가 석화를 제주도로 돌아가게 하지만 않았어도 일이 이렇게 복잡하게 얽히지는 않았을 거다. 저에게서 대체 얼마나 더 빼앗아가야 만족할 것이란 말인가. 세컨드 마스터는 마노를 쥔 손에 잔뜩 힘을 줬다. 그렇다고 해서 지금 당장 퍼스트 마스터와 전면전을 벌일 수는 없었다. 이파전도 버거운 마당에 삼파전이 발발할 수도 있으니 말이다.

레인보우 시티에 필요한 건 혁명이 아닌 개혁이었다. 그렇기에 에덴동산이 여기서 더 힘을 키우면 곤란해진다. 골치 아픈 문제는 그것뿐만이 아니었다.

곽수환. 지금이야 제 지시를 따르지만 머리가 너무 커버렸으니 시한폭탄이나 다름없는 셈이었다.

세컨드 마스터는 유리창에 다시 정리를 하기 시작했다.

비손: 곽재원. 기혼: 강손은. 티그리스: 원호. 유프라테스: 오양석.
서펀트: ?

어째서 전부 원호와 뜻을 함께한 걸까. 당신들도 정말 혁명을
원했나? 같은 사상을 가지고 하나로 뭉쳤던 동료였건만 어느
순간 모두가 돌아올 수 없는 강을 건너버렸다.

세컨드 마스터는 비손부터 유프라테스까지 찍 펜을 그었다.
이제 모두 죽고 없다. 남은 것은 서펀트뿐이었다.

그는 펜을 쥔 손을 기운 없이 늘어뜨리고 휠체어에 몸을 한껏
기댔다. 천장을 올려다보는 세컨드 마스터는 오래전의 동료들
을 떠올렸다.

그리고 그는 곧 외로워졌다.

◆ ◆ ◆

'내가 직접 헌병대로 넘기기 전에 그만 생각 접어.'

곽수환이 그렇게 나오는 게 이상한 일도 아니었다.

단지 그가 레인보우 시티의 다른 시민보다 충성도가 낮을 것
이라 석화는 저 혼자 착각했다. 그는 규율을 어겨가며 술집을
털기도 했고, 예의를 차린다지만 상사에게 불량하게 군 적이 더

많았다. 그런 군인은 몇 명 보지 못했기 때문에 충분히 착각할 만도 했다.

새끼손가락은 새 손톱이 자랐는데도 시큰거렸다. 석화는 왼손을 감싸고 곽수환의 옆모습을 흘끔 봤다. 이채윤과 같이 올라간다고 했으나, 곽수환은 그녀에게 담배 두 보루를 양보하고 직접 운전대를 쥐었다.

"여의도 도착하려면 아직 시간 남았어. 좀 자둬."

"괜찮습니다."

석화는 더 이상 곽수환에게 필요 이상의 말을 하지 않기로 했다. 행여 그가 정말 헌병대에 자신을 밀고하면 곤란해지니까.

어째서 레인보우 시티에서는 질문을 해서도 안 되고, 상부의 행동이 전부 옳다고 생각해야 하며, 주어진 역할에만 충실해야 하는 건지 이상했다. 저는 마더처럼 입력된 시스템 값으로 움직이는 게 아닌데 말이다.

돌이켜보면 오양석 박사가 상부의 지시가 의아하지 않느냐는 말을 몇 번 흘렸는데, 그때는 아무 생각도 없이 넘겨듣고는 했다.

상부가 안 된다고 하니까, 지원할 돈이 부족하다고 하니까, 그 말을 전부 믿었다. 하지만 이제는 아니다. 라디오도 거짓말을 했고, 제 눈으로 본 진짜 백신조차도 가짜라고 발표했다.

만일 이 모든 게 반군 사상이라면, 이미 저는 반군으로 확정이었다.

"설마 삐졌어?"

곽수환이 핸들을 쥔 채로 앞만 응시하고 있었다.

"기분은 좋지 않습니다. 아무것도 안 했는데 저를 밀고한다고 하셨으니까요."

석화가 다시 새끼손가락을 손으로 감쌌다.

"아픈 건 싫잖아."

"싫습니다."

"그러니까 나는, 석 박사가 원호나 오양석 박사처럼 개죽음을 당하길 바라지는 않아."

개죽음이라니? 표현이 영 마음에 들지 않았다. 그래도 석화는 그저 무릎 위의 배낭만 꾹 내리눌렀다.

"곽 소령님은 레인보우 시티…… 시민이 아니었다면서요."

내내 정면만 보던 곽수환이 고개를 틀어 석화를 보았다. 속도를 줄이자 뒤따라오던 이채윤이 클랙슨을 울리고는 추월해 나갔다. 번개가 치는 것처럼 이채윤의 헤드라이트가 내부를 한껏 비췄다가 사라졌다.

"그건 왜. 이제부터 차별해보려고?"

"아뇨."

"근데 그런 걸 왜 물어. 다 각자 사정이 있는 거지."

가벼운 미소가 입가에 걸려 있었지만, 더는 묻지 말라는 분위기가 농후했다.

"능력이 뛰어나서 시민으로 받아들여진 겁니까?"

"뭐, 그런 것도 있고."

애매한 대답이었다. 석화가 다시 입술을 떼려 하자 곽수환이 나직하게 한숨을 쉬었다.

"오양석 박사의 추천이 없었다면 쉽게 군에 입대하지는 못했겠지. 오양석 박사가 내 보증을 서줬으니까."

"……박사님이요?"

"혼자 남겨진 내가 안타까웠다는 것 같은데, 나도 잘은 몰라."

"시민이 아니었는데 박사님이 어떻게 곽 소령님을 압니까?"

끼익-!

고라니 한 마리가 도로로 튀어나왔다. 곽수환은 순식간에 브레이크를 밟고는 석화의 가슴을 손으로 막았다. 헤드라이트에 비친 고라니가 이쪽을 휙 쳐다보는데 눈이 멀쩡한 놈이었다. 체구도 작은 것을 보니 태어난 지 얼마 되지 않은 녀석 같았다. 귀를 쫑긋 흔든 녀석이 이내 반대쪽 숲으로 뛰어들었다.

초식동물은 천적이 없으니 날로 개체 수가 늘어가고만 있었다. 로드킬을 해도 그 누가 뭐라고 하지 않지만, 저 조그만 녀석을 쳤다가는 석화의 미간에 주름이 잡힐 것만 같았다.

괜찮은가 싶어 석화를 살피던 곽수환이 순간적으로 헛바람을 뱉었다. 가슴을 막은 손을 석화가 두 손으로 꼭 쥐고 있었던 것이다.

"오늘은 돌 안 가져왔어?"

돌? 그건 왜?

석화도 시선을 내리더니 곧 손을 펼쳐 놨다. 하도 급하게 나오느라 그의 말대로 돌을 가져오지는 못했지만, 방금은 단순히 반사적으로 행동한 것뿐이었다. 곽수환은 천천히 액셀을 밟으며 이번에는 일정 이상 속력을 올리지 않았다.

"내가 레인보우 시티 시민은 아니었지만, 부모님은 시민이었어. 그리고 그 두 분도 석 박사랑 비슷했고."

설마 그의 부모가 돌을 좋아하셨나 싶다가도 그런 뜻이 아니라는 것을 금세 알았다.

"오양석 박사랑 같은 연구소에 있었다고는 하는데, 나도 그분들이 뭘 했는지는 잘 몰라. 자주 못 봤거든."

곽수환 소령의 부모가 연구원이었다고……?

오양석에게 그에 대한 이야기를 들은 적은 없었다. 아니, 애초에 할 이유도 없었겠지만.

석화는 그럼에도 놀라운 마음을 숨기지는 못했다. 연구원이었다면 그의 부모에 관한 기록이 분명 쉘터에 남아 있을 것이다.

"근데 어째서 소령님은 시민이 아니게 됐어요?"

"시티의 허가를 받지 않고 태어났거든. 그렇게 되면 시민으로 받아주지 않아. 석 박사, 진짜 하나도 몰랐어? 제주도 출신이 좋기는 좋네."

그는 자신보고 온실 속의 화초처럼 자랐다는 말을 종종했는데, 그 점에 대해 따지고 들지는 않았다.

"저도 알고는 있어요. 그런데 연구원이셨고 시민이었는데, 출산 허가를 못 받은 게 좀 이상해서요."

속도가 일정하니 멀미도 적당히 일었다. 석화는 배낭에서 물을 꺼내 수분을 보충하고 사포닌을 입에 털어넣었다.

"그건 또 뭐야."

군것질부터 시작해 이상한 알약을 자주 복용하는 석화였다.

"이것저것 실험해보는 거예요. 체력이 좋아지는 효과가 있는지."

인삼은 구하기가 힘드니, 콩에서 사포닌을 분리해 복용해보는 중이었다. 물론 연구실에 있는 분취기는 이러라고 구해다놓은 건 아니었다. 그래 봐야 3일째 복용 중이라 어떤 효과도 보지 못했다.

세상의 어떤 약도 타고난 허약한 체질을 단번에 바꿔주지는 못한다는 것을 알면서도 헛된 희망을 걸었다.

"곽 소령님."

"웅."

"부모님 성함이 어떻게 되세요?"

"결혼에 앞서 호구조사 해?"

"그냥 어떤 연구를 하셨는지 궁금해서요."

"소용없어. 부모님에 대해서 남아 있는 기록은 없거든."

"그래도 성함 정도는……."

"막판에 레인보우 시티에서 눈 밖에 난 것으로 알고 있어. 몰래 아이를 가졌고 숨겨두기까지 했으니 말이야. 내 이야기는 됐고, 설마 석 박사 이름에 '화' 자가 '꽃화' 자는 아니지?"

곽수환이 말을 돌리고 있었다.

"말씀하기 싫으면 안 하셔도 돼요."

석화도 더 파고들지는 않고 물을 한 모금 더 마시기만 했다.

"아냐, 진짜 궁금해서 그래. 아니면 '불화' 자야?"

석화는 무시했다.

"아아, '재앙화' 자구나."

"이름에 재앙을 쓰는 사람이 어디 있습니까."

"쓰면 쓰는 거지 못 쓸 건 뭐야. 성은 '돌석' 자 맞잖아."

정곡이었기 때문에 석화는 다시 입을 다물었다.

"그럼 돌꽃이네."

곽수환이 소리 내서 웃었다.

"석 박사랑 진짜 잘 어울려."

"할머니가 지어주신 이름이에요."

"전에 석화가 굴이라고 하지 않았나. 손자 성하고 맞춰서 굴이름을 붙여줄 정도면 할머니가 굴을 엄청 좋아하셨나 봐? 물질하다가 몰래 굴 따 먹고 그러신 거 아니야?"

대체 왜 저런 소리를 하는지, 말하기 싫으면 그냥 말지. 석화는 고개를 창으로 돌렸다.

"음, 굴 맛있지. 야들야들하고."

곽수환은 살면서 딱 한 번 먹어본 굴의 맛을 떠올렸다. 사실 그 맛이 어땠는지는 기억나지 않았다. 오히려 단맛은 인간 석화가 훨씬 뛰어났다.

"굴은 수질 정화 능력이 뛰어나대요. 바다의 꽃이라고요. 할머니가 그렇게 남을 도우면서 살라고 하셨거든요."

어머니는 위험한 일은 다 피하라고 하셨지만.

"좋은 분이셨네."

"무척이요."

"그러니까 그 좋은 분 말씀 잘 들어서 시민들을 위해 연구를 하는 게 우리 굴 박사가 할 일이지. 내 정자 받아가기 위해서 야한 짓도 좀 해줘야 하고."

곽수환이 한 손으로 핸들을 쥐고 다른 손으로는 엄지를 척 들었다. 이 남자를 알 듯하면서도 잘 모르겠다. 장난도 곧잘 하고 야한 말도 틈틈이 꺼내는데, 늘 의식적으로 띠고 있는 미소만큼이나 그게 가면으로 느껴질 때가 있었다. 그렇다고 전부 다 지어낸 것은 아니며 좀 전의 웃음처럼 진심이 섞여 있을 때도 있었다.

그는 불투명한 세포막에 감싸인 미지의 생명체 같았다. 그래서 석화는 그가 조금 더 위험하다고 느꼈다.

곽수환을 끌어안거나 그가 몸을 만져주는 건 기분이 좋았지만, 이제 머릿속에 있는 건 쉽게 꺼내 보이지 않기로 했다.

여의도 쉘터가 보이기 시작했다. 곽수환은 그제야 속도를 올려서 지하주차장으로 향했다. 먼저 도착한 이채윤은 지프 앞에서 팔짱을 낀 채 석화를 기다리는 중이었다.

"또 놀러 와."

곽수환이 방역소 입구에 차를 세우면서 입을 열었다. 석화는 문을 열려다가 멈칫했다.

"곽 소령님, 집착특성이 뭐예요?"

제가 보기에 그에게는 딱히 집착적인 구석이 없어 보였다.

"맞혀봐."

"못 맞히겠어요."

"박사로서의 자세가 안 되어 있잖아."

"굳이 연구할 가치가 없는데요."

순간 곽수환의 입술이 불시에 덮쳐왔다. 석화는 놀란 눈을 하고는 눈만 깜빡거렸다. 키스가 아닌 쪽 소리가 나는 뽀뽀로만 그쳤다.

"데려다준 값."

조수석의 헤드를 한 팔로 감싼 곽수환이 대신 문을 열어주었다. 여기로 다가오는 이채윤이 썩은 얼굴을 하고 있는 게 보였다. 곽수환은 석화의 배낭을 그녀에게 휙 던졌다.

"잘 모셔가라."

석화는 제 입술을 손바닥으로 눌렀다가 떼어내며 지프 밖으로 두 다리를 내렸다.

그가 집착하는 게 키스인가? 아니, 그건 또 아닌 것도 같았다. 석화가 혀를 슬쩍 내밀어 아랫입술을 핥았다. 곽수환이 조수석 문을 닫기 전에 소리쳤다.

"석 박사, 다음에는 굴이나 같이 먹자고."

석화는 이채윤에게서 배낭을 건네받으며 시큰둥하게 대꾸했다.

"저 굴 못 먹어요."

꾸벅, 고개를 숙이고 쉘터 안으로 걸어가기 시작했다.

곽수환은 핸들에 턱을 기대고 석화가 안으로 들어갈 때까지 지켜봤다. 석화와 함께 방역소로 들어가는 이채윤이 머리 위로 엿을 들어 보였다. 한번 웃고는 석화가 완전히 보이지 않을 때가 되어서야 핸들을 틀었다.

앞으로 석화가 말을 잘 들어줄지는 모르겠지만, 이제 대놓고 눈 밖에 나는 행동은 하지 않겠지 싶었다. 적어도 제 손으로 석 박사를 잡아 뜯고 싶지는 않았다. 약한 생명을 거둬가는 일도 두 번 다시 사양이었다.

곽수환은 담배를 꺼내 물려다가 또다시 그만두고야 말았다. 아직 석화의 말캉한 입술 감촉이 남아 있던 탓이었다.

◆ ◆ ◆

곽수환을 만나고 온 이후로 석화는 아주 은밀하게 그리고 조심스레 자료를 모으기 시작했다.

마더의 감시카메라에 띄어 좋을 것도 없기에 방에서만 펜을 끄적거렸다. 컴퓨터가 아닌 암호화된 서면으로 남기는 건 다른 사람의 눈을 피하기 위함이었다.

에덴동산에서 만들어낸 백신은 아직 대량생산에 들어가기 전이었다. 동물에게는 백신이 효과가 있었지만 아직 사람에게 시험해보지 않았기 때문이다. 결국 자발적으로 나선 시민이 백신을 맞을 테고, 그 사람은 레인보우 시티에서 엄청난 포상금을 안겨줄 거다.

저혈압을 물리치면서까지 오전 8시에 일어난 석화는 맛없는 콩샌드위치를 우물거렸다.

석화는 오양석과 에덴동산을 연결해보다가 어쩌면 박사님이 그들에게 백신을 준 게 아닐까 하는 가설을 세웠다. 치료제에 관한 이야기도 있었으니 연구 결과를 에덴동산과 공유했을 수도 있었다. 그러나 서펀트가 만나자고 했던 일이 수포로 돌아가면서 그들이 저에게 접선한 이유조차 오리무중이 됐다. 석화는 서펀트와 접선할 방법을 어떻게든 짜내보려 펜을 굴렸다.

[석화 박사님, 지금 55층 연구원 회의실로 와주세요. 제주도에서 조언자가 도착하셨습니다.]

벽에 내장된 스피커를 통해 방송부 직원의 목소리가 들렸다. 만일 제가 안 일어나 있었으면 어쩌려고……. 그런데 시계를 보니 벌써 9시가 훌쩍 지나 있었다. 생각에 잠겨 있다 보면 한두 시간이 날아가는 건 이렇게 우스웠다.

책상을 붙잡고 일어나다가 현기증이 이는 바람에 잠시 눈을 감고 있어야 했다. 전보다는 괜찮아졌다고 생각했는데 아침마다 이 모양이었다. 한 발 옮기자 또다시 머리가 울렸고 하는 수 없이 침대에 몸을 뉘었다.

제주도로 내려간 조언자가 왜 다시 왔지?

석화는 이마에 손을 얹고 숨을 차분히 골랐다. 얼마나 그러고 있었는지도 모르는 사이, 문을 두드리는 소리가 들려왔다.

똑똑똑.

꼼짝도 하기 싫어서 천장만 보고 누워 있었건만, 지치지도 않고 문을 두드려댔다. 헌병대에 끌려갔던 안 좋은 기억이 떠올라 석화는 이를 악물고 침대를 벗어났다. 제가 정리한 서류는 급한 대로 책상 서랍에 쑤셔 넣었다.

또다시 똑똑, 끈질기게 문을 두드리는 자를 확인하려고 문으로 걸었다.

"누구세요?"

왜 벨을 누르지 않고 문을 두드리는 건가. 석화가 빠끔히 문을 여니 눈앞에 가슴팍이 보였다. 시선을 천천히 올려 방문객을 쳐다봤다. 석화와 시선을 마주한 남자 또한 사람 좋은 인상으로 웃고 있었다.

"석화 박사님, 아직 주무시는 줄 알았습니다."

"……."

석화는 느릿하게 눈꺼풀을 깜빡거렸다.

"이제 일어나셨습니까, 박사님?"

'일어나셨습니까, 박사님?'

이상했다. 처음 보는 남자인데 말투와 목소리가 낯설지 않은 듯했다.

"혹시 석화 박사님이 아니신가요? 조언자님께서 말씀하시기를 이 방에 계신다고 하던데."

"석화…… 맞습니다."

"어디 안 좋으신가요? 얼굴이 많이 창백하시네요."

"괜찮습니다."

"제가 직접 방으로 찾아와서 놀라신 거라면, 안심하세요. 저는 이런 사람입니다."

'안심하세요. 박사님을 위협하고자 모셔온 게 아닙니다.'

석화는 ID카드를 보여주려는 남자에게 손을 뻗어 그의 입술 가까이 제 손바닥을 가져다댔다. 남자는 석화를 내려다보며 놀란 눈을 했다. 그러더니 이내 눈을 가느다랗게 접고 웃어 보였다.

"왜 그러세요?"

손바닥에 부딪힌 남자의 목소리가 웅웅거렸다. 익숙한 말투라고 생각했는데 그것도 아닌가? 석화는 손바닥을 떼어내고는 바지에 쓱 손을 닦았다.

"아무것도 아닙니다. 그런데 누구세요?"

남자는 박사님 참 재미있는 분이라면서 또다시 상냥하게 미소 지었다.

"저는 오늘부터 여의도 쉘터에서 근무할 최호언이라고 합니다. 김 박사님과 석 박사님을 도와 연구실을 사용할 연구원이고요. 미리 인사를 드리려고 찾아왔습니다."

자신을 최호언이라고 소개한 남자가 악수를 청해왔다. 그의 목소리가 왜 서펀트와 비슷하다고 생각했는지는 모르겠다. 계속 듣다 보니 이 남자의 목소리가 훨씬 더 낮은데 말이다.

"잘 부탁드려요."

석화가 최호언의 손을 맞잡았다.

"그런데 앞으로는 방까지 안 찾아오셔도 됩니다."

석화는 손을 뒤로 빼고 꾸벅 인사를 한 뒤 문을 닫았다.

책상 서랍에 넣어둔 반군 사상 가득한 자료들을 들킬까 봐 괜히 제 발이 저렸다. 물론 암호화해 저만 알아볼 수 있도록 적어뒀지만 조심해서 나쁠 건 없었다.

문에 귀를 바짝 가져다대고 최호언의 발걸음 소리가 멀어지는지 확인했다. 나름 방음이 잘 되어 있는지 고요하기만 했다.

똑똑, 화들짝 놀란 석화가 띵 울리는 골을 손으로 꾹 눌렀다. 왜 또 두드리는 건가 싶어서 경계심을 가득 띠고 문을 열었다. 이중잠금장치인 사슬고리를 안전바에 끼우는 일은 잊지 않았다.

"박사님, 이왕 여기까지 왔는데 조언자님께 같이 가시죠. 저많이 겸연쩍습니다."

최호언은 민망한 듯 뒷목을 쓸어내렸다. 석화는 솔직하게 싫습니다, 말을 하려다가 꿀걱 삼켰다.

"그럼 5분만……."

"천천히 준비하세요. 기다리겠습니다."

석화는 문을 닫고 책상으로 돌아와 남은 콩샌드위치를 랩으로 돌돌 말았다. 꼼꼼하게 이를 닦고 나서 셔츠를 갈아입으니 족히 15분은 지나 있었다. 마지막으로 곽수환이 췄던 돌을 챙겨 겉옷 주머니에 넣고, 문을 열어보았다.

기다리기 지루해 먼저 갔을 거라 생각했는데, 최호언은 손바닥만 한 메모지에 뭔가를 끄적거리고 있었다.

"준비 다 되셨습니까?"

"예."

"조언자에게로 가죠. 아, 그 전에."

메모지의 맨 앞장을 뜯어낸 그는 석화에게 종이를 내밀었다. 석화는 덥석 받지 않고 안의 내용물부터 확인했다.

최호언의 시선으로 본 조금 전의 석화였다. 문을 빠끔히 열고 경계심 어린 눈으로 올려다보는 그림은 크로키처럼 보였다.

"우리 잘 지내봐요, 박사님."

석화는 얼떨결에 그 종이를 받고는 주머니에 넣었다. 돌에 눌려 구겨지는 바람에 석화는 반대쪽 주머니로 종이를 옮겼다.

"감사합니다."

사실 왜 이런 걸 췄는지 모르겠지만 받았으니 일단 인사는 했다. 55층까지 올라가는 동안 최호언이 부지런히 말을 시켰고, 석화는 아직 오전인지라 혼미한 정신을 일깨우는 데만 집중했다.

도착한 연구원 회의실에는 저에게 오양석의 죽음에 관한 쪽지를 전해주고 간 조언자가 보였다. 오양석 박사에게 치매가 있다는 정보를 건네준 조언자를 더는 믿지 않았다.

석화는 조언자를 향해 꾸벅 인사했다.

"석화 박사, 자주 보는 듯하니 기분이 좋군요."

"예."

조언자가 석화의 어깨를 가볍게 두드렸다.

"윤 대장님께 일련의 일들을 보고 받았습니다. 혹시 석화 박사의 생각은 어떻습니까?"

"어떤 생각이요?"

"우리의 결정 말입니다. 우리는 에덴동산이 백신을 먼저 만들었다고 하여 박사님들을 탓하지 않습니다. 오히려 연구원들을 지키기 위해 이런 결정을 했지요. 만일 에덴동산의 백신이 진짜라는 것이 밝혀지면, 시민들은 막대한 지원금을 쏟아부었는데도 결과를 내놓지 못한 연구원들을 탓할 겁니다. 우리는 시민도 지켜야 하고, 연구원들도 지켜야 하니 이런 결정을 하게 되었습니다."

무능력하다는 말을 듣는 게 좀 어때서? 백신을 에덴동산이 먼저 내놓았으니 그게 사실이지 않은가. 그러나 석화는 곽수환의 충고대로 제 생각을 드러내 보이지 않았다.

"잘 알고 있습니다."

조언자가 마음이 놓인다는 듯이 짙게 미소 지었다.

"역시 석화 박사님이라면 우리의 마음을 알아주실 거라 믿었습니다. 이런, 내가 너무 늦게 인사를 시키죠? 아니면 이미 통성명은 했나요?"

조언자는 석화의 뒤에 서 있는 최호언에게 이리 오라며 손짓했다. 최호언이 조언자의 옆으로 다가가자 이번에는 그의 어깨를 두드렸다.

"석화 박사는 최호언 박사에 대해서 들어본 적이 있나요?"

"아니요."

들었다고 해도 관심이 없으면 굳이 머리에 담아두지 않았을 거다. 다만 최호언은 박사치고 곽수환처럼 몸이 다부져 보여, 석화가 부러워하는 체형에 가까웠다.

"그럴 수도 있을 테지요. 석화 박사가 제주도로 내려가 있는 동안 최 박사는 부산 쉘터에서 아주 많은 연구 성과를 보였어요. 내가 판단하기로는 석화 박사와 연구 스타일도 잘 맞을 것 같고, 또 이 친구 가문도 아주 훌륭합니다. 최 박사의 어머님께서는 돌연변이 연구에 막대한 지원을 해주고 계시지요."

돈깨나 있는 집안의 자제라는 소리였다. 그러고 보니 최호언이 입고 있는 정장은 마치 새 것같이 깔끔했고, 손목에는 시계마저 둘려 있었다.

"과찬이십니다. 저 또한 석화 박사님에 대해서는 말씀을 많이 들었습니다."

최호언은 다시금 악수를 요청해왔다.

"누구에게요?"

"……하하. 이건 그냥 인사치레라고 해줘야 하나요?"

조언자가 원래 사회성이 좀 떨어지는 친구니 이해해달라는 듯 눈으로만 사인을 보냈다. 석화는 두 번 악수할 생각은 없기에 고개만 꾸벅했다.

"이참에 좀 친해져 봐요. 여의도 쉘터 안내도 석화 박사에게 받고."

"그러겠습니다."

"벌써 시간이 이렇게 되었군요. 얼른 늦은 아침이라도 들어요. 나는 강남 쉘터에 다녀와야겠습니다."

조언자는 두 남자의 어깨를 차례로 두드려주고는 먼저 회의실을 빠져나갔다. 석화도 양 주머니에 손을 푹 꽂고 복도를 향해 걸었다. 그 뒤는 최호언이 따라오고 있었다. 군화가 아닌 구두를 신었기 때문일까, 발걸음 소리가 거의 들리지 않았다. 따라오는 것을 미리 알지 못했다면 주변에 아무도 없다고 착각할 법했다.

석화는 최호언이 먼저 앞서 걸어가기를 기다렸다. 그러나 석화의 느린 발걸음보다 그가 더 빠르게 걷는 일은 없었다.

"저보다는…… 김 박사님이 훨씬 더 나을 겁니다. 여의도 쉘터는 그분에게 안내받으세요."

"석화 박사님은 제가 별로 탐탁지 않으신가 봐요."

좋다, 싫다, 이 남자를 향한 그런 개념은 아직 없었다.

여태 살면서 누군가를 좋아하거나 엄청 싫어한 적도 없었고,

제 한 몸 추스르기가 힘드니 감정 소모도 하지 않았다. 그건 타인이 자신에게 다가왔다고 하더라도 흥미를 잃고 금세 떠나버렸기 때문에 가능한 일이었다. 결국 최호언도 김 박사와 더 친해지게 될 것이다.

석화는 돌을 손으로 매만지면서 불현듯 곽수환을 떠올렸다.

'좋다, 싫다'의 부등호가 있다면 곽수환은 아마 '좋다' 쪽일 것이다. 제가 별다른 반응을 보이지 않아도 끝까지 찔러대는 사람은 여태 얼마 보지 못했다.

그뿐만 아니라 몸도 시원하고, 그가 만지면 뇌까지 쾌감에 절여지는 듯했고, 돌도 주고…….

석화는 두 손을 펼쳐 제 가슴을 슥 만져봤다. 최호언은 부드러운 인상을 한 채 석화의 이상행동을 지켜봤다.

"재미난 석화 박사님, 혹시 식사 아직이시면 같이 할까요?"

"샌드위치 먹었어요."

고개를 저은 석화는 다시 손을 주머니에 넣고 걷기 시작했다.

◆ ◆ ◆

아무래도 이 근래 세컨드 마스터의 낌새가 이상했다.

곽수환은 바람에 흐트러진 머리를 뒤로 넘기고 다시 큐브를 매만졌다.

육사를 수석으로 졸업했던 때, 퍼스트 마스터와 세컨드 마스터를 직접 대면할 일이 있었다. 수석 수료한 자에게 특별히 대위라는 직급이 주어졌는데, 운신이 자유로운 퍼스트 마스터가 제 어깨에 견장을 달아주었다. 그러면서도 그는 축하한다는 말 같은 건 전혀 하지 않았다. 제가 수석으로 졸업한 게 영 마음에 차지 않았던 것이겠지.

그렇다고 해도 레인보우 시티가 인사에 인색한 편은 아니었다. 꼰대들이 상부에 포진해 있기는 하지만, 주적인 아담이 사라지지 않는 만큼 능력 있는 자들에게 후한 진급을 선사하기도 했다.

대위를 달고 지방 헌병대에 몸담고 있던 1년 뒤쯤인가, 어느 날 세컨드 마스터의 집사가 자신에게 접선을 해왔다. 저희들의 손을 잡지 않으면 퍼스트 마스터가 너를 제거할 가능성이 높다는 반 협박과 함께.

고작 헌병대 소속 대위가 아담을 수없이 처치해 공적을 쌓고 있으니 퍼스트의 눈 밖에 났다고도 전해왔다. 퍼스트 마스터는 날 때부터 순수 시민이 아닌 이상 그 누구도 인정하지 않는 자라고 했는데, 히틀러도 아니고 그때는 뭔 개소리인가 싶었다.

그러나 구미가 당기는 건 따로 있었다. 세컨드 마스터를 위한 부대를 구축해놓으면 파격적인 인사를 진행해주겠다는 제안 말이다.

필요한 군인을 선별해 그에 맞춰 소대를 만들어주겠다고 했기에, 동기였던 S급 이채윤과 양상훈, 그 둘을 추천했다. 그 둘만으로도 레드구역 아담 소탕 정도는 손쉬웠다. 그렇게 불패소대가 이름을 알리기 시작한 건 아담 사냥을 자발적으로 나선 이후였다.

곽수환은 세컨드 마스터의 지령을 받고 갓 싹이 자라기 시작한 반군들, 그리고 퍼스트 마스터의 주변인을 감시하거나 행적을 추적했다. 거기에 들어가는 시간은 아담 사냥을 한다고 잡아떼면 그만이었다.

또다시 거센 바람이 불어와 머리를 뒤흔들어 놨다. 이번에는 정리하지 않고 그대로 놔두었다.

최근 세컨드 마스터가 보내오는 메시지들이 영 꺼림칙하단 말이지. 오양석을 비롯해 에덴동산에 대해서도 확실한 정보를 주지 않는 것 같고……. 아니면 세컨드 마스터도 정말 모르는 건가?

곽수환이 옥상 난간에 앉아 있던 몸을 일으켰다. 완성한 큐브를 던졌다가 잡으면서 계단을 내려가기 시작했다. 의정부 지하 벙커에서 가져온 자료들 중 건질 것은 몇 개 없었다. 그러나 단 하나, 마치 보란 듯이 놓여 있던 나무판은 그럴싸한 실마리처럼 보였다. 그건 네 개의 강줄기를 형상화한 음각 목판화였다.

비손, 기혼, 티그리스, 유프라테스.

에덴동산에서 흘러나와 총 네 개로 나뉜 강줄기를 뜻했으며, 신도들이 따른다는 사인장로였다. 그러나 놀라운 사실은, 저 네 명의 장로가 이 세상 사람이 아닐 가능성이 높다는 것이다.

유프라테스를 마지막으로 모든 장로들의 휴거가 끝나고, 그들은 에덴 동산에서 함께한다.

곽수환은 목판화 뒷면에 새겨진 글에 초점을 맞췄다.

휴거는 신의 부름을 받고 저 위로 올라간 것이겠고, 현실에 존재하지 않는 에덴동산에서 함께한다는 건 한마디로 죽었다는 뜻이 아닌가. 게다가 서펀트가 모습을 드러낸 마당에, 사인장로가 신도를 버리고 어디로 숨었을 리도 없는 노릇이었다.

탁, 탁, 큐브를 던졌다가 잡는 행동을 반복하던 곽수환은 인기척을 느끼자마자 뒤를 돌았다.

"대장."

차 중령이 난감한 표정을 하고 서 있었다.

"화장실은 저기."

곽수환이 큐브를 쥔 손으로 건물 내 화장실이 있는 방향을 가리켰다.

21바이올렛구역은 곽수환의 헌병대가 관리했고, 그들은 현재 세컨드 마스터의 비밀 부대이기도 했다. 물론 그들이 충성하는 건 얼굴 한번 직접 보지 못한 마스터가 아니었다. 위험천만한 아담과의 싸움이 두렵지 않은 이유는 늘 선두에 곽수환이 서 있기 때문이었다. 대장을 향한 그들의 맹목적인 신뢰는 여태껏 그가 보여준 저력에 있었다. 차 중령도 그런 군인 중 하나였다.

"볼일은 괜찮습니다."

"근데 왜 그런 얼굴이야."

"마스터가…… 부르십니다."

곽수환은 큐브를 탁 잡고는 한쪽 눈썹을 찡그렸다. 혹시 세컨드 마스터가 제가 의심하는 낌새를 알아챈 건가? 아직은 곤란한데…….

곽수환이 알았다면서 과천 쉘터로 돌아가려고 하자, 차 중령이 앞을 막고 섰다.

"뭐 해?"

"호출하신 분이 세컨드가 아니라…… 퍼스트 마스터이십니다."

네모난 큐브 조각이 그의 손에서 어긋났다.

"장소는?"

"여의도 쉘터입니다."

"마침 석 박사도 보고 싶었는데, 잘됐네."

주말 부부가 이런 기분인가 봐? 곽수환은 별로 좋은 건 아니라며 짧게 웃었다.

석화는 여전히 혼자 다니는 것을 즐겼다. 그러나 최근 석화 옆에 어떤 놈팡이가 붙어 다닌다는 보고를 받았다. 그래 봐야 그 놈팡이가 석화 옆에 붙어 있던 사진은 단 한 장뿐이었지만, 거슬리는 건 거슬리는 거다. 만일 상대가 저처럼 끈질기게 굴면 석화의 태도도 달라질 텐데…….

그가 큐브를 꽉 쥐자 완전히 분리된 조각들이 바닥으로 투둑 떨어졌다. 손을 털어낸 곽수환이 차 중령을 지나쳐 걸었다.

"세컨드도 아니고 퍼스트라니."

중얼거린 차 중령만이 불안한 눈을 한 채 뒤따라갈 뿐이었다.

◆ ◆ ◆

'조류인플루엔자에 걸린 개체들만 전염이 안 된 건가 싶었는데, 그것도 아닌 듯해요.'

'1차 때 면역자들은 제주도를 다녀온 사람들이나 제주도 출신이었지?'

'알려진 바로는 그런데 그 또한 확실하지 않아요. 아담 바이러스에 노출이 되어야만…… 면역체인지 아닌지 알 수 있으니까요. 면역자를 찾겠다고 사람들 몸에 바이러스를 투여해서는 안 되는 일이고요.'

'그래. 무슨 말인지 잘 알겠으니 석 박사, 천천히 말해도 되네. 허허, 시간은 아직 많지 않나.'

오양석은 미지근한 물이나 들이켜라며 석화에게 머그잔을 밀어주었다.

'그런데 인플루엔자는 본래 한 종에만 감염을 일으키잖아요? 그러다 간혹 돼지가 조류나 인간 인플루엔자에 감염이 될 때가 있는데, 그렇게 되면 바이러스들끼리 상호교환을 해 새로운 형질을 가진 바이러스가 탄생해요. 혹시 조류에게서 변이된 정체

모를 바이러스가, 아담 바이러스와 서로 상극반응을 일으키는
건 아닐까요?'

'이보게, 석 박사. 나 정말 걱정되네. 일단 그 물부터 좀 마시게.'

안 그래도 머리가 핑 도는 것만 같아서 석화는 물을 나눠 마
셨다.

제때 잘 먹고 간식도 잘 챙겨 먹는 쉘터에서는 그나마 나은
편이지만, 종종 기절을 할 때가 있기 때문에 오양석의 걱정은
그저 노파심이 아니었다. 물론 오양석만 걱정해줬을 뿐, 다른
이들은 또 저런다며 눈살만 찌푸리고는 했다.

"……님."

석화는 돌로 턱을 받치고 있다가 눈을 비볐다. 요즘 시간이
날 때면 오양석과 함께 한 기억들을 꺼내보고는 했다. 곽수환이
준 돌이 턱 밑을 움푹하게 짓누른 터라 아픈 부분을 손으로 풀
어주었다.

"박사님."

이번에는 그 소리가 가까이서 들려왔다.

"저요?"

"예, 석화 박사님이요."

김 박사와 더 친하게 지내지 않을까 했던 최호언은 오히려 석
화에게 더 친근하게 굴었다.

석화와 김 박사는 일전에 말씨름을 조금 벌인 이후로는 서먹
서먹한 상태였다. 석화는 전과 같았는데 김 박사만이 거리를 두

고 있던 것이다.

"방금 강남 쉘터에서 연락이 왔는데, 백신이 사람에게도 유효하다고 하네요. 레인보우 시티의 시민 중 총 세 분이 자원을 하셨고, 명예시민상을 수여받는다고 합니다."

최호언이 본받을 사람들이라며 칭찬을 아끼지 않았다.

백신이 진짜여서 다행이나 지금 석화의 최대 관심사는 백신이 아닌 치료제였다. 오양석 박사가 괜한 말을 한 것 같지도 않고, 분명 에덴동산도 박사님에게 도움을 받았을 것이라 유추했다. 힌트를 더 얻고 싶은데 그러려면 서펀트와 접선을 해야 한다.

"박사님, 같이 식사하실까요?"

여태 적어도 다섯 번은 거절한 것 같았다. 그러나 이번만큼은 석화도 밥을 먹을 때가 되었기에 고개를 끄덕거렸다. 돌을 주머니에 넣고 자리에서 일어나니 최호언이 웃었다.

"전부터 느꼈지만 특이하게 생긴 돌이네요."

"그런가요."

"돌을 좋아하세요?"

개방된 문을 빠져나오던 최호언이 물었다. 석화도 그가 부산 쉘터에서 연구했던 자료를 며칠에 걸쳐 훑어봤는데 조금 특이한 면이 있었다. 아담 바이러스와 관련된 연구가 아닌 개량종자에 좀 더 주력하는 듯했다. 식물뿐만 아니라 동물 개량에도 일가견이 있어 일반종의 세 배나 큰 닭을 개량하기도 했다.

"대답하기 귀찮으면 안 하셔도 됩니다."

최호언은 무시해도 괜찮다면서 호탕하게 웃었다.

"좋아해요, 돌."

"그렇군요."

석화는 군인들이 다 빠져나간 시간대의 식당을 선호했다. 오늘 역시도 늦은 점심인지라 남은 반찬은 얼마 없었고, 국도 다 식어 있었다.

"보아하니 박사님께서 면역 증강 제품이나 건강 보조제 쪽으로 관심이 많으신 것 같은데, 제가 연구 삼아 재배하는 인삼이 있습니다. 관심이 있으시면 언제 한번 모셔도 될까요?"

"인삼이요?"

"그린구역에서 재배하는 거라 안전합니다. 괜찮으시다면 이번 주말에 같이 가보시겠어요?"

주말에는 오양석 박사의 자택에 다녀오려고 한 터라 조금 난감했다.

"……생각 좀 해보겠습니다."

"하하, 편히 생각해주세요."

그의 배려에 석화는 말을 조금 더 덧붙였다.

"몸에 열이 많아서 인삼이 잘 맞을지는 모르겠지만, 귀한 거니까 보고 싶기는 해요."

그 말에 최호언이 놀랍다는 눈을 했다.

"겉으로 볼 때는 체온이 많이 낮으실 것 같은데 의외네요."

"그런가요."

석화는 식판을 두고 앉아 시큰둥이 손과 입만 놀렸다.

저벅저벅, 한두 명이 아닌 여러 명의 군화 소리가 식당 입구에서 들려왔다. 여의도 쉘터만 해도 수많은 군인이 있기에 모두 다 낯이 익은 건 아니었다. 그런데 군인의 숫자가 제법이라 한가했던 식당이 삽시간에 포화 상태가 되었다. 정신이 산만해진 석화는 밥을 먹는 둥 마는 둥 했다.

"오늘 곽 소령 호출한 거라며?"

"하필 곽수환을?"

수저로 미역국을 뜨던 석화가 고개를 들었다. 불어터진 미역이 대롱대롱 매달려 있다가 툭 떨어졌다. 어떤 군인인지는 모르겠지만, 분명 곽수환을 언급한 것 같은데…….

"곽수환 소령이 왔나 보죠?"

석화의 반응을 유심히 지켜보던 최호언이 넌지시 운을 띄웠다.

"……아세요?"

석화가 떨어진 미역을 건져 올리고는 물었다.

"그럼요."

그는 가슴께에서 흔들리는 ID카드가 거슬리는지 셔츠 포켓에 꽂아 넣었다.

"유명하잖아요. 여러 의미로요."

부드러운 인상을 한 남자의 눈이 길게 휘어졌다.

제주도, 그것도 우도에 거주 중인 퍼스트 마스터가 여의도 쉘터로 올라온 사실은 일급비밀이었다.

퍼스트 마스터는 곽수환을 호출해 놓고도 한참이나 등을 돌린 채로 앉아 있었다. 곽수환 또한 대기 상태로 미동 없이 서 있었다. 한번씩 공기청정기의 바람이 몸을 스칠 때마다 케이프만 미세하게 흔들릴 뿐이었다.

"내 자네에게 어떠한 기대도 하진 않았네. 자네도 알다시피."

마스터가 그제야 의자를 돌려 앉았다.

"자네의 부모가 레인보우 시티의 헌법을 무시하고 자네와 자네의 동생을 몰래 출산했고, 그것을 십수년간이나 숨겼지. 우리로서는 자네를 받아들일 이유가 전혀 없었다는 거네. 하지만, 오양석 박사가 자네의 능력을 높이 사 시민으로 승격시켜주었지."

왈, 왈왈. 곽수환은 퍼스트 마스터의 소리를 개소리로 치환했다.

"그러나 자네가 그간 보여준 행적은 이따금 실망스럽다가도 또 어느 날은 놀랍도록 대견하기도 했다네. 우리 레인보우 시티의 그 어떤 군인이 자네만큼 강하고 현명하겠나. 물론 군 기강을 어기는 일도 누구보다 선두주자이지마는."

여의도에 올라오면 석화의 얼굴부터 보려고 했는데, 저 모자란 면상부터 보니 기분이 저조해졌다.

"내 자네가 세컨드 마스터의 신임을 얻었다는 것도 잘 알지. 세컨드 마스터가 자네에게 특별한 자리를 주었다는 것도 안다네. 그래서 말일세."

"예, 마스터."

"이제는 세컨드 마스터보다 나를 따르는 게 어떻겠는가. 그렇게만 해준다면 좀 더 확실한 미래를 보장해주겠네. 자네도 그 때문에 세컨드에게 갔던 게 아닌가."

듣던 중 가장 큰 개소리였지만, 곽수환은 입술만 쓱 끌어올렸다.

"마스터께서 무슨 말씀을 하시는지 잘 모르겠습니다. 저는 마스터에게 충성하는 게 아니라 레인보우 시티에 충성하고 있습니다."

"그래, 그렇지. 내 말은 자네보고 세컨드를 배신하라는 게 아닐세. 아무렴, 그건 배신이 아니지."

애초에 충성한 적도 없는데 무슨 배신씩이나.

"자네가 충성하는 우리 레인보우 시티를 망가뜨리려 하는 자가, 바로 세컨드라네."

퍼스트 마스터가 책상 위에 주먹을 올려놓고는 부들부들 떨었다.

"내 더 이상 세컨드 마스터를 이대로 놔둘 수는 없어. 오양석 박사가 반군 행위로 우리에게 처형당한 건 자네도 짐작하고 있겠지?"

'놀랄노'자였다. 당연히 심증은 있었지만, 퍼스트 마스터가 제 입으로 지껄일 거라고는 상상도 못 했다. 곽수환은 대체 저 자에게 무슨 꿍꿍이가 있기에 이런 중요한 말까지 자신에게 내뱉는가 싶었다.

"우리로서는 그리할 수밖에 없었다네. 오양석이가 원호처럼 에덴동산과 손을 잡았으니까! 그런데 그 에덴동산을 만든 놈들이 누군지 아나? 바로 그 중심에 세컨드 마스터가 있었다네. 곽수환 소령, 부디 레인보우 시티를 기만한 세컨드를 몰아낼 수 있게 우리의 저력이 되어주게."

곽수환은 그제야 알아차렸다. 이건 부탁도 회유도 아닌 협박이었다. 제 편이 되지 않으면 세컨드와 함께 보내버리겠다는 무언의 압박이었다. 에덴동산에서 백신이 나왔으니 예상대로 제대로 똥줄이 타서 덤벼드는 듯했다. 조만간 마스터 투표도 있으니 눈이 벌게질 수밖에.

"만일 세컨드를 끝까지 보필할 셈이면 그리해도 되지만, 우리는 잘못된 상사를 따랐다는 이유로 아까운 S클래스 인재를 잃고 싶지 않다네. 물론 오늘 있었던 일을 세컨드 마스터에게 전달해도 상관없어. 전적으로 곽수환 소령에게 맡기겠네."

세컨드 마스터에게 보고해도 된다는 밑밥을 까는 걸 보면, 세컨드 마스터에게 불리한 물증이 퍼스트 마스터에게 있는 게 틀림없었다. 증거도 없이 섣불리 나설 자가 아니었다.

"마스터, 필요한 일이 있으시다면 언제든지 일을 맡겨주십시오. 저는 말씀드렸듯이 세컨드 마스터에게 충성하는 군인이 아닙니다. 레인보우 시티의 군법과 헌법에 따른 합당한 사유가 있다면, 언제든지 명령대로 움직일 수 있습니다. 여태까지 세컨드 마스터의 지시도 그렇게 따라왔고요. 그런 저를 기용해주지 않으신 건 바로 퍼스트 마스터이십니다."

퍼스트 마스터는 천천히 고개를 끄덕거렸다.

처음 퍼스트 마스터는 세컨드 마스터의 목을 치기 전에 곽수환부터 제거할 심산이었다. 그러나 실패할 시 골치 아픈 적을 만드는 것이니, 차라리 회유하는 편이 낫다고 결론을 내렸다. 마음만 먹는다면 제주도까지 헤엄쳐 와 제 목을 따고도 남을 무식한 놈처럼 보였으니까.

곽수환이 지휘하고 있는 소대원들조차 놈에게 막강한 믿음을 쌓고 있었다. 차라리 장기말로 사용해 세컨드 마스터를 처리한 뒤, 토사구팽해버리면 그만이었다. 저놈들 어차피 힘만 세고 육체적으로만 진화했지, 머리는 정치를 하는 저희가 훨씬 뛰어났다. 그래 봐야 아담과 싸우는 군인 놈들이지 않나.

"내 조만간 전적으로 세컨드 마스터가 잘못되었다는 것을 레인보우 시티에 알릴 걸세. 투표가 있기 전에 말이야. 그러니 자네도 잘 생각해서 행동하게나."

"예, 마스터. 대신 저도 부탁드릴 게 하나 있습니다."

"부탁?"

감히, 라는 표정이 읽혔지만 퍼스트 마스터는 어디 말이나 해보라며 턱짓했다.

퍼스트 마스터에게 있어 그리 무리한 부탁은 아니었기에 거래는 쉬이 승낙됐고, 곽수환은 퍼스트를 향해 경례를 해보였다. 그리고 미련 없이 패닉룸을 빠져나왔다.

퍼스트 마스터와 세컨드 마스터가 본격적으로 붙으면 아주 재미난 일이 벌어질 거다. 저는 땅콩이나 먹으면서 어느 쪽이 이길지 관전하면 그만이고, 둘 다 자멸하게 되면 더할 나위 없었다. 썩어빠진 정치질을 하는 놈들의 머리를 잘라내버리면, 이 도시가 지금보다는 정상적으로 돌아가게 될 테니까. 애초부터 그랬다면 적어도 동생의 죽음은 피할 수 있었을 거다.

생각해보니 세컨드 마스터보다 퍼스트 마스터가 승기를 잡는 게 더 나을지도 모른다. 퍼스트 마스터 놈은 저를 쉽게 다룰 수 있는 멍청이로 생각할 테지. 병신 같은 짓거리를 하고 다닌 게 이럴 때는 제법 도움이 됐다.

곽수환은 엘리베이터를 기다리는 대신 계단을 이용해 석화의 연구동으로 향했다. 단숨에 계단을 뛰어내렸더니 쿵, 하는 소리가 들렸다. 뭐 이렇게 급하게 갈 필요가 있나 싶었다. 석 박사가 어디 도망가는 것도 아닌데 말이다.

조금 여유를 가지고 34층 비상구를 나오니, 때마침 익숙한 뒷모습이 보였다. 느린 걸음에 두 손을 가운 주머니에 푹 쑤셔 넣고 있는 석화였다. 주머니 밖으로 돌을 쥐고 있는 손의 굴곡도 보였다.

옆에 있는 놈은 김 박사인가 싶었는데 체구가 전혀 달랐다. 분명 사진에서 봤던 그놈이었다. 곽수환이 천천히 따라가며 아래서 위로 쓱 훑어보자 멀끔한 차림의 남자가 뒤를 돌아봤다.

"인기척이 느껴진다 싶더니, 누가 계셨군요."

인기척이 느껴졌다고? 곽수환이 눈을 슬쩍 찌푸렸다. 사람 좋은 인상으로 웃는 놈의 ID카드로 시선을 내려 이름을 확인했다.

"곽수환…… 소령님?"

마찬가지로 돌아본 석화가 멀거니 그를 보다가 이름을 불렀다. 곽수환은 저벅저벅 걸어가 석화를 보면서 웃었다.

"놀랐어?"

"아뇨."

"뭐야, 내가 왔는데 왜 안 놀라."

"오신 줄 알고 있었어요."

석화는 물끄러미 곽수환을 올려다보며 입술을 움직였다.

석화의 까만 눈은 선명하고도 기분이 좋아 보였다. 저 박사와 제법 친해졌나 본데, 그래 봤자지. 어차피 이제부터는 제 덕분에 석 박사가 심심하지는 않을 거다.

"곽수환 소령님이시군요. 말씀 많이 들었습니다. 저는 최호언 박사라고 합니다."

최호언이 둘 사이에 불쑥 끼어들어 손을 내밀었다. 곽수환도 마주 웃으면서 손을 맞잡자 상대가 힘을 주는 게 느껴졌다. 마찬가지로 힘을 주니 앓는 소리를 내뱉은 최호언이 먼저 손을 떼어냈다.

"이야, 역시. 소령님 손은 악력이 어마어마하네요."

엄살은. 곽수환은 놈이 제대로 힘을 주지 않았다는 것을 어렴풋이 눈치챘다. 제 인기척을 느낄 정도로 감이 좋은 놈인 건 덤이었다.

"바로 과천으로 가세요?"

"아니, 오늘은 여기서 하루 묵어야 할 것 같아. 석 박사 방에서 잘 건데, 괜찮지?"

"싫어요."

깔끔하게 거절당한 곽수환은 주머니에서 쓱 뭔가를 꺼내 보였다. 두 개의 언덕이 이어져 있는 모양의 조그마한 돌이었다.

"어때? 얼마 전에 현장 나가서 주운 건데, 죽이지?"

손바닥에 고개를 박듯이 얼굴을 숙인 석화가 큰 관심을 보였다. 그러더니 전에 선물해준 좆돌과 제 손에 올려진 것을 비교했다.

"가져도 돼."

곽수환이 석화의 반대편 주머니에 석화의 통통한 엉덩이를 닮은 돌을 쏙 넣었다.

"몇 시에 끝나? 그거 줬으니까 나 먼저 들어가 있어도 되지?"

"제가 열어드리지 않으면 못 들어가는데요."

"들어갈 수 있으면 가도 되나."

하아, 석화는 한숨만 쉬었다. 가만히 둘의 대화를 듣고 있던 최호언만이 정말 의외라는 얼굴을 했다.

"쉘터에서 도는 소문을 듣기는 했는데, 두 분이 정말 친하신가 봅니다. 저는 석 박사님과 스스럼없이 대화하기가 참 힘든데 곽수환 소령님이 부럽네요."

곽수환은 예의 바른 말투를 자아내는 최호언을 향해서 여상한 얼굴을 했다.

"석 박사랑 친해지는 방법이 하나 있기는 합니다."

"그게 뭡니까? 저도 돌을 드리면 되는 겁니까?"

"설마요."

곽수환이 매력적으로 웃어 보였다.

"그냥 나처럼 생기면 됩니다."

"어……."

석화는 그게 아니라는 듯 말을 꺼낼까 하다가 그만두었다. 곽수환이 객관적으로 잘생긴 건 맞았기 때문이었다.

"어는 무슨 어야. 이따 봐, 기다리고 있을게."

그가 석화의 폭신한 머리카락을 꾹 눌렀다가 떼어냈다. 석화는 제 정수리를 매만지고는 먼저 빙글 돌았다.

"일단 연구실로 갈게요."

주머니 속 매끈한 돌을 쥐고는 다시 걸어갔다.

곽수환의 얼굴 보고 났더니 오전부터 피곤했던 눈이 좀 밝아진 기분이었다. 그의 체온만큼이나 그의 겉모습이 꽤나 마음에 들었나 보다. 사실 그것보다도 새로 준 돌이 무척이나 마음에 들었다.

저는 한참을 돌아다녀도 마음에 드는 돌을 찾기가 힘든데, 그는 어떻게 잘만 찾아오는지 신기했다. 자신보다 훨씬 많은 지역을 다니니 더 좋은 돌을 찾을 가능성도 더 높은 거겠지.

석화는 혼자 결론을 내리고 고개를 끄덕거렸다.

◆ ◆ ◆

[시크릿 코드 접속 허용, 방을 개방합니다.]

곽수환은 석화의 방으로 들어오자마자 눈으로 주변을 둘러봤다.

최호언, ID카드에 적힌 놈의 이름이었다. 그런데 이런 찜찜한 감각은 또 오랜만이었다. 인기척을 느끼고 뒤를 돌아본 것도 그렇고, 일부러 엄살을 떨어댄 것도 마찬가지로 미심쩍었다.

곽수환은 석화의 컴퓨터를 켜고는 곧장 헌병대 서버로 접속했다. 고유 암호를 치고는 여의도 쉘터에 있는 최호언에 대한 정보를 알아보기 시작했다.

나이 36세, 부산 쉘터에서 전근해 온 연구원. 가족은 어머니 한 명. 레인보우 시티에서 인정한 명예가문이며, 어머니는 제주도와 울릉도 등에서 나는 특산물을 레인보우 시티로 옮겨오는 판매업을 함. 그 수익이 상당해 레인보우 시티에 매달 엄청난 상납금을 내고 있음. 최호언의 나이 5살 무렵, 홍역을 심하게 앓음. 그 외에 최호언에게서 발견된 특이사항은 없음.

겨우 이 정도가 최호언에 관한 자료였다.

곽수환은 서버를 종료하고 나서 의자를 천천히 돌렸다. 돌아가는 천장을 보다가 세컨드 마스터에게 언질을 줄까, 문득 그런 생각을 했다.

퍼스트 마스터가 세컨드 마스터를 에덴동산과 엮어서 보내버리려는 것 같은데, 세컨드 마스터는 절대 만만한 자가 아니었다. 돌연변이 군인들은 대개 머리가 부족하다며 무시하는 놈들도 더러 있었지만, 세컨드 마스터는 한번도 그런 기색을 내보인 적이 없었다. 오히려 저에게 어떤 속내도 절대 내비치지 않았지.

만일 세컨드 마스터가 에덴동산과 관련이 있다면, 그간 레인보우 시티의 포위망을 빠져나가는 데 자신을 역으로 이용한 것일지도 몰랐다. 세컨드 마스터에게 대충 이야기를 전하고 한 발 물러서서 지켜보는 것도 나쁘지 않을 듯했다.

어쨌든 고래 둘의 싸움이 가속화될 테니, 일단은 그 소용돌이에서 석화도 멀리 떨어져 있는 게 좋았다. 괜히 휩쓸렸다가는 새우 석화가 그대로 날아가 버릴라.

곽수환은 의자에서 일어나 석화의 이불을 획 들었다가 놓고, 침대 시트도 들어올렸다가 놨다. 충고가 제대로 먹혔는지 쓸데없는 짓은 하지 않는 것 같았다.

책상을 쓱 둘러보고 서랍을 열려는데, 잠가둔 건지 달칵거리는 소리만 들렸다.

　뭘 넣어놨기에 잠그기까지 해놔?

　열쇠를 넣어둘 만한 곳을 훑어봐도 눈에 띄는 게 없었다. 서랍 사이로 삐죽이 튀어나온 종이만 아니었어도 그냥 넘어갔을지도 모른다. 곽수환은 책상 한쪽을 잡고 서랍을 뜯어내다시피 잡아 끌어냈다.

　서랍 안에는 두서없이 놓인 종이들이 보였다. 누가 연구원 아니랄까 봐 알 수 없는 숫자가 빼곡하게 적혀 있었다.

　01000 10100, 01000 10001, 00111 10010 00001······.

　0과 1로 이루어진 숫자가 몇 장이나 되는 페이지에 수두룩했다.

　의식적으로 입가에 걸치고 있던 미소가 삽시간에 사라졌다. 곽수환은 손을 뻗어 펜꽂이에 꽂혀 있는 펜을 꺼내들었다. 그는 반복적이고 규칙적으로 적어둔 숫자들을 보면서 펜을 손안에서 한 바퀴 돌렸다.

　난수방송에서도 몇 번 해석한 적 있었던 이진법 암호였다. 곽수환은 빈 종이에 석화가 암호화해둔 법칙을 유추해나가기 시작했다. 시간은 걸릴 테지만, 암호화해서 서랍에 숨겨놓은 짓을 한 이유가 있을 것이 아닌가. 곽수환은 제가 생각한 것과는 다르기를 바라면서 큐브를 맞추듯 손을 움직여나갔다.

◆ ◆ ◆

석화는 7시가 되자마자 연구실을 빠져나왔다.

최호언이 곽수환과 함께 저녁 식사를 같이 하자고 했고, 굳이 거절할 이유는 찾지 못했다. 7시 30분까지 식당에서 만나자고 했으니 옷을 갈아입고 나오면 될 듯싶었다.

석화는 주머니에 남겨두었던 땅콩을 꺼내 먹으면서 방까지 걸었다. 이번에 식당에 가면 견과류를 조금 더 얻어올 생각이었다.

[개방합니다.]

석화는 방문이 열리자마자 눈을 키울 수밖에 없었다.

바닥과 책상에 엉망으로 널브러진 종이가 보였고, 그 중심에 제복을 입은 곽수환이 서 있었다. 늘 가벼운 미소를 걸치고 있던 그였지만 지금은 싸늘한 한기만이 느껴졌다.

석화는 천천히 시선을 내려 떨어진 종이를 확인했다. 설마 싶었다. 아니, 말도 안 됐다. 문이 닫혀 있지 않다면 본능적으로 뒤로 걸음을 물렸을 것 같았다. 석화는 차가운 문에 등을 바짝 기댔다.

곽수환은 들고 있던 펜을 책상에 던져두고 이쪽으로 저벅저벅 걸어왔다. 그의 군화 소리가 숨통을 조이듯 날카롭게 들렸다.

"내가 이럴 줄 알았지."

그가 한 장의 종이를 들어 보였다. 놀랍게도 암호로 남긴 이

진법을 글자로 치환한 내용이었다. 석화가 숨을 삼키자 곽수환이 싸늘하게 일갈했다.

"석화 박사. 레인보우 시티 군법 제25조 조항에 의거. 사상 불순, 반군 행위 혐의로 현장 체포합니다."

곽수환이 석화의 팔을 거칠게 잡아 끌어올렸다.

미약하게 인상을 썼지만 곽수환의 손아귀에서 힘이 빠지는 일은 없었다.

"……체포요?"

시치미를 떼는 석화의 얼굴은 평소처럼 하얗게만 보였다. 곽수환의 입술이 미묘하게 뒤틀렸다. 이제 보니 기절한 척뿐만 아니라 거짓말에도 능했다. 굳이 포박을 하지 않아도 석화가 도망갈 일은 요원했지만, 제복 상의를 가로지르는 끈을 떼어내 손목을 뒤로 묶었다.

"곽수환 소령님, 제게 왜 이러는 겁니까?"

힘으로는 이길 수 없는 것을 알기에 석화는 손목이 묶인 채로 곽수환을 올려다봤다.

현장 체포 권한은 모든 군인에게 있었지만, 그건 일반 시민일 때나 해당하는 사항이었다. 쉘터에 거주하는 박사와 군인들은 헌병대만이 체포할 수 있었다. 석화는 방 밖으로 자신의 등을 미는 곽수환에게 조금 힘을 주어 말했다.

"곽수환 소령님은 어떤 이유에서든 저를 체포할 권한이 없습니다."

"아, 그렇습니까?"

석화는 곽수환의 존대에 괴리감을 느꼈다. 그러나 물러설 수도 없었다.

"대체 무슨 오해를 한 건지는 모르겠지만 풀어주시죠."

그가 내민 종이에 적혀 있던 건 암호를 거의 완벽하게 해독한 글이었다. 다만 곽수환이 어떻게 해독을 했는지 혼란스러움만 가중될 뿐이었다.

"오양석 박사의 일로 접선을 원함. 암호를 해독하면 날짜와 시간을 남겨두길."

그는 이진법을 글자로 치환한 부분을 직접 입으로 읊었다.

"지금 내 해석이 틀렸다고 말하고 싶은 겁니까?"

정확했으며, 그건 서펀트에게 보낼 메시지였다. 석화는 까만 동공으로 곽수환을 응시했다.

'내가 분명 더는 파고들지 말라고 했지.'

곽수환이 그렇게 말을 하는 것만 같았다. 그는 몇 번이나 경고했고, 그 경고를 어긴 건 석화 자신이었다. 설마 곽수환이 암호를 알아차릴 줄은 몰랐다. 돌이켜보면 그는 전에도 편견을 갖지 말라고 했었지. 그런데 에덴동산은 백신을 개발한 데다 무상으로 배포했고, 반대로 레인보우 시티는 거짓말을 일삼았다. 곽수환은 그걸 알면서도 폭신한 침대와 넉넉한 식사와 물이 제공되니 뭐 어떠냐고 말했다. 그러나 그건 제가 받아들일 수 있는 타당한 이유가 되지 못했다. 안락함을 제공한다고 해서 잘못된 것을 보고도 침묵하는 건 비겁했다.

석화가 쉽게 끌려가지 않으려고 버티자 곽수환이 뒷깃을 확 잡아 들었다. 마치 짐승을 다루는 듯한 태도에 석화가 신경질적으로 반응했다.

"전에도 말했듯이 쉘터 내에서 직급은 제가 곽수환 소령보다 더 높습니다. 체포가 불가능하다는 말입니다. 힘으로 저를 다루지 마시죠."

원체 힘이 약한 터라 누군가가 힘으로 짓누르거나 마음대로 신체를 다루는 일이 극도로 싫었다. 그것을 아는지 모르는지 곽수환은 여태 힘으로 좌지우지하지 않았건만 이번만큼은 달랐다. 그는 석화를 밖으로 밀어내고 뒤로 묶인 팔뚝마저 확 쥐었다.

"군법에 어긋나는 행동은 지금 곽수환 소령님이 하고 있습니다."

두 다리가 휘청거렸지만, 몸이 단단히 붙잡혀 반쯤 끌려가고 말았다.

아무 말도 하지 않는 곽수환이 낯설었고 어쩐지 두렵기까지 해 자라난 새끼손톱이 시큰거렸다. 석화는 힘이 없어 짖기만을 일삼는 짐승처럼 또다시 입을 열었다.

"저도 가만있지는 않을 겁니다. 군사재판에, 윽!"

쿵, 벽으로 몸이 밀리고 어깨가 짓눌렸다.

석화는 마른침을 간신히 삼키고 곽수환을 쳐다봤다. 그는 제복 셔츠 안으로 손을 넣어 군번줄을 확 꺼냈다. 코드 메이저 넘버가 적혀 있는 익히 봐온 인식표였다. 그러나 그가 엄지와 검지를 교차해 인식표를 밀자 마치 큐브처럼 밀려났다. 이중으로 겹쳐 있던 인식표 안쪽에 곽수환의 또 다른 신분이 드러났다.

MP-CONTROLLER

Military Police는 레인보우 시티 헌병대를 뜻했고, 컨트롤러는 신분을 막론하고 대장까지도 체포할 수 있는 막강한 권한을 가진 위치였다. 컨트롤러의 경우 대체로 4년마다 교체되는데 그들이 정체를 드러내는 일은 아주 드물었다. 석화조차도 곽수환이 컨트롤러일 거라고는 상상조차 하지 못했다.

"석화 박사, 이제 체포해도 됩니까?"

석화는 언뜻 자신이 죽을 수도 있겠다는 예감이 들었다. 컨트롤러가 정체를 드러냈다는 건 결국 저의 목을 날려버리겠다는 뜻이나 다름없었다. 곽수환이 이제는 완전히 다른 사람처럼 느껴졌다. 늘 가볍게 걸치고 있던 웃음도 짓궂은 농담을 던지던 모습도 어쩌면 전부 거짓이었을지 모른다.

"……오해가."

"있다면 조사를 하면서 확인하면 그만이고."

군번줄을 되돌린 곽수환은 다시 석화를 붙들어 엘리베이터로 향했다. 문 앞에 서고 나서야 그가 제복 코트를 벗어 석화의 몸에 둘러주었다. 그 바람에 뒤로 묶인 손이 보이지 않았고 그는 석화의 어깨를 단단히 끌어안았다.

엘리베이터의 문이 열리자 때마침 최호언이 타 있었는데, 그 역시 놀란 눈을 했다. 그러더니 이내 부드럽게 미소 지었다.

"박사님과 곽 소령님이 오시지를 않기에 직접 모시러 왔습니다."

곽수환이 석화의 어깨를 안은 채 엘리베이터 안으로 올라탔다.

"최 박사님이 나와 석 박사를 왜 기다립니까?"

"박사님께 이야기 못 들으셨습니까?"

최호언이 눈을 내리깐 석화를 바라보자 곽수환이 어깨를 더 안쪽으로 끌어안았다. 그 상태로 지하주차장 버튼을 누르니 최호언이 의아함을 내비쳤다.

"식사를 하러 나오신 게 아닙니까?"

"식사?"

곽수환이 석화를 향해 묻자 석화가 고개를 끄덕거렸다. 웬 날파리가 이렇게 꼬이는지. 곽수환이 석화의 정수리에 턱을 가볍게 올린 채로 최호언을 응시했다.

"오늘 식사는 둘이 할 생각입니다. 그렇죠, 석 박사님?"

"……."

석화는 아무런 말을 꺼내지 못했다. 최호언에게 도움을 요청하거나, 곽수환을 밀치고 도망칠 수도 없었다.

최호언은 석화의 몸을 감싼 코트를 유심히 바라봤다. 커다란 코트 안에 숨겨진 몸이 조금 부자연스럽게 보인 탓이었다.

"잠시 실례하겠습니다."

코트를 확 잡아 끌어내리려는 것과 동시에 곽수환이 최호언의 손목을 틀어쥐었다.

"뭐 하는 겁니까?"

"모양새가 마치 곽 소령님께서 박사님을 납치하는 것처럼 보여서요."

최호언이 웃음기를 지우지 않은 채로 코트를 끌어내리려 했고, 곽수환은 그 행동을 막았다. 힘겨루기가 이어지는 가운데 석화가 하아, 길게 한숨을 내쉬었다. 엘리베이터 전광판의 숫자가 재빠르게 바뀌면서 어느새 지하에 다다랐다.

최호언이 더는 안 되겠다 싶어서 코트에서 손을 떼어내자 곽수환도 손목을 쥐고 있던 힘을 풀었다. 최호언은 손목을 빙글 돌리면서 인상을 썼다.

"석화 박사님, 정말 괜찮으신 겁니까?"

"아뇨."

최호언이 눈을 더 크게 떴고, 곽수환은 황당하다는 듯 웃었다. 반대로 냉랭한 눈은 어디 최호언에게 도움이라도 청해보라고 비웃는 듯도 했다.

"그럼 제가……."

나서려는 최호언에게 고개를 저었다.

"그냥 곽수환 소령님 따라갈게요."

석화는 스스로 엘리베이터 밖으로 걸어 나갔다. 곽수환이 컨트롤러인 것을 알게 된 이상 석화는 최호언이 끼어든다고 해도 어쩔 수 없다는 것을 알았다. 심지어 일전에는 서펀트를 같이 만나자고 했으니, 입을 벌리고 있는 범에게 날 잡아 잡수쇼 하고 머리를 들이밀었던 셈이었다.

"헌병대로 가나요?"

곽수환은 아무런 대답 없이 자신의 지프로 석화를 끌고 갔다. 석화를 조수석에 태우고 벨트를 대신 끌어와 매주었다. 그러고는 자신도 보닛을 돌아 운전석에 앉았다. 석화는 뒤로 묶인 손목이 불편해 몸을 여러 번 뒤척거렸다. 곽수환이 벨트를 앞으로 끌어당겨 여유 공간을 만든 다음에야 석화의 손목을 묶은 제복 끈을 풀어주었다. 계속 포박한 상태로 심문을 할 거라고 생각했기 때문에 석화는 눈을 천천히 깜빡거렸다.

"……곽 소령님."

정말 헌병대로 가느냐고 다시 물으려는 때였다.

"석화 박사님이 생각하는 그 꽃밭 박살내주려고."

곽수환은 그 말을 끝으로 더는 석화를 보지 않고 시동을 걸었다. 액셀을 거세게 밟아 여의도 쉘터를 빠져나가기 시작했다.

◆ ◆ ◆

레인보우 시티는 공식적으로 전시 상태였으며 군인이 가진 권력은 과장을 조금 더해 무소불위에 가까웠다.

자신의 판단으로 시민을 체포할 수가 있었고, 벌금 또한 마음대로 산정할 수도 있었다. 오래전에는 경찰이 치안을 담당했다면 이제는 군인이 그 모든 역할을 맡았다.

군인이 시민을 상대로 살인을 저지르거나 폭력을 행사했을 때 암묵적으로 넘어가는 경우도 더러 있었다. 그건 석화가 군인을 좋아하지 않았던 복합적인 이유 중 하나이기도 했다.

석화 자신이 불합리한 상황에 맞닥뜨린 적은 드물었지만, 군인에게 생리적인 거부감부터 들었다. 곽수환과 그의 동료들은 예외였으나 이제는 양상훈과 이채윤마저도 의심이 갔다. 그들도 곽수환이 컨트롤러인 것을 알까? 소령이라는 직급은 대외적인 가면일 뿐이라는 것도.

곽수환의 지프는 막힘없이 의정부를 향해 달렸다. 이 상황에서도 석화는 몇 번이나 힘에 부쳐 고개를 떨궜다가 올리기를 반복했다. 이윽고 차가 멈춰 선 곳은 [진입 불가] 테이프가 둘려 있는 한 벙커의 입구였다. 시동을 끈 곽수환이 먼저 내려서 조수석 문을 열었다.

석화는 불안한 눈으로 주변을 쓱 둘러봤지만 헤드라이트는 벙커의 입구만을 비출 뿐이었다. 나머지는 전부 암흑 천지였다. 두 다리를 바닥에 내리니 곽수환이 다시 팔뚝을 잡아서 벙커로 끌고 갔다. 석화의 입에서 밭은 숨이 샜다. 곽수환은 그걸 알면서도 걸음을 멈추지 않았다.

설마 여기가 처형 장소인가.

석화는 들어온 길을 다시 돌아봤는데, 차량의 불빛도 보이지 않아 제가 눈을 뜬 건지 감은 건지 가늠도 되지 않았다.

달칵. 손전등을 꺼낸 그가 내부를 비추니 계단에 눌어붙은 검붉은 핏자국이 끊임없이 이어져 있었다.

석화는 두 손으로 입을 틀어막았다. 엄청난 악취가 저 밑에서부터 스멀스멀 올라오고 있었다. 오염된 공기가 몸 여기저기에 달라붙어 물로 씻어도 그 냄새가 사라지지 않을 것만 같았다. 지옥에 유황 냄새가 있다면 이 벙커는 시체 썩는 냄새로 가득했다.

석화가 다시 밖으로 나가려고 했지만, 곽수환은 계속해서 앞으로 끌고 나갔다. 계단이 끝나니 벙커 안의 넓은 공간이 드러났고 그가 비춘 벽면에는 생명의 나무가 보였다. 그 주변으로는 또다시 검붉은 핏자국이 선명했다. 단지 말라붙은 피 냄새만으로 이런 악취가 날리는 없을 것만 같았다.

"……소령님."

얼마나 독한지 이제는 눈까지 시큰거렸다.

그는 여전히 침묵한 채로 벙커 끝에 연결된 지하계단을 내려갔다. 코너를 꺾자마자 곽수환이 그 내부를 손전등으로 비췄다.

"!"

석화는 숨을 들이켜지도 못하고 선 채로 굳어버렸다. 교도소처럼 철창이 줄지어 박혀 있는 감옥 안에는 추위에 서서히 썩어가고 있는 시체가 보였다. 적어도 30구는 되어 보였는데, 하나같이 레인보우 시티의 군복을 입고 있었다.

시체는 마구잡이로 쌓아 올려져 쓰레기를 함부로 방치한 듯 보였다.

"직접 보니 어때?"

곽수환의 얼굴이 보이지 않았다.

"지금 저것들이 전부 아담 같아? 어때, 혈액도 채취하게 도와줄까?"

그가 석화의 팔뚝을 그러쥐어 안으로 끌고 가려고 했다. 손을 떼어내려고 발버둥을 쳤지만 꼼짝도 하지 않았다. 두 다리는 그의 힘에 밀려 함부로 끌려갔다. 힘의 차이는 무기력함을 동반했고 삽시간에 온몸의 진을 다 빼놨다.

"왜 그래? 서펀트를 만나고 싶다며. 연구원인 석화 박사님도 서펀트가 사람을 상대로 어떤 짓을 벌였는지 확인하셔야죠."

하아, 하아. 석화의 숨이 가쁘게 새어 나왔다. 철창 앞까지 끌려가서 겨우 고개를 돌리자 곽수환이 턱을 확 잡아서 앞을 보게 만들었다.

손전등의 빛이 한 군인에게서 흘러나온 탁한 눈알에 반사됐다. 석화는 시체를 더는 보지 못하고 구역질을 토해냈다. 곽수환이 석화의 몸을 놓아두고는 철창 문을 걷어찼다. 쌓여 있는 한 시체의 팔을 잡고 끌어내리자 뚝, 종이보다도 더 쉽게 팔이 찢겨 나왔다. 벽에 손을 대고 토악질을 하는 석화에게 다가가 그 썩은 팔을 내밀었다.

"확인해보시라고."

석화는 믿을 수 없다는 눈으로 곽수환을 올려다봤다. 여전히 그의 얼굴은 어둠에 가려져 있었다. 기절이라도 했으면 좋겠건만 악취는 오히려 정신을 더 선명하게 만들었다.

힘이 빠져 바닥에 주저앉으려는 석화를 곽수환이 고쳐 안았다. 그는 허리를 들어올리다시피 해 계단을 다시 올라갔고, 석화는 그동안 널브러진 시체처럼 얕은 숨만 쉬어댔다. 곽수환은 악취를 풍기는 팔 한쪽도 끝끝내 손에서 놓지 않았다.

◆ ◆ ◆

일전에 지프를 갈아탔던 21바이올렛구역은 곽수환의 헌병대가 있는 곳이었다.

21바이올렛 외곽에서 중심가로 들어가면 각지의 쉘터를 닮은 고층 건물 하나가 관리된 모습으로 서 있는데, 군법을 어긴 군 장성들을 취조하는 장소이기도 했다. 석화는 그중 [제1취조실]이라고 적힌 방의 의자에 몸이 결박되어 있었다.

저 앞에 기다란 삼각대에 카메라가 놓여 있었으나 전원은 꺼진 채였다.

머리 위로 백열전구가 열을 뿜어댔고, 석화 혼자만이 방에 덩그러니 놓여 있었다. 저를 이 건물로 끌고 온 곽수환은 군인에게 제 신병을 넘기더니 체감상 몇 시간이 넘도록 모습을 드러내지 않았다. 어디 도망갈 수도 없는데 군인은 아주 꼼꼼하게도 자신과 의자를 일체화하듯 묶어두었다.

석화는 자꾸만 눈앞의 테이블로 향하려는 시선을 애써 저 문으로 돌렸다. 곽수환이 뽑아 온 팔 한쪽이 놓여 있기 때문이었다.

서펀트와 접선을 시도해보려고 한 것은 사실이었기에 변명할 여지는 조금도 없었다. 만일 그가 자신을 고문한다고 해도 말이다. 해석본이 틀렸다고 말을 하려면 다른 답을 내놓아야 할텐데, 곽수환이 직접 풀어낸 이상 속여 넘기기도 쉽지 않을 듯했다.

그것보다 지하 벙커에 있던 수많은 시체의 잔상이 잊히지 않았다. 에덴동산이 생체실험을 했다면 그들이 레인보우 시티보다 더 빠르게 백신을 개발한 것도 이해는 갔다. 그러나 해서는 안 되는 짓이었다. 그렇기에 세컨드 마스터도 인도적인 방법으로 백신을 개발하라며 법을 개정하지 않았나.

'에덴동산 놈들이 우리 군을 납치해서 실험을 하고 아담으로 만든 거야.'

곽수환이 마지막 경고를 했던 날이었다. 철창 안에 있던 시체들은 아담이 아니었으며 마루타와 홀로코스트를 방불케 하는 학살의 현장이었다. 지금 눈앞에 있는 군인의 팔뚝은 갓 부패해 가는 듯 보였으나 셀 수도 없는 주사 자국이 듬성듬성 보였다.

에덴동산에게 레인보우 시티의 군인은 주적이겠지만, 그렇다고 해서 인체실험을 해도 된다는 법은 없었다. 철창 안에 갇혀 언제 죽을지도 모르는 채 실험을 당한 군인들의 공포가 어땠을지 떠올리니 숨통이 갑갑하게 조여왔다. 석화는 자꾸만 앞으로 고꾸라지려는 몸을 등받이에 한껏 기댔다.

이제 저는 어떻게 되는 건가. 연구원 자리도 박탈당하고 처형을 당하게 될까? 곽수환이 정말로 자신을 그렇게 만들까?

거기까지 생각이 닿자 갑자기 오한이 들기 시작했다. 그의 말대로 연구나 할 것을 괜한 선악과를 베어 물어 안락한 쉘터에서 내쫓기게 되어버렸다.

만일 자신을 처형한다면 목숨을 건질 뚜렷한 방법도 떠오르지 않았다. 거래로 내걸 만한 것도 없었다. 상부는 치료제를 원하지 않고, 곽수환은 레인보우 시티의 병폐를 눈감는 군인이었으니까.

점차 몸에 열이 올라 습관적으로 돌을 찾았다. 그러나 몸은 결박된 데다 지금 가진 것이라고는 아무것도 없었다.

◆ ◆ ◆

달칵.

석화는 문이 열리는 소리에 소스라치게 놀라 눈을 떴다. 대체 언제 잠이 든 건지 눈 바로 앞에 팔 한쪽이 보였다. 다시 토악질이 나올 것만 같아 입을 꾹 다물었다. 밧줄로 묶여 있던 게 천만다행이었다. 고정되어 있지 않았다면 썩은 팔과 입을 맞췄을 터였다.

맞은편 의자에 누군가가 앉았고 드륵, 드륵, 큐브가 돌아가는 소리도 들렸다. 석화는 고개를 천천히 들어 군화부터 시작해 시선을 위로 올렸다.

케이프를 매단 제복 차림의 곽수환은 상체를 느슨히 굽힌 채 큐브를 돌리고 있었다. 여유 있는 자세였지만 빈틈은 없어 보였고, 누구보다 딱딱한 레인보우 시티의 군인처럼 보이기도 했다. 그는 곧 큐브를 책상에 내려두고 앞의 팔을 쓱 들어올렸다.

"선물이 별로 마음에 안 드나 보네."

팔을 뒤로 휙 던지자 바닥에 떨어지는 소리가 둔탁했다.

"저는…… 이제 어떻게 되나요."

"어떻게 될지 걱정되는 사람이 경고를 무시하고 사람 속이는 짓을 합니까?"

심드렁한 말투에 석화가 입을 달싹거렸다.

"죽나요?"

곽수환은 목 안쪽에서부터 헛웃음을 내뱉었다.

"군법상 즉결처형이 가능한 사안이긴 하죠."

"……그렇게 오양석 박사님도 죽인 겁니까?"

만일 컨트롤러가 처형을 한 거라면 오양석 박사의 죽음이 베일에 싸인 것도 이해는 갔다. 그렇다면 곽수환은 그간 자신을 완벽히 속여온 거다.

"오 박사를 살해한 사람은 분명 내가 찾아내주겠다고 약속했을 텐데."

그는 여전히 아니라고 말했다.

"곽 소령님……. 정말 돌연변이는 맞습니까?"

"편견에, 호기심 덩어리에, 애매한 정의심에 아집까지. 굳이 아담 바이러스 연구원에게 필요한 자질은 아니니 레인보우 시티의 연구원으로서 가치가 없지 않나."

곽수환이 자리에서 일어나자 석화가 몸을 움찔했다. 군홧발로 다가온 그가 뒷주머니에서 잭나이프를 꺼내 들었다. 칼날이 펼쳐지는 순간 석화가 등을 더 뒤로 물렸고, 백열전구 불빛에 예리한 칼날이 번들거렸다. 그대로 제 가슴팍을 꿰뚫을지도 모른다는 생각을 했다.

뚝, 곽수환은 몸을 묶은 끈만 잘라냈다. 몸을 포박하고 있던 줄이 끊어져 나갔는데도 여전히 묶여 있는 기분이었다.

곽수환은 자리로 돌아가는 대신 문을 열고 나갔다가 다시 안으로 돌아왔다. 그의 손에는 생수통이 들려 있었다. 내민 생수통을 향해 손을 뻗었더니 수전증 환자처럼 잔 떨림이 한동안 이어졌다. 석화는 한 모금 입을 축이고, 두 번째는 물을 조금씩 삼켜 넘겼다.

그동안 곽수환은 뒤에 놓인 카메라의 전원을 켰다. 붉은점이 들어온 것을 확인한 뒤 좀 전과 같은 자세로 큐브를 쥐었다.

물을 마시니 머리가 좀 더 맑아진 석화는 차분히 생각을 정리하기 시작했다. 자신이 암호를 작성했을 때 한번도 서펀트에 대해 직접적으로 언급하지는 않았다. 일전에 오양석 박사의 자택에서 만나기로 했으니, 그곳에 암호를 가져다두고 에덴동산이 접선을 해올 일에 가능성을 둔 것뿐이었다.

눈을 내리깔고 있다가 고개를 들자 이쪽을 바라보고 있는 곽수환을 마주할 수 있었다.

"오해를…… 하신 것 같은데 암호 해석은 제대로 하셨습니다. 그런데 그건 반군과 접선하기 위한 암호문이 아니었고요."

"주어는 없었지만 정황상 파악이 가능했죠."

"반군이 아니라 여의도 쉘터에 있는 사람들 중, 오양석 박사님의 죽음에 대해 아는 사람이 있다면…… 접선을 해오길 원했기에 적어둔 것뿐입니다."

석화는 느릿하지만 정확하게 말을 전달했다.

"그냥 호기심이 생긴 것뿐이었다, 실제로 접선을 한 적이 없으니 그냥 봐달라, 그렇게 이야기하는 편이 좀 더 수월하지 않나."

곽수환이 큐브를 빙글 돌렸다. 그간 군기를 느끼지 못했던 건 그가 군 장성을 통제할 수 있기 때문이었고, 그의 기행은 컨트롤러임을 숨기기 위한 연막처럼 느껴졌다.

"정황만으로 저를 체포한 것이야말로 권력남용 아닙니까?"

석화의 목소리가 조금 떨렸다. 단순히 힘에 부쳤기 때문이지 두려움은 아니었으므로 물로 다시 입만 축였다.

'그자를 가장 조심하십시오. 그자야말로 썩어빠진 레인보우 시티의 수호자이죠.'

설마 서펀트는 곽수환의 정체를 알고 있었던 걸까?

"석 박사님."

존대를 하는데도 예우는 느껴지지 않았다.

"지금 레인보우 시티는 퍼스트 마스터와 세컨드 마스터가 대립하고 있죠. 이런 상황에서는 늘 피바람이 불어오기 마련이고. 적어도 내 경고는 석 박사님의 안위를 생각해서 내뱉은 말이라는 겁니다."

그의 말대로 즉결처형이 가능했을 테니 목숨을 살려둔 것을 봐서는 아주 틀린 말은 아니었다.

"레인보우 시티도, 에덴동산도 전부 문제가 있다면……."

탁, 곽수환이 큐브를 소리 나게 테이블에 내려두었다.

"그럼 석 박사가 새로운 나라라도 세우려고? 정도를 지나치지 않는 호기심은 가져도 좋지. 그런데 박사님은 이미 그 선을 넘었고, 나는 다시 한번 기회를 주려는 거야. 수석연구원 목 하나 날리는 거 레인보우 시티에서 그렇게 어려운 일도 아닌 거 알잖아."

호기심이 고양이를 죽인다는 말은 이제 석화에게도 해당됐다. 그러나 곽수환이 자신에게 기회를 주는 게 의아했다. 앞서 보여줬던 모든 모습이 거짓이라면 그냥 저를 처형하면 그만일 텐데 말이다.

"그럼 저는 아무 의심도 갖지 않고 연구만 하면 되는 거고요?"

곽수환이 박수를 가볍게 두 번 쳤다.

"어렵지 않은 일이잖아."

"만일 치료제를 개발하려고 하면 저는 처형당합니까?"

석화가 생수통을 두 손으로 꽉 쥐었다.

"그렇다면…… 지금 죽이세요."

"어차피 내가 죽이지 않아도 죽게 될 텐데. 아니 어쩌면 석 박사 얼굴 반반하니 상부 놈들이 굴려먹다가 죽일 수도 있겠고."

곽수환이 좀 더 석화에게 몸을 기울였다.

"부당한 대우 당해본 적 없지? 그래서 하지 말라는 짓도 겁 없이 하고. 그런데 내가 지금 이 시간부터 석 박사 직위 전부 박탈해버리면 일반 시민으로 돌아가게 돼. 내 입맛대로 박사님을 가지고 놀아도 누구 하나 뭐라고 할 사람이 없다는 거야."

눈꺼풀이 잘게 떨렸다.

"왜 이러시는 겁니까? 곽수환 소령님도…… 분명 아시잖아요."

곽수환이 고개를 슬쩍 틀었다.

"모든 게 다 이상하게 돌아간다고요. 의식주가 해결된다고 해서 아닌 일에 수긍하는 건…… 더 아닌 것 같아요."

"그래서 석 박사가 할 수 있는 게 뭔데. 나가서 아담이라도 때려잡을 수 있어? 아니면 지금 당장 치료제를 내놓을 수가 있나. 연구실에 틀어박혀서 수천수만 번 실험을 해도 완벽한 치료제가 나온다는 보장도 없잖아? 지금까지 세상에 나와 있는 온갖 백신, 치료제가 전부 단숨에 나온 게 아닌 건 나도 알지. 길게는 몇십 몇백 년씩 걸려서 완성되는 게 태반이었고."

"아담이…… 말을 했어요. 곽 소령님도……."

봤잖아요. 그 말이 나와주지를 않았다. 석화는 눈을 감았다가 숨을 고르고는 빨간 불이 들어온 카메라를 쳐다봤다.

"보셨잖아요. 아담에게 지능이 생긴 게 우연일 리가 없어요."

곽수환은 발로 테이블을 밀치며 일어났다.

어디 끝까지 포기하지 않겠다는 거지. 저도 이렇게까지는 하고 싶지 않았지만.

"여의도 쉘터 석화 박사."

곽수환이 벽에 걸린 시계를 올려다보고는 말을 이었다.

"오후 9시 25분 기점, 헌병대 컨트롤러의 권한으로 연구원 자격을 박탈한다."

그가 카메라를 들었고 붉은 점이 사라졌다.

{ 레인보우 시티 }

STONE WALL

Stone Wall

#4

"흐음."

남자는 목을 낮게 울리면서 바닥을 훑어봤다.

여의도 쉘터 연구원인 석화의 급작스러운 이동 소식이 들려온 건 오늘 오전이었다. 곽수환과 그렇게 쉘터를 나가고 난 뒤의 일이니, 그사이에 뭔가가 있었겠지 짐작할 뿐이었다.

연구와 관련해 인수인계를 받지 못했다는 핑계로 상부의 허가를 받고, 석화의 방으로 들어온 것까지는 좋았다.

"이런."

남자가 바닥에 떨어진 종이 중 제일 먼저 눈에 띈 것을 주워 들었다.

"접선을 원한다라……."

남자는 그 종이를 입술 가까이 가져다 댔다. 조용히 입매를 끌어올리고 나머지 것들을 주워들기 시작했다. 여러 장 중에 단 한 장만이 글씨체가 달랐다. 보아하니 석화 박사가 남긴 암호를 해독한 것 같은데, 남자는 직감했다. 이걸 해독한 사람이 곽 소령일 것이라고.

나머지는 악필인 석화의 글씨가 종이 곳곳에 빼곡했다.

기생충 박멸로 자가면역질환이 늘어난 사실이 유력. 기생충이 사라짐으로써 기생충을 공격하던 면역계가 오류를 일으켜 다른 조직을 공격함. 오청운 선배에게 크론씨병과 다발성경화증이 있었음. 기생충. 마이코플라스마……. 아담에게 지능이 생긴 것은 타의에 의한 결과일 가능성이 높으며……. 미완성의 치료제를 맞았을 가능성 유효. 연구 지원금 불허.

종이에 두서없이 적힌 글을 읽어가던 남자가 좀 더 기분 좋게 웃었다.

아버지, 우리가 틀리지는 않았나 보네요.

"최 박사님이 왜 여기 계세요?"

최호언이 여러 장의 종이를 한데 뭉치며 뒤를 돌아봤다. 열린 문 밖에 서 있는 건 이채윤이었다. 케이프가 거추장스러운지 어깨에 뒤집어 얹고 있었고, 그녀는 제 몸만 한 커다란 박스를 질질 끌며 들어왔다.

"석화 박사님 방은 제가 정리하기로 했는데, 어떻게 들어오셨어요?"

경계심을 잔뜩 세운 이채윤에게 최호언은 사람 좋은 인상을 지었다.

"다른 건 아니고, 박사님이 이동을 하신다는데 인수인계도 없었고 어디로 이동하시는지도 알 수가 없으니 필요한 게 있을까 싶어 직접 들어와 봤습니다."

"전 이야기 못 들었는데요? 그래도 석화 박사님 허락도 없이 함부로 들어오시면 안 되죠."

"상부의 허가를 받았습니다."

하여간 상부 새끼들, 이채윤이 대놓고 구시렁거렸다.

"어쨌거나 지금 들고 있는 그 종이요. 여기 넣어주세요."

빈 박스 안을 검지로 가리켰다.

"이채윤 소령님께서 석화 박사님의 짐을 대신 정리하는 겁니까?"

"그런데요?"

"그럼 석화 박사님께서 어디로 이동하는지 아십니까?"

최호언은 종이 뭉치를 박스에 가지런히 놓으며 물었다.

"알죠. 과천이에요."

이채윤은 어려울 것 없다면서 쉽게 대답을 내놓았다. 그러더니 책상에 놓여 있던 몇 개의 돌과 석화의 옷가지 그리고 책을 박스에 투척했다. 아무렇게나 넣으니 사과상자의 세 배나 되는 박스가 가득 차는 건 순식간이었다.

"제가 도와드릴까요?"

"괜찮아요. 다 됐어요."

이채윤은 별 힘을 들이지 않고 박스를 들어올렸다. 그녀의 몸이 박스에 가려 앞이나 제대로 보일까 싶을 정도였다. 최호언은 두 번 도움을 권하진 않고 먼저 발걸음을 옮겼다.

"근데 최 박사님."

그가 문 앞에 다다른 때였다. 최호언은 무표정한 얼굴에 웃음을 덧칠하고는 뒤를 돌았다.

"말씀하세요."

박스 옆으로 이채윤의 얼굴이 불쑥 튀어나왔다.

"몸이 엄청 좋으시네요?"

최호언은 시선을 내려 몸을 내려다보는 시늉을 하더니, 쑥스럽다는 듯 뒷목을 쓸어내렸다.

"과찬이십니다."

"칭찬하려는 건 아니었어요."

그녀는 안고 있는 박스로 최호언을 밀어내면서 밖으로 나왔다. 밀려난 최호언이 넉살 좋게 웃고 엘리베이터를 향해 걷기 시작했다.

이채윤은 박스를 바닥에 내려두고 최호언의 뒷모습을 빤히 바라봤다. 고개를 몇 번 갸웃거리고는 허벅지를 꽉 쥐었다. 이미 아문 상처가 의아하게도 욱신거렸기 때문이었다. 이제 보니 놈의 체구가 익숙했던 이유가 있었다.

이채윤은 박스 안에 손을 넣어 작은 돌 하나를 찾아냈다. 여기서 놈의 뒤통수를 향해 돌을 던지면 뇌수가 터져 나오려나? 그랬다가 정말 죽으면 어쩌지? 그래도 일단 던져보자. 자세를 잡는 그때였다. 엘리베이터를 기다리던 최호언이 불현듯 뒤를 돌았다.

꾸벅, 인사를 해오니 이채윤은 돌을 손안에 숨겼다. 최호언에게 구린 구석이 있는 것 같으니 잘 지켜보라고 했던 게 곽수환이었다. 안 그래도 석화 박사의 방에 들어와 있던 것도 구렸는데, 이제는 당황스럽게도 팔뚝에 솜털이 전부 일어서 있었다.

"씨발, 뭐야 이거."

이채윤은 제복에 가려진 팔을 쓱쓱 비볐다. 그녀도 이 감각이 소름이라고 불린다는 걸 알지만, 살아오며 경험한 적은 손꼽았다. 이채윤은 곧장 박스를 들어올리고는 지하에 있는 자신의 지프로 내달리기 시작했다. 박스에 시야가 가려졌어도 나자빠지지는 않았다.

◆ ◆ ◆

"야! 대체 그 새끼 뭐야?"

과천 백호부대장실의 문을 박차고 들어온 박스가 말을 했다. 박스를 쿵 바닥에 내려두자 목소리의 주인이 그제야 보였다.

"뭐가."

심기가 불편한 곽수환은 두 다리를 책상에 길게 걸쳐 올린 채로 입만 움직였다.

"그 박사 새끼, 뭐냐고. 석화 박사님 방에 나보다 먼저 가 있더라?"

곽수환이 눈을 움직여 관심을 보였다.

"먼저 가 있었다고?"

"어. 그 새끼가 뭐라더라? 인수인계 못 받았다면서 종이 뭉치 쳐다보고 있던데? 그래서 내가 여기 담으라고 했지."

여의도 쉘터로 석화의 이동 명령을 내린 게 오전이었다. 그런데 그사이 석화의 방에 들어갔다니, 관심이 지나쳤다.

"네가 보기엔 어떤데."

"뭐가?"

"최 박사라는 새끼."

"음? 존나 세 보여."

이채윤이 다시 제 팔을 쓱 문질렀다. 곽수환보다는 이채윤이 좀 더 본능적이었다. 돌연변이 체질상 그렇게 타고났고.

"그리고 그 새끼, 내가 돌 던지려고 하니까 귀신같이 돌아보더라?"

"그러게. 구린 게 있는데 굳이 숨기려고 하지 않는 것 같다는 말이지."

인기척이 느껴졌다고 말한 것과, 자신과 힘겨루기를 한 일만 봐도 그랬다. 놈의 정체가 뭘까. 돌연변이 데이터베이스에 등록되어 있지도 않았다.

이채윤은 곽수환을 향해 손을 들어 얼굴을 가리고, 뭔가를 가늠하듯 굴었다.

"양상훈이나 너, 100미터쯤 떨어져 있어도 내가 단박에 알아볼 수 있거든? 사람 골격이 비슷비슷하게 생긴 것 같지만 자세히 보면 되게 다르거든. 눈, 코, 입 달려 있는 건 매한가지인데 생김새도 다 다르듯이 말이야."

"그런데."

"그 박사 새끼. 흰 가면하고 체격이 비슷해."

이채윤은 말을 하면서도 그럴 리가 없다는 듯이 미간을 구겼다. 곽수환이 발로 책상을 밀어 의자를 뒤로 뺐다.

"서펀트?"

"서펀트라니?"

"그날 모텔에서 붙었던 놈 말하는 거냐고."

"어어! 그 새끼."

곽수환이 의자에서 일어나 재빠르게 이채윤에게 다가갔다.

"뭐야, 왜 그래?"

"올라가서 그 새끼 만나면 옷 벗겨서 상체 확인해봐."

"미친 새끼야. 내가 왜 최 박사 상체를 봐. 그 새끼 내 취향 아니야."

툭툭, 이채윤의 오른쪽 어깨를 곽수환이 두드렸다.

"여기 상처 자국 있으면 나한테 바로 말하고."

그날 도주하던 놈에게 총을 쐈고, 분명 어깨를 스쳐 지나갔기에 바닥에 핏방울이 떨어져 있었다. 상처가 아물었다고 해도 총알이 스쳐 지나갔다면 자국은 분명 남았을 것이다.

"야, 옷을 어떻게 벗기냐고."

"찢어, 그냥."

"무식한 새끼. 그럼 담배 두 보루."

"콜."

지나가는 최 박사를 붙잡고 북 옷을 찢고는 힘이 좀 들어갔다며 사과하면 그만이었다. 그 정도 일에 담배 두 보루면 그녀로선 남는 장사였다.

"석화 박사님은?"

이채윤이 주변을 두리번거렸다.

"박사님 어딨냐고."

"이만 올라가. 확인하면 바로 연락주고."

곽수환이 대충 손을 흔들고는 부대장실을 빠져나갔다. 뒤에서 이채윤이 욕을 퍼붓는 소리가 들려왔지만 무시하고 석화가 있는 곳으로 걸었다.

겁 없는 석 박사에게는 충격요법이 필요했는데, 행여 마음의 문을 완전히 닫아버릴까 봐 자못 걱정도 됐다. 언제가 되든 치료제를 개발하기는 해야 할 테니까.

에덴동산이 석화에게 접선을 한 건 치료제나 백신에 대한 기대가 있기 때문일 것이다. 그렇다고 해도 상부의 눈 밖에 나서 석화가 처형당하는 건 시티로서도 엄청난 전력 손실이었다. 그뿐인가, 겉모습만큼은 더할 나위 없이 제 취향이었고, 보여주는 반응 또한 사람 기분을 좋게 만들고는 했다. 멍한 얼굴로 찌르면 찌르는 대로 반응을 한다. 정작 석화 자신은 냉정하다고 생각하는 것 같은데 안에 숨겨진 불은 몸만큼이나 홧홧했다.

체력만 좋았다면 반군의 수장이 돼서 머리에 띠를 두르고 '타도 레인보우 시티', '타도 에덴동산'을 외쳤을지도 모르지.

"소령님."

백호부대 강 대위가 저쪽에서 거수경례를 해왔다. 쉬어, 그 말을 하고 지나가는데 할 말이 있는지 다시 한번 곽수환을 불렀다.

"양상훈 소령님께서 지하방역센터로 내려오셨으면 하는 말씀을 전달해오셨습니다."

"왜."

"그건 저도 잘 모르겠습니다. 그런데 많이 급한 사안이신 듯했습니다."

귀찮게. 중얼거린 곽수환은 취조실로 가던 발걸음을 방역소로 틀었다. 한 시간 전에 석화를 확인했을 때 자고 있었으니 아직 깨어나지는 않았을 듯했다.

과천 쉘터는 여의도 쉘터 면적의 10분의 1 수준이었다. 굳이 엘리베이터를 이용하지 않아도 방역소까지 내려가는 건 금방이었다. 곽수환은 주머니에 묵직하게 느껴지는 돌을 한 번 매만져봤다. 석화가 입고 있던 가운에 담겨 있던 것이었다.

이게 그렇게도 좋은가.

어젯밤 연구직을 박탈한다는 말을 듣고 완연하게 사색이 된 석화는 그 이후로 한마디도 꺼내지 않았다. 그래도 이 정도면 양반급으로 대우해주는 거야, 석 박사.

일반 시민으로 내린 마당에 제가 해코지를 해도 그 누가 뭐라 할 사람은 없었다. 그런데도 손끝 하나 대지 않았다. 억지로 만지는 것보다는 차라리 몸 달아서 상대가 덤벼드는 게 낫지. 물론 사람 눈 돌아가게 제 가슴을 주물럭거리던 석화가 이제는 눈도 마주쳐주지 않았다. 성욕보다 분노가 더 앞서버렸는지도 모르겠다.

뭐, 아무렴 어떤가. 앞으로 마스터들의 싸움은 저들끼리 하게 놔두고, 자신은 예기치 못하게 세력을 키운 에덴동산을 무너뜨리기만 하면 그만이었다. 마지막으로는 석화의 그 정의감이 필요하겠고.

여태껏 생각해왔던 계획보다 빠르게 일이 진행되는 듯했다.

◆ ◆ ◆

'석 박사, 아담의 변이도 이상하지만 진화의 속도를 무시한 돌연변이도 참 이상하지 않나? 아니, 석 박사가 이상하다는 말을 하는 건 아닐세. 허허. 그냥 내 기우일 뿐이지. 돌연변이들은 뭐 하나 부족한 것들이 꼭 있지. 그런 것을 레인보우 시티에서는 하자라고 표현하지 않나. 그런데 인간이 상품이나 개량종도 아닌데 하자라는 표현이 참 이상하지. 만일 하자가 없는 돌연변이가 있다면 그건…… 신인류라고 불러야 하는 겐가? 그렇다면 마스터의 자리는 그자에게 가야겠지. 아마 마스터들은 돌연변이에게 하자가 있는 것을 다행이라고 생각할 게야. 안 그랬다면 자신들의 자리가 위태로웠을 테니까.'

석화는 두 손목에 수갑이 채워진 채 새우잠을 자고 있었다. 그러다가 언뜻 정신이 들어 눈꺼풀을 들어올렸다. 최근에 오양석 박사가 이렇듯 꿈에 자주 나왔다. 아마 자신이 박사님 생각을 많이 하기 때문일 거다. 돌이켜보면 돌이켜볼수록 오양석은 반군 성향이 가득했던 것만 같았다.

석화는 긴 의자에서 힘겹게 몸을 일으켜 벽에 등을 기댔다. 바이올렛구역에서 과천으로 이동한 게 어제 새벽이었다. 백열전구는 그곳과 똑같이 방의 중심에서 빛을 내뿜고 있었다.

곽수환이 자신을 죽이지 않고 연구원직만 박탈한 일에 감사해야 할지도 모른다. 그런데도 웃음이 비어져 나왔다. 겨우 한 사람의 독단으로 사람의 직급을 마음대로 조절할 수 있는 레인보우 시티의 이상한 법에 대해서 말이다.

짓궂게 웃으며 돌을 선물해주던 남자와, 연구직을 박탈하고 수갑을 채운 남자가 여전히 전혀 다른 이로만 느껴졌다. 반군과 접선하려고 한 건 백번 잘못한 게 맞겠지만, 이제는 치료제를 기피하는 레인보우 시티에도 충성하고 싶지 않았다. 그러나 밖은 아담과 인체실험을 일삼는 에덴동산이 있어 어느 편에 설 수도 없었다. 석화는 홀로 섬에 동떨어진 기분이었다.

[긴급상황. 과천 쉘터에 알립니다. 방역소 아담 출현, 방역소

를 폐쇄합니다. 긴급상황, 쉘터에 거주하는 연구원을 비롯한 민간인은 모두 세이프존으로 이동합니다. 다시 한번 알립니다.]

석화가 고개를 퍼뜩 들었다.

취조실 모서리에 달린 스피커에서 여의도와 같은 마더의 목소리가 흘러나왔다. 훈련 상황일 수도 있을 테지만, 팔의 자유를 막은 수갑을 불안한 눈으로 내려다봤다. 나가야 하나? 일단은 여기서 기다리는 게 더 나을 것도 같은데…….

쾅! 순간적으로 터진 굉음에 어깨가 소스라치게 떨렸다. 석화는 취조실 문을 박차고 들어온 군인을 놀란 눈으로 쳐다봤다. 군인은 정신을 차리듯 고개를 몇 번이나 털어내는 행동을 했다. 아담을 처치하고 온 건지 손과 몸 곳곳에 피가 묻어 있었다.

"도망…… 흐으."

말이 어눌했지만 석화는 자신을 데리러 온 사람일까 싶어 자리에서 벌떡 일어났다.

"아……. 으……. 도망……."

군인은 붉게 충혈된 눈을 하고, 마치 술에 취한 사람처럼 몸을 비틀거렸다. 석화는 반사적으로 뒷걸음질을 쳤다.

"괘, 괜찮아요?"

군인이 석화의 말에 셀 수도 없이 빠르게 고개를 끄덕끄덕했다.

"괜찮, 괜찮……."

석화는 조용히 숨을 들이켰다. 이건 마치, 일전에 오청운 선

배나 이브를 말하던 변이 아담에게서 느껴지던 기시감과도 같았다. 문에 가까이 서 있는 군인은 그 자리에서 제자리걸음을 하듯이 휘청거렸다. 석화는 벽을 타고 아주 조심스러운 걸음으로 살금살금 걸었다.

"아…… 아파…… 아파."

군인은 벽에다 대고 머리를 쿵쿵 박기 시작했다. 석화가 마른침을 삼켰다. 여기서 문 밖으로 빠져나간다고 해도 밖에 아담이 없으리라는 보장은 없다. 게다가 수갑 때문에 행동에 제약도 따랐다. 생각해. 생각해. 석화가 제 이마를 손으로 꾹 눌렀다. 어차피 생각을 해봤자 아담이 덤벼든다면 그대로 끝이었다. 차라리 저 군인을 밖으로 유인해서 문을 잠근다면…….

석화는 주변을 재빠르게 둘러보다가 마지막으로 책상을 향해 시선을 돌렸다. 취조실이다 보니 날카로운 물건이나 무기로 쓸 만한 것들이 전혀 없었다.

쿵, 쿵, 계속해서 벽에 머리를 박는 군인을 경계하며 맨발로 책상을 향했다. 세 걸음 옮기고 군인을 확인하고, 또 몇 걸음을 움직여 책상 위로 올라갔다. 석화는 셔츠를 조심히 뒤집어 벗고는 수갑과 손에 한데 감았다.

백열전구가 매달린 금속줄을 쥐고 뜨거운 열기를 내뿜는 전구를 붙잡았다. 긴장된 숨을 들이켰다. 쿵쿵 하는 소리에 맞춰 전구를 돌리기 시작했다. 깜빡거리며 빛이 점멸할 때마다 석화는 불안한 눈으로 군인을 쳐다봤다. 이윽고 빛이 완전히 사라졌을 때, 머리를 박고 있던 군인도 행동을 멈췄다. 새까맣게 변한 취조실은 문 밖에서 흘러들어오는 빛으로만 주변을 가늠할 수가 있었다.

컥, 크헉, 괴상한 소리를 내며 주위를 두리번거리는 군인의 모습이 기괴했다. 두려움에 석화는 이를 악물었다. 여기서 더 지체할 수는 없다. 전구를 두 손으로 꽉 쥐고 머리 위로 들었다. 군인이 저를 발견하기 전에 온 힘을 다해 문밖으로 전구를 내던졌다.

챙그랑! 문밖으로 날아간 전구가 깨지는 소리가 나자마자 군인이 그 방향을 향해 달려가기 시작했다. 기회를 놓치면 끝이다. 석화도 책상에서 훌쩍 뛰어내려 문으로 마구 내달렸다. 어깨로 문을 미는 때에 손 하나가 불쑥 들어왔다. 군인이 아니기를 바랐건만 허우적거리는 손에는 피가 묻어 있었다.

안간힘을 다했지만 군인의 힘이 더 거셌고, 뒤로 나자빠진 석화의 위로 군인이 올라탔다. 짐승 같은 소리를 내뱉으며 저를 물어뜯으려는 얼굴을 두 손으로 막아냈다. 그때마다 군인은 다닥거리는 이빨로 셔츠를 씹어댔다. 발버둥에 차인 문이 닫히니 완벽한 어둠이 찾아들었다.

"아⋯⋯. 아⋯⋯. 안 돼. 흐으⋯⋯. 무, 물면."

말을 더듬는 군인은 딱, 딱딱, 딱딱딱, 위아래 이를 부딪쳤다. 그 소리가 소름끼쳤다.

돼⋯⋯. 무, 물어도⋯⋯ 돼. 안 돼.

혼란스러울 정도로 말을 반복하고 있었다. 석화는 그 틈을 타 제 위의 군인을 발로 밀쳤다. 윽! 손목으로 둔탁한 통증이 닥쳐왔다. 날카로운 이에 씹힌 살점이 아릿했다. 고막이 저릿할 만큼 괴성을 지르며 다시 공격해오는 그 순간이었다. 퍼억! 거센 파열음과 함께 군인이 석화의 몸에서 떨어져 나갔다.

누군가의 힘에 목이 완전히 돌아가 나자빠진 군인은 바닥에서 몸을 버둥거렸다. 군홧발에 짓밟혀 두개골이 으깨지는 소리 또한 곧 이어졌지만, 석화는 멍하니 자신의 손목만 내려다봤다. 새어 들어오는 빛은 반대쪽을 비췄기에 시야는 어둡기만 했다.

다만 무언가가 흐르고 있는 감각만큼은 여실히 느껴졌다.

2권에서 계속

레인보우 시티 ❶

초판 1쇄 인쇄 2022년 1월 20일
초판 1쇄 발행 2022년 2월 28일

지은이 채팔이
펴낸이 김문식 최민석
총괄 임승규
기획편집 이수민 김소정 박소호
　　　　　 김재원 이혜미 조연수
표지디자인 산
디자인 배현정
제작 제이오

펴낸곳 (주)해피북스투유
출판등록 2016년 12월 12일 제2016-000343호
주소 서울시 성북구 종암로 63, 5층 (종암동)
전화 02)336-1203
팩스 02)336-1209

© 채팔이, 2022
ISBN 979-11-6479-559-8　04810
　　　　 979-11-6479-558-1　세트